10
18

12, AVENUE D'ITALIE. PARIS XIIIe

Sur l'auteur

Giulio Leoni vit à Rome, où il a enseigné la littérature et l'histoire avant de fonder une revue de littérature d'avant-garde. Il est membre d'une association de magiciens et d'illusionnistes. Après *La Conjuration du Troisième Ciel* et *La Conspiration des miroirs*, il signe *La Croisade des ténèbres*, mettant en scène Dante. Giulio Leoni a reçu en 2000 le prix de littérature policière Alberto Tedeschi.

GIULIO LEONI

LA CROISADE DES TÉNÈBRES

Traduit de l'italien
par Nathalie BAUER

10
18

« Grands Détectives »

créé par Jean-Claude Zylberstein

BELFOND

Du même auteur
aux Éditions 10/18

LA CONJURATION DU TROISIÈME CIEL, n° 4016
LA CONSPIRATION DES MIROIRS, n°4139

Titre original :
La Crociata Delle Tenebre
Publié par Arnoldo Mondadori Editore S.p.A., Milano.
Édition publiée en accord avec l'agence littéraire
Piergiorgio Nicolazzini.

ISBN 978-2-264-05175-2

Pour Anna

Elle me fit sentir un tel accablement
par la terreur qui sortait de sa vue
que je perdis l'espoir de la hauteur.

DANTE, l'*Enfer*, I, 52-54[1]

1. Traduction de Jacqueline Risset, Paris, Flammarion, 1985.

1

Florence, 21 octobre 1301, après minuit

Maudits Florentins ! Vessies gonflées par le vent de l'envie, serpents nichés dans le jardin de l'Empire ! Êtres vils qui rejetez sagesse et honnêteté, qui poursuivez la veuve et l'orphelin en vous prodiguant aux œuvres de Satan, qui ouvrez vos portes aux sept péchés et les claquez au nez des justes, qui jetez des exilés et des vagabonds sur toutes les terres d'Italie, arrogants, gloutons, menteurs... Et vous me demandez maintenant de vous représenter !

D'un geste rageur, il abattit le poing sur sa table d'écriture, faisant sursauter sa petite bougie. La flammèche vacilla et s'éteignit. Dans cette obscurité subite, les ombres des grands de jadis avec qui il s'entretenait se rapprochèrent. Farinata, Tegghiaio Aldobrandi et Mosca Lamberti[1] pressaient leurs mains de fer sur ses épaules et murmuraient

---

1. Célèbres et influents Florentins du XIIIe siècle, engagés dans la lutte qui opposa les Blancs (les guelfes, s'accommodant d'une alliance avec le pape respectueuse de l'autonomie de la ville) aux Noirs (les gibelins, partisans de l'empereur, représentants de la vieille aristocratie) et déchira la ville pendant des décennies. (*Toutes les notes sont de la traductrice.*)

à son oreille des mots qui semblaient jaillir d'un étang putride.

Il plissa les paupières et fixa la feuille de parchemin, devant lui. Il était seul dans cette nuit d'automne qui paraissait empoisonnée par la brume jaunâtre dont la ville, les ruelles environnantes étaient enveloppées. Les voix des fantômes retentissaient dans son esprit. Ce n'était peut-être que le vrombissement d'un insecte nocturne, mais ne disait-on pas que les morts s'annonçaient par un chuchotement ?

Il porta les mains à sa tête. La compagne de ses nuits n'allait pas tarder à ressurgir, se plantant sous son œil telle une lame brûlante. Il percevait ses pas lointains, il savait que ses tempes se mettraient bientôt à bourdonner. Il se redressa et massa son cou engourdi, puis il saisit la feuille de parchemin.

Qui ira, si je reste ? Et qui restera, si j'y vais ? songea-t-il en parcourant son bref contenu : la décision du Conseil de dépêcher une ambassade à Rome, à la cour du pape Boniface. Le décret qui le désignait, lui, Dante Alighieri, parmi ses membres.

Il secoua la tête. Des jours, des semaines, peut-être des mois d'absence, voilà ce que cela signifiait ; et ce, alors que sa maison menaçait ruine, submergée par les difficultés et par le vent contraire du destin. Un vent qui le poussait vers une tanière hostile, dans la gueule de ses ennemis.

Et tout cela pour quoi ? Pour veiller aux intérêts d'une bande de marchands enrichis, peureux, prêts à céder sur tout. Fallait-il donc qu'il scellât, lui, les tables de la reddition ?

Il froissa la feuille et la jeta au sol. Le cachet en plomb de la commune se détacha et roula sur le plancher dans un bruit sourd.

Soudain, il sentit une présence dans son dos, accompagnée d'une lumière vacillante. Un de ses serviteurs était entré. Hésitant, l'homme se pencha, saisit la lampe et l'alluma à l'aide de la bougie dont il était muni. « Maître, on vous demande. Une personne qui a insisté pour monter dans votre chambre... même si l'heure... », ajouta-t-il, les yeux tournés vers la porte ouverte.

Un individu grand et mince, vêtu d'une cape foncée, franchit le seuil, se fondant dans les ombres du mur. Le masque en étoffe qui le protégeait de la poussière et de la saleté des rues lui donnait un aspect à la fois grotesque et inquiétant.

Il s'écarta au passage du domestique, comme s'il craignait d'en être effleuré, puis demanda : « Êtes-vous Dante, Florentin ? »

C'était une femme : sa voix jeune et ferme trahissait un léger accent – sans doute venait-elle de Campanie, songea le poète, ou plutôt des terres de Capitanate[1]. Elle portait une coiffe écarlate qu'une broche dorée, ornée d'une pierre aux reflets verdâtres, retenait sous le menton. Sans attendre de réponse, elle avança, pénétrant dans le cercle de lumière. « Le fils d'Alighiero ? Qui fut prieur de la ville ? »

Une affirmation, plus qu'une question. Et comme Dante, déconcerté, gardait le silence, elle répéta : « Êtes-vous messire Dante ? » Mais il n'y avait pas d'impatience dans sa voix : elle semblait se moquer de la réponse qui n'arrivait pas.

Le poète se ressaisit enfin. Quittant son siège, il déclara, la main courtoisement tendue en une invitation à se rapprocher : « Oui, madame. Oui, je suis Dante, Florentin, à

---

1. Région des Pouilles, correspondant à l'ancienne Daunie et à la province actuelle de Foggia.

votre service. Florentin par la naissance, précisa-t-il, non par les usages.

— Dante, le poète qui écrivit :

Amour se mit à pleurer, en mon cœur où il demeure ;
C'est pourquoi mon âme fut si égarée
Que je disais soupirant en pensée :
"Il faudra bien que meure un jour ma dame[1]*."*

» La mort vous est-elle donc si familière ? »

Il avait écouté, rêveur, ses vers qui lui réchauffaient le cœur, porteurs d'une avalanche de souvenirs. Il aurait aimé crier qu'il en était bien l'auteur, cependant il était incapable de proférer le moindre mot : on eût dit que ces pleurs d'amour s'étaient changés en un poison paralysant. Un envoûtement provoqué par la douceur même de la voix qui les avait prononcés.

Il observa la femme : la tête légèrement inclinée vers l'épaule, elle semblait évaluer ses réactions. Mais il ne distinguait que des taches sombres, indéchiffrables, à travers les ouvertures de son masque en toile. Soudain elle frissonna.

« La mort vous est-elle donc familière ? répéta-t-elle. On dit que vous connaissez les raisons des choses, le pourquoi de leur existence et de leur absence. On dit que vous avez fréquenté les Arts de Paris, que vous avez dicté vos leçons, que vous avez laissé les sages qui s'opposaient à vous se débattre dans leurs ténèbres. On dit que vous êtes maître dans la science des étoiles. »

---

1. *Vie nouvelle*, XXIII, v. 31-34, traduction de Gérard Luciani, Gallimard, 1999.

Dante continuait de se taire, séduit par ce corps caché qui prenait forme dans son imagination. Il se représenta un visage jeune aux traits déjà marqués et nets, comme on en voyait sur les ivoires de la Rome antique. Un visage encadré par une couronne de boucles claires qui resplendissaient sans doute avec autant de force que les lèvres charnues sous l'étoffe. Aussi grande que lui, la femme ne manifestait ni crainte ni honte, preuve qu'elle était habituée à s'entretenir d'égal à égal avec les hommes. Mais ses mains serrées sur sa poitrine trahissaient une ombre de pudeur, ou une étrange déférence à son égard.

« Oui, je... en effet. C'est ce qu'on dit ? balbutia-t-il, les joues brûlantes. Et qui le dit ? demanda-t-il ensuite, comme pour apaiser l'incendie que ces éloges avaient déchaîné dans son âme.

— Celui qui m'a parlé de votre art infini. J'en appelle à vous pour une tâche qui requiert tout votre art. Vous a-t-on prié de partir pour Rome ? »

Dante entrouvrit les lèvres sous l'effet de la surprise, tandis que son regard courait à la feuille de parchemin qui trônait sur sa table. Par quel mystère cette femme savait-elle ? Et qui était-elle ? Le caractère insolite de cette visite et les dangers que pouvait comporter la présence d'une femme seule dans la demeure d'un homme marié lui apparurent soudain. Un instant, il songea qu'on avait peut-être ourdi un complot contre lui et que des individus se dissimulaient dans l'ombre de l'inconnue, prêts à le surprendre, à l'entraîner dans un scandale public.

« Il est étonnant qu'une noble dame abandonne ses appartements en pleine nuit. Et dangereux, compte tenu des temps qui courent et du lieu où elle se trouve », commença-t-il prudemment. Mais la femme l'interrompit en portant l'index droit à ses lèvres et en posant l'autre main sur le cœur du poète. Voilà pourquoi il se contenta d'ajouter : « Dites-moi ce que vous désirez.

— Il faut que vous veniez », répondit-elle. Puis, sans lui laisser le temps d'objecter : « Vous êtes attendu.

— Par qui ? »

L'inconnue glissa la main sous sa cape et exhiba un objet. Un cylindre en bois mesurant deux empans de long. « C'est un présent pour vous, vous seul en êtes digne. Une partie seulement. Le reste se trouve à Rome. Et vous attend. »

Dante saisit l'objet en bois d'olivier. Il passa les doigts sur sa surface brillante et devina, au sillon qui courait autour d'une de ses extrémités, qu'il s'ouvrait. Il était orné de fines gravures exécutées d'une main de maître. Il l'approcha de la bougie.

Les images parurent prendre vie à cette lumière tremblante. Un homme et une femme à la tenue antique se tenaient devant une rivière aux flots paisibles. Des silhouettes indistinctes se pressaient de l'autre côté, dans l'attente de leur venue. Or un obstacle figeait le couple, qui se détachait sur une forêt, alors qu'un désert désolé s'étendait derrière la foule. Une malédiction semblait peser sur la scène : la rivière en question n'était peut-être pas un simple cours d'eau ; elle pouvait marquer les confins de deux royaumes…

L'homme avait à la main une branche touffue. Dante laissa échapper une exclamation de surprise. Il croyait avoir compris. Le rameau d'or, le signe des dieux qui ouvre la route des Enfers.

Les deux personnages n'étaient autres qu'Énée et la sibylle de Cumes, immobiles sur la rive du Styx. Et les ombres qui s'entassaient de l'autre côté, les morts attendant impatiemment la visite des vivants. Les mots lui montèrent aux lèvres comme si le texte défilait devant ses yeux :

Là, habitent les pâles Maladies, et la triste Vieillesse, et la Crainte, et la Faim, mauvaise conseillère, et la hideuse Pauvreté, formes terribles à voir, et la Mort et la Souffrance[1].

Combien de fois avait-il lu et relu le sixième chant de l'*Énéide* ? Il agrippa le haut du cylindre et le fit tourner. Il s'ouvrit : il contenait quelque chose, peut-être un rouleau. Dante le secoua, en proie à une agitation croissante.

« Doucement, dit alors la femme, qui lui saisit le poignet. Freinez votre impatience. »

D'un geste délicat, elle plongea ses doigts effilés dans l'étui et en tira un papyrus. Elle le déroula en partie sur la table : il était couvert de caractères, alignés en colonnes parallèles.

« Rares sont ceux qui l'ont touché depuis que son auteur acheva de le remplir. Il y a plus de douze siècles. »

Dante dut s'appuyer à la table et respirer profondément : un étau lui coupait le souffle.

Le papyrus semblait en effet desséché par le temps, fragile et déchiré en plusieurs points. Les mites l'avaient rongé çà et là, amputant le texte, le plongeant dans l'oubli. Mais son esprit ardent comblait tous les vides : sa prodigieuse mémoire était un puits intarissable.

Il n'osait toucher le rouleau. Le calame de Virgile l'avait-il vraiment noirci ? Ses mains divines l'avaient-elles vraiment effleuré, et ses mots tout aussi divins s'y étaient-ils gravés ? Sa voix était-elle perceptible dans ces signes

---

1. *Énéide*, VI, 275, traduction de Maurice Rat, Garnier Frères, 1965.

lointains, fanés par les ans ? Il se surprit à tendre l'oreille, désireux de capter un écho, l'esprit s'élevant de la tombe qui l'emprisonnait.

Peu à peu, il recouvra sa lucidité. Et avec elle, le doute, flamme qui ravive la pensée. Le trouble spectre de la tromperie se présenta à son esprit.

« Comment pouvez-vous dire ça ?... », murmura-t-il.

La femme porta une nouvelle fois l'index à ses lèvres. « L'œuvre du maître, écrite de ses propres mains.

— Pourquoi ? Pourquoi moi ?

— Une mission vous attend. Accomplissez-la, et vous recevrez ce présent en récompense. Un présent offert d'avance, en gage du pacte. » D'un mouvement rapide, elle regagna le seuil et disparut dans l'ombre.

Dante aurait aimé crier, attirer l'attention de ses domestiques, poursuivre l'inconnue dans l'escalier où résonnait son pas léger. Or il était pétrifié. Plus rien ne lui importait fors ce rouleau de papyrus antique. Il le saisit enfin et, en l'entendant crépiter, crut avoir réveillé la voix qui s'y nichait.

Au même moment, une violente douleur lui enserra les tempes, comme si les dieux le punissaient de la joie qu'il éprouvait. Était-il possible que la femme eût dit la vérité ? Que ce rouleau portât l'empreinte du grand Virgile ? Que le reste de l'œuvre fût caché à Rome ? Qu'il l'attendît ?

Son pied heurta le sceau de plomb qu'il avait jeté au sol, avec le parchemin de la commune. Quoique empreint de la morgue du pouvoir, cet écrit-là semblait bien misérable ! pensa-t-il.

Mais peut-être était-il précieux, lui aussi. Il le ramassa et le déplia. Plus précieux qu'il ne l'avait imaginé.

2

5 novembre, sur la route de Rome, au couchant

La pluie s'abattit une nouvelle fois sur le toit, accompagnée du vacarme de la foudre tombant non loin de là. L'eau s'infiltra à l'intérieur et coula le long des vieilles poutres recouvertes de paille. Assis sur le banc, l'homme s'écarta pour éviter d'être mouillé et, ce faisant, effleura l'épaule de son voisin, qui se déplaça à son tour, agacé par la proximité de ce corps massif.

« Les gens des Colonna se révoltent. Ils ont attaqué la forteresse de Morlupo et incendié le relais de poste à Fiano. Aucune trace des troupes qui devaient venir de Rome, murmura le premier, craignant peut-être que, prononcées à voix haute, ces nouvelles n'eussent aggravé la situation. Qu'allez-vous faire ? »

Son interlocuteur se rapprocha de la cheminée, devant laquelle il essayait de sécher ses vêtements trempés, la pluie n'ayant pas cessé au cours des deux dernières journées de voyage. À la pensée de la terrible nuit qui s'annonçait, il se sentait fiévreux et secoué de frissons. Il fixait le feu comme s'il y cherchait une réponse plus que de la chaleur, les mâchoires serrées sous l'effet des élancements qui martyrisaient sa nuque depuis plusieurs heures.

« Je ne sais pas. Laissez-moi réfléchir.

— Il vaudrait peut-être mieux attendre..., susurra un troisième homme dans leur dos. Ou... rebrousser chemin ?

— C'est impossible, messire Maso. La commune et sa liberté comptent sur nous. Rien ne doit nous arrêter. Et rien ne nous arrêtera. Demandez à l'aubergiste s'il existe une autre route pour Rome. Et vous, Corazza, assurez-vous que les mulets soient nourris et logés pour la nuit. J'ai... j'ai besoin de repos. »

Demeuré seul, il ferma les yeux et attendit que s'atténuent nausée et vertiges. Soudain il perçut une présence derrière lui. Il tourna légèrement la tête.

« Pardonnez-moi, messire, déclara une ombre indistincte. Êtes-vous les ambassadeurs de Florence ? »

La bûche qui brûlait dans la cheminée se brisa brusquement en deux morceaux, qui roulèrent sur le fond de briques en produisant une nuée d'étincelles. Le nouveau venu portait le simple habit du peuple, une tunique grisâtre pourvue d'un capuchon qui dissimulait partiellement sa tête. Sans laisser à son interlocuteur le temps de répondre, il poursuivit : « Et vous êtes leur chef, messire Dante Alighieri. Le poète. J'ai entendu dire que vous cherchiez une autre route pour Rome. Je peux vous aider. »

Un élan de colère se saisit de Dante et se substitua un instant à son malaise. Cette expédition aurait dû être secrète. Or tout le monde semblait en avoir eu vent et connaître le nom des envoyés de Florence. Il jeta un coup d'œil à Maso Minerbetti, qui conversait encore avec l'aubergiste. Cet idiot s'était sans doute vanté auprès d'une servante. À moins que ce ne fût Corazza Ubaldini da Signa. Les deux compagnons de voyage qu'on lui avait imposés avaient pour mission de l'épier plus que de l'aider, il en était certain.

« Quelle est l'autre route ? »

L'inconnu baissa son capuchon. Le visage d'un adolescent aux cheveux épais et bouclés apparut. Son regard vif, dénué de la malice qu'accompagne l'âge, poussait à la confidence.

« À quelques lieues d'ici. Il y a un point d'accostage sur le fleuve, près de la forteresse de Turrita. Le passeur est un membre de ma famille. Il peut vous conduire jusqu'à Rome en échange d'une petite rémunération. »

Dante réfléchit un instant. Bien sûr, c'était possible. Depuis qu'ils avaient abandonné la Via Cassia pour contourner l'insurrection, ils avaient aperçu plusieurs fois dans le lointain les anses du Tibre. « Nous voyageons avec des mulets et des bagages. »

Le jeune homme secoua la tête. « La barque est petite. Il n'y a de place que pour un seul passager. Mais il faut partir sur-le-champ. »

Le poète bondit sur ses pieds. Ce garçon lui offrait l'occasion de se libérer de ses deux accompagnateurs et de se présenter à Rome le premier. Il jugerait ainsi de la situation qui les attendait et aurait le temps d'élaborer un plan sans devoir répondre des destinées de sa cité, qu'on lui avait confiées. Il se sentait mieux. Il saisit une cruche sur la table voisine et avala une longue gorgée. Le vin le réchauffa et accentua la sensation de bien-être que cette perspective suscitait en lui.

Ses deux compagnons accueillirent la nouvelle de son départ solitaire d'un air soupçonneux mais soulagé. Ils attendraient en lieu sûr, avec bagages et provisions, que les eaux se calment. Et puis que pouvait faire, seul, le poète ? Sans compter que le fleuve était en crue, après les pluies intenses de l'automne, et que cela ne promettait rien de bon…, semblaient-ils penser.

Dante ne lut aucun souhait de réussite sur leurs visages au moment des adieux.

En proie à un doute soudain, il demanda au jeune homme, qui avait assisté en silence, dans un coin, à ses préparatifs rapides :

« Ne vaudrait-il mieux pas attendre l'aube ?

— Le trajet qui mène au fleuve n'est pas sûr. Et le passeur n'attendra que jusqu'à minuit.

— Pourquoi dis-tu qu'il nous attend ? Comment sait-il que nous irons ? »

Le garçon se dirigea vers la porte sans répondre.

Dehors, la tempête s'était transformée en une pluie glaciale et fine. Dante serra contre lui les pans de son manteau et s'efforça de protéger son sac de l'eau. Le reste des bagages le rejoindraient avec ses compagnons. Il ne s'en souciait guère : tout ce qu'il possédait de précieux se trouvait dans cette besace en cuir. Il y avait rangé les lettres de la commune de Florence qui l'accréditaient auprès de la cour papale, ainsi qu'une petite réserve de florins pour le voyage, le papyrus de Virgile et la liasse de ses derniers écrits, dont il ne se séparait jamais. Des pages qu'il noircissait et effaçait, en quête d'une perfection qui se dérobait sans cesse.

Il emboîta le pas au garçon, qui s'était engagé sur un sentier bordé d'herbe difficile à entrevoir à la lumière intermittente de leurs lampes. Ce dernier avançait d'un pas rapide, se retournant de temps à autre pour s'assurer que le poète le suivait et l'encourageant d'un signe. Bientôt, toute trace de présence humaine disparut. D'imposants buissons de ronces surgirent des deux côtés du chemin, qui semblait mener maintenant vers un bois d'arbres de haut fût. Au-delà, le sentier descendait. Une branche, ployée au passage du jeune homme, fouetta le visage de Dante.

Bientôt son guide s'immobilisa. Il chercha quelque chose dans l'obscurité puis porta un doigt à ses lèvres en l'invitant à garder le silence. Le poète avait beau plisser les paupières, il ne distinguait rien de menaçant.

Ils repartirent et rejoignirent une cannaie qui bouchait la vue des deux côtés.

C'est alors qu'un nouveau son s'ajouta au bruissement des feuillages cinglés par la pluie : le grondement sourd d'une grande masse d'eau en mouvement. Aucun doute, le fleuve était proche. Dante dérapa et fut contraint de s'agripper aux roseaux pour éviter de choir. La boue ralentit son pas.

« À quelle distance sommes-nous ? » interrogea-t-il. Pour toute réponse, le jeune homme indiqua un passage au milieu de la cannaie et continua sa route. Au bout d'un moment, il s'arrêta.

Devant eux, un énorme serpent d'eau déroulait ses anneaux de méandre en méandre et coulait tumultueusement. La rive opposée était invisible.

« Voilà ! Le Tibre. Le bac n'est pas loin. Mais nous devons nous hâter, minuit approche ! »

Au même instant, une trouée s'ouvrit entre les nuages, et la lumière du mince croissant de la lune éclaira une embarcation dissimulée par les roseaux. Le poète dévala derrière son guide le talus de la rive boueuse. Ses souliers s'enfoncèrent dans l'eau glacée et le clapotement de ses pas couvrit le mugissement des eaux.

Un homme se tenait debout à la poupe, appuyé sur une longue perche plongée dans le fleuve.

Il échangea un signe complice avec le garçon, qui dit : « Montez, messire. » Puis il extirpa la barre du fond vaseux et entreprit de pousser pour libérer la barque. Elle ondoyait déjà quand Dante y atterrit. « Tu es sûr ?... », murmura ce dernier, en proie à une incertitude subite, ayant soudain le sentiment d'être pris au piège. Mais il était trop tard pour se raviser : l'embarcation se mouvait déjà et s'abandonnait à l'étreinte du courant qui l'entraînait vers le large.

« Vous devez vous rendre en ville, messire Alighieri. Vous êtes attendu.

— Mais qui es-tu ? cria le poète à la silhouette que l'obscurité engloutissait peu à peu. Qui es-tu ? Et qui m'attend ? Qui t'a envoyé ?

— Des gens qui ont confiance en vous », entendit-il au loin. Il se tourna vers le passeur : debout à l'arrière, il scrutait les eaux et corrigeait sa route à coups de rame. La barque gagnait le centre du fleuve, où des rides et de petits tourbillons indiquaient le fil du courant.

« Tu connais ce garçon ? »

L'homme ignorant sa question, Dante la répéta plus fort. Son compagnon porta un doigt à une oreille et secoua la tête.

« Tu es sourd ? »

De nouveau, pas de réponse. Le batelier se contentait de le fixer, la tête dissimulée sous une capuche, indifférent à la pluie qui recommençait à tomber.

Une couverture de feutre était roulée sur le fond de l'embarcation. Dante l'étendit sur lui et regarda les rives lointaines. Elles défilaient de plus en plus rapidement, maintenant que la barque avait atteint le milieu du fleuve.

De violentes rafales de vent s'insinuaient sous son abri improvisé et tentaient de l'en arracher. Entre les roseaux, les arbres étiraient leurs branches sur l'eau. Çà et là, la boue transportée par les flots s'était consolidée en îlots sableux où se dressaient des bois marins, dont les feuillages formaient des ponts et des arcs de triomphe.

Énée avait dû voir ce spectacle lorsqu'il avait abordé les côtes du Latium, songea Dante, dont l'esprit s'enflammait au souvenir des vers de Virgile.

Soudain il entendit des hurlements qui semblaient se déplacer le long de la rive. Pour une mystérieuse raison, les loups de la région, agacés par le temps inclément, accompagnaient de leur pas invisible la progression de la barque.

Il se signa. Les yeux levés au ciel, où le vent avait ouvert une brèche entre les nuages, il chercha à l'est un signe annonciateur de l'aube. Mais la fièvre et la fatigue du voyage devaient avoir bouleversé sa notion du temps : la nuit était encore noire. La Chevelure de Bérénice resplendissait de sa poussière d'étoiles. La Vierge s'allumait au loin, à l'horizon, alors que les Gémeaux étincelaient au milieu de la voûte céleste, enflammés par le grand œil jaunâtre de Jupiter.

Il aurait aimé y lire de bons auspices, or son esprit s'y refusait. Ces étoiles étaient froides, immobiles, figées par la fièvre même qui lui transperçait le corps jusqu'à la moelle. Muettes, comme privées de leur capacité d'imprimer une marque sur le destin de l'homme. Mais c'étaient peut-être les hurlements des loups qui plaçaient son voyage sous un signe funeste, l'invitant à compter uniquement sur ses forces. Il était seul, plus seul qu'il ne l'avait jamais été.

C'est alors que l'embarcation fut secouée par un impact violent. Semblant confirmer ses sentiments, la carcasse enflée d'un cheval aux membres dressés vers le ciel en une sorte de galop macabre passa tout près. L'eau charriait un grand nombre de déchets, arrachés aux rives, qui se dirigeaient vers la même destination que lui.

3

6 novembre, à la hauteur du ponte Milvio

L'aube s'était levée. Dante s'arracha au sommeil bref et agité qui l'avait emporté malgré lui et s'extirpa de son abri improvisé pour respirer à pleins poumons l'air frais du matin. La pluie avait cessé, une lumière froide souillait le paysage d'un halo jaunâtre. Le batelier se tenait toujours à sa place, comme s'il était fait du même matériau que la barque. Sans abandonner sa rame, il poussa du pied une outre. Le poète s'en saisit, ôta le bouchon en liège et renifla. Du vin. Il remercia l'homme du regard.

Il avala une gorgée âpre et tiède et eut le sentiment que son corps se réveillait lui aussi, s'extirpant de la torpeur nocturne.

Il tâta son front : il était moins chaud que la veille. Et ses lèvres semblaient moins desséchées. Il but une nouvelle gorgée afin de chasser la nausée. Il frissonnait encore et ses os étaient douloureux. Il observa les rives : la masse ombreuse de la végétation s'était écartée des deux côtés. Le fleuve s'était élargi, il méritait maintenant le nom de demeure divine. L'enchevêtrement de branches et de feuillages que charriait le courant évoquait la chevelure du dieu Tibre ainsi qu'il apparut à Énée en jaillissant des flots, se dit-il.

Un grand pont de pierre, surgi comme par enchantement derrière une anse, glissa au-dessus de sa tête.

Les signes de présence humaine se multipliaient. De vastes terre-pleins se ménageaient un espace entre les broussailles, les cannaies laissaient place à des champs cultivés et des vignes. Sur les hauteurs se dressaient de grandes cabanes et des fermes en pierre d'où s'élevaient de minces filets de fumée.

Devant, le fleuve dessinait un coude qui le soustrayait momentanément à la vue. L'embarcation s'y engagea.

« Rome est encore loin ? » interrogea Dante.

Le passeur tendit la main vers l'avant. Au même moment, la barque sortit du virage. Le poète bondit sur ses pieds, les yeux écarquillés.

Le courant s'accélérait. L'embarcation, emportée comme par la main d'un dieu fluvial, se trouva précipitée dans des tourbillons qui semblaient vouloir la détourner de sa route. Ces oscillations n'empêchèrent pas Dante de contempler le spectacle splendide qui s'offrait à lui. Incendié par la lumière de l'aube, un énorme rempart ponctué de tours majestueuses et de portes aux encadrements de marbre s'étendait à perte de vue le long du fleuve. On aurait dit qu'un peuple de géants avait aligné toutes les pierres et toutes les briques du monde pour enserrer non pas une ville, mais un royaume entier. Un grand nombre d'étendards et de pavois ondoyaient sur le chemin de ronde, semblables à des flammes agitées par le vent.

La barque continuait d'avancer. Un instant, la vision s'évanouit derrière un autre coude, puis ressurgit, riche de nouveaux détails.

Désormais, l'eau léchait les remparts. Sur la rive gauche apparut le château Saint-Ange, gigantesque tambour de pierre sombre qui entaillait l'horizon à l'instar des quatre colonnes soutenant la voûte du ciel.

Pourtant, il y avait quelque chose de malsain dans tant de splendeur, pensa Dante. De près, les remparts affichaient mille fissures et la marque de reconstructions occasionnelles et sommaires. Là où le débit des eaux avait miné les fondations, on avait entassé à la hâte de la terre et des blocs de marbre. Des fûts de colonne brisés, arrachés à l'on ne savait quel temple de dieux oubliés, s'amoncelaient sur les glacis, et des restes d'entablements précieusement sculptés tenaient lieu de môle. Une forêt de plantes grimpantes les enserraient de leur étreinte, comme si, après la violence des Barbares, la campagne environnante lançait maintenant le dernier assaut à la ville.

De même, les étendards qui flottaient au sommet des tours et sur les chemins de ronde déserts n'étaient autres que des étoffes usées.

Un instant, Dante songea qu'il se dirigeait vers une cité morte. Le fleuve seul paraissait en vie.

Qui plus est, il se peuplait : son compagnon devait multiplier les coups de rame pour éviter de heurter les embarcations voisines. Des chalands bas et larges, remplis de produits agricoles, d'autres de troncs ou de pierres de construction, semblaient attendre qu'une brèche se ménageât dans cette forêt de voiles triangulaires afin de se libérer de leur chargement.

Le batelier leva le bras et indiqua un escalier de marbre jaillissant du rempart, en retrait à cet endroit. De toute évidence le port, comme le confirmait le va-et-vient frénétique d'individus et de charrettes sur la rive et sur les deux rampes courbes qui montaient vers les deux arcs creusés dans la muraille.

Dante bondit à terre. Il eut juste le temps de saisir sa besace : déjà le batelier piquait sa perche contre le fond bas et éloignait sa barque.

« Qu'est-ce que je te dois ? » lui lança-t-il. En vain : l'embarcation gagna le centre du fleuve et se mêla aux autres.

Intrigué, le poète la suivit du regard. C'est alors qu'une carriole lancée avec violence fondit sur lui. Il l'évita de justesse, étourdi par le tourbillon de cris et de mouvements brusques qui l'assaillait après une nuit de silence.

Cette agitation le surprenait : elle différait du désordre qui caractérise d'habitude les marchés. Exclamations et cris retentissaient. Il distingua aussi l'odeur de la peur, qu'il connaissait pour l'avoir humée sur les champs de bataille : une odeur que l'esprit perçoit avant le nez, et qui pousse les dents à mordre, les jambes à courir.

Les gens hurlaient, tournés vers lui. Il pivota : à quelques brasses de la rive, un bateau approchait, tirant une forme blanche et visqueuse qu'on entrevoyait sous la surface de l'eau, attachée à une rame. Une masse informe, tels les monstres qui, dit-on, habitent les profondeurs des fleuves et des mers.

Un individu perché sur la levée se pencha et agrippa ce fardeau qu'il traîna sur le quai, aidé d'autres hommes. Dante avança, en proie à un mauvais pressentiment.

Une femme morte gisait sur les pavés. Elle avait séjourné longtemps dans le fleuve : les poissons avaient attaqué son visage, le rendant presque méconnaissable, et les eaux l'avaient si bien lavée que son corps semblait privé d'os, aplati au sol comme une outre vide. Seuls ses longs cheveux noirs témoignaient de son sexe. Dante se fraya un chemin à coups de coude parmi la foule agitée et s'accroupit pour mieux observer le cadavre.

« Où est la noyée ? » entendit-il crier derrière lui. Des hommes armés se rapprochaient à vive allure en assenant des coups de lance sur le dos des curieux. « Envoyez chercher les Capuchons rouges !

— Elle n'est pas noyée, rétorqua Dante d'un ton paisible. Regardez », ajouta-t-il, le doigt tendu vers le buste de la défunte.

Il était entaillé de deux lignes grisâtres en forme de croix. Étrangement, seuls les pieds et les mains étaient bien conservés, comme si l'immersion n'avait pas eu d'effet sur eux.

Le poète exhiba la dague qu'il portait dans une poche secrète de son manteau et l'introduisit délicatement dans la plaie. Il sursauta tandis qu'un murmure d'horreur s'élevait autour de lui. La cavité thoracique était vide : on ne distinguait que les blanches saillies des côtes, noyées dans la chair grise. Il souleva davantage les bords. Le ventre, également vidé, fourmillait de petits poissons. L'assassin ne s'était pas contenté de tuer, il s'était acharné avec perversité sur la malheureuse, la découpant comme un animal de boucherie.

Les badauds se signaient. Certains s'agenouillaient et priaient à voix haute. Perplexe, le chef des gardes posait le regard tantôt sur le cadavre, tantôt sur le poète, se demandant sans doute lequel des deux méritait le plus d'attention.

« Qui es-tu ? » interrogea-t-il enfin.

Dante se leva. « Je me nomme Dante Alighieri. Florentin, ambassadeur de ma cité auprès de la cour de Boniface. »

L'homme hésita. Grand et massif, il avait les yeux noirs et le teint aussi sombre que les Sarrasins. Ses larges oreilles étaient ornées d'anneaux en or.

Il dévisagea son interlocuteur, examina la besace qu'il portait en bandoulière et ses habits maculés de boue. Saisissant entre deux doigts un pan du manteau, il déclara : « Un ambassadeur. Des vêtements de rien du tout : votre cité doit être bien misérable pour te dépêcher à pied et sans cortège. Pourtant, la morgue de vos marchands laisse entendre que vous nagez dans l'or.

— Ce n'est pas le négoce qui caractérise un peuple, répondit Dante froidement, mais ses coutumes et ses lois. Ni la loi ni les coutumes ne portent d'habits dorés. Songez plutôt à venger cette malheureuse. Le coupable doit être habitué à manier les lames. Ce n'est pas un soldat. L'entaille est trop nette pour qu'on l'ait pratiquée avec une épée. Enquêtez plutôt parmi les chirurgiens et les bouchers.

— Cela revient parfois au même, grommela l'officier en se penchant une nouvelle fois pour mieux observer la plaie. Je vois que tu t'y connais, messire. Serais-tu chirurgien ou arracheur de dents en ta cité ? »

Dante ravala à grand-peine la réponse qui lui était montée aux lèvres. Il secoua la tête. « Je suis membre de la corporation des apothicaires, si cela vous intéresse. Et j'imagine que vous êtes l'agent de l'octroi », ajouta-t-il d'un ton venimeux.

Une ombre passa sur le visage de l'homme. Il éclata soudain d'un grand rire. Les gardes armés et plus d'un badaud l'imitèrent. Cet accès d'hilarité indigna le poète : voilà qu'on infligeait un affront supplémentaire à la malheureuse, un affront peut-être plus féroce que la lacération de sa chair. L'assassin avait effacé sa vie, ces hommes ignoraient aussi sa mémoire.

« Je suis Antonio Caffaro, décurion de la garde du château. Et l'octroi que j'applique est fait de corde et de savon, messire ambassadeur. » Il éloigna un curieux d'un coup de pied. « On m'appelle aussi "maître des danses", car j'ai fait danser bon nombre d'individus dans la cour du donjon. Des individus ayant eu l'idée saugrenue d'enfreindre les lois de Sa Sainteté le pape.

— Vous êtes le bourreau !

— L'exécuteur des hautes œuvres. Ou Maître Chanvre, comme le dit le petit peuple. Quand j'ai le dos tourné, naturellement. »

Il éclata de rire une nouvelle fois. Comme à un signal, les gardes écartèrent les badauds de leurs lances. Ils s'emparèrent ensuite du corps et, l'ayant sommairement enveloppé dans de la toile de sac, se dirigèrent vers l'escalier qui montait du quai.

Demeuré seul, Dante jeta un regard circulaire. Il y avait là une grande quantité de porteurs qui s'affairaient autour des chalands, de marchandises amoncelées, d'animaux de trait attelés aux roues d'étranges engins verticaux destinés à soulever des charges. Des files d'hommes enchaînés gravissaient et descendaient la rampe raide qui longeait l'escalier, sous le regard de quelques surveillants. De temps en temps, un fouet s'abattait sur l'un d'eux sans motif apparent.

« Qui sont ces individus ? demanda le poète à un badaud.

— Des habitants de Preneste[1]. Ils se sont rebellés contre le pape, et maintenant ils le servent. Tout au moins ceux qui n'ont pas été tués. »

1. Ancien nom de Palestrina.

Dante observa les malheureux. On entrevoyait çà et là un vieillard à la chevelure grise. L'armée de Boniface avait récemment détruit Preneste, qui avait ainsi payé sa fidélité à la famille rivale des Colonna. Elle l'avait rasée et recouverte de sel, comme l'antique Carthage, afin que son souvenir se perdît dans le temps.

Il interrogea, secoué d'un frisson : « Où puis-je trouver un logement dans cette ville ?

— Vous êtes un pèlerin ? Essayez donc chez les frères, à Sainte-Marie-du-Peuple », répondit l'homme après avoir lancé un coup d'œil à ses vêtements mouillés et à ses souliers couverts de boue.

Indisposé par son air de suffisance, le poète rétorqua sèchement : « Non, je cherche une maison.

— Dans ce cas, allez voir au Champ de Mars. »

Dante gravit la volée de marches et déboucha sur une rue longue et étroite qui s'étendait des deux côtés à perte de vue. Elle était bordée d'une rangée d'édifices en briques, pareils à un second rempart. Il se retourna. Au loin, la masse du château Saint-Ange dissimulait la basilique vaticane et ses palais, dont on distinguait toutefois le sommet au-dessus d'une forêt de toits en tuiles. On apercevait aussi un coin du pont, qui s'achevait juste devant le bastion du château.

Il essaya de s'orienter mentalement. Avant de partir, il avait étudié un plan de la ville à la bibliothèque des franciscains de Santa Croce. Mais le cercle que ceignait une muraille, sur le parchemin, et que ponctuaient des images d'églises, de palais et de ponts, se révélait à présent inutile tant il était éloigné de la réalité. Il se trouvait sans doute dans une rue parallèle à la Via Lata, ainsi que les papes avaient rebaptisé l'antique Flaminia. En la suivant, il atteindrait le centre de la ville.

Il se mit en route, tandis qu'un soleil tiède et lumineux déchirait la couche des nuages qui toute la nuit avaient déversé leur pluie. Il y vit un signe de bon augure. Ses vêtements séchaient et la fièvre diminuait. Une molle torpeur s'emparait de lui. Légèrement plus loin, la rue s'élargit un peu devant le portique d'une petite église. Près de la colonnade gisait une statue antique, une figure de femme portant un casque.

Minerve, se dit-il. Il gagna l'ombre du portique et se laissa tomber au sol. Le vacarme des charrettes et des piétons parvenait atténué à ses oreilles, telles les vagues d'une mer lointaine. Il glissa dans le sommeil, sous les regards indifférents.

Seule la déesse semblait l'observer avec bienveillance. Étendrait-elle, de son exil, sa protection sur un poète loin de sa patrie ?

Comme d'habitude, la fièvre infestait son sommeil de cauchemars. Cette fois, il se voyait cheminer le long d'une rue aux pavés disjoints. Les maisons s'étaient effacées devant des dunes d'un sable sanguin, qu'il gravissait avec une difficulté croissante. Une tempête d'étincelles lui brûlait les yeux. Autour, la mer de sable pullulait de serpents venimeux, qui formaient en s'enchevêtrant des gerbes hérissées de bouches et d'écailles, semblables à des ronces balayées par le vent.

Au-delà, un gouffre circulaire, immense, pareil à une déchirure, lui barra la route. Un bruit confus, indéchiffrable, évoquant le ressac d'une mer en tempête, paraissait s'élever de ces profondeurs.

Intrigué, il s'allongea à plat ventre et se pencha au-dessus de l'abîme. Aussitôt il bondit en arrière, terrifié :

un nombre incalculable d'individus agrippés aux parois, tels des vers à une carcasse, tendaient vers lui leurs mains crochues en poussant des hurlements horribles. Un halo rougeâtre montait du fond, laissant deviner qu'un fleuve de lave coulait en profondeur.

Il plaqua les mains sur ses yeux, sans pouvoir en chasser toutefois le spectacle de ces corps qui exigeaient de lui un salut impossible. Bien qu'il ne comprît pas leurs propos, il était étrangement persuadé que chacun d'eux criait son propre nom, comme si cette poussière de désespérés se composait d'hommes et de femmes qu'il avait rencontrés sur terre et qui demandaient à être reconnus.

Il fut envahi par une compassion infinie. Certes, la tâche était immense, mais il fallait qu'il les aidât. Il étira les bras vers les plus proches. Dans son rêve, il eut l'impression de sentir leurs doigts froids effleurer les siens, tandis que leurs visages blancs, abîmés par des plaies immondes, se rapprochaient et que leurs corps déformés, hydropiques ou squelettiques, s'entortillaient les uns autour des autres tels des serpents.

Malgré sa compassion, le dégoût le saisit à nouveau. Soudain, il comprit ce que criaient ces créatures. Elles ne réclamaient pas le salut, elles le priaient de se joindre à elles. C'est alors que la roche s'effrita sous sa poitrine et que s'émiettèrent les appuis auxquels il se cramponnait désespérément. Il commença à glisser dans l'énorme cratère en émettant un cri épouvantable.

Une main le retint. Il s'y accrocha de toutes ses forces. C'était une main antique, forte. Paternelle.

Son cri retentissait encore dans son esprit quand il se réveilla. Le soleil se couchait derrière les hautes bâtisses de la rue, mais les passants continuaient d'aller et venir, indifférents à sa personne. Nul doute, les Romains étaient habitués à la vue de pèlerins sans toit. Il vérifia le contenu de la besace qu'il avait glissée sous sa tête. Rien n'y manquait, constata-t-il, soulagé. Il était affamé, cependant la fièvre et les élancements s'étaient atténués. Il jeta un regard circulaire afin de s'orienter.

Il n'avait nulle envie de rejoindre, comme convenu, les autres membres de la délégation florentine : il était persuadé qu'on lui avait attribué ces compagnons de voyage pour mieux le surveiller.

Au port, on lui avait suggéré de tenter sa chance au Champ de Mars. C'est là qu'il devait se trouver. Or les constructions en pierre qui s'élevaient sur les vestiges des monuments romains n'avaient rien d'accueillant : leurs portes étaient barrées et de grosses chaînes interdisaient l'accès aux ruelles environnantes. Il se coula dans le flux des badauds tout en promenant un regard curieux sur les bâtiments. Les tours se succédaient, parfois groupées, comme réunies par des mains de géant jaillissant de la terre.

Il atteignit bientôt une place, sorte de clairière dans cette forêt de pierre. Devant lui se dressait l'imposante colonnade d'un temple antique, surmontée d'un tympan où l'on distinguait encore les restes d'un bas-relief en bronze. Des têtes, des bras et des jambes d'individus aux proportions majestueuses, revêtus d'un drapé qu'un souffle divin semblait encore agiter.

Stupéfait, il s'immobilisa, le nez en l'air. Derrière le temple, une énorme coupole qui aurait pu contenir quatre ou cinq fois le baptistère de sa ville se tendait vers le ciel.

Une voix retentit derrière lui : « C'est la première fois que tu vois une chose pareille, pas vrai, étranger ? » Il se retourna : un paysan muni d'une grosse corbeille de légumes se tenait là. À en juger par son air satisfait, il se considérait comme l'auteur de cette merveille.

« Qu'est-ce que c'est ? interrogea Dante, le souffle coupé.

— L'église Sainte-Marie-des-Martyrs. Les savants l'appellent aussi Panthéon. Elle te plaît ? »

En proie à une tristesse mêlée d'un sentiment d'impuissance, le poète se demanda par quel mystère les êtres violents aveuglés par le vice et la cupidité, enclins à la gloire mondaine, privés de la grâce divine et du doux chant des Écritures qu'étaient les anciens Romains avaient pu réaliser pareil chef-d'œuvre. Force était toutefois de reconnaître qu'ils étaient infiniment grands et que ses contemporains offraient, en comparaison, un spectacle misérable.

Sous le regard perplexe de son interlocuteur, il tira de sa besace le cylindre contenant le papyrus de Virgile et le porta à ses lèvres. Ses considérations sur l'architecture valaient aussi pour la littérature : qui eût été capable, aujourd'hui, de fléchir un langage à l'informe fluidité, de le marteler avec la force née de la poésie, de lui imprimer autant de splendeur ?

Il replaça l'objet dans son sac et lança : « Trouve-t-on à se loger par ici ? »

Le paysan lui indiqua, au bout de la place, une maison à trois étages surmontée d'un grand toit de bois.

« Essayez donc là, au palais du pape Athanase. L'Auberge du Soleil est célèbre parmi les étrangers. On y boit du bon vin, on y mange bien et on ne partage pas son lit avec plus de deux personnes.

— Non. J'ai besoin d'une chambre. Pour moi seul. »

L'homme le toisa, ironique. « Il n'y a pas de logements pour messires par ici. Et les loqueteux ne sont pas les bienvenus dans les familles qui gouvernent ces lieux, ajouta-t-il en montrant les tours voisines. Allez donc voir sur l'autre rive.

— Par où ?

— Marchez droit devant vous. Traversez le fleuve aux ponts de l'île. Les paysans qui cultivent les prés du côté du château accepteront peut-être de vous héberger. »

Le poète prit la rue que le passant lui avait indiquée. Il longea le tambour du Panthéon et affronta le lacis de ruelles qui se poursuivait de l'autre côté de la place. Plus d'une fois, il se heurta à des chaînes, ou à des monticules de gravats et de morceaux de marbre qui barraient le passage, et fut contraint de rebrousser chemin. Il franchit un vaste terre-plein recouvert de vieilles dalles de travertin qui accueillait les soubassements rehaussés de plusieurs temples en ruine. Il grimpa sur l'un d'eux afin de s'orienter et songea qu'il s'agissait peut-être de l'ancien Forum. Les Césars et les premiers martyrs avaient-ils foulé ces mêmes lieux ? Pourtant, on ne voyait pas le Palatin à l'horizon, mais d'autres constructions, sur lesquelles se détachaient çà et là de nouvelles tours et de nouvelles ruines.

Il s'était probablement égaré, pensa-t-il à la vue d'une colonne tronquée devant laquelle il était certain d'être déjà passé. Enfin, il déboucha sur le fleuve : à cet endroit, il s'élargissait et léchait de ses eaux agitées une petite île dont la forme évoquait un navire échoué. L'obélisque penché qui se dressait en son centre complétait cette impression, tout comme l'énorme rostre de marbre qu'il crut distinguer sur la pointe en aval.

Il traversa un premier pont en dos-d'âne et, une fois sur l'îlot, se faufila entre une tour et une sorte de monastère fortifié. Puis s'engagea sur le second, qui menait à l'autre rive. Trois hommes étaient indolemment appuyés au parapet en pierre au sommet de l'arche, habillés de vêtements fanés et abîmés par le temps et la saleté.

Les voyant échanger des regards complices, Dante se mit d'instinct sur ses gardes. Il porta la main à la poche secrète de son manteau, afin de s'assurer de la présence de sa dague.

C'étaient peut-être des désœuvrés, se dit-il en se dirigeant vers eux, l'air indifférent. Mais quand il arriva à leur hauteur, l'un des individus tendit la jambe et lui barra le passage.

« Halte, étranger ! Tu as oublié la gabelle du pont, déclara-t-il avec un accent laid et grossier.

— La gabelle ? Combien ? » répliqua Dante, prudent. Il n'était pas impossible qu'il fallût s'acquitter d'un péage, songea-t-il. La petite tour de garde qui s'élevait au terme de la rampe et protégeait l'accès à l'autre rive marquait peut-être une frontière. Cependant ces trois hommes aux étranges uniformes lui paraissaient suspects.

« Cela dépend.

— De quoi ?

— De ton sac. Montre-le. »

Dante recula d'un pas. Les trois autres se rapprochèrent. « Non ! » répondit-il d'un ton sec.

L'individu qui avait parlé se pencha vers lui. De sa bouche aux dents gâtées s'échappait une haleine fétide. Au même moment, le poète perçut un mouvement rapide dans son dos. Un quatrième homme, jailli du néant, s'était recroquevillé derrière lui, tel un chien se dissimulant dans son ombre.

Avant qu'il ait eu le temps d'en comprendre la raison, son interlocuteur abattit la main sur sa poitrine et le projeta en arrière. Il trébucha et tomba à la renverse.

Avec une férocité bestiale, le quatrième individu referma les jambes autour de sa taille, tandis que les autres lui saisissaient les bras et l'immobilisaient.

Il se vit perdu, dans l'incapacité d'attraper sa dague. Un couteau était apparu, en revanche, dans les mains du chef présumé. Sa lame froide lui effleura la gorge.

« Il va t'en coûter, de ne pas avoir obéi aux gardes du pont », lui lança l'homme.

L'un de ses compères s'empara de la besace de Dante et commença à la fouiller. Il en tira le cylindre gravé et, après en avoir observé le contenu, s'en débarrassa avec négligence. L'étui rebondit sur les pavés et roula vers le parapet, accompagné du cri désespéré de son propriétaire, puis s'arrêta au bord du pont. Un empan de plus, et ce trésor serait tombé à l'eau.

Malgré la lame pointée contre sa gorge, Dante se débattait de toutes ses forces. En vain. L'un des prétendus gardes poussa soudain un cri de triomphe et exhiba la bourse remplie d'argent.

Mais un instant plus tard, l'homme au couteau bondissait sur ses pieds et s'éloignait, tout comme ses compères, à l'exception de celui qui lui enserrait les hanches et qui, à en juger par ses mouvements, tentait maintenant de se soustraire à sa position inconfortable.

Le poète s'en libéra d'une poussée et se jeta sur son cylindre. Dès qu'il s'en fut saisi, il attrapa sa dague et s'apprêta à affronter ses agresseurs.

Or une scène bien différente l'attendait quand il se retourna. Les faux gabelous étaient alignés contre le parapet et entourés d'un groupe de gardes qui les menaçaient de leurs piques. Un géant noir les contemplait, appuyé avec indolence sur le muret.

« Messire l'ambassadeur florentin, il semble que tu doives remercier ta bonne étoile », déclara Maître Chanvre. Et pas seulement, ajouta-t-il en tapant du pouce sur sa poitrine.

D'un signe, il indiqua à ses hommes les quatre prisonniers qui le dévisageaient, terrorisés. Les gardes retournèrent leurs piques avec habileté et les frappèrent brutalement. Un chœur de cris et d'implorations retentit.

Dante suivit avec satisfaction cette œuvre de justice. Au cours de la bagarre, l'homme au couteau atterrit près de lui, et il en profita pour lui assener un coup de pied, tremblant encore à la pensée du risque auquel cet être infâme avait exposé le papyrus de Virgile.

Mais les cris des prisonniers se changèrent bientôt en faibles plaintes, alors que les coups continuaient de pleuvoir. Craignant que cet acharnement ne débouchât sur la mort, le poète saisit le décurion par le bras. « Arrêtez vos hommes, ou vous n'aurez que des cadavres à mettre au cachot.

— Au cachot ? Nous réservons ce logement à des gens d'une tout autre nature, messire l'ambassadeur florentin. Il est possible que ta grasse cité soit assez riche pour offrir du pain à des voleurs. Ici, nous appliquons une règle différente. »

L'officier claqua des doigts. À ce signal, les gardes déposèrent leurs piques et, hilares, agrippèrent les quatre prisonniers. Les ayant soulevés, ils les jetèrent l'un après l'autre dans le fleuve, indifférents à leurs faibles prières.

Horrifié, Dante se précipita vers le parapet, à temps pour apercevoir de larges cercles à la surface de l'eau. Au bout d'un moment, deux points noirs ressurgirent en aval avant d'être emportés par le courant.

Le décurion s'était penché, lui aussi. Il lança un regard ironique au poète, de toute évidence surpris par sa pitié. « Des rats d'égout, des durs à cuire. J'ai déjà châtié deux d'entre eux. Avec un peu de chance, ils retomberont entre mes griffes. »

Un des soldats ramassa la besace et tendit la bourse au décurion. Celui-ci la soupesa puis en examina le contenu.

« Vous êtes bien fourni en or, messire. Il n'est pas prudent de vous promener dans nos rues sans escorte.

— Cet argent appartient à la noble cité de Florence, il m'a été confié pour ma mission. Je vous remercie de l'avoir sauvé. Ma ville vous manifestera sa reconnaissance le jour où vous nous rendrez visite. »

Maître Chanvre opina du chef. Au lieu de lui tendre la bourse, il la retourna sur la paume de sa main. Il compta rapidement les florins et en glissa un bon tiers dans un sac accroché à sa ceinture. « Tu n'as payé que la lumière du soleil, messire. Qui pourra continuer de briller sur toi.

— Qu'est-ce que cela signifie ? Voilà donc la justice dans la grande ville de Rome ? Si le soleil brille sur nous tous, ce n'est certes pas grâce à vous ! »

L'homme ricana. « C'est faux. Chaque matin, le soleil demande à Dieu notre père l'autorisation de se lever. Puis au saint pape Boniface celle de franchir les sept collines. »

Il s'approcha et piqua de l'index la poitrine du poète. « Mais c'est à moi qu'il s'adresse pour s'élever au-dessus de ce pont. Comme tu le vois, cela est juste, et même très juste. Dis-moi plutôt où tu allais. Le quartier qui s'étend sur l'autre rive n'est guère adapté à un homme de ta condition. On n'y trouve que des charretiers et des éleveurs de porcs. Ainsi que des Juifs.

— Je cherche un logis.

— Seuls les rats se cachent dans ce coin-là. Mais tu dois avoir une bonne raison pour vouloir y coucher. Va voir la vieille Domenica, près de la grande tour. » Il montra une construction en pierre et en bois qui se dressait près de celle-ci, de l'autre côté du pont. « La vieille loue aux pèlerins sa maison et sa fille ! Et je crois qu'elle a maintenant une chambre supplémentaire, ajouta-t-il d'un ton moqueur. Hâte-toi. Le soleil va se coucher. Et la cloche du Capitole sonnera bientôt le couvre-feu. Tu risques de faire d'autres mauvaises rencontres. Ou de retomber sur moi. » Il éclata de son rire cruel.

Dante descendit la rampe. Sur la rive opposée s'élevait une grande tour en briques couronnée de créneaux croulants. Des masures et des baraques en bois, ainsi que des écuries, se pressaient autour telle une troupe de mendiants. Le silence des ruelles tranchait sur l'agitation qui régnait de l'autre côté. On aurait dit qu'une malédiction ou la peste pesait sur le quartier. Le poète gagna d'un pas rapide la maison qu'on lui avait indiquée et frappa à une petite porte qui s'ouvrait dans la cour. Près de là, sous un abri de branchages, une grosse truie vermillait en allaitant ses petits. Une forte odeur de fumier flottait dans l'air.

N'obtenant pas de réponse, il s'apprêta à rebrousser chemin. C'est alors que la porte s'entrouvrit. Un adolescent apparut, pâle, les yeux embués de larmes.

Surpris, le poète murmura : « Est-ce ici que vit la vieille Domenica ? On m'a dit qu'elle héberge des pèlerins. J'ai besoin d'une chambre. Je m'appelle Dante Alighieri, je viens de la ville de Florence. »

Il préférait ne pas révéler sa charge. Tout du moins pas immédiatement. Mieux valait être prudent. Le garçon s'effaça et l'invita à entrer.

La maison était plongée dans l'obscurité. De fait, Dante avait remarqué de l'extérieur que les fenêtres étaient fermées par des volets de bois. De rares rais de lumière filtraient à travers leurs fentes. Il traversa l'entrée derrière son guide. Au fond, on entrevoyait un étroit escalier de pierre qui menait sans doute à l'étage. D'une pièce adjacente provenait la lueur tremblante d'une bougie.

Bien que le garçon lui eût fait signe de le suivre, il s'immobilisa sur le seuil.

Il y avait là une table grossière entourée de quatre bougies reposant sur des chandeliers en bois. Le corps d'une jeune fille aux longs cheveux noirs et au visage blême y était allongé, sous un drap blanc.

On distinguait la cornée sous ses paupières entrouvertes et une rangée de petites dents irrégulières entre ses lèvres étirées. Elle devait être occupée à parler ou à chanter quand la mort s'était emparée d'elle. Quoique durcis par l'agonie, ses traits fins rappelèrent au poète les jeunes Florentines qui accompagnaient de leurs voix célestes les cérémonies sacrées, dans les chœurs des églises.

Il se signa. Dans la cité de Pierre depuis moins d'un jour, il avait déjà croisé deux fois le pas de la mort. Il se demanda pourquoi nul ne s'était employé à préparer le cadavre avant que la *rigor mortis* ne le figeât. Apercevant un insecte au-dessus du visage de la défunte, il s'approcha pour le chasser.

Contre le mur, plusieurs personnes dévidaient une litanie funèbre.

« C'est ma sœur », déclara le garçon dans son dos. À ces mots, une femme âgée à la tête recouverte d'un voile funèbre se tourna vers lui. Puis elle reprit sa prière et se replongea dans son chagrin, imitée par ses voisins.

« C'est ma sœur », répéta l'adolescent, en larmes. Elle a été tuée. »

Dante fixa sur lui un regard surpris. Ainsi, ce n'était donc pas la négligence qui était responsable de l'état de ce pauvre corps innocent, mais l'insulte de la violence qu'il avait subie. Et ce n'était pas un chant que la mort avait interrompu, mais un cri de désespoir.

« Qui l'a tuée ? demanda-t-il tout bas.

— Un démon, messire. Il lui a arraché la chair de ses griffes avant de la jeter comme un rebut. Pauvre Ninfa », ajouta-t-il, inconsolable.

Le poète s'arracha à la contemplation de ce visage triste et posa les yeux sur le corps. Un drap fin le recouvrait, tel un précieux linceul. Mais la forme qu'il dissimulait était étrange, presque malsaine. On aurait dit que…

Saisi d'une irrépressible curiosité, il souleva l'étoffe. L'horreur se peignit sur ses traits. Le côté gauche de la malheureuse était entièrement déchiqueté. La jambe avait été arrachée à la hauteur de l'aine, et un morceau de fémur dépassait encore de la chair martyrisée, coupé net comme par le bistouri d'un chirurgien. Le bras, interrompu au coude, s'effilochait en un amas de sang et de tissus informes. La lame avait également pratiqué une ouverture de l'aisselle au bassin : toute cette partie paraissait écrasée, à croire que les poumons et les autres organes situés près du cœur faisaient défaut.

Il laissa retomber le suaire, en proie à un violent chagrin, regrettant son geste : pour avoir infligé malgré lui à la défunte une insulte supplémentaire, il se sentait responsable du massacre qu'il s'était contenté de révéler.

Les individus présents dans la pièce n'avaient pas bronché. Ils semblaient paralysés d'horreur. À moins qu'ils ne fussent habitués à l'insolence des puissants et n'osassent protester contre les actions d'un homme en apparence noble. Seul l'adolescent réagit, ajustant le drap sur le corps.

« C'est vraiment l'œuvre d'un démon, murmura Dante. Quand cela a-t-il eu lieu ?

— Ma sœur a disparu il y a trois mois. Elle était sortie une nuit pour… pour… »

Il s'interrompit, les joues cramoisies. Le poète balaya la pièce du regard : la modestie de la maison, la pauvreté de l'ameublement et de cette cérémonie suggéraient le métier qui avait conduit la malheureuse à racoler la mort.

Mais elle ne pouvait avoir été tuée trois mois plus tôt. Ce n'était pas possible. Bien qu'abîmé, le corps ne montrait pas la moindre trace de décomposition. Malgré sa pâleur verdâtre, la chair était ferme et adhérait aux os.

L'assassin l'avait donc enlevée et serrée longuement entre ses griffes avant de s'acharner sur elle. « Où a-t-on retrouvé le corps ?

— Sur la rive du fleuve, hors la porte qui se dresse après la colline aux Tessons. Jetée dans un fossé, aussi nue qu'un chien. Ses pauvres vêtements avaient disparu. Les Capuchons rouges l'emmenaient à la fosse de ceux qu'on ne réclame pas, quand une de nos connaissances les a croisés. »

La litanie funèbre continuait de se dévider. Mais le poète ne l'entendait pas, occupé à assembler les détails en un schéma, s'efforçant d'en tirer un syllogisme, selon les enseignements du grand Aristote.

Puis il s'interrompit, éloignant ses fantômes d'un geste sec de la main. Il était à Rome pour accomplir une mission bien précise, non pour enquêter sur une manifestation supplémentaire de la scélératesse humaine. Et pourtant, il demeurait cloué là.

C'est alors que retentirent des bruits de pas dans le couloir. Un groupe d'hommes armés fit bientôt son entrée et s'immobilisa sur le seuil. Dante reconnut le décurion, qui lui lança un regard ironique et, sans piper mot, se fraya un chemin jusqu'à la dépouille. « Je suis venu m'assurer que la loi est respectée, la vieille, dit-il à la maîtresse de maison. De nuit et sans feux, n'oublie pas. Et qu'il n'y ait plus aucune trace de la charogne à l'aube. Que ce soit clair : étant donné ce que tu as payé, seule ma générosité t'autorise à l'ensevelir ici, et non au mur Tors ! »

D'instinct, Dante se plaça devant le cadavre, comme s'il voulait le protéger d'une nouvelle profanation. Ses mains tremblaient. Mais le décurion se contenta d'ajouter : « Ainsi, tu as suivi mon conseil, ambassadeur. Tu seras bien ici, une fois que la maison sera nettoyée.

— Pourquoi ne cherchez-vous pas le responsable de ce massacre et ne vengez-vous pas comme ils le méritent ces gens qui souffrent d'un crime que vous auriez dû prévenir ?

— Les caves du Saint-Esprit regorgent des corps que nous retrouvons dans les rues à chaque ronde de nuit. Qu'est-ce que cette fille a de particulier ?

— L'innocence. Et ceci. » Dante souleva un pan du suaire. « Vous ne voyez pas le rapport avec l'autre femme, au bord du fleuve ? »

Le décurion jeta un coup d'œil distrait au corps. « Oui, je vois. Et alors ?

— Vous ne trouvez pas cela étrange ?

— Ces putains ont sans doute inventé une nouvelle mode pour attirer leurs clients. Une mode venant de France, certainement. Comme toutes les bêtises qu'apportent les pèlerins, avec la gale et la peste hérétique. Et le meurtre. Les Capuchons rouges de la bonne mort n'ont jamais autant travaillé que pendant l'année sainte. Par chance, le Jubilé a pris fin, et les assassins saintement bénis ont regagné leurs pénates, conclut-il en ricanant.

— D'autres prostituées ont-elles été assassinées ?

— Mystère. Depuis que Boniface a eu l'illumination de l'Esprit-Saint et mis un impôt de deux sous sur chaque coucherie, ces nobles dames ont fondu comme neige au soleil. Elles se cachent, et quand l'une d'elles disparaît, personne ne vient nous le dire. Mais cela suffit. Je vais finir par croire que tu es venu de Florence pour satisfaire des envies qui n'ont rien à voir avec la politique. »

L'officier lança un regard menaçant à la ronde puis se dirigea vers la sortie, suivi de ses hommes.

Dante écumait de rage : il n'avait pas su s'opposer à la morgue du décurion. Il se sentait humilié et troublé.

Ses compagnons avaient assisté à la scène, tête baissée, comme s'ils étaient habitués à subir ce genre de vexations. L'avertissement de Maître Chanvre n'était toutefois pas tombé dans l'oreille d'un sourd. Une des femmes tira le suaire sur le visage de la jeune fille et, armée d'une grosse aiguille à laine, entreprit de coudre sommairement les bords du tissu. Celui-ci se resserra peu à peu sur le corps, soulignant l'insulte qui lui avait été infligée. Pas de doute, un ordre avait été violé et le dessein de Dieu mis en pièces par une main perverse.

La femme glissa les cheveux de la défunte dans un pli de l'étoffe et acheva sa couture. Au même moment, la vieille Domenica poussa un hurlement effroyable. Elle criait plus fort que les chiens, songea Dante, plus fort que les loups qui avaient accompagné son voyage nocturne sur le fleuve. Jamais il n'avait entendu le son d'un chagrin aussi pur, pas même à Campaldino[1], pas même dans les plaintes des soldats passés par le fil de l'épée.

Entourée des autres femmes, qui s'efforçaient en vain de la réconforter, elle leva les bras au ciel et voulut étreindre sa fille une dernière fois.

Les deux seuls hommes présents, le garçon et un vieillard, s'approchèrent à leur tour et soulevèrent le sac improvisé. Mais ce fardeau semblait trop lourd pour eux. D'instinct, Dante se jeta en avant. Il saisit un coin de la toile et soutint de l'autre bras le vieil homme qui vacillait.

« Je vous en prie, messire, aidez-nous, implora l'adolescent. Le cimetière n'est pas loin. Juste derrière le rempart. »

Le poète hésita un instant puis attrapa le corps par les pieds.

Le petit cortège s'engagea en silence sur un sentier qui longeait la grosse tour et se déroulait parmi les masures et les potagers, parallèlement à la grève, en direction de la muraille qu'on entrevoyait un peu plus loin.

Personne n'avait emporté de bougie ni de lampe. La lueur que dégageait le croissant de lune permettait tout juste de distinguer les aspérités du terrain. Tous semblaient désireux d'accomplir rapidement leur triste tâche. Il n'y avait pas de prêtre pour accompagner la dépouille vers son dernier séjour, ni pour prononcer de prière dans le latin indigne du clergé. L'ordre des autorités n'avait fait que répéter ce qu'un vieil et triste usage établissait pour les femmes de ce genre, mortes dans le péché de luxure.

---

1. Sanglante bataille, qui eut lieu le 11 juin 1289, à laquelle Dante prit part. Elle fut remportée par les Florentins, alliés aux Siennois.

Seuls quelques sanglots étouffés brisaient de temps à autre le silence, ainsi que le piétinement rapide sur les pavés.

Le rempart se rapprochait, telle une barrière obscure obstruant l'horizon. Mais il n'y avait aucun garde devant, à croire que personne ne se souciait de ce quartier.

La grande porte était fermée. À côté, une poterne permettait de passer, tête baissée. Le cortège s'y engagea et conduisit laborieusement son fardeau de l'autre côté, sur le tracé de l'antique voie romaine.

Ce devait être la Via Portuense, songea le poète. Malgré l'air froid et humide, il avait le front emperlé de gouttes de sueur. Le drap ne cessait de glisser sous ses doigts contractés par l'effort, et il craignait à chaque instant qu'il ne lui échappât. Éprouvé, haletant, il envisageait de réclamer une halte. Mais la vue de l'adolescent et du vieillard qui peinaient, mus par la force du désespoir, le persuada de résister. Il avait été le prieur de Florence, il avait accompagné jusqu'à la tombe ses compagnons d'armes, ses amis. Il ne céderait pas.

Maintenant le pavage était inégal sous ses pieds : son état se détériorait au fur et à mesure qu'on s'éloignait de la porte. Des deux côtés, des stèles arrachées et jetées à terre, ainsi que des tronçons de colonnes, témoignaient de la présence d'antiques sépultures. Ces tombes modestes n'avaient rien à voir avec les riches sépulcres qui, lui avait-on raconté, flanquaient la Via Appia. La rue se mit alors à longer un terre-plein que délimitait un muret en pierres sèches. De petits talus y pointaient sans la moindre marque distinctive. Peu de croix et pas une seule pierre gravée, aucun signe de piété. Un cimetière de pauvres, un voile de terre contre le néant, rien de plus.

Le petit cortège s'immobilisa bientôt et déposa son fardeau. Une des femmes tendit une grosse cuiller en bois au garçon, qui se mit à creuser un sillon dans le sol. Quelques empans, juste de quoi soustraire le corps de sa sœur à la lumière du soleil : cela ne suffirait pas à le protéger au cours de son long voyage vers le jour du Jugement, se dit le poète.

Une fois le cadavre installé dans cette fosse, l'adolescent le recouvrit de terre, aidé du vieillard et de Dante, qui la poussaient du pied. « Que la terre te soit légère, ainsi que tu l'as été pour elle », murmura ce dernier en se signant.

Il remarqua au même moment qu'un individu, surgi de l'obscurité telle une apparition, se joignait à eux. Un homme maigre, vêtu d'un manteau noir, coiffé d'un couvre-chef rigide et noir. La roue jaune qui désignait les membres du peuple de Judas était cousue sur sa poitrine.

Il tenait un caillou, qu'il posa d'un geste respectueux près de la tête de la défunte. Puis il s'écarta et entonna un chant.

En entendant sa voix stridente, Dante eut le sentiment qu'un oiseau nocturne posé sur la tombe insultait la malheureuse. Mais les sons incompréhensibles se changèrent bientôt en une mélodie où l'on décelait un chagrin antique, marqué par l'amen qui réconforte face au néant.

Plus rien de barbare, à présent : on aurait dit qu'un ange était descendu parmi eux afin de disputer l'âme de la jeune fille aux puissances des ténèbres. C'était un murmure, un gémissement, un triomphe qui glissait sur les pierres et les fosses, étreignant ce triste lieu de sa piété.

« Manoello Romano, chuchota le garçon, auquel la surprise du poète n'avait pas échappé. Il avait promis de réciter le kaddish. Je tenais à ce qu'une prière accompagne ma sœur dans sa dernière demeure. Peu importe que ce soit celle des infidèles. »

Dante hocha la tête. Mais quel dieu cet homme avait-il invoqué ? s'interrogea-t-il. Et si c'était le même que celui du peuple chrétien, comment sa majesté pouvait-elle accepter la prière de ceux qui l'avaient renié dans le Fils ? Il pensa au corps brisé qui gisait sous la terre : ces sons aideraient-ils son âme à s'élever, ou l'enchaîneraient-ils plutôt au néant, en un second outrage ?

Le chant s'acheva au terme d'un dernier élan. Manoello leva son visage vers le ciel, bras écartés, puis se dirigea vers Dante. Il baissa la tête et murmura d'un ton plein de déférence : « Puis-je présenter mes respects au prince des poètes ? Au grand Alighieri ? »

Dante sursauta. Par quel mystère cet individu le connaissait-il ? Sans lui laisser le temps de répondre, Manoello poursuivit : « Les anciens de notre peuple, à Florence, nous ont annoncé votre venue. Vous avez défendu mes gens lorsque vous étiez prieur. Je vous attendais avec impatience. Quand ce jeune homme m'a révélé votre nom, j'y ai lu un signe de la volonté divine. »

Ces propos remplirent Dante de satisfaction mais aussi de gêne. « L'obstination de votre race et de votre credo vous condamne à la solitude et au soupçon. Je me suis contenté de séparer la vérité des croyances, selon le droit et ma conscience. »

Manoello s'apprêtait à répliquer quand la mère de la défunte les rejoignit d'un pas traînant. Semblant s'arracher à sa torpeur, elle posa sur le poète un regard embué de larmes et le dévisagea comme si elle le voyait pour la première fois. « Messire, aidez-moi. J'ai entendu que vous êtes un juste. Punissez l'assassin. »

Dante se raidit. « Je suis l'ambassadeur de Florence. Je ne peux m'occuper de vous. Une mission plus élevée repose sur mes épaules. »

Il fit mine de s'éloigner, mais la femme implora une nouvelle fois, en larmes : « Qui me rendra justice, si Celui qui est en haut ne regarde pas de mon côté ? » Elle s'essuyait les yeux de son voile et fixait la pauvre fosse comme si cette dernière lui devait une réponse.

Le poète éprouva un grand embarras. Son refus le plaçait au rang de la sordide soldatesque qu'il avait rencontrée et le rendait tout aussi inutile. La vieille femme en pleurs, le petit chœur muet dans son dos. Il avait déjà vu pareille scène. Mais où ? Et quel ouvrage l'avait-il décrite ?

Il se rappela alors la légende de l'empereur Trajan. Le Romain avait arrêté son armée afin de secourir une veuve qui réclamait son aide. Un acte de justice avait figé le dessein de l'Empire, son destin, dans les forêts d'une terre hostile. Les aigles d'or des légions s'étaient abaissées, tout s'était figé.

« Bien, la vieille. Ta fille sera vengée », dit-il soudain sans savoir comment il agirait, sans rien savoir du tout.

Le garçon lui saisit la main. « Vous cherchiez un logis. Restez chez nous. Nous disposons maintenant d'une chambre vide. »

L'adolescent le précéda sur le chemin du retour, craignant qu'il ne changeât d'avis. Une fois à destination, il l'invita à le suivre dans l'escalier. L'étage était encore plus modeste que le rez-de-chaussée. Il ouvrit une porte et montra une petite chambre, ou plutôt une sorte de réduit. Mais il y avait là un lit, une cruche d'eau et, près d'une étroite fenêtre, un grand coffre qui pourrait servir de table d'écriture. C'était tout ce dont Dante avait besoin.

Le poète déposa sa besace dans le coffre et se jeta sur la couche, tout habillé, s'étant auparavant muni du cylindre en bois. Il en tira le papyrus, le déroula partiellement avec délicatesse et en contempla les signes délavés. Il n'avait pas besoin de les déchiffrer : il les connaissait par cœur. Le son de cette langue coulait dans sa tête, vers après vers, aussi doux que le chant des sirènes. Il glissa de nouveau dans le sommeil, comme sous le portique du temple de Minerve. Mais cette fois sans rêves.

4

7 novembre

Il faisait jour quand il se réveilla. Il ramassa en toute hâte le papyrus, qui était tombé au pied du lit, et le glissa à l'intérieur de son étui. Il fléchit les genoux, en proie à une douleur à l'estomac. La nature lui rappelait qu'il n'avait rien ingurgité depuis plus de vingt-quatre heures. Toutefois il n'avait pas le temps : il devait se rendre à la curie, présenter ses lettres de créance et demander une audience. Seul, avant que se présentent ses deux compagnons, il avait accepté d'aller dans la tanière du loup ; il serait responsable de l'échec ou du triomphe de sa mission.

Il s'empara du décret de nomination et quitta la chambrette après avoir soigneusement rangé dans le coffre le reste de ses papiers. Quant au cylindre, il l'avait pendu à son cou avec une des courroies de sa besace et dissimulé sous ses vêtements. Il traversa la galerie, espérant trouver quelqu'un qui lui indiquerait le chemin menant aux palais du Vatican.

Dans l'escalier, il rencontra l'adolescent qui montait, muni d'une cruche d'eau et d'une miche de pain. « J'ai pensé que vous aviez peut-être faim, messire », dit-il.

Dante le remercia. Il rompit la miche et la dévora aussitôt, sous le regard curieux du garçon. La maison semblait déserte. On n'y percevait pas les sons qui, le matin, animent les demeures des vivants. Les femmes étaient peut-être enfermées dans leurs chambres, où elles se complaisaient dans leur chagrin, songea Dante.

« Pour le Vatican, demanda-t-il enfin, après avoir bu une gorgée d'eau. Quel est le chemin le plus rapide ?

— Remontez le fleuve. Franchissez la porte et prenez la Lungara, qui longe la levée à travers champs, en direction du Château. À une lieue de là, vous trouverez les remparts de la cité Léonine et le toit de Saint-Pierre. Vous ne pouvez pas vous tromper.

— La cité Léonine ?

— La muraille du pape Léon. La forteresse où vit Boniface, protégé par les lances de ses gardes. Et par la corde de son bourreau. » Le garçon cracha par terre. « Elle renferme la basilique de Saint-Pierre et la tour du château, les palais de Boniface et ses jardins. C'est là qu'il se réfugie quand le peuple se révolte et quand il abandonne sa demeure du Latran. »

Dante partit d'un bon pas dans la direction indiquée. À la porte du mur d'Aurélien, qui protégeait encore le quartier du Trastevere, il attendit patiemment parmi la petite foule de paysans qui allaient travailler aux champs. Les gardes de la gabelle fouillaient hottes et sacs, à la recherche de biens à imposer.

Il réussit enfin à passer. Une route blanche longeait la rive du Tibre, bordée de moulins et de filoirs bâtis sur pilotis au-dessus de l'eau. Devant, une petite flotte de barques se déplaçait avec leur chargement en un mouvement désordonné qui rappelait celui d'une ruche. Il y avait là une grande pyramide dont le revêtement de travertin gisait en partie au sol. Ce devait être le tombeau de Romulus, l'une des deux pyramides de la ville qui alimentaient les récits des pèlerins. Plus loin, on apercevait le château, ainsi qu'un long et grand rempart bien fortifié qui s'étendait vers l'est jusqu'aux lointaines collines. Au fur et à mesure qu'il approchait, Dante en distinguait les détails, à commencer par la hauteur et la consistance du bastion, beaucoup plus robuste que les antiques murailles romaines entourant le Trastevere.

Il s'immobilisa à deux cents pas de là. Cette forteresse paraissait véritablement inexpugnable. On entrevoyait sur le chemin de ronde des bras de catapultes prêts à renverser leur chargement de pierres. Autant d'arbalètes jaillissaient des créneaux, pointées vers le bas. Quiconque eût attaqué du côté du fleuve se serait exposé à une pluie infernale de projectiles. On avait savamment creusé au pied de la muraille des fossés et des terre-pleins qui interdisaient l'usage d'engins d'assaut.

Le poète secoua la tête. Si tant est qu'il eût rêvé de traiter d'égal à égal avec Boniface, la vue de cet obstacle insurmontable l'en eût dissuadé. Non, se dit-il en reprenant sa route, on ne peut écraser la tête du serpent dans sa tanière. Il faut l'en faire sortir. Avec la patience de l'âme, avec l'intelligence de l'esprit.

Une porte aux contreforts de pierre interrompait le mur. On apercevait, à travers le passage, des ouvrages de fortification, les postes de garde et les bouches des mâchicoulis, derrière lesquelles attendaient sans doute des jarres d'huile à renverser sur d'éventuels assaillants. Des piquiers étaient alignés devant. Ils portaient l'uniforme bariolé des hommes de Maître Chanvre, orné sur la poitrine des armoiries de la famille papale, une mosaïque d'or à deux bandes ondées d'azur.

Le poète aborda l'un d'eux, apparemment leur chef. « Je suis Dante Alighieri, Florentin. Ambassadeur de la libre commune. Je dois présenter mes lettres de créance à la curie. »

L'officier le dévisagea, l'air soupçonneux. Pas de doute, la mise sobre et l'absence d'insignes de cet homme venu à pied et sans escorte le déconcertaient lui aussi. Mais son attitude ferme lui suggéra la prudence. « Bien, vous pouvez entrer. Le bureau des sceaux se trouve à la curie. Passez par la basilique. »

Il indiqua une ruelle à droite, entre deux grandes et étroites masures. Ici, la cité Léonine avait une allure de bourg ordinaire. Des constructions en tuf se serraient les unes contre les autres sans règle apparente, souvent reliées par de petits ponts aériens sur lesquels donnaient des fenêtres ou de minuscules loggias. Enchâssées dans les murs, des tours massives laissaient entendre qu'on se trouvait dans une place d'armes, et non à l'intérieur d'un lieu sacré.

Mais lorsque le poète déboucha sur la place suivante, il découvrit un long portique rectiligne, dont les voûtes en briques reposaient sur une série de colonnettes de marbre que remplaçaient çà et là de vulgaires piliers de brique. Une de ces voûtes s'était écroulée, rendant toute restauration impossible. Et pourtant, ce passage évoquait à ses yeux une antique voie triomphale.

Il poursuivit sa route. Gêné par la perspective de la colonnade, il distinguait à grand-peine une place bordée d'un vaste édifice dont on n'entrevoyait qu'une partie, encadrée par des colonnes et dominée par un clocher imposant.

Quand il eut atteint le parvis de la basilique, il s'immobilisa. Au-delà du grand rectangle pavé de pierre grise s'élevait un bâtiment plus large que haut, composé de deux corps latéraux reliés par un portique auquel on accédait par un long escalier. Le toit de la nef centrale pointait derrière.

Les ouvertures dévoilaient une cour intérieure. À droite se dressait un clocher aux murs creusés par plusieurs niveaux de fenêtres géminées ; plus loin, à la limite du portique, une sévère construction en briques se développait sur le flanc de l'église. Dante imagina qu'il s'agissait de la curie et qu'on y accédait par le portique. Se frayant un chemin parmi la foule de pèlerins, il pénétra dans la cour. Il y avait un édicule au centre de ce vaste carré. De nombreux clercs et laïques tournaient autour, entraînés en une sorte de mouvement perpétuel : ils allaient et venaient entre deux rangées de pèlerins qui entraient dans l'édifice et en sortaient par des portes distinctes.

L'entrée était en pleins travaux. Un échafaudage sur lequel s'affairaient une demi-douzaine de personnes dissimulait la façade de la basilique. On y avait suspendu de grands draps, comme pour cacher aux regards la besogne qu'on y accomplissait. Mais on entrevoyait çà et là des taches de couleur. Intrigué, Dante s'approcha. Il lui semblait avoir reconnu quelqu'un : un homme trapu qui invectivait les autres, une corbeille de chaux à la main.

Il gagna le pied de cette construction. « Giotto, qu'as-tu donc à crier dans la demeure de Pierre ? »

L'homme se pencha vers le bas. Son visage aux traits marqués s'éclaira. « Oh, Dante, vieille canaille ! Monte. Je vais te faire éclater les yeux avec mes figures ! »

Le poète grimpa aux échelons qu'on avait fixés à l'un des montants et se hissa sur l'échafaudage. Tout en s'élevant, il distingua des détails de la mosaïque qu'on s'employait à composer : les tours d'une ville, des vagues en tempête, la quille d'un bateau entre les récifs d'une mer bouillonnante, des visages et des corps fléchis par le vent.

Les abacules de pierre brillaient à la lumière du soleil derrière l'échafaudage qui oscillait dangereusement sous ses pieds, menaçant de s'effondrer.

Parvenu au niveau désiré, il s'accrocha à l'un des montants avant d'étreindre l'homme qui s'était précipité vers lui.

L'échafaudage sursauta, tandis que Giotto le secouait vigoureusement.

« Mon ami, dit le poète, tu ne devrais pas lésiner sur le bois pour tes travaux. Maintenant que tu puises à la bourse de Boniface, tu pourrais te permettre quelque chose de plus solide, affreux radin !

— Boniface est aussi prodigue en écus que le cul d'une poule. Mes finances ne se sont pas améliorées depuis que je suis ici, à Rome. En revanche, mes dépenses ont augmenté, ajouta-t-il en indiquant les hommes éparpillés sur l'échafaudage.

— On te laisse au moins dessiner de belles femmes, ainsi que tu le désirais ? »

Le peintre éclata d'un rire sonore. « Tu parles ! Rien que des saints et des apôtres ! J'ai entendu dire qu'on a peint une Ève nue dans le Nord, ajouta-t-il en baissant le ton. Tu imagines ça, Dante ? Ces gens qui se promènent chaussés de sabots en bois sont plus en avance que nous !

— Ou plus en retard. Ils en reviennent peut-être à la leçon de la Rome antique.

— Oui... Si au moins on m'avait commandé les noces de Cana ! Je les aurais remplies de belles poulettes. Au lieu de ça… regarde, saint Pierre qui marche sur l'eau ! Cela te semble possible ? »

Dante admira la grande scène qui ornait le mur. « Mon ami, tu colles tes petites pierres sur la tombe du prince de l'Église. Qu'aurais-tu voulu y représenter ? Et puis ce Pierre n'est plus tout jeune, à en juger par le blanc que tu lui as mis dans la barbe. Tu aurais pu au moins le flanquer d'une matrone…

— J'aimerais qu'on me charge de peindre une belle Tentation de saint Jérôme… Par chance, on rencontre encore des hommes à femmes, à Rome. En revanche, l'argent ne court pas les rues.

— C'est étrange, les Florentins sont persuadés que Boniface a rempli ses coffres avec les gains du Jubilé. Depuis un an, tous les marchands de notre ville se précipitent ici.

— C'est vrai, il a dû empocher beaucoup d'argent. Mais ce dur à cuire le cache bien. Peut-être entend-il enrichir sa famille d'Agnani. À moins qu'il n'ait d'autres projets. Une chose est sûre, toutefois, ce flot d'or demeure invisible, on n'en voit pas même la vague. Et toi, que fais-tu ici ?

— Je suis chargé par notre illustre peuple de faire la paix avec Boniface. Je vais demander audience à la curie. C'est ce palais ? » interrogea-t-il en désignant une construction voisine de la basilique, qui dominait le portique de sa masse de briques rougeâtres.

Giotto acquiesça et demanda, soudain sérieux : « À la curie ? Tiens-toi sur tes gardes.

— Pourquoi ? »

Le peintre eut un geste vague. « J'ai entendu qu'on mentionnait ton nom, l'autre jour. On t'attend.

— Leurs espions à Florence ! Peu importe. Nous reverrons-nous ?

— Je loge près de la colonne, au Champ de Mars. Au-dessus de la Taverne de l'Ange. On y boit un vin correct. Des cuves de blanc et de jolies paysannes des monts Albains, voilà ce qu'on y trouve. Rends-moi visite un de ces soirs. Je suis toujours là. Au reste, où pourrais-je aller ? » Il indiqua avec une grimace un groupe de clercs qui sortaient de la basilique en récitant des psaumes. « Après le couchant, les coupeurs de gorge, les gardes du pape et les sentinelles des familles se partagent la ville.

— Comment se reconnaissent-ils entre eux ? » lança Dante avec une pointe d'ironie. Il étreignit une nouvelle fois son ami et entreprit de redescendre en s'agrippant solidement aux montants.

Des hommes armés portant la même livrée or et bleu que les précédents gardaient l'entrée de la curie. Ils semblaient toutefois plus soignés et plus efficaces. Les lames de leurs piques et leurs heaumes brillaient au soleil, leurs ceintures et leurs jambières étaient propres. Dante dut leur répéter plusieurs fois son nom, exhiber les décrets de la commune, expliquer en détail la raison de sa visite, avant que deux d'entre eux acceptent de l'accompagner dans l'escalier qui menait aux étages.

L'un le précéda, tandis que l'autre lui emboîtait le pas, brandissant sa pique au-dessus de ses épaules. Ainsi escorté, le poète avait l'impression d'être un prisonnier plutôt qu'un invité, impression qui se renforça lorsqu'on l'introduisit dans une salle au haut plafond, qu'éclairait une étroite fenêtre, au bout.

Une tribune en bois placée sur une estrade occupait presque tout le mur du fond. Un clerc vêtu de l'habit blanc et noir de l'ordre dominicain trônait derrière, dans un fauteuil à large dossier. Il le regarda s'approcher pendant que les deux gardes se postaient des deux côtés de la porte.

« Que voulez-vous ? lui demanda-t-il enfin.

— Je suis Dante Alighieri, ambassadeur de la libre cité de Florence. Voici mes lettres de créance. » Dante tendit le parchemin au religieux. Comme celui-ci demeurait immobile, les mains dissimulées dans les larges manches de son froc, il le laissa tomber au bout d'un moment. Le sceau de plomb heurta le bois avec un bruit sec. « Je demande une audience personnelle avec le pape.

L'homme se contenta de jeter un coup d'œil au décret. « Nous savions que vous viendriez. Où sont vos compagnons ? »

Une fureur subite s'empara du poète. Un instant, il oublia le lieu où il se trouvait, les gardes armés à la porte, la puissance et la malignité de Boniface dont étaient imprégnées toutes les pierres du palais. Il bondit sur l'estrade. À présent, ses yeux étaient à la même hauteur que ceux du moine. « Mes compagnons ? Ils finiront par arriver. C'est ma parole qui traduit la volonté de Florence, mon jugement qui décide d'accepter ou de refuser. Donnez-moi donc cette audience, et vite. »

Le religieux se leva, l'air menaçant. Alors qu'il s'apprêtait à répliquer, il tourna le regard vers la porte et se ravisa. Redoutant l'intervention d'un garde, Dante pivota brusquement. Les deux soldats n'avaient pas bougé mais ils encadraient maintenant une nouvelle silhouette. Un homme grand et imposant, vêtu d'un habit somptueux aux bordures ornées de pourpre.

Un laïque. Il avait un large front sillonné de rides fines, les traits marqués, un nez prononcé, des cheveux grisonnants et courts. Il traversa la salle d'un pas rapide, balayant le dallage de son manteau. Il fixa le poète de ses prunelles sombres, les lèvres étirées en un sourire aimable. Puis il écarta les bras comme s'il voulait l'étreindre. « Messire Alighieri ! Ainsi, la garde du palais ne m'a pas trompé en m'annonçant votre visite ! N'en veuillez pas à frère Raimondo. En homme de foi, il connaît mieux les Écritures que la voix de la poésie. »

Le moine avait assisté, perplexe, à la scène. Il dévisagea Dante et s'empara enfin du parchemin. Le nouveau venu lui jeta :

« Remettez cet acte aux Archives, frère. Quant à l'audience, je m'en occupe moi-même. Dans cinq jours, aux appartements papaux de Saint-Jean-de-Latran. Vous rencontrerez Sa Sainteté. Comme vous, Boniface est impatient d'améliorer les relations entre l'Église et votre cité.

— Vous pouvez passer », lança le moine, les yeux bas.

Le nouvel arrivé le regarda ranger le parchemin dans un coffret avant de dire d'un ton affable : « Messire Alighieri, laissez les affaires de la politique reposer dans l'attente et permettez-moi de profiter de votre personne. Si aucune affaire ne vous réclame ailleurs, autorisez Saturniano Spada, sénateur de Rome, à demeurer un moment en votre compagnie. »

Dante inclina la tête en guise de salut. Le sénateur ajouta alors : « Nous pourrons ainsi partager nos connaissances. Les miennes sont maigres en comparaison des vôtres. Car vous êtes le prince des poètes.

— Je crois que vous exagérez l'ampleur de mon savoir. Je ne suis que…

— Non, non ! Je sais fort bien qui vous êtes. Et on le sait mieux que moi à la curie. On a beaucoup parlé de vous ces derniers jours en apprenant que la commune de Florence vous avait chargé de la représenter. »

Profitant du silence du poète, qui s'ingéniait à interpréter ces propos, il poursuivit : « Des amis, à Florence, me relatent ce que l'on conçoit et écrit dans votre ville. Vos compositions m'ont charmé et nourri l'âme mieux qu'aucune autre. Pour ne pas parler de votre merveilleux vers : *Amour qui raisonne en mon cœur*[1] ! »

Le sénateur s'était immobilisé. Il fixait sur Dante un regard intense comme s'il souhaitait lire dans ses pupilles la suite de la chanson : L'amour qui raisonne dans le cœur ! Oui, telle est la divine consistance d'amour : le colloque de Dieu et de notre âme. Chaque mot y adopte la forme d'un soupir…

« Votre estime me flatte, murmura Dante avec circonspection, malgré l'admiration manifeste de son interlocuteur.

— Si le gouvernement de Rome me laissait plus de temps, je graverais non pas un simple vers, mais toute votre œuvre, dans mon esprit.

— Le gouvernement ? Je pensais que Boniface tenait bien solidement les rênes de Rome.

— Sa personne, directement éclairée par l'Esprit, est occupée par son premier devoir : réaffirmer l'assujettissement universel des trônes à la chaire de Pierre. Une entreprise qui mobilise toutes ses forces, ainsi que l'aide de la divine protection. Nombreux sont en effet les princes qui répugnent à baisser le front devant sa parole. Non seulement les dynasties régnantes, mais aussi de misérables communes osent s'opposer à son autorité avec l'aveugle perfidie d'un chien fou mordant la main qui le bénit.

---

1. Le *Purgatoire*, II, 112, traduction de Jacqueline Risset, Flammarion, 1992.

— Palestrina comptait-elle au nombre de ces chiens fous ? » siffla Dante en repensant au sinistre tableau des enchaînés au port de Ripetta.

Gêné, le sénateur haussa les épaules. « Parfois, la crainte d'un loup trop proche arme la main du bon pasteur. »

Le poète garda le silence un moment. Bien qu'il s'exprimât d'un ton affable et affichât de l'admiration à son égard, son interlocuteur était un serviteur de Boniface. Et leur rencontre n'avait peut-être rien de fortuit. Enfin il demanda d'une voix calme : « Faites-vous partie du glorieux sénat romain ?

— Oui. Depuis toujours, ma famille offre des membres à cette assemblée. Et la bienveillance du pape m'a élevé au rang d'administrateur, le premier des sénateurs. Une lourde tâche qui sous-entend une infinité de devoirs. Assurer la sécurité et l'ordre de Rome, par exemple. Les hommes qui combattent le crime et le péché sont placés sous ma responsabilité. Je suis ce qu'on appelait préfet dans la Rome de nos pères.

— Les rondes que j'ai vues à l'œuvre dépendent de vous. Vous avez donc appris que de terribles meurtres ont blessé votre peuple. » Comme le sénateur ne semblait pas comprendre, il précisa : « Les femmes qui ont été assassinées ces derniers temps.

— Ah oui. Le décurion de police m'en a informé. Il est indigne que la prostitution soit encore en usage dans la cité de Pierre. Hélas, les hommes sont, à l'évidence, incapables d'éradiquer en eux pareille faiblesse. Et la fornication entraîne toutes sortes de dépravations, y compris le crime.

— Quoique prostituées, ces femmes ne méritaient pas un sort aussi atroce, répliqua le poète, devinant que son interlocuteur entendait expédier l'affaire. Et la justice devrait y répondre par le seul moyen que possède notre fragilité : en jugeant et en punissant le coupable.

— Vous accordez une grande importance à la justice, messire Alighieri. Elle compte pourtant au nombre de nos imperfections devant Dieu.

— La justice est le plus grand bien de la communauté, la fin vers laquelle doit tendre toute action humaine. Que seraient en effet la gloire, la richesse et la connaissance si sa balance et son épée ne les tempéraient pas ?

— Croyez-vous donc que la justice soit une fin ? N'est-ce pas plutôt un moyen qui permet d'obtenir une coexistence harmonieuse entre des individus obéissant à un même pouvoir ? Ne doit-elle pas être savamment dosée, comme la badine avec laquelle on corrige le cheval, afin d'éviter tout excès ? C'est une monnaie précieuse qu'il faut dépenser avec discernement. Mais abandonnons ces sujets. Est-il vrai que vous ayez commencé un poème sur le royaume des vivants et des morts ?

— Oui. » Dante aurait aimé approfondir la question des meurtres, mais il était flatté par l'intérêt de son interlocuteur. « Je n'en suis encore qu'au début et n'ai pas encore bien défini sa forme.

— L'avez-vous apporté ?

— Quelques pages seulement. »

Un instant, une ombre de déception sembla traverser le regard du sénateur. « Bien sûr, je comprends votre réticence. Aucun auteur ne parle d'une œuvre encore inachevée. Ainsi, les vivants et les morts... J'ai une idée ! s'exclama-t-il, le visage soudain radieux. Avez-vous un moment ? Je voudrais vous montrer quelque chose. Les vestiges de nos ancêtres vous intéressent-ils ?

— Bien sûr. Leur leçon devrait toujours primer dans nos pensées. Si l'esprit et la disposition de nos gouvernants suivaient l'enseignement des Anciens, liberté et justice trouveraient meilleur réceptacle dans nos temples.

— Vous avez oublié la charité, messire Alighieri. C'est vrai, les Romains étaient grands. Cependant, privés de la Grâce, ils donnèrent au monde un ordre issu de la raison humaine, supérieur certes à celui des Barbares, mais dur et méprisant comme sait l'être la raison. Ils s'arrêtèrent au seuil de la perfection. C'est tout du moins ce qu'est censé croire un bon chrétien. »

Dante détourna le regard. L'homme avait adopté un ton ambigu, comme si ses propos dissimulaient une allusion, ou un défi. Il se sentait exposé à une sorte d'examen.

« Ne pensez-vous pas qu'il en est ainsi ? le pressa Saturniano Spada.

— C'est vrai, les Romains n'étaient pas éclairés par la rédemption, finit-il par répondre. Mais leur Empire demeure le fruit d'un dessein supérieur, que l'œuvre de la rédemption universelle prépare et autorise.

— Ainsi l'Empire romain est, selon vous, l'intermédiaire du royaume de Dieu sur terre ? demanda le sénateur, en apparence satisfait.

— Non, mais il lui a ouvert les portes.

— Je crois que vous êtes dans le vrai. Mais je vous parlais de mes recherches. Non loin d'ici, aux bastions du château. On effectue des fouilles afin de retrouver les restes de la vraie tombe de Pierre.

— L'apôtre ? Sa tombe ne se trouve-t-elle pas dans les souterrains de la basilique ? N'est-ce pas là que les pèlerins viennent implorer sa bénédiction ?

— La tradition le prétend. Il est probable que Pierre y ait pratiqué les rites de l'Église antique. Il y avait à l'époque une nécropole, qui occupait presque toute la colline du Vatican, et nos ancêtres se réfugiaient souvent parmi ses tombes pour recevoir la communion.

— Des tombes dont ils n'avaient rien à craindre, étant donné leur foi dans la résurrection et la vie après la mort.

— Oui, mais quand l'apôtre mourut, selon le presbytre Gaius, son corps fut enseveli sur la Via Cornelia, non loin de la tombe de Romulus, la grande pyramide que vous avez sans doute remarquée près de la porte du Bourg. À l'endroit même où l'empereur Hadrien érigea ensuite son mausolée, le château.

— Et vous pensez que la tombe s'y trouve ?

— J'en suis certain. J'ai obtenu de Sa Sainteté l'autorisation de creuser à cet endroit à la recherche des vrais vestiges. J'espérais que mes efforts aboutiraient à l'occasion du grand Jubilé : c'eût été le digne couronnement de cette œuvre magnifique. Mais la tâche s'est révélée plus difficile et plus longue que prévu. »

Tout en parlant, ils avaient descendu l'escalier de la curie et traversé l'entrée de la basilique. Une fois dehors, ils tournèrent à gauche. Ils parcoururent trois cents pas le long de la muraille du Bourg et atteignirent la rive du Tibre, puis se dirigèrent vers le bastion du château en se frayant un passage parmi les ronces et les cannaies qui poussaient entre la levée et les remparts.

« Venez, c'est ici », dit le sénateur. Il y avait là une large fosse entourée d'une palissade et surveillée par un groupe de gardes. Une corde s'y enfonçait, pendant à une poulie soutenue par quatre pieux solides. Des voix et des bruits de travaux s'échappaient de ce gouffre.

« Levez le palan ! » ordonna Saturniano Spada. Aussitôt, la poulie se mit à tourner, actionnée par un mécanisme caché. Quelques instants s'écoulèrent, puis une grossière plateforme en bois apparut, suspendue à la corde.

« Prenez place, messire Alighieri ! » Le sénateur arracha une lampe à un garde et monta avec agilité sur la plateforme qui, à son ordre, plongea dans l'obscurité.

Les fouilles occupaient une surface de quelques brasses et révélaient plusieurs couches de ruines accumulées sur la grève au cours des siècles. On apercevait çà et là des restes de briques et de marbre, des fragments de statues glorieuses, qui alternaient avec de la pierraille et de grosses racines. La lampe animait de reflets ce matériau informe, le soustrayant à son sommeil et le transformant en un théâtre d'ombres macabres.

Dante crut apercevoir aussi des restes humains, entassés dans un coin. Puis le monte-charge s'immobilisa avec une secousse. Le sénateur s'engagea dans une galerie transversale, qui conduisait apparemment au lit du fleuve et précéda le poète à l'intérieur d'une petite caverne circulaire, dont les parois portaient encore les marques des outils. Des exclamations y retentissaient. Plusieurs ouvriers encerclèrent les deux hommes en pointant avec agitation le doigt. Saturniano Spada les fit taire d'un geste impérieux et se ménagea un chemin parmi eux. Dante accéléra le pas, émerveillé par le spectacle qui s'offrait à ses yeux.

Au centre de la fosse trônait un sarcophage en marbre. Un haut-relief complexe courait le long des quatre côtés.

Vu de près, le sépulcre, creusé dans un unique bloc de marbre, était encore plus beau. Ses côtés longs étaient parés de hauts-reliefs montrant des scènes de fête et de bataille : des dizaines de silhouettes minuscules s'entrelaçaient dans la danse et le combat. On venait juste de soulever le couvercle en forme de toit pentu, dont des masques rituels soulignaient les quatre coins.

Dante bondit en avant. Ses doigts caressèrent les gravures du relief, comme ceux d'un aveugle qui interroge la pierre.

Spada, qui l'avait observé d'un air satisfait, saisit le bord du couvercle et poussa de toutes ses forces. En vain. « Dieu a peut-être répondu à nos vœux ! Cette sépulture ne vous semble-t-elle pas digne du prince des Apôtres ? Nous allons enfin pouvoir nous prosterner devant ses véritables ossements ! »

Sa voix tremblait sous l'effet de l'émotion et de l'effort. Il lança à Dante, qui posait sur lui un regard soupçonneux :

« Cette pierre ne vous parle-t-elle donc pas ? On prétend pourtant que vous lisez la voix des morts ! »

Le poète sursauta : ces mots lui rappelaient ceux que lui avait adressés sa mystérieuse visiteuse, à Florence. Il rétorqua : « Ce marbre ne parle pas le langage de la mort, mais celui de la gloire. Sans aucun doute les ossements d'un haut personnage reposent ici. Pourtant, la coutume voulait que les Romains disposent leurs sépultures le long des routes de l'Empire. Et il me paraît improbable qu'on ait enterré avec autant de faste le chef d'une foi persécutée, jugé à un coin de rue comme un voleur. À moins que... j'ai vu des tombes tout aussi belles à Florence. Certaines ont été utilisées au cours des siècles suivants pour abriter de nouvelles sépultures.

— C'est exact ! Il est possible qu'un patricien, converti *in abscondito*, ait donné à l'apôtre le sarcophage qu'il se réservait. Joseph d'Arimathie n'offrit-il pas au Christ le sépulcre de sa famille ? Allons ! cria-t-il aux ouvriers. Ouvrez ! »

Dante lui retint le bras. « Attendez. Nous ne devrions peut-être pas troubler le repos de l'homme que ce marbre abrite, quel qu'il soit. Puisque Dieu a voulu qu'il attendît patiemment la résurrection de la chair, nous commettrions une faute en le traînant dans le siècle qu'il a abandonné ! »

Mais Saturniano Spada semblait en proie à une irrépressible agitation. Il se dégagea, tandis que les terrassiers s'affairaient autour du sarcophage. L'un d'eux introduisit la pointe d'un burin sous le couvercle et l'enfonça de toutes ses forces, aidé par les autres. La lourde plaque bougea dans un crissement, puis glissa davantage, produisant une ouverture d'un empan. L'homme poussa un cri et lâcha son outil, tandis que ses compagnons reculaient précipitamment parmi les exclamations de peur.

Dante distingua une lueur tremblante, comme si une flammèche agitée par le vent brillait à l'intérieur de la tombe. Indifférent au désordre, il se rua sur le sarcophage en se ménageant un passage à coups de coude. Il se pencha mais ne vit rien. Un éclair bleu et froid remplissait la cavité, à l'instar d'un brouillard luminescent. Cherchant à tâtons le burin qui avait chu, il l'introduisit à son tour dans l'ouverture et poursuivit l'œuvre du terrassier.

Arquant le dos et s'appuyant sur ses genoux, il poussa comme un forcené. La lueur se répandit : à présent, elle l'éclairait aussi et le transformait en une statue phosphorescente. La plaque s'abattit au sol dans un grand bruit, et l'un des masques angulaires se brisa.

Désormais on pouvait examiner le contenu du sarcophage. Il en renfermait un second, en bois, recouvert d'une épaisse couche de poussière sous laquelle on entrevoyait des traces de couleur et, au bout, l'urne d'où irradiait la lumière. Frappé par sa splendeur, Dante s'en saisit.

Il s'agissait d'un cylindre en verre d'un pied de haut, que le temps avait rendu opaque. Une curieuse sculpture rappelant le nez d'un chien et coiffée d'une sorte de bonnet triangulaire le surmontait. Ce devait être le bouchon scellé. À travers le verre épais, on apercevait un liquide dense qui le remplissait à moitié. Cette masse huileuse semblait brûler d'une lumière sans flammes.

Le mouvement du vase projeta des ombres sur la caisse en bois et éclaira, sous une couche de poussière, l'image peinte qui en décorait l'extrémité : un visage au doux ovale, au nez fin mais fort à la racine, aux yeux verts mi-clos. On aurait dit que sa propriétaire regardait sereinement devant elle comme si elle s'arrachait à un long sommeil, sans crainte ni espoir. C'était le regard de ceux qui observent la mort ou qui se sont extirpés de ses griffes.

Un instant, Dante eut la sensation d'avoir déjà vu ce visage dans un passé lointain ou en rêve. Mais la source lumineuse accapara aussitôt son attention. Comment avait-elle traversé, intacte, l'abîme du temps sans cesser de briller ? Existait-il vraiment une *lux perpetua*, ainsi que les prières pour les morts le laissaient entendre ? À ses côtés, le sénateur contemplait le portrait, qui surmontait un cartouche renfermant les mots *Virgo pulcherrima ex Anglia Johanna Pont. Max.*

Il balbutia : « Jeanne… la papesse…

— Ce n'est pas possible… », commenta le poète, incrédule.

Les ouvriers avaient surmonté leur peur et se pressaient maintenant derrière eux. Ils n'étaient certes pas en mesure de comprendre le latin, mais avaient entendu les mots de Spada et connaissaient la légende de la papesse. Ils échangeaient des regards inquiets, certains s'agenouillaient, d'autres se signaient avec horreur, comme si le diable était apparu parmi eux. Ils avaient oublié l'urne lumineuse qui les avait tant effrayés. Dante, qui la serrait encore entre ses doigts, s'exclama, oublieux de ses scrupules :

« Il faut que nous sachions qui se trouve dans ce cercueil. Ordonnez qu'on l'ouvre ! »

Maintenant, c'était le sénateur qui se montrait hésitant. L'assurance et l'enthousiasme qu'il affichait quelques instants plus tôt s'étaient évanouis. « Nous devrions informer le tribunal de l'Inquisition… »

Le poète avança et se tourna vers les terrassiers. Ceux-ci demeurant immobiles, il lança à Saturniano Spada : « Vous, aidez-moi ! » Il déposa le vase au pied du sarcophage de bois, qu'il entreprit de forcer.

Comme le sénateur manifestait de la surprise et adoptait un air blessé, il ajouta aussitôt : « Je vous en prie. » Dans son élan, il avait oublié qu'il n'était pas chez lui et ne disposait d'aucun pouvoir.

« Bien, il vaut peut-être mieux que les premières nouvelles parviennent au Saint-Père par le truchement d'esprits qui savent comprendre ce que les yeux voient », répondit Spada, radouci. Il ramassa une barre de fer, en introduisit la pointe entre la caisse en bois et son couvercle et fit levier.

Le bois s'ébrécha, mais le sarcophage résistait encore. Dante unit ses efforts à ceux du sénateur en appuyant lui aussi sur la barre. Le couvercle commença à se soulever en mille grincements. Puis les chevilles invisibles qui le fixaient à la structure cédèrent d'un coup et le panneau glissa au sol.

Un corps vêtu d'une robe blanche qui reflétait la lumière des torches apparut. La tête était surmontée d'une tiare de la même couleur, et les petites mains fines qui reposaient sur la poitrine semblaient être croisées depuis peu, tant la peau paraissait élastique et les muscles des doigts relâchés. Les ongles bien modelés conservaient une légère teinte rose, marque de la douceur avec laquelle la femme avait dû effleurer les objets tout au long de sa vie. Car il s'agissait vraiment d'une femme, constata le poète abasourdi.

Encadré, sous la tiare, d'une cascade de cheveux blonds, le visage qui jaillissait de la guimpe, telle une fleur de son calice, était identique à celui qui était peint sur le sarcophage. Seule la sécheresse des traits, là où l'on entrevoyait les os, aux tempes et aux pommettes par exemple, indiquait qu'il s'agissait de la dépouille de la femme représentée dans la splendeur de la vie.

Un murmure animé courait sur les lèvres des terrassiers. De plus en plus nerveux, le sénateur laissa échapper : « C'est vraiment la papesse... » Il ordonna brusquement aux hommes de reculer puis, semblant retrouver son sang-froid, s'adressa à l'un d'eux : « Courez, maître Pietro, allez dire à l'Inquisition de dépêcher ses membres. Cette découverte requiert toute l'attention et la prudence de l'Église. Quant à nous, messire Alighieri, recouvrons cette dépouille. Trop d'yeux l'ont déjà vue. »

Il reposa le couvercle sur le sarcophage et se prépara à l'attente. Près de lui, Dante examinait la sépulture avec un étonnement croissant. À en juger par leur aspect, les restes des remparts qui surgissaient du sol remontaient à l'époque où l'on avait construit le mausolée d'Hadrien. À moins qu'ils ne fussent encore plus anciens. Ils faisaient sans doute partie des fondations du grand tambour funèbre que les générations avaient transformé au fil du temps en château Saint-Ange. Un instant, il fut saisi d'inquiétude à la pensée de l'énorme masse de pierre qui pesait sur sa tête. Si l'on avait vraiment mis au jour la dépouille de Jeanne, le plus grand scandale qui avait jamais frappé la papauté, pourquoi était-elle ensevelie ici ? s'interrogeait-il.

« La papesse Jeanne..., répéta le sénateur, également incrédule. Connaissez-vous son histoire ? Croyez-vous que ce soit possible, messire Alighieri ? »

Oui, il connaissait son histoire, racontée mille fois. La morbidité du peuple l'avait enrichie de mille détails qui avaient fini par la transformer en une légende extraordinaire : celle d'une jeune fille de la lointaine terre des Angles, à la beauté et au savoir extraordinaires, envahie dans sa jeunesse par le désir malsain de primer dans les sciences de la foi. Non contente d'accéder à un ordre féminin, elle avait dissimulé ses formes sous l'apparence d'un jeune page et avait été accueillie par les franciscains. Grâce à ses connaissances et à ses talents occultes, elle avait gravi les échelons jusqu'à Rome, où on l'avait élue pape en pensant qu'il s'agissait d'un homme.

« Si tant est que cela le soit, répondit Dante, par quel mystère se retrouve-t-elle ici ? Cette femme tint les rênes de la chrétienté pendant une année entière puis, ne pouvant résister à l'appel de la chair auquel son sexe est enclin, céda à l'amour d'un noble qui avait découvert sa véritable identité et conçut un fruit de cette liaison interdite. Au cours d'une procession entre le Colisée et Saint-Jean, elle entra subitement dans les douleurs de l'enfantement et accoucha au milieu de la rue, sous le regard effaré du peuple et des prélats. Se sentant trahi, ce même peuple la lapida sur place. Je savais que son corps avait été perdu ou enterré en secret à l'endroit même où on l'avait sauvagement tuée. Comment se fait-il donc qu'il se trouve ici, à quelques pas du trône de saint Pierre, enseveli avec des honneurs qui n'étaient même pas réservés aux martyrs, mais seulement aux nobles de l'Antiquité ?

— La légende est peut-être mensongère…

— Et comment se fait-il que ce corps n'ait pas été abîmé par la rage du peuple et transformé en poussière, selon le commandement naturel ?

— La réputation d'iniquité qui l'entoure n'est peut-être pas vraie…, répondit le sénateur, les yeux baissés. La papesse fut peut-être un exemple de vertu. Au reste, Dieu a permis, dans Sa majesté, que sa dépouille demeurât intacte, comme celle des saints… Sa réputation de luxure n'est peut-être qu'une calomnie répandue dans le but d'obscurcir l'image de cette femme qui avait succédé légitimement à Pierre…

— Non, s'il en était ainsi, le trône même du premier évêque eût été ébranlé dans ses fondations…

— C'est juste, messire Alighieri. Voilà pourquoi cette affaire doit demeurer secrète. »

Une grande animation remplit soudain l'accès au chantier. Des individus portant le froc des dominicains étaient apparus en compagnie de soldats armés de lances.

« L'Inquisition se prononcera maintenant », déclara Saturniano Spada d'un ton inquiet avant d'aller à la rencontre du petit cortège.

Les religieux étaient menés par un grand homme maigre, si pâle qu'on aurait dit un spectre. Il écouta, tête basse, le compte rendu du sénateur et, après avoir jeté un coup d'œil au poète, distribua des ordres secs à ses compagnons. Aussitôt, les moines se penchèrent sur le sarcophage de bois et le refermèrent au moyen des cordes qu'ils avaient apportées. Une fois cette tâche achevée, ils hissèrent la caisse sur leurs épaules et se dirigèrent d'un pas rapide vers la sortie, tandis que l'un d'entre eux ramassait l'urne qui continuait d'émettre une étrange luminescence et la glissait sous sa coule. Les soldats veillaient à éloigner les corps de métier, en proie à une agitation qui frôlait la rébellion.

« Vous ! cria le sénateur aux terrassiers. Continuez de creuser. Je veux que vous avanciez dans la galerie. Il importe de retrouver tous les témoignages antiques qu'elle contient. » Il ajouta tout bas à l'adresse de Dante : « N'oubliez pas que, selon la légende, Jeanne était tout juste devenue mère. Son enfant a peut-être été enterré près d'elle. Je ne voudrais pas qu'il devienne un autre objet de scandale. »

Le sarcophage de bois fut élingué, tiré à l'extérieur et placé sur les épaules des moines. Le petit cortège se reforma et se mit en marche vers les remparts de la cité Léonine et la basilique voisine de Saint-Pierre.

Dante avait suivi cet étrange spectacle avec intérêt, parmi la foule de curieux qui s'était amassée sur la rive du fleuve et les rampes du pont de l'Ange. Elle ne cessait d'augmenter, à croire que la rumeur avait couru le long des rues, annonçant la merveilleuse découverte. Tous ceux qui se trouvaient là semblaient savoir ce qui s'était passé et commentaient l'événement, qu'ils transformaient en un récit fabuleux.

« Un miracle ! Un miracle ! » entendait-on crier partout. De nombreux badauds se jetaient à genoux au passage du cercueil, ou s'allongeaient sur le sol comme s'ils assistaient à une épiphanie du Christ. D'autres les piétinaient sans retenue afin de toucher le sarcophage en réclamant grâces et intercessions.

Le sénateur les observait d'un air inquiet. La stupeur se changeait en insubordination. Les gardes distribuaient des coups de lance sur les jambes et les têtes des plus hardis, qui se poussaient mutuellement. Ils avaient grand-peine à les contenir.

Dissimulé derrière cette barrière de corps, l'un des curieux hurla : « Boniface a enfin trouvé une femme ! Peut-être préférera-t-il Jeanne à la sainte Église romaine !

— Il aurait mieux valu que le peuple romain ne sache rien », murmura Saturniano Spada, qui avait souri à cette exclamation. Il contemplait les visages ravis de ses voisins. « Notre peuple est généreux, messire Alighieri. Il a conservé une trace affaiblie de ses ancêtres. Mais il tend à satisfaire sa frénésie, à s'enthousiasmer pour une hérétique.

— Cette découverte suscite aussi des mots d'esprit », répliqua Dante, qui avait entendu la voix moqueuse s'élever de nouveau, cette fois pour évoquer l'avidité sexuelle de Boniface. Ces propos n'étaient pas passés inaperçus : si un certain nombre de badauds se précipitaient encore sur le cercueil en quête de réconfort, d'autres répondaient au moqueur solitaire, ajoutant leur malice à la sienne.

Le sourire du sénateur s'accentua. « Pensez à la mémoire des Anciens. Le peuple n'approuva-t-il pas toutes les entreprises de César, prenant les armes sous ses insignes, versant son sang sur des terres lointaines ? Et pourtant, il l'insultait sur son passage, le traitant de *mœchus calvus* !

— Chauve et inverti, traduisit Dante.

— Exactement, messire Alighieri. Voici le peuple qui a inventé les lazzis et les ricanements, un peuple pour lequel rien n'est jamais assez vil ou assez noble. Et telles sont les qualités qu'on demande à ceux que les dieux ont chargés de gouverner le monde.

— Le monde a beaucoup changé depuis. D'autres peuples ont surgi au nord et ont ramassé l'épée que les vôtres avaient lâchée. Les Francs, les Teutons. C'est sur leurs épaules que pèse désormais le fardeau de l'aigle impériale.

— Croyez-moi, messire Alighieri, il n'y a qu'un seul peuple capable de réunir les terres dévastées de la chrétienté et de relever l'étendard de la louve, qui a été pendant des siècles l'insigne de la paix et de la justice. Jamais on n'a vu pareille ville, jamais on n'en verra de semblable. Et si sa splendeur s'est brièvement ternie, c'est parce qu'aucun guide n'était en mesure de ranimer ces dons qui ne peuvent mourir.

— Le trône de Pierre ne lui suffit donc pas ? Il n'a jamais quitté ses murs depuis que l'apôtre les atteignit. Un nouvel empire y est né, héritier de l'ancien. Mais il ne semble guère avoir laissé sur cette plèbe l'empreinte qu'on attendait... »

Le cortège de l'Inquisition s'éloignait péniblement au milieu d'un vacarme assourdissant, entouré d'une foule de plus en plus importante.

Le sénateur prit congé rapidement. Tout en se dirigeant vers l'hôpital du Saint-Esprit, dans le sillage du sarcophage, il lança : « Nous nous reverrons, messire Alighieri ! »

Troublé par l'excitation des badauds qui ne cessaient d'affluer, Dante songea qu'il valait mieux rebrousser chemin et regagner sa demeure.

Il décida d'éviter le quartier des Moulins en coupant par les champs cultivés qui s'insinuaient entre les deux tronçons de muraille. Mais les sentiers qui séparaient les pièces de terre composaient une toile d'araignée enchevêtrée, et il se perdit plusieurs fois. Il ne se présenta qu'au crépuscule à la porte qui conduisait au triangle de remparts protégeant le Trastevere.

Il en franchit le seuil juste avant qu'on la fermât pour le couvre-feu. Il atteignait la maison de la veuve quand il croisa dans la ruelle le Juif qui avait récité la prière lors de l'enterrement. S'il portait des vêtements simples la nuit précédente, il arborait à présent une longue tunique brodée et un manteau orné de pompons qui ondoyaient au vent. Il était coiffé d'un chapeau blanc, aussi haut qu'une mitre, mais le même cercle jaune se détachait à la hauteur de son cœur.

Il serrait entre ses doigts un cylindre de bois décoré qui rappela un instant au poète l'étui du papyrus de Virgile.

« Je vous rends hommage, messire Manoello. J'ignorais que vous exerciez une charge. »

L'homme s'inclina poliment et répondit, le bras tendu vers une coupole qui dominait les toits environnants : « Je suis le rabbin de cette communauté.

— C'est ici que votre peuple est confiné ?

— Depuis l'époque où régnaient encore les empereurs, mon peuple a trouvé refuge au-delà du Tibre. Nous n'étions alors pas contraints de vivre reclus, et nous ne le sommes toujours pas, même si le concile du Latran nous a obligés à porter cette marque, murmura-t-il en faisant allusion au signe jaune sur sa poitrine. Et à ne pas abandonner nos maisons la nuit. Nous avons d'autres obligations, qui ne sont pas aussi faciles à supporter..., ajouta-t-il tristement. Ce sont nos usages et notre foi qui nous amènent à vivre ensemble, et ce quartier nous a toujours bien accueillis. Viendriez-vous par hasard du château ?

— Oui, j'en viens.

— Dans ce cas, vous avez sans doute appris qu'on y a fait une découverte extraordinaire.

— Les bruits courent aussi vite à Rome que dans les petites villes, commenta le poète, surpris. Le hasard a voulu que j'y assiste.

— S'agit-il bien de ce qu'on prétend ? A-t-on vraiment retrouvé le corps de la papesse Jeanne ? Est-il vrai qu'il est intact comme si on l'avait enterré hier ?

— C'est ce qu'il m'a semblé. Et j'ignore encore si je dois croire mes yeux.

— Tout le corps était donc épargné ?

— Oui. C'est du moins ce qui paraissait. »

La curiosité de Manoello étonna le poète. C'était peut-être un trait caractéristique de tous les Romains, les Juifs en étaient donc eux aussi dotés. Pourtant, l'impatience du rabbin avait quelque chose d'étrange.

« Ses entrailles et ses muscles ont-ils survécu, eux aussi ? poursuivit celui-ci avant de s'interrompre, ayant remarqué la perplexité qu'il suscitait chez son interlocuteur. Pardonnez-moi, messire Alighieri, ma profession de médecin me rend curieux de tout ce qui semble enfreindre les lois naturelles régissant la vie et la mort. Ma religion, contrairement à la vôtre, n'affirme pas avec clarté la résurrection des corps, ni leur conservation en tant que preuve de sainteté. Je ne voudrais pas avoir blessé votre credo par mon insistance.

— Vous ne l'avez pas fait, messire Manoello. Je suis moi aussi perplexe, notamment parce qu'une étrange lumière éclairait ce miracle.

— Une lumière ? Quelle sorte de lumière ? Personne n'en a parlé… »

Dante lui décrivit rapidement le phénomène auquel il avait assisté. « Et où se trouve ce vase à présent ? demanda Manoello.

— Les moines de l'Inquisition s'en sont emparés, ainsi qu'ils se sont emparés du corps. Bien que cela soit incroyable, il semblerait que cette flamme ait brûlé sans interruption depuis le jour de l'enterrement…

— Une lumière… qui brûle depuis des siècles…, murmura le rabbin, pensif.

— Avez-vous une idée de ce que cela pourrait être ? » interrogea à son tour Dante, saisi d'une idée subite. Mais le rabbin secoua la tête, apparemment pressé de prendre congé. Il jeta un coup d'œil à la synagogue, s'inclina et s'éloigna, le cylindre de bois serré contre son cœur. Le poète n'eut pas le temps de lui poser d'autre question : l'homme avait déjà disparu au-delà du carrefour de ruelles qui se perdait dans l'obscurité.

Les propos de Manoello résonnaient encore dans son esprit. Il se demanda si la réputation de science occulte qui accompagnait depuis toujours la race maudite était fondée. C'était peut-être le mystère et le secret de leurs rites qui laissaient supposer que les Juifs possédaient d'incroyables savoirs.

Il secoua la tête. Si ce peuple avait vraiment signé un pacte avec Dieu, il l'avait aussi trahi en refusant de voir dans Son Fils le messie. Il semblait impossible que Dieu eût accordé à des parias le don de sagesse, le seul que les singes humains partageaient avec leur Créateur. Pourtant nombreux étaient ceux qui le croyaient. Il songea à Brunetto Latini[1], le maître de ses années de jeunesse à Florence : il décrivait avec enthousiasme l'expérience qu'il

1. Brunetto Latini (1220-1294). Né à Florence et exilé en France, il écrivit une somme philosophique en langue d'oïl, *Li Livres dou Tresor*.

avait faite en Castille, ambassadeur à la cour du roi Alphonse, avec les savants juifs de l'École de Tolède. Et les merveilles de la pensée antique qu'il avait pu connaître par leur intermédiaire.

Un sourire lui monta aux lèvres. Il se demanda le rôle qu'avaient joué dans son jugement la langueur de certains regards, les cheveux bouclés et la peau olivâtre des jeunes gens penchés sur les manuscrits enluminés. Les épaules fortes, les dos minces comme des roseaux que sa main avait effleurés en feignant de tourner une page. Si cet homme n'avait pas été un fin intellectuel, ainsi que le grand artisan de la paix entre guelfes et gibelins dans sa ville, il aurait probablement échoué sur le bûcher, au lieu d'être enseveli avec tous les honneurs à Sainte-Marie-Majeure.

Où était son âme à présent ? Sous une pluie de feu aussi ardente que ses pensées. Oui, qui, mieux que Brunetto, pourrait illustrer l'horrible sodomie dans son livre ? Cette faute renfermait la violence et la délicatesse, l'amour et le désespoir de ceux qui bouleversent l'ordre de la nature et qui s'efforcent, par compensation, de le bouleverser également chez les autres. Ses lecteurs devraient en tirer l'enseignement suivant : l'excellence de la raison ne suffit pas à protéger du péché. C'est donc son maître qu'il placerait en enfer, plutôt qu'un des affreux invertis dont regorgeaient les tavernes de Florence.

Ses pensées retournaient aux papiers qu'il avait emportés. Il avait la tête lourde, mais une nouvelle inquiétude s'emparait de lui. Il négligeait cela même dont il espérait obtenir une gloire immortelle, l'ouvrage qui donnerait une forme au Ciel et à la Terre. Une signification à la pérégrination des hommes, cette course frénétique que constitue la course à la mort.

Il ouvrit en toute hâte le coffre qui se trouvait au pied de son lit et s'empara d'une liasse de parchemins abîmés, des feuilles récupérées parmi les vieux actes de la commune, nettoyées à la chaux afin de les réutiliser. Soustraites en cachette, ou presque, aux pièces du Conseil. Il maudit le manque de moyens qui l'obligeait à rédiger ses vers sur ce vil matériau et puisa ses tablettes en cire destinées à figer les vers que lui dictaient amour, justice ou indignation.

Il avait la sensation que ses papiers n'étaient pas dans le même ordre que celui où il les avait laissés, comme si les derniers événements auxquels il avait assisté s'étaient mêlés à son œuvre. Mais il s'agissait peut-être d'une sensation erronée due à son esprit las, en proie à un tourbillon d'images où les épisodes de la journée s'entremêlaient, donnant naissance à d'autres scènes, d'autres visages, d'autres voix. Tout cela baignait dans la froide lueur de la lune qui pénétrait à travers la fenêtre. Un reflet bleuté qui teintait ses feuilles, ses mains, qui se diffusait partout.

5

8 novembre, peu après l'aube

Réveillé par un rayon de soleil sur sa joue, il ouvrit les yeux et se redressa pour se figer aussitôt : il avait écrit sur le coffre pendant toute la nuit, et avait le dos brisé.

Dante respira profondément et parvint enfin à se lever. Il y avait dans un coin de la chambre un broc et une cuvette. Il remplit la seconde, y plongea les mains et s'aspergea le visage.

L'eau glacée sembla lui faire du bien. Il s'apprêtait à renouveler l'opération quand un bruit retentit dehors. Un individu au pas lourd montait l'escalier en criant. Pas et voix s'interrompirent, et des coups impérieux ébranlèrent la porte.

« Messire Alighieri, ouvrez ! »

Dante tira le loquet. Le décurion apparut devant lui, les poings sur les hanches. « Ambassadeur, le sénateur Spada réclame ta présence. Il t'attend au Capitole pour une cérémonie. J'ai ordre de t'y accompagner.

— Une cérémonie ? On me réclame ?

— Oui, Saturniano Spada », répondit l'homme d'un ton perplexe, en apparence peu convaincu par sa mission.

Dante se redressa et reprit son calme. Il s'essuya en

toute hâte à l'aide du torchon qui gisait près de la cuvette et lissa son habit froissé par la nuit. Une cérémonie... Sa présence était requise. Au Capitole. Enivré, il inspira profondément.

Pas de doute, le sénateur avait organisé à son intention une cérémonie de bienvenue. Ne célébrait-on pas, sur la colline du Capitole, outre celle des armes la gloire du savoir et de l'art ? L'y attendait peut-être la couronne de laurier que ces maudits Florentins refusaient encore de lui accorder. De la racaille ! Au moins ses mérites étaient reconnus dans une autre ville. Il accéderait à la gloire du Parnasse au centre du monde, et non dans cette sentine de vices.

« Allons-y », dit-il, l'air décidé. La pauvreté de ses vêtements et ses joues mal rasées qui crissaient sous ses doigts l'embarrassaient, mais ces grands hommes sauraient certainement comprendre et pardonner la simplicité du pèlerin. Et les lauriers dissimuleraient de leur splendeur la pauvreté de la chair.

Un char à deux roues attelé à une paire de chevaux miroités attendait dehors. Laissant tout juste au poète le temps de le suivre, le décurion bondit sur le siège et assena aux bêtes un coup de fouet qui leur arracha un hennissement de douleur.

Le véhicule démarra brusquement, obligeant Dante à s'agripper à une poignée, au bord. Debout, tel un aurige antique, son compagnon fit tourner le char sur lui-même d'un habile coup de rênes puis poussa l'attelage vers le Tibre, indifférent aux obstacles qui ponctuaient l'étroite rampe menant au pont de l'île.

Le poète se recroquevilla et s'efforça de résister aux secousses qui menaçaient sans cesse de le projeter à terre.

Maître Chanvre continuait de fouetter les chevaux, qu'il encourageait à grands cris. Il semblait parfaitement à son aise, et le regard qu'il lui jetait du haut de sa position mêlait le mépris à l'amusement.

Au fond, Dante ne pouvait s'empêcher d'admirer son habileté : les auriges qui s'étaient battus devant les remparts de Troie ou ceux qui avaient couru dans le grand cirque des Césars devaient lui ressembler un peu.

Contraint de supporter sa présence, il décida de l'interroger. « Il y a-t-il du nouveau sur les meurtres ?

— Quels meurtres ?

— Les femmes assassinées. Celle du port et la fille de la veuve au Trastevere. Avez-vous trouvé un indice qui pourrait conduire le coupable à payer pour ses crimes ?

— Ah, ces filles… que vous importe-t-il ? Elles sont en bonne compagnie. De la nourriture pour les rats, comme les autres.

— Les autres ? »

Le décurion garda le silence un instant, tout occupé à glisser son véhicule entre deux colonnes tronquées qui jaillissaient des édifices bordant la ruelle. Après avoir heurté la pierre, de l'essieu, et emporté une charrette appuyée contre un mur, il sembla se livrer à un calcul mental. « Bah, peut-être une dizaine, avec la fille de la veuve. Cinq au cours des derniers mois. La première à Noël, alors que le Jubilé s'achevait. Une manière de fêter la fin de la grande procession, conclut-il avec un rire vulgaire.

— Dix assassinats… en moins d'un an ? Aussi abominables que ceux que j'ai vus ?

— Oui et non. Les traînées ont toutes été éviscérées de la même façon.

— Et vous n'avez rien entrepris ? Comment se fait-il que la justice de la Ville sainte...

— Ce ne sont pas des histoires de justice, Florentin. La justice intervient lorsqu'une maison est pillée, ou que les couteaux volent pour une fiasque de vin. Lorsqu'un religieux est insulté, un marchand battu et dépouillé. Mais les traînées sont déjà mortes au moment où elles se lancent dans cette carrière, c'est une question de temps. Elles se font tuer tôt ou tard par leur souteneur ou par un client insatisfait, quand elles ne s'égorgent pas entre elles. Et comme ce sont des âmes perdues, personne ne s'en soucie. Elles viennent de quelque part, elles disparaissent un jour. Les Capuchons en repêchent certaines dans le fleuve, et qu'importe si elles sortent des eaux noyées ou coupées en morceaux ? »

Une nouvelle secousse faillit jeter Dante à terre, l'empêchant de répliquer ainsi qu'il l'aurait souhaité. En réalité, il remâchait les mots du décurion. « Vous avez dit que tous les corps avaient été éviscérés ? Comme celui que j'ai vu au port ?

— Oui... je crois. Mais il faudrait poser la question aux Capuchons, ce sont eux qui se chargent de déshabiller les cadavres. »

Le poète oublia soudain la frénésie de la course. Insensible à tout, son esprit rôdait autour d'un point obscur dont il devinait la présence au-delà des confins de sa mémoire.

Une imprécation de son compagnon, suivie d'un nouvel éclat de rire, interrompit le cours de ses pensées. « J'ai une idée, Florentin ! Et si le coupable était un de nos taverniers qui voulait les servir farcies comme des chapons ? On prétend que les païens d'Afrique mangent les hommes, les jours de fête. Et Rome regorge d'Africains, comme moi ! Tu n'as pas vu ma belle gueule ? » Il secoua ses boucles d'oreilles.

« Vous ressemblez en effet à un Sarrasin. Ramiez-vous sur une galère ?

— Que veux-tu dire, Florentin ? répliqua l'autre, menaçant.

— Nous avons aussi à Florence des Sarrasins capturés, qui ont abjuré et recouvré la liberté.

— Ma race est encore plus enracinée à Rome que celle de Boniface ! Quand les Sarrasins attaquèrent la ville, il y a plusieurs siècles, l'un d'eux a dû laisser un petit souvenir à une de mes aïeules. Au fond, je lui en suis reconnaissant. Si tu savais combien de crapules j'ai fait avouer en me bornant à tourner cette tête vers eux ! »

La rue se rétrécissant une nouvelle fois, l'homme se concentra sur la conduite. Dante reprit le fil de ses déductions. L'hypothèse du décurion était risible, pourtant il était persuadé que ces mutilations n'avaient pas été infligées gratuitement.

Pourquoi l'assassin aurait-il dû perdre du temps à effectuer une opération aussi sinistre que minutieuse, courant en outre le risque de laisser des indices ? Son esprit était-il aveuglé par une perversion obscène, ou obéissait-il à d'autres motifs ?

S'agissait-il d'un rite ? Avait-on affaire à une série de crimes régis par une règle ?

Maître Chanvre tira violemment sur les rênes. Les chevaux hennirent et se cabrèrent. Entraîné par sa course, le char parcourut encore quelques empans, poussant les bêtes écumantes, puis s'immobilisa dans un nuage de poussière devant un escalier de pierre qui montait vers le ciel.

Dante descendit, ébranlé. Il se trouvait au pied d'une colline aux flancs hérissés de maisons et il entrevit une petite église dressée, au mépris de toutes les lois de l'équilibre, sur le toit d'une demeure en ruine. Les bâtiments environnants étaient occupés et bruyants : des cris de femmes et d'enfants s'échappaient de leurs innombrables fenêtres serrées les unes contre les autres comme dans une ruche ; des draps et des chiffons de toutes dimensions pendaient aux ouvertures, semblables à des bannières. Le poète avait vu pareil spectacle lorsque la flotte pisane avait remonté le cours de l'Arno, pavoisée, ramenant dans leur patrie les arbalétriers florentins de retour de Terre sainte. Voilà peut-être comment le peuple romain célébrait les nouveaux triomphes.

Il distingua en haut de l'escalier le coin d'une grande église. Telle devait être sa destination. Mais au lieu de gravir les marches, le décurion tourna à gauche et se faufila entre deux habitations. Il l'invita à le suivre et s'élança sur un sentier qui s'élevait au flanc de la colline.

« Courage, Florentin ! » lui criait-il de temps à autre en se retournant pour s'assurer qu'il ne l'avait pas distancé. Sur les tronçons les plus escarpés, le chemin se parait de marches en pierre, moins imposantes toutefois que les précédentes. Le poète atteignit le sommet à bout de souffle. Devant lui s'étendait une place au périmètre irrégulier précédant un bâtiment massif en tuf et en briques, flanqué de solides tours aux quatre angles. Une cinquième, surmontée par une petite cloche, dominait le toit en tuiles.

Il s'immobilisa, émerveillé. Le Capitole ! Autrefois le sommet du monde, l'origine du pouvoir le plus majestueux que l'Homme eût jamais connu. Plusieurs colonnes tronquées, sur la droite, témoignaient encore de l'identité des anciens maîtres des lieux. Quant à l'église qu'il avait aperçue d'en bas, elle dominait maintenant de toute sa masse un côté de la place, semblant conserver dans ses murs de briques rêches la solennité caractéristique des temples antiques.

Un homme attendait devant la porte du premier édifice, au sommet du court escalier qui le rattachait à la place. Dante reconnut le sénateur Spada. Il était vêtu d'une longue robe blanche et d'une somptueuse cape bordée de pourpre et drapée autour de son bras gauche.

Apercevant le poète et le décurion, il descendit quelques marches. Il tendit la main au premier, qu'il salua chaleureusement, tandis que le second s'effaçait.

« Venez, messire Alighieri ! Pour tromper l'attente de votre audience, je voudrais vous montrer les belles choses de Rome et ses cérémonies. Il s'en tient justement une en cet instant au palais du Sénat. Je suis sûr qu'elle éveillera votre intérêt.

— Je regrette pour ma tenue, certainement inappropriée à l'honneur qui m'est fait...

— Ne vous inquiétez pas, messire Alighieri, répondit Spada en ne lui accordant qu'un coup d'œil. Vous êtes mon invité, et en cette qualité vous n'avez besoin de rien. Vous assisterez discrètement à l'événement. Personne ne vous remarquera. »

Dante ravala sa déception. Il avait cédé trop vite à ses rêves, songea-t-il avec amertume. Mais il se consola sans tarder : le Sénat s'était peut-être réuni pour parler de la merveilleuse découverte, et il réclamait sa présence en tant que témoin d'exception. Oui, ce devait être ça.

Il franchit la porte et suivit le sénateur dans un long couloir ponctué de grands piliers en pierre couverts de voûtes. On entrevoyait au bout un dernier arc qui conduisait dans une pièce plus vaste.

Il s'en échappait un long bruissement de plus en plus fort au fur et à mesure qu'on s'en rapprochait. Dante observait à la dérobée son compagnon, qui avançait d'un pas décidé vers la salle. Non sans inquiétude, il se demandait ce qui l'attendait.

Son espoir de se voir octroyer une couronne de laurier n'était pas mort. Cependant, pensait-il, si tel avait été l'objet de sa convocation, le sénateur lui aurait donné une explication, or il continuait son chemin en silence, se contentant de lui adresser de temps à autre un rapide sourire qui ne suffisait certes pas à balayer ses doutes.

Il se décida à l'affronter à quelques pas de l'entrée, alors que le bruit se changeait en clameur.

« En quoi consiste cette cérémonie ? Peut-être vaudrait-il mieux que je sache, si je dois…

— Messire Alighieri, ayez confiance en moi. Vous ne regretterez pas le temps passé en ma compagnie. Au reste, vous avez eu moyen hier d'assister à un événement imprévisible. Quoique différent, le spectacle sera tout aussi intéressant ! »

Le vaste rectangle de la salle Capitoline était bondé. Assis sur des chaises à haut dossier, les notables de la ville affichaient un air hilare. Debout, en bas, des hommes coiffés et munis d'un paquet formaient une longue file. Dante fut surpris par leur tenue insolite, mais digne : il ne s'agissait apparemment pas de quêteurs ni de loqueteux. Et pourtant leur ton humble, leur voix presque tremblante, leur expression inquiète suggéraient une angoisse qu'il ne savait s'expliquer. Puis il remarqua la roue jaune cousue sur leur poitrine et comprit. « Ce sont des Juifs ? » demanda-t-il à son compagnon. Au même moment, le premier homme de la file se retourna. C'était Manoello, dans sa tenue de cérémonie.

« Venez avec moi, messire Alighieri, répondit le sénateur. Prenez place ici, parmi les notables, et voyez comment Rome règle ses comptes avec cette engeance. »

Dante s'assit sur un siège à haut dossier pendant que Saturniano Spada gagnait la tribune centrale et s'adressait à Manoello : « Rabbin, avez-vous apporté votre gage ? » Bien que son ton se voulût solennel, il ne parvenait pas à masquer son hilarité.

Manoello s'inclina et tendit son paquet, bientôt imité par ses semblables.

« Ouvrez. »

Il s'exécuta. Des gobelets et des calices en argent apparurent.

« C'est tout ? Vous confirmez par la pauvreté de votre obole la rapacité de vos gens.

— L'année n'a pas été bonne pour le commerce. Et les coûts de la guerre que vous nous avez imposés... »

Le sénateur l'interrompit d'un geste sec de la main. « Bien. Nous vous supporterons une année supplémentaire. »

Le rabbin ferma les yeux avant de se retourner et de fléchir légèrement le dos. Aussitôt, Saturniano Spada lui lança un puissant coup de pied dans le derrière. Comme si cela constituait un signal convenu, la petite délégation de Juifs se mit alors à défiler parmi les éclats de rire et les moqueries des sénateurs qui leur bottaient les fesses.

Manoello se trouvait maintenant devant le poète. Celui-ci hésita un instant puis leva à son tour la jambe et lui effleura les reins.

« Vous aussi, messire Alighieri ? murmura l'homme d'un ton de reproche voilé.

— Je m'incline devant votre doctrine. Mais je punis l'arrogance et l'obstination avec lesquelles votre race renie l'annonce du Salut », répliqua Dante, embarrassé.

Le rabbin soupira. Il se redressa et ajusta son couvre-chef.

Saturniano Spada avait suivi la scène, un sourire ironique aux lèvres. Regardant Manoello se diriger vers l'escalier, il déclara : « Moi aussi, messire Alighieri, je trouve admirable le savoir de cet homme. Admirable et peut-être dangereux.

— Dangereux ? Pourquoi ? Science et doctrine font honneur à l'homme et appellent l'indulgence de Dieu pour ses fautes. Je suis certain qu'Il a épargné les flammes de l'enfer non seulement à nos patriarches, mais aussi à tous les sages antiques qui approfondirent l'analyse de ses secrets.

— Ainsi, vous ne voyez pas en Dieu un maître jaloux se méfiant des serviteurs qui pénètrent dans Ses vignes ?

— Bien au contraire. Il donna à ses serviteurs un certain nombre de talents afin qu'ils les mettent à profit. Il les loua et les punit selon leurs actions. Connaître est une façon de prier, pour l'esprit de ceux qui n'ont pas reçu la grâce de la foi en la Révélation. »

Spada se mordillait les lèvres, pensif. « Vous avez peut-être raison, dit-il au bout d'un moment. Ainsi, si vous deviez imaginer la condition des non-croyants après la mort, vous sauveriez des flammes ceux qui se sont efforcés de savoir ? Mais ne sont-ils pas plus coupables que les âmes simples, lesquelles ne furent pas effleurées par l'idée de leur propre ignorance ? »

Dante s'apprêtait à répliquer, quand son interlocuteur le devança : « Nous aurons tout loisir d'en parler. Voulez-vous m'honorer de votre compagnie ? Dans un lieu peut-être moins glorieux, mais certes plus discret que celui-ci.

— Où ?

— Dans ma demeure, sur le Pincio. Je voudrais vous présenter un illustre visiteur, venu de terres lointaines. »

Remarquant l'air perplexe du poète, le sénateur agita la main en l'air, comme s'il entendait chasser ses réserves. « Mon invité, vous le constaterez, est avant tout un homme d'études, même si ce n'est pas la raison qui l'a conduit à Rome. Je vous engage à vous confronter à sa science. Venez, je vous en prie. »

Dante inclina poliment la tête. La voix de Saturniano Spada trahissait une émotion certaine : nul doute, il brûlait de l'emmener chez lui. Il rebroussa donc chemin à ses côtés. De nombreux individus s'écartaient à leur passage, dans le couloir, répondant au salut bienveillant du sénateur par un hommage où la crainte se mêlait au respect et lançaient un regard curieux à son compagnon. Tout en cheminant, le poète observait à la dérobée le noble profil de Saturniano Spada, songeant au monstre Géryon dont le visage humain se prolongeait par un corps de dragon.

Il se demandait pourquoi l'homme de Boniface désirait de nouveau sa présence et repensa aux circonstances singulières de leur première rencontre. Spada avait apparemment surgi derrière lui par hasard, mais les choses se produisaient-elles vraiment par hasard dans la ville du pape ? Le décurion, qui était à son service, l'avait peut-être informé. Et pourquoi ? Cela faisait des décennies que la charge d'administrateur avait cessé d'être élective, à Rome, pour devenir une fonction dont les papes chargeaient leurs hommes de confiance. L'admiration que Spada manifestait à son égard dissimulait sans doute un dessein qui le concernait d'une certaine façon. Un dessein que Boniface lui-même avait conçu.

Il s'obligea à ravaler sa curiosité, qui l'aurait amené à poser sans tarder ces questions pressantes. Dès son arrivée à Rome, le poète s'était aperçu que le temps s'y écoulait d'une manière différente et en avait conclu que les mots devaient s'adapter à son rythme. Si le sénateur était chargé de sonder ses intentions avant l'audience formelle, il importait qu'il découvrît son jeu le premier.

Sur la place, le décurion s'entretenait à tue-tête avec ses gardes. Il se précipita à la rencontre de son maître et lui dit d'un ton obséquieux : « Le char est en bas, sénateur. »

Il aida les deux hommes à monter à bord du véhicule, tendit les rênes à Saturniano Spada et s'effaça. Les chevaux s'élancèrent le long du flanc de la colline et passèrent devant l'escalier de l'Ara Pacis. Ils se faufilèrent parmi les vestiges d'un grand temple puis s'engagèrent sur une montée menant à une longue voie rectiligne, vers le nord. Le quartier était presque désert, mais on distinguait à une lieue de distance un énorme bâtiment de briques que le soleil faisait briller de mille feux.

Enfin, le char s'arrêta devant une exèdre si vaste qu'elle aurait pu contenir à elle seule le nouveau palais des Prieurs qu'on bâtissait alors à Florence. Le sénateur et son invité sautèrent à terre.

« Je tenais à ce que vous voyiez de près les traces de la grandeur passée. Voici les thermes de Dioclétien », lança le premier. Et comme le poète balayait ces ruines imposantes d'un regard inquiet, il ajouta : « Vous semblez distrait, messire.

— Je me demande ce qui se passe en cet instant précis à Florence. De quoi l'on parle ou délibère, quelles prières on récite dans notre temple.

— Les vestiges les plus solennels de nos pères ne parviennent pas à chasser votre petite ville de votre esprit. Ces voûtes contiendraient votre temple, comme vous dites, ainsi qu'un certain nombre de ponts et de tours, et peut-être un tronçon de l'Arno ! »

Dante admirait les ruines imposantes des Thermes. Il fit un pas de côté pour embrasser du regard l'arc de l'exèdre et leva les yeux vers une coupole qui résistait encore sur de grands piliers de marbre.

« À quoi pensez-vous, messire Alighieri ? » Le sénateur scrutait son compagnon avec autant d'attention que celui-ci les restes de la Rome antique. Le poète semblait constituer pour lui une source d'émerveillement et de curiosité semblable aux témoignages de l'Antiquité.

« Je pense que le destin du monde est changeant et que la Fortune s'amuse à élever et abaisser les peuples l'un après l'autre. Et je me demande si elle agit selon un dessein ou si la course de la gloire d'un bout à l'autre de la Terre n'est que le fruit du hasard.

— Je crois que la règle qui régit les familles vaut aussi pour les peuples. Les générations se succèdent. Parfois les fils sont plus sages et plus vertueux que leurs pères. Alors les richesses et la gloire de leur maison croissent et la renommée crie leur nom dans le monde. C'est ce qui se produisit avec César et Scipion, qui furent certes plus grands que leurs pères. Parfois la route s'incline, et les successeurs ont grand-peine à atteindre ceux qui les ont précédés ne fût-ce que de quelques années. Ce fut le cas de Tibère après Auguste, ou de Néron après Claude. »

Dante se tourna brusquement vers son interlocuteur et murmura d'une voix glaciale : « Ou de Boniface après Célestin.

— Si vous voulez, dit le sénateur, visiblement embarrassé, avant d'ajouter, les dents serrées : Nombreux sont ceux qui regrettent le pieux ermite. Vous aussi ?

— Il aurait mieux fait de ne pas aplanir la route à Caetani, avec son grand refus », répondit le poète d'un ton sec. Il reprit au terme d'une courte pause : « Il semble certes difficile de croire que des individus capables de réaliser ces œuvres aient disparu dans la nuit, ne laissant derrière eux que des ruines et les paroles immortelles de leurs poètes.

— C'est arrivé à d'autres. On raconte que les ruines de Thèbes, en Égypte, ou de Babylone, ou encore de Persépolis, en Médie, sont aussi imposantes. Ces peuples qui ont poussé leurs épées jusqu'aux confins de la Terre et écrasé sous leurs talons mille ennemis ne sont plus, paraît-il, qu'un souvenir confié aux chants de leurs successeurs. Au moins, les Romains résistèrent plus longtemps à la force dont sont victimes ceux qui essaient de se soustraire à la misère de notre condition.

— Une misère que l'homme a cherchée lui-même le jour où, dans l'Éden, nos ancêtres osèrent défier la volonté de Dieu. Les limites dont la chair hérite, ses souffrances, ne sont que le fruit de cette première insulte.

— Et pourtant c'est bien la souffrance qui rachète notre fragilité, messire Alighieri. C'est la souffrance qui meut nos actions, qui nous maintient en vie. Malheur à ceux qui veulent se libérer de l'angoisse, qui contemplent avec orgueil leurs champs et disent : Voilà, j'ai bien semé, et la récolte qui m'attend sera abondante et durable ! C'est ce rêve qui sape la puissance des peuples, qui les pousse lentement vers le néant où ils disparaissent l'un après l'autre.

— Que voulez-vous dire ?

— Oisiveté, luxure et cupidité. Voilà les trois bêtes qui dévorent l'homme. Les peuples ont beau être grands, ils ne sont que la somme des hommes. Et comme eux, ils naissent, grandissent, se battent pour se ménager un chemin, recherchent la gloire. Comme eux, ils s'abandonnent au rêve au soir de leur journée. Celui de posséder tout ce qu'ils n'ont pas encore. Voyez, messire Alighieri, il arrive un moment, dans l'histoire des royaumes, où la civilisation repue s'abandonne à son rêve le plus grand, la fin de la souffrance, de l'effort de vivre. C'est à ce moment-là que les peuples font le premier pas sur la route de leur défaite. Cela s'est produit en Égypte lorsque la lascive Cléopâtre céda à l'amour de César, ou des grands Grecs quand, sur les traces d'Alexandre, ils s'initièrent aux luxures de l'Orient.

— Tel était le destin des peuples privés de la Grâce. Il est juste que ce qui est confié à l'Homme soit sujet à la chance. Mais pourquoi le trône de Pierre, bâti par Dieu Lui-même, devrait-il suivre les lois qui régulent les fragiles constructions des païens, au risque d'être balayé par une rafale de vent, comme un nid mal assuré sur la branche ? Pourquoi Rome, que la Providence érigea au rang de héraut et épée de la Nouvelle Alliance, n'a-t-elle pas continué de protéger l'expansion de la chrétienté, pareille à une tour solide et puissante ? Si ses légions surveillaient encore les confins de la Terre, les pillards jaillis des sables d'Arabie n'auraient jamais pu s'emparer de Jérusalem, la plus sacrée des cités.

— Rome a payé le prix de sa faiblesse. Vous avez vu vous-même la misère dans laquelle se débattent ses descendants. Et pourtant tout n'est pas perdu : un grand projet qui la ranimera se prépare, ajouta-t-il d'un ton énigmatique. L'enthousiasme qui conduisit nos aigles en Gaule et en Afrique est prêt à renaître. Mais nous en reparlerons en temps voulu. En attendant, ne souhaitez-vous pas admirer la grandeur de l'œuvre de Dioclétien ? Regardez, je vais vous montrer quelque chose d'inouï. »

Tout en parlant, les deux hommes avaient parcouru le grand hémicycle de l'exèdre extérieure et franchi l'une de ses portes d'accès. Ils s'engagèrent dans un couloir flanqué de murs immenses que revêtaient de grandes plaques de marbre polychrome. Des passages enrichis de colonnes s'y ouvraient à intervalles réguliers. Le sénateur pénétra dans l'un d'eux et invita son compagnon à le suivre.

Ils pénétrèrent dans une vaste pièce coiffée d'une voûte en berceau et ceinte d'un mur épais que ponctuaient des niches semi-circulaires. Dans chaque niche, une énorme statue célébrait les fastes des dieux et des héros antiques. Hélas, la plupart se réduisaient à des jambes jaillissant du socle tels les restes macabres d'une bataille de titans. Mais les effigies intactes charmèrent Dante : il n'avait jamais vu de formes aussi belles ni pareille majesté.

Il repensa aux images qui embellissaient sa Florence, aux statues romaines qui s'élevaient encore parmi les vestiges des sarcophages, autour du baptistère. À l'amour avec lequel les tailleurs de pierre les étudiaient, aux efforts déployés pour retourner à la beauté antique, après la parenthèse barbare des Goths. À quoi assisterait-on quand les artistes se pencheraient sur ces formes incroyables ? Quels sommets l'art atteindrait-il dans le nouveau siècle ?

Tout à son admiration, le poète avait concentré son attention sur les statues. Il s'aperçut bientôt qu'elles surveillaient un énorme bassin de plus de cent cinquante pas de long dont le fond, auquel on accédait par un somptueux escalier, était revêtu de marbre.

« C'était le bassin des ablutions, messire Alighieri. Si grand qu'il pourrait contenir dix galères. Ah, s'il était possible de transporter des coques jusqu'au Tibre, on pourrait construire ici une flotte entière… Regardez là-bas. Suivez-moi. »

La tête levée, Dante emboîta le pas au sénateur. Ils longèrent le bassin, traversèrent une forêt de colonnes et débouchèrent dans une salle octogonale. Elle était également coiffée d'une coupole, celle qui avait attiré l'attention du poète de l'extérieur, et renfermait aussi un bassin. « Les chercheurs qui ont étudié ce bâtiment affirment que c'était l'antique tepidarium, lieu où les Romains jouissaient des eaux chaudes avant de passer dans le caldarium, la pièce suivante. La vapeur obtenue par de grandes chaudières placées au sous-sol s'élevait à travers ces fentes dans le sol et délassait les membres, les préparant à de nouveaux exploits. »

Saturniano Spada s'immobilisa pour laisser Dante apprécier ce qu'il décrivait. « Remarquez la sagesse de nos ancêtres, reprit-il. Le divin équilibre que la cité réservait à ses citoyens, excitant leur esprit par les spectacles cruels du cirque puis les apaisant par la douceur d'eaux qui rassérènent.

— Oui, mais le sang était dans l'un des plateaux de la balance. Y avait-il vraiment de la sagesse à transformer ces hommes en bêtes féroces puis à s'employer à les calmer ? Ne s'agissait-il pas plutôt d'un jeu tragique exercé aux dépens de notre nature ? Des milliers de martyrs ont payé de leur vie le besoin d'enrichir l'existence d'innombrables oisifs, avant que la Grâce ne vienne adoucir leurs coutumes. »

Ils regagnèrent bientôt la sortie. Le sénateur retourna au char, sans faire mine toutefois d'y monter. Il semblait attendre quelque chose. De temps à autre, il tendait le cou du côté de la forêt qui s'étendait vers l'est en tapant nerveusement du pied par terre.

« Enfin ! » s'écria-t-il alors qu'un bruit de sabots retentissait au loin. Une demi-douzaine de cavaliers armés surgirent bientôt.

« Ce sont mes serviteurs. Ils nous escorteront jusqu'à ma demeure. Il n'est pas prudent de se déplacer sans protection au-delà de la colline du Quirinal. »

Il invita Dante à prendre place dans le véhicule, tandis que les cavaliers se déployaient des deux côtés, après avoir salué respectueusement leur maître.

La petite colonne s'ébranla et se hissa sur un chemin traversant une forêt d'arbres et de ronces où se devinait de temps en temps la main de l'homme, avec quelques cabanes de charbonniers dispersées çà et là.

Soudain les roues rebondirent sur une surface pavée. Dante se pencha et constata qu'un long ruban de basalte se dévidait vers le nord, direction dans laquelle on entrevoyait la masse des remparts. « Nous avons traversé la Via Nomentana, expliqua son compagnon, auquel son geste n'avait pas échappé. Nous allons maintenant descendre dans la vallée. »

Le sentier dessinait à présent des tournants, dans un paysage où se multipliaient ravins et plantes palustres. En bas coulait un torrent, qu'on passait sur de grosses planches. Le char s'y aventura et affronta une nouvelle montée de l'autre côté.

« Nous sommes presque arrivés, annonça Spada. Le plateau qui s'étend jusqu'à la muraille abritait autrefois les jardins de Lucullus. C'est peut-être dans une de ses villas que ma famille réside depuis toujours. »

La colline s'aplanissait. Au loin, la grande courbe des murs d'Aurélien, ponctués de tours quadrangulaires, bouchait l'horizon, protégeant de leur étreinte le bâtiment vers lequel on se dirigeait.

Le sentier s'achevait devant une exèdre ornée en son centre d'une fontaine en pierre qui propulsait un jet d'eau dans les airs. De blanches statues se dressaient dans les entrecolonnements, peuple de pierre chargé de surveiller les biens de ses anciens maîtres. Derrière cette entrée solennelle s'étendait le reste de l'édifice, un vaste carré de briques surmonté de toits de tuiles pentus.

L'arrivée du véhicule n'était pas passée inaperçue. Des serviteurs attendaient, alignés des deux côtés de l'entrée. L'un d'eux, vêtu de la livrée de la maison, s'avança et arrêta l'attelage.

« Tout est prêt ? » lui demanda le sénateur, qui descendait du char et le contournait avec empressement pour rejoindre Dante. Mais le poète avait déjà sauté à terre et balayait les lieux d'un regard fasciné.

« Comme vous l'avez ordonné, le Perse vous attend dans le salon Rouge.

— Bien. Venez, messire Alighieri. Il me tarde de vous présenter un invité extraordinaire. » Les deux hommes se dirigèrent vers l'entrée du bâtiment.

Derrière le mur d'enceinte se trouvait un vaste péristyle ceint d'un portique aux fines colonnes de marbre. Des rosiers s'enroulaient autour de citronniers luxuriants en une étreinte multicolore. Un parfum subtil flottait dans l'air, tranchant avec l'odeur de poussière et d'écurie qui caractérisait les rues de la ville. Une porte se découpait au fond du péristyle. Le poète franchit le seuil sur les pas du sénateur et déboucha dans un vaste salon revêtu de marbres dont le rouge et l'ocre rappelaient les tons de la façade.

Là aussi, de nombreux domestiques se précipitèrent vers le maître de maison. Spada invita Dante à se rafraîchir les mains dans la cuvette en argent remplie d'eau que tendait une servante, puis à le suivre à travers la salle. Venait ensuite une seconde cour, elle aussi ceinte d'un portique dont les voûtes basses abritaient d'innombrables portes. « Venez, messire Alighieri, répéta le sénateur, nous y sommes. »

Ils pénétrèrent dans un salon meublé de chaises en bois basses et recouvertes de coussins. Assis sur l'une d'elles, un homme lisait un petit manuscrit.

Il portait de somptueux vêtements à l'orientale, ainsi qu'un gros turban en soie semblable à une coupole. Il esquissa un sourire à l'adresse de son hôte puis se leva et salua Dante d'un hochement de tête respectueux.

Le poète lui rendit son salut, intrigué par son apparence singulière et surtout par les manuscrits et les rouleaux de papyrus qui gisaient en vrac sur une table basse.

« Je vous présente Kansbar ibn Talib », dit Saturniano Spada, et il ajouta avec une apparente négligence : « Et voici quelques ouvrages, que j'ai rassemblés au fil des ans. L'homme comme les livres sont les plus précieux ornements de ma maison. »

D'instinct, Dante se pencha vers la table. Il effleura le dos d'un volume et retira aussitôt la main, en proie à la sensation de violer un trésor. Il se retourna au prix d'un effort sur lui-même et posa de nouveau les yeux sur l'Oriental, qui avait observé ses mouvements d'un regard bienveillant. Il arborait une longue moustache noire qui encadrait sa bouche et effleurait le col de son habit.

« Messire Alighieri, le sénateur m'avait annoncé que j'aurais l'honneur de faire votre connaissance », déclara-t-il. Sa voix lente trahissait ses efforts pour s'exprimer correctement dans une langue étrangère, qu'il prononçait avec un curieux accent méridional, à croire que des habitants du royaume de Naples la lui avaient apprise.

Spada intervint : « Vous ne connaissez peut-être pas le nom de Kansbar pour ses mérites. Mais vous aurez bientôt l'occasion d'en juger.

— Le sénateur exagère, protesta l'invité, qui avait déposé le petit manuscrit sur la table. Je ne suis que l'humble voix d'autres hommes, beaucoup plus dignes de mérite que moi.

— Kansbar est l'ambassadeur de Gasan Khan, seigneur du noble khanat de Perse. Il est venu à la cour de Boniface négocier une alliance avec l'Église contre le Turc, dont la superbe attriste aussi bien notre Terre sainte que les possessions perses du Mongol.

— Une alliance avec les Tartares contre l'Islam ? interrogea Dante, incrédule.

— Un grand projet, qui pourrait changer l'histoire de notre époque. Regardez. » Le sénateur s'empara d'un rouleau rangé sur l'une des étagères de la bibliothèque.

Il déroula sur la table le parchemin où abondaient signes et couleurs : des images de fleuves et de montagnes, d'arbres, de fleurs et d'animaux inconnus. Le bleu des mers et la blancheur des neiges alternaient avec l'ocre et le jaune des terres, ainsi que le gris de remparts ponctués de tours. Dante les contempla, fasciné. Il reconnut la pointe extrême de l'Europe, avec les symboles de la grande Constantinople sur l'étroit bras de mer qui la défendait tant bien que mal contre l'assaut de l'Asie. Plus loin, la côte de la Palestine, les murailles d'Acre, de Tyr, de Sidon. Et au centre, les cent tours de Jérusalem la sainte. Venaient ensuite le jaune du désert, le fier Damas, un Bagdad noyé dans la chaleur du levant, Babylone aux cent portes. Enfin, au bord du parchemin, Persépolis et ses grands lions de pierre.

Il releva la tête, émerveillé. Saturniano Spada reprit la parole sans lui laisser le temps de commenter : « Oui, messire Alighieri. C'est une des feuilles du grand planisphère de Ptolémée, que rédigèrent les savants géographes d'Alexandrie. Ce n'est pas pour faire étalage de mes trésors que je vous l'ai montrée, mais pour que vous évaluiez tangiblement la proposition du Mongol, dit-il avant d'inviter l'Oriental à poursuivre.

— Gasan Khan se bat sur la frontière perse afin de libérer ces terres de l'invasion arabe. Il a aligné autour des ruines de Persépolis une puissante armée qui accueille chaque jour des régiments de la Horde d'Or, venus du nord des steppes russes pour se joindre à l'entreprise. Ici, précisa Kansbar, son doigt fin pointé sur la mince ligne bleuâtre qui indiquait le cours de l'Euphrate. Il souhaiterait que les peuples francs d'Occident se préparent à attaquer le Turc à Jérusalem. Il a envoyé d'autres émissaires à Constantinople pour persuader l'empereur romain de descendre du nord au-delà du Bosphore. »

Tout en parlant, l'Oriental montrait sur la carte les lignes directrices de la future action. « Prises dans la tenaille d'une triple attaque, les forces du Turc seront mises en déroute et son avidité fanatique définitivement balayée. La paix régnera sur le quart du monde.

— Voici la grande occasion qui vous est offerte, messire Alighieri. Une croisade, enfin. Mais pas une simple expédition militaire limitée à la reconquête de Jérusalem. Rois et empereurs ont déjà tenté cette entreprise. Quoique héroïques, le grand Richard d'Angleterre et Frédéric de Souabe n'atteignirent pas le but fixé, car leurs forces étaient trop peu nombreuses. Mais maintenant…

— Maintenant, je ne crois pas que le roi de France soit disposé à octroyer des troupes à Boniface, l'interrompit Dante.

— Bien sûr. Dans sa myope avidité, Philippe le Bel commencera par refuser. Mais quand ses espions lui apprendront que la grande expédition s'est ébranlée, ses lys se joindront aux croix sur le champ de bataille, vous verrez. Et avec lui le lion d'Angleterre, ainsi que l'aigle noir de l'Empire. Mais cette fois, ce sera Rome qui commandera et dominera. C'est d'ici que partira la croisade, c'est ici, au Capitole, que seront couronnés de lauriers les chefs de guerre vainqueurs. Avec son char et ses chevaux, la Gloire reviendra éclairer les collines de la ville.

— Les rumeurs qui circulent à Florence sont donc vraies : Boniface organise une nouvelle croisade. Même si le pape s'est contenté jusqu'à présent de s'acharner sur les Romagnes, de dévaster le Latium, d'ourdir des complots en Toscane. Des terres chrétiennes qui n'ont rien à voir avec l'objectif dont vous parlez. »

Le sénateur haussa les épaules. « Rien à voir avec la grandeur de la véritable entreprise. La Rome des Césars ne fut pas non plus toujours tendre avec ses sujets. Le champion de l'arène doit lui aussi rassembler toutes ses forces et s'assurer qu'il pose les pieds sur un terrain solide, qui ne risque pas de céder. Il convient de ramener à la raison et au respect le patrimoine de saint Pierre avant d'exécuter le projet le plus grand.

— Des milliers d'hommes vous seront nécessaires…

— Quand les vaisseaux hisseront les voiles, le peuple romain courra s'enrôler comme un seul homme !

— Mais il ne semble pas connaître le grand dessein que vous préparez. La ville se noie dans l'ignorance et la violence », objecta Dante.

Le sénateur esquissa un petit sourire. « Telles sont les briques avec lesquelles on bâtit des empires. Les hommes qui se battirent à Zama contre le Carthaginois ne sortaient certes pas de l'Académie. Vous verrez, messire Alighieri, ils seront à la hauteur de leur devoir !

— Cette entreprise coûtera une énorme somme d'argent. Armer des dizaines et peut-être des centaines de vaisseaux, verser une prime aux cavaliers et une solde aux fantassins. Acheter des chariots, des tentes et des armes, des chevaux et des ânes pour le transport… s'acquitter des péages et se gagner la faveur des populations dont il faudra traverser les terres… même les caisses d'un grand royaume ne pourraient affronter pareilles dépenses. »

Spada échangea un coup d'œil avec Kansbar avant de répliquer : « N'oubliez pas le Jubilé qui vient de s'achever. La générosité des pèlerins qui se sont déversés sur la ville a rempli les caisses de l'État de pièces de monnaie provenant des quatre coins de l'Empire. Ces sommes, auxquelles on a soustrait la part nécessaire aux œuvres religieuses, reposent dans les coffres-forts du château Saint-Ange, prêtes à être dépensées à cette noble fin. Non, messire Alighieri, si le vent de la Providence souffle en notre faveur, ce n'est certes pas l'argent qui nous fera défaut. »

Voilà donc à quoi étaient destinés les deniers dont Giotto avait parlé, se dit Dante. Il hésita, désireux de poser mille questions.

Le sénateur le scrutait en s'efforçant de deviner ses pensées. « Auriez-vous des doutes concernant cette entreprise ?

— La force qui soutint les premiers croisés n'était pas seulement désir de conquête, ou haine envers les païens, ou encore désir de libérer les lieux saints. L'aliment de la victoire ne fut autre que la profonde foi qui les animait, avant même le fer et le feu. Quel Dieu devrait soutenir vos alliés ? » interrogea-t-il, le regard tourné vers le Perse.

Kansbar sourit. « Le Mongol adore les dieux du Vent et de l'Eau, il se moque du credo de ses sujets. Quant à moi, j'ai ouvert mon cœur à la parole de Zoroastre, comme nombre des habitants de ma terre. C'est en elle que j'ai confiance et que je m'abandonne. Et je prie le dieu de la Lumière, qui nous libérera, à la fin des temps, du poids de l'être.

— Kansbar est un disciple du puissant Ahura Mazda, le dieu qui protège son peuple depuis des millénaires.

— Vous en parlez comme d'une substance de la Trinité, fit remarquer Dante, l'air sombre. Mais en estimant que le monde et la chair sont des créations des ténèbres, la foi zoroastrienne est la sœur de nombreuses hérésies gnostiques et des cathares bogomiles ! Comment Boniface peut-il associer les armes chrétiennes à celles de peuples partageant un credo qui fut balayé en Provence il y a quelques années et qualifié de "plus terrible des dévastations" ? »

Une animation soudaine, du côté du portique, attira l'attention du poète. Plusieurs serviteurs avaient couru ouvrir la porte et se pressaient autour d'un cavalier entré au galop.

L'un d'eux avait saisi le mors de l'animal, dont il s'efforçait de freiner la course. Mais le cavalier ne cessait de l'éperonner et, à en juger par ses éclats de rire, prenait plaisir à ce jeu improvisé qui risquait de projeter le malheureux sous les sabots de sa bête. Enfin, il parut se lasser : d'un mouvement habile, il sauta à terre et s'élança vers le salon.

Il se jeta dans les bras du sénateur en éclatant une nouvelle fois de rire puis se tourna vers ses deux invités comme s'il venait de remarquer leur présence. Il arborait un bonnet de voyage qui dissimulait ses joues. Son front hâlé et rougi par le vent de la course était emperlé de sueur. Sous ses sourcils arqués et fins, ses yeux évoquaient deux flaques noires au regard curieux.

« Vous avez des invités, père. »

Le jeune homme s'était exprimé d'une voix harmonieuse. Il arborait une tenue de chasse – un pourpoint en cuir doublé de fourrure qu'une large ceinture resserrait à la taille, dont elle soulignait la finesse, des chausses également en cuir qui gainaient ses longues jambes minces, ainsi que de lourdes bottes au bout fort long. D'un geste nonchalant, il abandonna deux lapins ensanglantés sur un siège en pierre et se débarrassa de l'arc qu'il portait en bandoulière. La corde s'accrocha à la crête du bonnet et l'entraîna.

Une cascade de cheveux de jais aux reflets violets, luisants de sueur et semblables à un nœud de serpents, se déversa sur ses épaules. Il rejeta en arrière cette masse vivante et exhiba dans un nouveau rire deux rangées de dents éclatantes.

« Permettez-moi de vous présenter ma fille, Fiamma, messires », dit le sénateur. Il saisit la nouvelle arrivée par la main et l'entraîna vers les deux hommes, qui s'étaient levés en signe de respect.

Dante lança un coup d'œil à son compagnon, curieux de lire sur ses traits la même surprise que la sienne. Puis il examina la jeune fille, qui s'était immobilisée devant lui et le dévisageait, intriguée. Libéré du couvre-chef qui l'avait caché en grande partie, son visage, que le poète avait pris pour celui d'un adolescent, se montrait maintenant dans sa nature réelle. Une bouche large et charnue ainsi qu'un menton rond, marqué par une fossette sous la lèvre inférieure – l'ultime signe de la main du dieu qui l'avait modelée, songea Dante –, tempéraient le noir des yeux et des cheveux.

Sans cesser de le fixer, la jeune fille se mit à desserrer les lacets qui refermaient le pourpoint autour de son cou, comme si elle brûlait de dégager sa poitrine fragile mais opulente, prisonnière de cet habit masculin. Elle reçut sans broncher les hommages que les invités de son père lui présentaient en inclinant respectueusement la tête, puis tendit la main droite en un geste qui ne semblait s'adresser à personne en particulier, et que Dante accueillit comme s'il lui était destiné. Un instant, il fut tenté de saisir cette main et d'y poser les lèvres, mais il se retint, de crainte de commettre une indélicatesse dans la demeure de son hôte. Au fond, il ne connaissait pas bien les coutumes de cette ville : dans sa Florence, seule une femme mariée aurait pu afficher une telle désinvolture à l'égard d'hommes adultes. Une célibataire aurait évité leurs regards et porté sur la tête des bandeaux indiquant son état. Jamais elle n'aurait endossé pareille tenue. Il laissa courir son regard sur les jambes de la jeune fille, solides et pleines sous le cuir tendu des chausses, et sur ses hanches, que le bord du court pourpoint couvrait à peine. Maintenant qu'il avait échappé au piège dans lequel son intellect était tombé, trompé par une vue superficielle, il avait grand-peine à croire qu'il n'avait pas reconnu de prime abord la nature réelle de la nouvelle venue, tant les caractères de son sexe étaient évidents.

Se sentant rougir, il planta son regard dans les prunelles d'ébène et crut y percevoir une étincelle d'ironie. La fille du sénateur semblait avoir deviné ses pensées et s'en amuser, au lieu de s'en scandaliser.

« Je vous demande pardon, messires, dit-elle en reculant et en se dirigeant vers la porte entrouverte donnant sur le portique. Je reviendrai vous voir dans une tenue plus appropriée à mon état, si mon père me permet plus tard de jouir de votre compagnie. »

Elle ramassa son arc et son carquois et franchit le seuil. Saturniano Spada avait suivi ses mouvements avec tendresse. « C'est un garçon manqué, elle est rebelle et inconstante, et son esprit est sans cesse visité par des rêves qui sortent de la porte d'Ivoire, expliqua-t-il.

— S'il en est ainsi, la sagesse a tempéré vos yeux, les rendant assez perçants pour pénétrer sous la surface des corps. Les miens, plus grossiers, ne voient qu'une beauté admirable, dont s'éprendrait n'importe quel homme », murmura Dante.

Le sénateur poussa un profond soupir. « C'est la prunelle de mes yeux, avoua-t-il, incapable de dissimuler sa fierté. Mais venez. J'ai encore beaucoup de choses à vous dire en attendant qu'elle nous rejoigne. Vous me demandiez comment des peuples obéissant à des fois aussi différentes pourraient mener à bon terme l'entreprise que je vous ai décrite. »

Le poète s'arracha aux réflexions que la vue de la jeune fille avait suscitées en lui et se tourna vers le Perse. « Vous avez parlé de votre foi, messire Kansbar. Je croyais que toutes les terres à l'est de Constantinople étaient désormais adeptes du credo du schismatique Mahomet.

— Ses troupes ont apporté le croissant de lune en Mésopotamie, l'imposant par le fer et le feu. Mais leur élan s'est brisé au-delà de la mer de Bassora. En Perse, le khan domine et se prépare à disputer Babylone à l'envahisseur et à son prophète. Mon credo prospère à l'ombre de ses étendards.

— Mais la croix marque une voie tout aussi opposée à vos convictions. Comment pouvez-vous… » Dante s'interrompit brusquement, distrait par un léger bruit de pas, et pivota. La fille de son hôte était entrée, ayant troqué sa tenue de chasseresse contre une longue tunique blanche bordée d'une broderie écarlate, resserrée à la taille par une ceinture dorée qui dessinait une couronne de feuilles de laurier entrelacées. Elle arborait une coiffe en soie aussi légère qu'une caresse, refermée sous le menton et prolongée par une guimpe qui soulignait la finesse et la force de son cou. Ouverte sur la nuque, elle dévoilait les volutes de ses cheveux, non plus bouleversés par l'ardeur de la course mais tirés en une sage tresse qu'enfermait un filet d'or dont les mailles glissaient joliment sur les épaules, étincelant à chaque mouvement.

L'admiration qu'avait suscitée son entrée n'avait pas échappé à la jeune fille, qui annonça : « Père, j'ai ordonné qu'on prépare une collation pour tes invités. » Elle tapa dans ses mains. Des serviteurs apparurent sur le seuil, pourvus de grands plats en bronze. Ils les disposèrent sur la table basse au centre de la pièce puis se retirèrent, à l'exception de l'un d'entre eux qui se plaça dans leur dos, prêt à servir le vin que contenait son amphore.

Fiamma s'était gracieusement allongée sur un des tricliniums, imitée par Spada qui invita ses invités à en faire autant.

Dante était stupéfait : seule une matrone aurait pu se comporter de la sorte à Florence. Non seulement la jeune fille s'était assise sans attendre les hommes, mais elle avait aussi devancé son père, ce qui était contraire aux bonnes manières. Elle se conduisait en maîtresse de maison, pensait-il, et le regard bienveillant de Saturniano le confortait dans cette sensation.

Fiamma ordonna à l'échanson de remplir les coupes et leva aussitôt la sienne. Elle but une longue gorgée puis sourit en passant le bout de sa langue sur ses lèvres.

Le poète la scrutait, fasciné par son geste enfantin d'une grâce inattendue. On aurait dit qu'elle dissimulait sous les formes adultes de son corps l'âme d'une fillette malicieuse, encline au jeu et à la moquerie. Par contraste, il songea au vers qu'il avait dédié à Béatrice, de nombreuses années plus tôt, à Florence : *Tant gentille et pudique paraît*[1]. Non, il n'aurait pas affirmé que Fiamma était un symbole de gentillesse, et encore moins de ces bonnes mœurs qui évoquaient la vertu antique, avant que le relâchement de l'époque et des usages pousse le monde vers sa décadence.

Mais alors pourquoi percevait-il en elle le charme subtil de l'attirance amoureuse ? Il chassa rageusement ces mots de son esprit et observa son hôte à la dérobée, craignant que l'homme n'eût lu sur son visage le sentiment auquel il était en proie. Or Spada continuait de fixer sa fille, indifférent à ses invités.

Étrangement, l'aspect de Fiamma lui semblait familier : l'avait-il déjà rencontrée ? Soudain, il comprit. Sa taille, sa façon de se tenir, les bras le long du corps et non réunis dans son giron, comme si rien au monde ne pouvait la toucher, et ce ton désinvolte, la précision de son élocution… tout cela appartenait à l'énigmatique dame qui l'avait attiré à Rome avec le mirage de son Virgile.

1. *Vie nouvelle*, XXVI, 5, *op. cit.*

« Tes invités viennent de loin, père, reprit la jeune fille en pointant sans retenue l'index sur les habits exotiques de Kansbar. Nous allons enfin pouvoir écouter un récit de terres étrangères. Dites-nous ce que vous avez entendu ou vu, messire. Une belle histoire de contrées inconnues et d'animaux mystérieux. »

Le Perse se racla la gorge, embarrassé. « Je pourrais vous relater l'une de mes aventures de voyage. Mais je crains qu'elle ne soit guère appropriée aux oreilles d'une jeune personne, car les parcours creusés dans le sable sont plus misérables que les périples rêvés dans les romans. Mieux vaut, pour égayer ce banquet, vous raconter les aventures d'un grand navigateur issu de mes terres. Un homme légendaire qui vécut à Bassora à l'époque du grand calife Haroun, le Bien-Guidé. Il se nommait Sinbad et n'affronta pas moins de sept fois, dit-on, le Grand Océan, d'où il revint plus jeune et plus vieux. Plus sage et plus insouciant.

— Avez-vous décidé de vous exprimer par énigmes, maître Kansbar ? » lança le sénateur.

Fiamma le fit taire d'un geste de sa main fine. « Laissez-le parler, père. Le grand Aristote nous apprend que les choses existent ou n'existent pas, mais il est possible que l'esprit des hommes connaisse des conditions intermédiaires dans le lointain Orient et que les lois de notre intellect n'y aient pas cours.

— Les textes, et ils sont rares, rapportent l'histoire de son dernier voyage, dont il ne revint pas, reprit le Perse, après s'être incliné en hommage à l'observation de la jeune fille.

— Il mourut dans cette entreprise ? »

Kansbar secoua la tête. « Au terme de chaque voyage, l'ennui s'emparait de lui. Les tâches domestiques ou les doux bras de ses compagnes ne parvenaient pas à le distraire. Il regagna donc Bassora, arma un vaisseau et se dirigea vers les eaux du Sud, au-delà du grand cercle que nous appelons Équateur. Pendant des jours et des jours, il sillonna les flots sous des étoiles inconnues, longeant les côtes de l'immense Afrique jusqu'au ravin qui marque les confins des deux océans. Il y vit les îles de glace qui naviguent librement, ainsi que le grand poisson qui y nage depuis la nuit des temps. Il aperçut sur le rivage les traces de peuples jamais vus et d'animaux merveilleux. Toujours poussé par son impatience, il fit route vers le couchant et atteignit une île qui se dressait au milieu des flots.

— Une île au milieu de l'océan Occidental ?

— Oui, cette île regorgeait d'eaux et d'arbres, et l'on y entendait le chant d'oiseaux aux plumes multicolores. Sinbad y jeta l'ancre et y débarqua seul, confiant à ses hommes la garde de son navire. Il s'enfonça dans la forêt et rencontra sur son chemin des gens heureux qui l'invitaient dans une langue inconnue à s'asseoir à leur table pour reprendre des forces après ce long voyage. En buvant du lait et du miel, il apprit qu'il se trouvait sur l'île Bienheureuse, une île où les peines et les tempêtes de la vie s'apaisent à jamais, où les grands esprits de l'humanité trouvent refuge après la mort. Une jeune fille à l'aspect voluptueux lui offrit des feuilles de lotus afin qu'il oubliât. Et l'inquiétude qui l'avait accompagné tout au long de son existence s'évanouit comme par enchantement. »

Le Perse se tut. Dante attendit quelques instants qu'il poursuivît son récit, mais l'homme se contentait de fixer en silence les membres de l'assistance, comme s'il guettait leurs réactions. Il s'apprêtait à poser une question quand Fiamma le devança de sa voix argentine :

« Et puis ? Que se passa-t-il ?

— Le roi de l'île lui ouvrit les coffres de son trésor afin qu'il y puisât à volonté. Sinbad rentra à Bassora, chargé de toutes les richesses dont il avait pu rêver.

— Et puis ? Et puis ? s'exclama encore la jeune fille en tapant des mains avec une joie enfantine.

— Il avait atteint la plénitude de l'être dans l'apaisement de ses désirs. Il demeura chez lui, au milieu de son or et de ses enfants. L'histoire s'arrête là. »

Le sénateur intervint : « Qu'en pensez-vous, messire Alighieri ? Ne faudrait-il pas proposer à l'admiration de nos peuples la figure de ce héros ? L'obstination avec laquelle il voulait connaître la terre qui l'entourait n'était à mon avis pas moindre que celle d'Alexandre, qui parcourut le monde à la recherche de ses confins. Ou des Romains antiques qui retournèrent, armés, sur ces confins, afin de transformer chaque pouce du monde en un pouce de leur domaine. »

Les mains jointes sous le menton et les lèvres pincées, Dante méditait l'histoire du Perse. La question de son hôte l'arracha à sa torpeur. Il dit :

« Alors que j'écoutais ce récit merveilleux, mon imagination accueillait l'ombre d'un grand Grec, Ulysse, de l'âpre Ithaque. Je me demandais si un lointain souvenir de ses exploits n'était pas parvenu sur les terres de l'ambassadeur.

— C'est vrai, messire Alighieri ! Je n'ai pas pu m'empêcher d'y penser, moi non plus, renchérit Fiamma. Il est possible que les peuples qui vivent au bord de la mer connaissent tous les mêmes héros.

— Ou qu'ils soient tous visités par les mêmes rêves, dit le sénateur. La Bible parle elle aussi d'un grand poisson qui dévora Jonas.

— Celui-là même que rencontra cet homme, peut-être ! » s'écria sa fille de ce ton joyeux qui avait surpris le poète. Un instant, il se demanda si elle ne se moquait pas d'eux en se montrant plus naïve qu'elle ne l'était.

« Toutes les histoires des peuples seraient-elles donc identiques ? insista Spada.

— Non, répondit Dante. La convoitise des richesses meut l'Oriental, et son désir d'aventures n'est autre que l'exécrable faim de l'or qui apporte inexorablement des soucis à l'homme. Chacun de ses mouvements est dicté par l'avidité, il ne mesure le Bien et le Mal que sur la balance de l'usurier. Le caractère du Grec est bien différent.

— Vous trouvez, messire Alighieri ? Et pourtant Ulysse se dirigea vers Troie poussé par l'envie d'amasser du butin.

— C'est l'obéissance à son roi qui l'y entraîna. Mais il sut transformer cet ordre en une occasion de connaissance. Et surtout, son destin est tout autre. Sinbad choisit le calme tranquille qu'apportait la jouissance de ses richesses dans la ville de Bagdad, berceau de toute splendeur. Ulysse regagna son humble royaume, parmi ses pourceaux et ses chiens, invaincu dans l'âme. Et il chercha la mort en mer.

— Comment le savez-vous ?

— Je l'imagine. Il ne possédait aucune richesse à l'exception de son fils et de sa femme fidèle. Mais la soif intarissable d'une tâche inachevée hantait ses nuits. Je ne crois pas qu'il périt, ainsi que le prétend la légende, loin des flots, en un lieu qui ignorait l'art de la navigation. Non, Ulysse reprit la mer vers les terres qui gisent au-delà de l'océan des Morts.

— Mais il n'y a rien outre ce gouffre d'eau ! On ne voit que des flots sur les cartes du grand Ptolémée à l'ouest des colonnes d'Hercule ! »

Dante hésita un instant. « Ce n'est pas vrai. Derrière ces eaux se trouve une immense montagne, demeure de nos ancêtres purs. C'est là que séjournèrent Adam et Ève, avant la grande insulte. Et je crois que des gens sans tache y vivent encore. »

Tout en parlant, il s'était levé et avait fait quelques pas. Le doigt dressé ironiquement en signe de menace, le sénateur murmura :

« Vous blasphémez, messire Alighieri. Par chance, les oreilles de l'Inquisition ne se cachent pas dans ma demeure. Des êtres sans tache ! Ainsi, certains peuples auraient échappé au premier péché, rendant inutiles pour eux le sacrifice de Jésus et la Rédemption ? »

L'homme avait adopté un ton scandalisé mais le poète crut deviner que ses opinions lui plaisaient.

« Vous avez éveillé la curiosité de ma fille, poursuivit Saturniano Spada. Elle désire sans doute poursuivre cet entretien. Avec votre permission, Kansbar et moi allons vous laisser. Je souhaite examiner plus à fond les documents qu'il nous a apportés. Et surtout cette façon de projeter la courbe du monde sur une surface plane qu'ont inventée les géomètres de Babylone », déclara-t-il en adressant un sourire à la jeune fille. Il tendit le bras à l'ambassadeur puis se dirigea vers la sortie.

Demeuré seul avec Fiamma, Dante sentait son regard peser sur lui. « Vous êtes un homme étrange, messire Alighieri. Venez vous asseoir à côté de moi », dit-elle au bout d'un moment.

Le poète se pencha sur la main qu'elle lui tendait langoureusement et y déposa un baiser. Puis il se redressa, embarrassé. Un ambassadeur du gouvernement de Florence aurait peut-être dû se montrer plus réservé envers cette adolescente aux manières trop désinvoltes mais quelque chose en elle le désarmait. Ce n'était pas seulement sa beauté, qui resplendissait telle l'étoile du matin sous sa robe légère et moulante. C'était aussi sa voix, à la musique secrète et mystérieuse. Et surtout sa façon de bouger, de traverser l'espace comme si elle lui était étrangère, en faisant vibrer l'air autour d'elle. Une forme lumineuse, semblable à celle qu'il avait eu la chance de voir quelques années plus tôt dans sa ville…

« À quoi pensez-vous, messire Alighieri ? » interrogea Fiamma de but en blanc, les lèvres étirées en un sourire ironique. Elle semblait jouir de son trouble avec cette arrogance qu'affichent les jeunes gens lorsqu'ils remarquent qu'ils ont impressionné un aîné.

« À rien, répondit-il en toute hâte. Vous m'avez rappelé un instant une personne que j'ai connue dans ma jeunesse.

— Cette personne me ressemblait-elle ?

— Non… Peut-être… », murmura-t-il d'un ton vague. Mais Fiamma continuait de l'observer de son air indéchiffrable.

Elle garda le silence un moment puis reprit, en scandant mélodieusement les syllabes :

« *Tous mes pensers parlent d'Amour*
Et ont entre eux telle variété
Que l'un d'eux me fait désirer sa domination,
Un autre me dit que folle est sa puissance,
Un autre, avec l'espoir, m'apporte la douceur.

Un autre me fait pleurer maintes fois.
Ils ne s'accordent que pour requérir pitié
Tremblant de la peur qui est en mon cœur[1]. »

Telle une actrice éprouvée, elle avait récité d'un souffle les deux quatrains. Parvenue au dernier vers, elle baissa le ton et prononça le mot *cœur* dans un soupir. On aurait dit qu'elle avait vécu les sentiments que le poème décrivait : la tempête qui bouleverse le cœur de l'amoureux dans le trouble de l'incertitude et de l'attente.

Dante l'avait écoutée, bouche bée, tandis qu'un torrent de souvenirs rompait les digues de sa mémoire et envahissait son esprit. Il aurait voulu remercier la jeune fille de cet hommage rendu à sa poésie. Mais elle le devança :

« Avez-vous écrit votre grande œuvre pour votre épouse, messire Alighieri ?

— Non… quelle…

— La femme que vous évoquez dans votre livre. » Fiamma s'empara d'un petit manuscrit qui reposait sur la table. Elle indiqua le frontispice et énonça : « *Vie nouvelle.* » Puis feuilleta rapidement les pages en promenant le doigt sur les lignes comme si elle en connaissait bien le contenu. Elle l'immobilisa vers la fin. « Voilà… *J'espère écrire à son sujet ce qui jamais ne fut écrit d'aucune*[2]. Qu'aimeriez-vous encore dire au sujet de votre Béatrice ?

— Je ne sais pas… j'avais des idées à l'époque. Mais beaucoup de temps s'est écoulé. Le destin a poussé ma barque vers d'autres rivages. Les destinées de la commune ont absorbé toutes mes pensées », conclut-il d'un ton

1. *Vie nouvelle,* XII, 8, *op. cit.*
2. XLII, 2, *op.cit.*

évasif, agacé par cette question qui le ramenait en esprit à une époque lointaine. Une époque qu'il avait repoussée mais qui lui avait arraché, dans sa fuite, une partie de l'âme.

Assise sur un petit siège, Fiamma serrait le livre entre ses doigts, prête à le rouvrir. « N'avez-vous plus rien écrit d'aussi merveilleux ? N'êtes-vous plus un poète ?

— J'ai écrit d'autres rimes… de petites choses.

— J'en étais certaine. Une fois qu'on a bu à la fontaine du Parnasse, on ne peut plus s'arrêter. Je le sais. J'écris moi aussi des vers.

— Vous ? » Dante était intrigué mais aussi sceptique. Il pensait que la poésie était un art d'homme. Certaines dames, comme Marie d'Aquitaine ou Sapho, dans l'Antiquité, s'y étaient essayées pour tromper le temps, cependant elles demeuraient des exceptions. Car la poésie ne naît pas de l'émotion convulsive des sens mais du désir de s'élever, de l'aspiration de l'esprit à se conformer à ce qu'il sent supérieur. Platon estimait que notre âme brûle surtout d'accéder au monde supérieur de Dieu et qu'elle choisit la poésie pour se préparer à cette ascension. Par l'intermédiaire de la femme, qui suscite chez l'homme un désir de transfiguration. Si la femme s'inspirait de l'amour au lieu de l'inspirer, ce serait comme une flamme tendant vers le bas. Une absurdité.

« Oui, depuis longtemps. Voulez-vous écouter mes vers ? » l'entendit-il répondre, alors qu'il était plongé dans ces réflexions. Il mesura soudain l'intensité avec laquelle elle le regardait, assise à l'endroit le plus sombre de la pièce. Son visage paraissait différent, à la fois plus mûr et intemporel. Elle évoquait un ange, un de ces anges qui avaient arpenté les rues des hommes à Sodome, songea-t-il, un peu dégoûté. Puis une série de sons mélodieux s'insinuèrent dans ses oreilles.

Aussitôt, il reconnut le rythme de l'hexamètre latin. Modelé sur la douce sensualité d'Ovide, ce poème chantait le chagrin d'un amour lointain, d'un retour attendu. Son thème se développait peu à peu : l'amour d'une femme pour son fils, un fils qui, étrangement, était aussi son mari. Dante tendit l'oreille, s'efforçant de saisir ce qui se révélait, à ses yeux, une absurdité, ou une obscénité extravagante.

Puis le poème se poursuivit en provençal, langue qui lui était familière. Mais il n'eut pas le temps de la savourer : elle s'effaçait déjà devant un autre idiome. Et bien que ces vers, qui reprenaient le rythme de l'hexamètre, lui fussent maintenant impénétrables, ils lui évoquèrent les leçons à Santa Croce de certains franciscains qui avaient appris le grec en Orient et l'utilisaient pour étayer leurs discours.

Il s'apprêtait à manifester son admiration quand la langue changea une nouvelle fois. Désormais, les sons qui jaillissaient des lèvres de Fiamma, telle l'eau d'une source, ne s'apparentaient ni au parler guttural des Allemands ni à celui des Angles, tout aussi âpre, qu'il avait parfois entendu dans les marchés de Florence. Ni même à l'horrible idiome des païens infidèles de Syrie ou à celui des juifs, langue désarticulée, peut-être la plus semblable à celle dans laquelle s'exprimaient les premiers hommes, mais aussi éloignée de nous que les froides étoiles dans le ciel fixe.

Il écoutait, déconcerté. La jeune fille continuait de réciter son poème avec naturel, masquant son herméticité par la délicieuse harmonie des sons. Un instant, il se dit que c'était une réincarnation de la langue céleste, ainsi qu'elle devait être avant que l'épée courroucée de Dieu la brisât à cause de l'arrogance de la tour de Babel.

Il avait perdu tout espoir de comprendre. Cependant les pupilles dilatées de Fiamma et l'éclat des larmes qui y brillaient le confortaient dans la certitude que son chant parlait toujours d'amour. D'un amour désespéré pour un objet inaccessible.

Puis la voix se brisa sur une note poignante.

« Qu'avez-vous récité ? » murmura Dante, troublé.

La jeune fille garda le silence un moment, semblant se demander si son interlocuteur serait en mesure de saisir son discours. Elle finit par répondre : « Un hymne. Qui célèbre la splendeur de la Mère des Peuples.

— Vous avez composé un éloge de la Vierge ?

— Celle qui, vierge, eut un fils, génitrice de l'Univers. Souveraine de tous les éléments, première origine des siècles, reine des esprits. Celle qui gouverne d'un signe de la tête les sommets lumineux de la voûte céleste, les vents salutaires de la mer, les silences désolés des enfers. »

Le poète avait reconnu certains fragments de litanies, toutefois mêlés à des éléments qu'il n'avait jamais entendus encore. « *Regina maris*... Souveraine des trois royaumes ? » demanda-t-il, perplexe.

Il attendait une explication. Or Fiamma éclata soudain d'un rire irrépressible, les yeux tournés vers le mur derrière lui. En proie à une nouvelle inspiration, elle se leva et gagna d'un pas rapide la petite table sur laquelle reposaient des instruments d'écriture. Elle revint, armée d'un style de bronze, s'approcha de Dante, brandit la pointe métallique et lui en effleura le visage.

« Ne bougez pas. Pas un geste ! » s'exclama-t-elle.

Dante balaya la pièce d'un regard alarmé.

« Non, ne bougez pas la tête ! »

Elle se dirigea vers le mur et y promena le bout de la lame. « Je fixe votre ombre, qui coupe la pierre. »

Elle s'écarta ensuite et contempla, pensive, la trace qu'elle avait dessinée : un sillon blanc représentant un profil d'homme décidé.

Le poète l'interrogea : « Pourquoi fixer ce simulacre, alors que vous pouvez m'observer ? Vous paraissez préférer, dans la caverne platonicienne, l'image déformée à la vraie idée !

— Vous avez lu ces pages extraordinaires ? Rédigées dans sa langue extraordinaire ?

— Non, répondit Dante, embarrassé. Je ne connais pas le grec. Mais j'ai lu des ouvrages à ce sujet...

— Quel langage merveilleux, messire ! Les pères de notre religion affirment que Dieu s'est adressé en hébreu aux premiers et plus grands hommes de notre espèce. C'est peut-être le cas. Mais c'est sûrement en grec que ces grands hommes se mirent ensuite à converser, à pénétrer les secrets de la nature, à construire l'échelle qui les ramènerait dans ce ciel d'où ils avaient été bannis. »

Elle s'interrompit pour mieux contempler l'égratignure qui parcourait le mur : le nez droit et fort à la racine, le front large, le menton prononcé. « Ce n'est qu'une silhouette, une ombre incertaine, insistait le poète.

— Non, messire Alighieri. Il y a dans votre aspect toute la mutabilité et l'imprécision d'une forme gravée par le temps, un flot d'expressions écrites sur l'eau. Mais dans l'essentialité géométrique d'un contraste entre lumière et ombre, l'ampleur du livre de votre âme se réduit à l'essentiel. Cette silhouette vous livre à moi, vous privant de toute capacité de changer.

— On dit la même chose de Persée, qui vainquit la Gorgone en l'épiant dans le creux de son bouclier. Ainsi, vous vous bornez vous aussi à contempler mon effigie. Craignez-vous donc que mon regard vous glace ?

— Il ne s'agit pas de crainte, mais du désir de pénétrer votre secret.

— Mon secret, répéta Dante en secouant la tête. Personne ne peut descendre aussi profondément.

— Le croyez-vous vraiment ? lança-t-elle avec un sourire malicieux. Croyez-vous qu'il existe chez l'homme un abîme qu'une femme ne puisse sonder ? »

Le poète s'aperçut soudain que le sénateur Spada se trouvait dans la pièce et qu'il écoutait, lui aussi en proie à une vive émotion. L'homme rejoignit sa fille, qui respirait vite, et posa la main sur sa tête en un geste de bénédiction.

« Vous avez entendu, messire Alighieri ? J'espère que la douce impertinence de ma fille ne vous a pas importuné pendant notre absence. Elle est due à l'impétuosité de la jeunesse, qui adopte souvent chez les membres de son sexe la forme d'un discours infini. »

Dante s'inclina respectueusement vers Fiamma, dont les lèvres s'étaient étirées en un sourire compréhensif. « Si je ne voyais pas avec mes yeux et n'entendais pas avec mes oreilles, je serais de votre avis, sénateur. Mais il est rare que les grâces de la nature et la faveur de Dieu se fondent en une unique créature, à laquelle les étoiles attribuent la tâche de révéler le miracle de la création. Je crois que votre fille est de leur nombre. Il n'y a pas trace, chez elle, de la faiblesse de son sexe. »

Il s'était exprimé en la regardant du coin de l'œil afin de mesurer l'effet que ses éloges suscitaient en elle. Non sans déception, il remarqua qu'elle ne lui prêtait guère attention.

« Vous avez donc apprécié ses vers ?

— Rares sont les hommes, dans la chrétienté, qui seraient capables de composer ce que votre fille m'a révélé. Un discours magistral dans les langues principales. Je regrette cependant que mon faible savoir m'ait empêché de tout comprendre. En particulier la dernière partie, rédigée dans une langue que seuls les anges, peut-être, seraient en mesure d'entendre. »

Saturniano Spada s'inclina en signe de remerciement. « La dernière langue n'est pas angélique, mais elle lui ressemble peut-être, plus que toute autre. C'est du copte.

— Du copte ?

— La langue parlée des Égyptiens anciens. Elle a survécu sur les terres du Nil jusqu'à ce que l'extirpe la rage mahométane. Il y a plusieurs années, quelques moines rescapés de ces terres vinrent à Rome. Je les accueillis pendant tout leur séjour, avant qu'ils ne poursuivent leur chemin vers l'empire de Byzance. J'eus ainsi moyen de connaître la langue antique et les usages de ceux qui l'avaient transmise, le savoir qu'ils avaient sauvegardé. J'ai enseigné à ma fille ce qu'ils m'apprirent, et cette excellente élève a maintenant surpassé son maître.

— Qu'a-t-elle chanté ? »

Le sénateur tourna les yeux vers Fiamma pour l'inviter à s'expliquer. Comme elle se bornait à sourire, il reprit : « Une histoire ancienne. Peut-être la première de toutes les histoires. Mais avez-vous réfléchi à ce que je vous ai annoncé ? La nouvelle et dernière croisade. Votre âme ne s'enthousiasme-t-elle pas à l'idée d'y participer ?

— Voudriez-vous que je demande à mes compatriotes d'y contribuer ? La commune de Florence…

— Vous avez toujours cette ville aux lèvres ! Ce n'est pas en ramassant une poignée de florins sur les terres de Toscane que votre esprit nous secourra ! »

Dante n'était pas certain de comprendre. Il remarqua que ses hôtes échangeaient un coup d'œil. « Père, nous aurons sa parole, j'en suis persuadée. Pour tout, dit Fiamma, énigmatique.

— Oui, ma fille. J'en suis persuadé, moi aussi. Quand il aura tout vu et saisi.

— Vous parlez de la croisade ? interrogea le poète. Vous l'évoquez comme un événement proche. Mais ses difficultés…

— Les préparatifs sont beaucoup plus avancés que vous ne le pensez, répondit Fiamma. Cependant, il importe que le patrimoine de saint Pierre soit pacifié et soumis pour que père puisse donner sereinement l'ordre de départ.

— Les événements de Palestrina seraient-ils donc une étape sur la route de Jérusalem ?

— Palestrina était un repaire de ribauds et de gibelins, où les Colonna s'étaient retranchés et où ils faisaient la loi, messire Alighieri, expliqua le sénateur. Boniface a bien fait de les ramener à la raison. Hélas, l'indocilité de certaines grandes familles cause nombre de soucis à Sa Sainteté. Heureusement, elles sont peu à peu soumises et leurs forteresses conquises. Il ne reste plus que la plus importante d'entre elles. Son tour viendra cette nuit. J'aimerais que vous assistiez à cet événement, messire Alighieri. Ainsi, la grande ville de Florence verra comment l'ordre règne à Rome par les yeux de son citoyen le plus illustre. Celui qui, mieux que quiconque, est en mesure de juger du Bien et du Mal. »

Dante se demanda où l'homme de Boniface entendait l'entraîner. Le bien et le mal. Il devinait dans cette proposition les signes d'un complot dont le sens continuait de lui échapper. Il opina du bonnet en attendant que ce dessein lui révélât sa nature cachée.

8 novembre, le soir, au palais du Vatican

Un religieux avança timidement et s'inclina jusqu'à terre. Assis sur son trône, Boniface regardait à travers la fenêtre qui donnait sur les champs voisins du Tibre. À droite, la masse imposante du château bouchait la vue vers l'est, où le soleil couchant dorait les sommets du lointain Quirinal.

« Votre Sainteté, l'Inquisiteur demande à être reçu. »

Le pape bondit sur ses pieds et adressa à l'homme un signe d'acquiescement. Le clerc fléchit le genou et recula rapidement. Un instant plus tard, la silhouette blanc et noir du dominicain apparut.

« Que m'apportez-vous ? » interrogea aussitôt Boniface, les yeux fixés sur la liasse de parchemins que l'Inquisiteur exhibait.

« Un poème. À en juger par le soin avec lequel il le dissimule, le Florentin l'estime plus que son âme. Il l'emporte dans tous ses déplacements.

— Un poème ? répliqua Boniface, déçu. Je pensais... je pensais à autre chose... il s'est opposé avec fermeté à ma volonté, à Florence. Je croyais qu'il ourdissait un complot contre nous, en faveur de l'infâme doctrine impériale qui rejette notre autorité sur les royaumes de la Terre. Un poème ! Un petit poétereau traverse notre route ! Il est venu chez nous, il ne repartira pas ! conclut-il, le visage déformé par la colère.

— Oui, c'est un poème. Cependant on n'y lit pas les stupidités habituelles. Il renferme un secret.

— Quoi ?

— Cela nous échappe. Pour l'instant. L'homme médite un projet. »

Le pape lui arracha la liasse et l'approcha de ses yeux myopes. Il parcourut les premières lignes en murmurant : « Au moins, il sera obligé de s'arrêter.

— Ce n'est qu'une copie, Votre Sainteté. J'ai mis au travail sept scribes afin qu'ils retranscrivent le texte en une seule nuit. L'homme doit ignorer que nous le possédons. Il a une mémoire prodigieuse, et il serait capable de le reconstruire si nous le dérobions. Ainsi, il ne pourra pas soupçonner que nous savons, et cela nous permettra de pénétrer plus aisément sa conscience.

— Mais pourquoi autant d'attention pour des vers ?

— Il vaut peut-être mieux que vous écoutiez. Votre sagesse, secondée par la lumière du Très-Haut, pourra ainsi partager ma préoccupation. C'est l'histoire d'un voyage en enfer.

— Encore ! » Boniface jeta les parchemins par terre. « Pourquoi le monde est-il empesté d'idiots qui veulent connaître l'avenir, la forme de la Terre, la raison et la signification des choses, au lieu de s'en remettre pieusement à l'Église, qui ordonne et comprend tout ? s'écria-t-il, les yeux tournés vers le toit en plomb de la basilique vaticane comme s'il attendait qu'il lui livrât une réponse. Voilà qu'ils s'aventurent maintenant dans l'au-delà, avec leurs balivernes ! Pourtant les Écritures décrivent assez clairement le royaume des Cieux et les cavernes de l'enfer, avec leur lumière et leurs flammes, pour qu'il ne soit besoin d'établir d'autres cartes ! Cette façon de jouer avec les choses révélées vaudrait à elle seule le fouet au Florentin. Il faudrait aussi qu'il expérimente sur sa chair le feu que, j'en suis certain, il imagine pour les autres. »

L'Inquisiteur ramassa patiemment les parchemins et y remit de l'ordre. Il commença à lire le texte. Au bout d'un moment, Boniface pivota, perplexe, et regagna son siège, sur lequel il se laissa tomber. Il plissa les paupières, tandis que les paroles de son ennemi remplissaient le vide de la pièce.

Le dominicain poursuivit sa lecture pendant plus d'une heure, dévidant les vers d'une voix blanche. Enfin, il atteignit la dernière page :

« … *Ainsi nous parcourûmes par les marais fangeux*
un grand arc entre le sec et le mouillé,
les yeux tournés vers les mangeurs de boue.
Et à la fin nous arrivâmes au pied d'une tour[1]. »

Il s'interrompit. Un instant, le silence de la nuit parut engloutir l'écho des derniers mots. Boniface ouvrit soudain les yeux. « Et puis ?

— Le poème s'arrête là, Votre Sainteté. C'est de toute évidence la première partie d'une composition bien plus vaste. De même que Rome est entourée de ruines antiques, de même cette surface de décombres et de déchets dissimule un danger…

— Quoi ? Je ne vois là que les insultes envers le clergé auxquelles cet homme nous a bien habitués.

— Il y a quelque chose de plus pervers. Cette descente vers les démons ne fait que masquer un désir caché de les convoquer parmi nous !

— Croyez-vous que ces tables renferment un grimoire ? Une horrible évocation sous les apparences d'un voyage ?

1. L'*Enfer*, VII, v. 127-130, *op. cit.*

— J'en suis certain. Son guide n'est autre que le devin Virgile. Dois-je lui faire couper la main ? »

Boniface hésita un instant. Un éclat de malice brilla dans son regard. « Non. Laisse-le faire. S'il sait vraiment invoquer les démons, je ne veux pas que son art se perde avec sa tête. » Il tourna les yeux vers les collines qu'on apercevait au loin à travers la fenêtre. « Dans certaines circonstances, l'art noir peut servir la gloire de Dieu et de Son Église. D'autant plus que ma ville est maintenant parcourue par l'insulte de l'hérésie. De troubles rassemblements se tiennent en secret, mais les griffes du Malin s'insinuent jusqu'à mes appartements !

— Nous avons entendu dire, nous aussi, Saint Père, que des membres de la curie ont tendu l'oreille à l'appel de Satan. Des membres du Sénat aussi. Nous ne savons pas encore de qui il s'agit, mais le sénateur Spada veille, et il les démasquera tôt ou tard.

— Saturniano… Hélas ! Dieu ne nous a envoyé que peu d'hommes de son envergure… »

6

9 novembre, au couchant

Le sénateur lui avait donné rendez-vous au couchant, à la tour de l'île. Dante attendit l'heure convenue en relisant le précieux manuscrit de Virgile. En réalité, le terme était erroné : les mots lui montaient, précis, aux lèvres, avant même que ses yeux déchiffrent les signes fanés du papyrus.

Les vers du grand poète étaient gravés dans son esprit comme sur une dalle de marbre, au point qu'il se surprenait souvent à utiliser ses paroles. Il s'attarda encore une fois sur un point :

Ibant obscuri sola sub nocte per umbram
Perque domos Ditis uacuas et inania regna…

« Ils allaient, obscurs, dans la nuit solitaire, à travers l'ombre et à travers les demeures vides et le vain royaume de Dis[1] ». On ne pouvait pas mieux dire. Tel était l'enfer des Anciens, un royaume vain et désert, avant que la venue du Christ secourût à jamais les hommes, ouvrant

1. *Énéide*, VI, 268, *op. cit.*

l'espoir d'une seconde vie. Une terre désolée où la mort ne trouvait ni sens ni réparation. Une forêt de larves, où les âmes dépouillées des corps ne resplendissaient pas dans leur pureté, mais erraient dans les ténèbres en une attente vaine.

Il baissa le papyrus et fixa le vide. La perte de la vie, voilà la souffrance des païens. L'enfer qu'il décrirait, lui, devrait être encore plus terrible.

Il montrerait à ses lecteurs la forme du Mal ! Il ne renoncerait à rien pour que sa leçon s'imprimât dans les esprits avec la force du maillet, pas même à réduire le Créateur au rang d'un tortionnaire railleur. Il n'avait pas le choix. S'il avait admis, comme l'ambassadeur perse, l'existence d'un dieu mauvais auquel attribuer la responsabilité de tout méfait, il eût été facile de lui imputer également les formes les plus étranges de l'outre-tombe. Des fontaines de feu, des sentiers ardents semblables à ceux que décrivait la *Vision de Mahomet,* qu'il avait lu à Florence. Or son auteur était un païen, lui aussi.

Il haussa les épaules et tourna la tête vers la fenêtre. La dixième heure avait sonné depuis longtemps et l'ombre du crépuscule s'étendait sur les murs de la maison. Un son de cloche retentit au lointain, aussitôt répété par d'autres. La *patarina,* sur la tour du Capitole, annonçait le couvre-feu.

La nuit n'allait pas tarder à tomber : il était temps de se mettre en marche. Dante se demanda à quelle œuvre de justice le sénateur l'avait convié.

Il atteignit le lieu du rendez-vous en empruntant le pont Cestio. La place, bordée d'un côté par la tour du pont, de l'autre par l'église et le couvent, était remplie de soldats, rassemblés autour de faisceaux de lances semblables à de petites pyramides. Elle baignait dans la lueur de la lune. Cet unique éclairage permettait toutefois de distinguer de gros chars alignés sur le pont opposé, déjà attelés à des paires de bœufs.

Il y avait là environ une centaine d'individus, estima le poète en embrassant la scène du regard – trop pour la simple opération de police que le sénateur avait évoquée. Ils semblaient plongés dans d'ultimes préparatifs. Les hommes se transmettaient les ordres en chuchotant, tandis que les officiers les haranguaient, leurs épées tournées vers le Palatin, dont la masse obscure bouchait la vue, de l'autre côté du Tibre. La tour massive des Caetani, qui se dressait devant le couvent, était le théâtre d'une activité frénétique : on apercevait des lumières intermittentes derrière les meurtrières, preuve qu'un grand nombre de soldats se déplaçaient dans les escaliers intérieurs.

Après avoir abandonné le parapet, le poète se heurta à deux sentinelles, qui croisèrent leurs lances sur sa poitrine et lui ordonnèrent de s'arrêter. Interdit, il s'apprêtait à répliquer quand une voix familière vola à son secours :

« Messire Alighieri ! Nous vous attendions pour déclencher cette opération de justice ! Rejoignez mon commandement. »

Le sénateur était apparu devant lui. Il avait troqué ses vêtements de cérémonie contre une tenue guerrière : une armure constituée de bandes et d'épaulières d'acier, au-dessus d'une cotte de mailles qui lui descendait aux genoux. Il tenait sous le bras un casque d'aspect ancien, un robuste cylindre en fer qui s'ouvrait à la hauteur des yeux en une étroite fente, et brandissait une lourde épée. Un officier des troupes papales, également couvert de fer de la tête aux pieds, le suivait, une lanterne sourde à la main. L'homme souleva le petit écran et projeta un rayon de lumière sur le visage du poète, impatient de savoir qui était l'invité du sénateur.

D'un geste brusque, Saturniano enjoignit aux sentinelles de se retirer, puis pénétra à son tour dans la fine bande de lumière que diffusait la lampe. Il tendit l'épée à son subordonné et serra vigoureusement l'épaule de Dante. « Vous allez voir comment la majesté de Boniface traite les récalcitrants dans sa ville chrétienne. Vous pourrez en tirer un enseignement pour affronter les factions qui déchirent votre Florence.

— Rome a toujours donné des leçons aux peuples. Elle est encore capable de le faire », répliqua sèchement le poète.

L'officier s'approcha en ôtant son casque et plaça la lanterne à hauteur de son visage. Dante reconnut les traits sinistres de Maître Chanvre, qui découvrit ses dents jaunâtres en un sourire mauvais.

« Écoute le sénateur, Florentin ! Une nuit de sang en apprend plus sur l'Histoire que tous tes précieux livres !

— Vous entendez écrire un chapitre de cette histoire ? » siffla le poète en examinant la troupe qui l'entourait. Plus qu'une armée régulière, elle évoquait une bande de coupeurs de gorges prêts à se déchaîner. Le sénateur, qui semblait avoir deviné sa pensée, fit taire le décurion du regard. Puis il déclara d'un ton affable : « Ne prêtez pas attention à l'impétuosité de mes subordonnés. Ils ont affaire à ce que l'homme a de plus vil, et cela imprime dans leur conscience un caractère sauvage qui peut troubler le savant. Mais c'est sur cette boue que reposent les empires, et l'épée de la justice n'est pas moins affilée que la faux du campagnard. Après le jour des aigles vient la nuit des loups. C'en est une.

— Où iront les loups ?

— En un lieu qui se dresse contre la sainte volonté de Boniface, tel un bubon sur le cadavre d'un pestiféré. La forteresse des Frangipane, derrière les ruines du forum antique. Ils se sont retranchés sous les arcs du Colisée avec leurs serviteurs et leurs soldats. Leur maison a repoussé toute invitation à la raison, forte des murs de cette citadelle qu'elle estime inexpugnable. Nous avons longuement tenté de discuter avec ces gens, nous leur avons promis qu'ils pourraient garder leur forteresse s'ils acceptaient d'y accueillir un corps de garde des troupes papales. Ils ont refusé avec morgue, comptant sur la lointaine protection que leur assure, croient-ils, leur alliance avec les Colonna. Mais cette nuit ils seront justement punis, et leur insolence mordra la poussière. La citadelle sera rendue au domaine du Sénat romain, et un abacule supplémentaire rejoindra la mosaïque de paix.

— La paix de Boniface ? interrogea Dante, caustique malgré lui.

— La paix de Rome. Qui a été la paix du monde. Et le sera de nouveau. »

Le poète haussa les épaules. Autour de lui, les soldats ramassaient leurs armes et s'alignaient, tandis que la tête de la colonne traversait le pont Fabricio, défilant entre les bustes à quatre faces qui décoraient les parapets. Les chars s'étaient ébranlés eux aussi, tirés par les bœufs qui agitaient leurs longues cornes, importunés par ce labeur nocturne.

Dante distingua sur ces véhicules deux grandes arbalètes ainsi qu'un bélier, silhouette basse et trapue que surmontaient de solides planches de bois. Le sénateur, qui avait suivi son regard, reprit : « La citadelle est bien protégée, comme je vous le disais. C'est une construction démesurée, qui par sa grandeur rivalise avec notre château. Mais, contrairement à lui, elle n'est pas entourée d'un bastion, et, quoique murées, ses ouvertures la fragilisent. Nous essaierons d'abattre une des portes au moyen du bélier et de faire irruption dans l'amphithéâtre. La troupe saura ensuite ramener les récalcitrants à la raison. Leur nombre n'excède pas trois douzaines, et ils sont encombrés par les femmes et les enfants qui vivent auprès d'eux.

— Il y a des femmes et des enfants dans la citadelle ? N'allez-vous pas les laisser sortir avant d'attaquer ? » interrogea Dante, horrifié.

Les troupes se mirent en route à la lumière des torches et franchirent le pont. Dante et le sénateur marchaient dans le groupe de tête, qui s'était engagé sur un sentier le long du théâtre antique de Marcellus. Une fois l'édifice dépassé, la colonne se dirigea vers le Capitole et le siège du Sénat, gardé par des sentinelles munies de torches qu'on voyait briller au loin. Elle atteignit ensuite le pied de la roche Tarpéienne, un surplomb en tuf s'élevant au-dessus de la rue, et longea les vestiges d'un escalier qui menait au Capitole. Puis elle vira vers le Forum, dont on apercevait au loin les nombreuses colonnes, semblables à une forêt battue par la tempête.

Une ruelle pavée courait en son point le plus bas, coupant en deux la masse des monuments. La plupart des édifices antiques étaient réduits à des amoncellements de ruines au milieu desquelles on avait construit de petites écuries et autres taudis. Les mugissements des bêtes dérangées par le passage des hommes retentirent soudain, se mêlant au grincement des roues et au pas cadencé des soldats.

La colonne poursuivit sa marche, s'enfonçant dans cet immense cimetière de marbre enserré entre la colline du Palatin à droite et la basilique de Maxence, dont les grandes voûtes obscurcissaient le ciel.

Une fois à sa hauteur, Dante constata qu'un énorme bûcher brûlait sur le Viminal. Il s'immobilisa, stupéfait : on aurait dit qu'un ange, volant au-dessus de leurs têtes, l'avait allumé à l'aide d'une torche démesurée. Flamboyant à l'horizon, sa lumière obscurcissait celle de l'étoile, un peu plus bas.

« Regardez, messire Alighieri, la tour des Milices donne le signal de l'attaque ! s'exclama le sénateur. Le pape a récemment négocié l'achat de ce fortin, qui appartenait aux Annibaldi. Il est aux mains de ses troupes, qui viendront nous prêter main-forte. Ou plutôt, regardez ! Elles ont déjà commencé le siège ! »

On devinait sous les flammes la silhouette sombre de la tour, un énorme bloc carré hébergeant deux étages massifs. À la voir si démesurée, on avait l'impression que le ciel rejoignait la terre à cet endroit. Elle ne devait pas être très différente du célèbre phare d'Alexandrie, qui comptait parmi les Sept Merveilles du monde, comme le racontaient les auteurs, songea Dante. Et ceinte d'une robuste muraille au-dessus de laquelle s'élevaient déjà une série d'étincelles qui traversaient le ciel et s'en allaient retomber derrière la basilique de Maxence. Le sénateur reprit :

« Les catapultes du fort attaquent le Colisée.

— Veut-on détruire le monument ?

— L'artillerie de toute la chrétienté ne parviendrait pas à ébranler un seul pan de cette construction, messire Alighieri, répliqua Saturniano Spada sans cesser d'exhorter, par de grands gestes de la main, ses troupes à avancer. Les trébuchets propulsent des chaudrons d'huile enflammée sur les arcades afin de désorienter les défenseurs et de les occuper au moment où nous actionnerons le bélier. Nos hommes ont déjà pris place sur l'arc de Titus, ils ordonneront l'arrêt des lancers à notre arrivée. »

Au même moment, la colonne s'immobilisa en un ondoiement d'hommes qui se pressaient les uns contre les autres.

Maître Chanvre accourut. « Ils ont barré la route au moyen d'une chaîne, les maudits ! Les chars ne peuvent pas passer !

— Je m'attendais à une ruse de ce genre, commenta le sénateur d'un ton calme. Allons voir. Où sont les forgerons ? »

Spada s'élança vers la tête de la colonne, suivi du poète. Une grosse chaîne métallique avait été tendue dans un passage étroit entre deux bâtiments. Derrière, on distinguait la grande courbe du Colisée, soumise à une pluie de projectiles incendiaires. Les traits ne cessaient de pleuvoir, allumant çà et là un feu que le vent alimentait.

Deux hommes venus de l'arrière se présentèrent, armés de longues perches en fer. Ils les plantèrent aux points de soudure des anneaux et appuyèrent dessus de toutes leurs forces. Le métal se tordit peu à peu, puis un anneau céda dans un grand bruit et la chaîne lâcha, libérant la voie aux chars.

« En avant, maintenant ! s'écria le sénateur, la main tendue vers l'esplanade de la basilique Julia, penchée telle une terrasse au-dessus de la vallée du Colisée. Disposez les arbalètes là-bas et visez la muraille ! »

Les servants s'exécutèrent, tandis que le reste de la colonne continuait son chemin. Ils dételèrent les bœufs et poussèrent le bélier à la force des bras vers la grande porte en chêne, sans se soucier des pierres et autres projectiles qui s'abattaient sur la couverture du véhicule. Au premier rang, Maître Chanvre les incitait en criant et en leur assenant des tapes dans le dos.

Une fois devant la porte, les soldats s'emparèrent du puissant tronc à tête de bronze et le firent osciller sur les cordes auxquelles il était suspendu. Il prit de la vitesse et imprima bientôt un premier coup, qui ébranla toute la structure. Au second, un craquement annonça qu'on avait ouvert une brèche.

Les troupes postées en haut de la basilique Julia, parmi les tronçons de colonnes, hurlèrent d'enthousiasme, certaines que les défenses céderaient sans tarder. Sur un ordre du sénateur, elles descendirent vers le fossé marécageux entourant le monument, guidées par les feux qui brûlaient sur les arcades de cette torchère démesurée.

Dante leur emboîta le pas, entraîné par la fougue de l'assaut. Il s'engagea sur la pente glissante en s'efforçant de garder l'équilibre. Soudain, il enfonça jusqu'au genou dans l'eau putride. Autour de lui, des dizaines de soldats pataugeaient, gênés par leur armure. Une colonne d'eau et de boue jaillit à quelques pas de là, soulevée par une grosse pierre lancée du haut du Colisée. D'autres suivirent. Un chœur de cris monta : de nombreux projectiles atteignaient leur cible, écrasant dans la fange les assaillants les moins chanceux.

Devant le poète, l'un d'eux, couvert de boue, se débattait dans ce marécage et crachait l'eau putride qu'il avait avalée. Il n'eut pas le temps de se ressaisir : une seconde pierre le frappa mortellement. Dante s'écarta par précaution. Son attention fut alors attirée par une salve de cris explosant sur sa droite.

Il se tourna dans cette direction : plusieurs cavaliers dévalaient le flanc du Celio et se précipitaient vers eux, épée au poing. À cette vue, une vague de peur s'empara des soldats du sénateur. Les cavaliers rompirent les rangs, virèrent vers la gauche à travers la cannaie et se dirigèrent vers le marécage. Pensant que celui-ci les arrêterait, le poète les imita.

Il dégaina sa dague et cria à ses voisins : « Restez unis ! Attendez que les chevaux s'approchent et frappez-les au ventre ! Glissez-vous dessous, bande d'imbéciles ! »

Mais les ombres disparurent et il se retrouva seul. Entre-temps, les cavaliers avaient atteint le bord de la cannaie. Ils se déployaient maintenant en éventail et se lançaient contre leurs adversaires. L'un d'eux fondit sur Dante. Se voyant abandonné, le poète s'aplatit parmi les roseaux. Il devait se préparer à s'écarter, au cas où le cheval continuerait sa course tout droit.

Il se débattit parmi les broussailles, gêné par ses vêtements trempés. Derrière lui, le bruit de la galopade enflait. Soudain, la bête le domina.

D'un coup de reins, il évita à temps la massue ferrée qui s'abattait sur lui. Une de ses pointes pénétra toutefois dans son épaule, lacérant les chairs. Il glissa contre le flanc de l'animal et s'agrippa à l'étrier pour éviter de choir. Déséquilibré par son élan, son adversaire tentait de se rétablir.

La bête continuait de piaffer dans la boue. Le cavalier tira sur les rênes pour l'obliger à effectuer un demi-tour. Elle se cabra avec un hennissement sauvage et frôla la tête du poète de ses sabots en retombant dans le marécage. Ses membres fins s'enfoncèrent dans le sol et s'y engluèrent.

Dante bondit sur le côté et frappa le cheval derrière la sangle. Il tourna la lame d'un mouvement du poignet afin d'élargir la plaie et tenta ensuite de toucher la cuisse du cavalier, apparemment privé de protection. Mais le second coup fut moins précis. La dague se planta dans le mollet de l'homme, dont le cri de douleur retentit, mêlé au hennissement de sa monture. Refusant toutefois de s'avouer vaincu, il tirait frénétiquement sur les rênes en brandissant sa massue.

Dante profita de l'immobilité du cheval pour lui infliger un nouveau coup entre le ventre et l'attache du membre postérieur. Le sang jaillit, preuve qu'il avait atteint une artère. Et tandis que l'animal hennissait et se cabrait, semblant chercher dans l'air le soutien qui se dérobait sous ses pieds, il le frappa aux jarrets, lui sectionnant les tendons. Au même moment, le cavalier abattit sa massue, dont les pointes lui effleurèrent le front. Malgré le sang qui lui coulait dans l'œil, il vit l'imposante silhouette se pencher une nouvelle fois sur lui. Mû par la force du désespoir, il se jeta sur le côté et roula par terre.

Le cheval retomba. Privé de l'appui de ses postérieurs, il s'effondra sur le flanc et, la tête soulevée, appela la mort d'un hennissement épouvantable. Il écrasait de tout son poids la jambe du cavalier, qui abandonna son arme et s'efforça de se libérer en s'appuyant des mains au sol. Dante bondit alors et le saisit aux épaules, lui arrachant son gorgerin afin d'exposer le cou à sa lame.

Le visage d'un jeune homme brun aux yeux écarquillés apparut. Bien que terrifié, il essayait encore de se soustraire au double poids de sa monture et de son adversaire, à genoux sur sa poitrine. Sentant la brûlure des ongles sur sa joue, Dante referma les mains autour du cou de l'assaillant puis lui assena un coup de coude sur le nez. Enfin, il pointa la lame contre sa gorge.

Mais des images venues du passé arrêtèrent son bras. Il revit comme dans un rêve la même scène vécue dans la plaine de Campaldino, la même fureur bestiale, la même horreur, la même peur dans les prunelles d'un ennemi et la stupeur à laquelle elle avait cédé la place après le coup, la pâleur subite du dessein de Dieu brisé.

Horrifié, il desserra son étau. Un éclair de surprise traversa les yeux de son adversaire. Dante le laissa s'arracher à la boue.

Il balaya les lieux d'un regard bouleversé, désireux de fuir cette guerre insensée dans laquelle on l'avait entraîné, un conflit aveugle qui ne le concernait pas. Il se haussa sur la pointe des pieds afin de mieux s'orienter, mais il ne voyait rien, au milieu des roseaux. Puis le terrain recommença à trembler, et une nouvelle masse sombre surgit à une centaine de pas derrière lui. Le poète prit ses jambes à son cou, désespéré.

Il tomba et se releva une première fois, une seconde, et se crut perdu. Le poids de ses vêtements trempés l'entravait : on aurait dit que les mains de mille fantômes jaillissaient de la terre, bien décidées à le retenir. Une peur aveugle l'envahit, qui lui embruma l'esprit. Le vacarme des sabots et les cris des soldats, écrasés par cette deuxième attaque, l'assourdissaient. Il lui semblait sentir le souffle de la bête sur sa nuque.

Dante glissa encore et s'enfonça dans l'eau. Il remonta à la surface en crachant un liquide fangeux. Maintenant, le cheval le dominait, ses sabots scintillants prêts à lui fracasser le crâne. Mais avant que son assaillant ait pu le transpercer, une ombre s'interposa.

Dante entrevit l'éclat d'une épée qui fendait l'air. Un cri de douleur retentit. Frappé au flanc, le cavalier chut en soulevant une vague de boue. Avec promptitude, l'ombre lui arracha son gorgerin et lui trancha le cou d'un geste net. Elle se pencha ensuite sur le poète, lui offrant un visage glacial et des traits qui semblaient sculptés au burin. Elle l'attrapa par le bras et brandit son épée, prête à poursuivre son œuvre de mort. Puis elle lâcha prise avec une grimace de mépris. Dante la vit se diriger vers le Colisée et disparaître une nouvelle fois.

Le poète se releva à grand-peine et reprit sa fuite. Il avançait à l'aveuglette, incapable de retrouver le sens de l'orientation. Il essaya d'ôter la boue qui lui couvrait le visage à l'aide de la manche de son habit. À la faible lueur de la lune, il ne distinguait que des silhouettes floues, certaines en mouvement, d'autres immobiles et énormes. Il vit briller des feux dans la masse sombre, telles les étoiles après le passage d'un nuage. Les arcades du Colisée, en bas, s'étaient illuminées, pareilles aux portes d'une fournaise qui s'ouvrent soudain, révélant les flammes de ses entrailles.

« Par ici ! cria un individu non loin de lui, dans la cannaie. Les Frangipane sortent de la citadelle, ils viennent vers nous ! »

Dante se rua vers les lumières, tandis qu'une forêt de torches se détachaient des arcs et que sifflaient les arbalètes des défenseurs.

Pris de panique, les assaillants reculèrent vers l'arc de Constantin en pataugeant dans la boue. Derrière le monument s'élevaient les marches de la basilique Julia, où étaient peut-être encore postés les hommes du sénateur. Les soldats qui jaillissaient des arcs du Colisée se dirigeaient justement de ce côté : ils lui couperaient la route du salut, pensa le poète.

Il ne lui restait plus qu'à tenter sa chance le long de la vallée, là où le marais se changeait en rigole, entre le Palatin et la colline du Caelius. Il se fraya un chemin parmi les roseaux, indifférent aux blessures que les feuilles coupantes infligeaient à ses mains.

Il parcourut ainsi une centaine de pas. L'essoufflement et un point de côté l'obligèrent à s'arrêter. Il se pencha sur ses genoux pour reprendre haleine. Les dents serrées, il maudit les années qui pesaient sur ses épaules. Trente-six déjà, plus que la moitié de la vie. Combien de temps réussirait-il encore à manier l'épée ?

Ses poumons lui brûlaient, mais ses forces revenaient peu à peu, il le sentait. Il se redressa et poursuivit son chemin à travers la cannaie, décidant de virer vers la colline, à sa droite, au-dessus du marais. S'agrippant aux touffes de roseaux, de plus en plus espacées, il se hissa jusqu'à mi-côte et eut l'impression de distinguer l'avant-corps d'un bâtiment doté de tours, un monastère peut-être, ou bien une abbaye. Il hésita à s'approcher, ne sachant s'il était habité, et par qui. Puis il finit par contourner le mur de ce qui ressemblait à l'abside d'une église ou à la base d'une tour tronquée et, après avoir atteint une sorte de passage, déboucha parmi des rangées de vignes bien assurées à leurs échalas.

Le terrain redescendait, se perdant en bas dans l'obscurité de la nuit que le reflet du croissant de lune éclairait légèrement. Il s'immobilisa, sur le qui-vive. Mais, seul le chant d'un oiseau de nuit brisait le silence.

Dante s'efforça de se remémorer le tracé de la ville. Où était-il maintenant ? Il lui fallait regagner les quartiers habités pour retourner à son logement. Ce qu'il avait vu de Rome lui avait appris qu'il existait des zones dépeuplées et que le gros des constructions se concentrait sur les rives du fleuve. Il devait donc se diriger vers le Tibre. Mais où était le Tibre ?

Il avait beau tendre l'oreille, il ne percevait aucun bruit d'eau. Il avait perdu tout repère. S'il rebroussait chemin vers le Colisée, il pourrait s'y retrouver, mais il ignorait tout de l'issue de la bataille et risquait de replonger en plein affrontement, de se voir obligé, lui qui était étranger, de payer le prix d'une guerre qui ne le concernait pas et dont il se souciait peu.

Il résolut d'avancer à l'aveuglette. Il avait au moins une certitude : il était à l'intérieur des murs d'Aurélien. S'il marchait tout droit, il finirait bien par déboucher sur le fleuve ou sur les remparts. Il n'aurait plus alors qu'à les longer, parcourant le *pomerium* de la ville de porte en porte. Tôt ou tard, il regagnerait un lieu familier. Mais la nuit n'y suffirait peut-être pas, se dit-il en songeant avec effroi à l'immense enceinte qui lui était apparue à son arrivée.

Le terrain était encore escarpé. Plus d'une fois Dante faillit déraper, mais il s'obstinait à suivre le parcours rectiligne qu'il s'était imposé, même si le découragement l'envahissait : le paysage environnant était de plus en plus désolé. Toute trace de cultures s'était évanouie, on ne voyait plus que des broussailles arides d'où s'élevaient de grands arbres – des pins, à en juger par leur chevelure qui semblait flotter dans le ciel, à l'instar de sombres nuages.

Il traversa un sentier de terre battue et aperçut enfin, au pied de la colline, les contours réguliers d'un grand bâtiment.

Il s'immobilisa, inquiet. S'il s'agissait d'une forteresse, comme le laissait penser la hauteur de ses murailles, elle était assez imposante pour rivaliser avec le château Saint-Ange et disputer à Boniface la seigneurie de Rome.

Curieusement, on ne voyait aucune lumière ni aucun signe de vie sur le chemin de ronde. L'édifice paraissait abandonné, privé de présence humaine et de portes pour y accéder. Il hésita un moment encore, puis décida de poursuivre son chemin.

Il parcourut une centaine de pas avant d'atteindre ce qu'il prenait pour un bastion. En réalité, il s'agissait d'une enceinte solennelle : un long mur ponctué de niches et surmonté d'un portique aux innombrables colonnes en marbre. Seul un dieu de la Beauté aurait pu apporter autant de grâce à un château, se dit-il.

Remarquant une brèche, il se coula à l'intérieur. De l'autre côté s'ouvrait un terre-plein aride, avec au fond un autre édifice, coiffé d'une coupole. Il s'arrêta une nouvelle fois, désorienté. Il y avait là des pierres tombales et des croix, pour la plupart inclinées ou renversées. Le poète s'enfonça prudemment dans ce cimetière inattendu, enjambant des amoncellements de terre. Les pierres tombales se succédaient jusqu'à la construction intérieure, preuve qu'il avait affaire à une église. Mais pourquoi avait-on abandonné un temple aussi beau et son chargement de sépultures ?

Intrigué, il continua sa route parmi les tombes dévastées et gagna un des grands arcs. Un passage que soulignaient d'imposantes colonnes conduisait à l'intérieur du bâtiment.

Il pénétra dans un vaste atrium revêtu de marbre, sur lequel donnaient une série de salles intérieures disposées en éventail. Les abacules de mosaïques antiques crissaient sous ses pas. Il entra dans une sorte de basilique et leva la tête. Une partie du toit s'était effondrée, et des gravats gisaient au sol. Les rayons de la lune s'insinuaient à travers cette ouverture, sculptant les arêtes des grands piliers qui avaient jadis soutenu la voûte. À droite se trouvait une autre pièce, où un navire semblait s'être échoué. Dante s'approcha et découvrit un énorme bloc de porphyre rouge dans lequel on avait creusé un bassin : il était incommensurablement plus grand que les fonts baptismaux de son baptistère, qui lui avaient pourtant paru imposants. Seul un titan aurait pu sculpter pareille fontaine, se dit-il. Seul un dieu eût osé l'utiliser.

Bientôt il perçut des voix lointaines, accompagnées d'une faible musique, une mélodie aux notes flûtées que rythmaient de petits coups métalliques. Il s'efforça d'en distinguer la provenance. Mais les sons flottaient autour de lui comme s'ils émanaient des murs mêmes de la basilique.

Un instant, il pensa que son entrée avait déclenché quelque ténébreux envoûtement. Peut-être le souvenir des rites antiques célébrés jadis en ces lieux se manifestait-il ainsi : ce genre de phénomène se produisait, racontait-on, sur les champs imprégnés du sang des batailles quand un voyageur les arpentait de nuit. D'instinct, il se signa en espérant que la marque du vrai Dieu repousserait le hurlement des démons. Son front était emperlé de sueur, et il fut saisi du désir de fuir cette menace impalpable, ainsi qu'il avait fui un peu plus tôt celle des épées.

Le signe de croix semblait avoir chassé les chants et leurs paroles incompréhensibles, mais ils retentirent de nouveau, encore plus forts, tout comme le tintement métallique, à croire que l'invocation du Christ et de son aide en augmentait la rage.

Dante avança, en proie à la terreur. En vérité, comprit-il bientôt, les voix s'échappaient d'une autre salle, d'où provenait aussi le reflet d'une flamme ardente qui devait brûler un peu plus loin. Il rassembla son courage et y pénétra, découvrant là aussi un bassin colossal, placé au centre.

Il se coula dans un retrait du mur afin d'observer sans être vu la scène qui s'offrait à ses yeux. Le mur d'en face était creusé d'une niche circulaire qu'occupait la statue d'une femme assise sur un trône, un enfant sur les genoux. Elle portait une cape sur laquelle le ciseau d'un extraordinaire sculpteur avait gravé une infinité de signes, transformant la pierre en une étoffe aussi délicate que la soie. Son visage était recouvert d'un voile noir tombant jusqu'aux épaules. Éclairée par les dizaines de flambeaux disposés tout autour, elle paraissait éblouissante.

Dante n'eut pas le temps de s'interroger sur l'étrangeté de ce culte, bien différent de celui de la Vierge qu'il connaissait : son regard fut en effet attiré par une femme en chair et en os, également voilée, debout devant la statue, les bras levés au ciel en signe d'invocation. Agenouillés à ses pieds, plusieurs dizaines de personnes des deux sexes se prosternaient, se frappant rythmiquement la poitrine de leur poing et agitant dans l'autre main un petit instrument qui produisait le tintement métallique entendu de loin. Contre le mur, des musiciens s'employaient à tirer de leurs flûtes une douce mélodie, comme s'ils voulaient apporter une harmonie plus noble au vacarme des sistres et soutenir de la sorte l'imploration muette de la femme voilée.

Dante se recroquevilla dans l'ombre. Ces inconnus ne semblaient guère menaçants, mais il désirait comprendre, avant de se montrer et de demander son chemin.

La femme voilée tourna soudain les épaules à la statue et entonna un chant dans une langue inconnue. Elle répétait de manière obsédante la même phrase, s'attardant particulièrement sur les voyelles, et, curieusement, exprimait à la fois la joie la plus grande et le chagrin le plus sombre. Puis son propos s'éclaira : elle s'exprimait maintenant en latin.

« Au nom du Père inconnu de tous ! Au nom de la Vérité, Mère de tous, que le monde connaît comme Celle qui purifie et ressuscite ! Au nom de Celle qui ajoute de la vie à la vie ! Venez à la purification ! »

Cet ordre agit sur les fidèles agenouillés comme un coup de fouet. Ils se levèrent, sans cesser d'agiter leurs instruments qui produisaient à présent un grondement rapide. Ils se pressèrent ensuite autour de la prêtresse, qui se précipita vers le bassin, y plongea sa main en coupe et la retira remplie d'eau. Ils poussèrent enfin des cris de joie extatique tandis qu'elle leur aspergeait le front.

Les disciples les plus éloignés tentaient de se frayer un chemin afin de recevoir ce liquide qui possédait de toute évidence un pouvoir miraculeux. Certains se jetaient sur les doigts de la femme, qu'ils léchaient comme des chiens, et étalaient sur leur visage les précieuses gouttes ainsi conquises. Ceux qui étaient demeurés en arrière couvraient de baisers les joues de leurs compagnons plus chanceux.

Déconcerté, Dante assista de sa cachette à ce qui devait être un baptême et que les participants accueillaient avec une étrange dévotion, semblables aux fanatiques parcourant le territoire de l'Empire. Depuis l'an mille et son cortège de légendes et de superstitions, d'innombrables groupes et sectes prêchaient une nouvelle palingénésie et un nouveau baptême. Les uns se vouaient à l'hérésie, les autres regagnaient, repentis, les grandes ailes de l'Église. Mais quelle était donc cette secte dont le guide était une femme ? Et comment un rite aussi étrange pouvait-il se dérouler dans la ville de Pierre ? C'était peut-être la meilleure preuve des méfaits de Boniface, simoniaque et corrompu, le mauvais pasteur qui avait transformé Rome en cloaque ! songea le poète avec rage.

La cérémonie semblait s'achever. Après avoir reçu l'ablution, les fidèles s'étaient de nouveau alignés devant le bassin. La prêtresse plongea encore une fois la main dans l'eau et la leva au-dessus de sa tête, écartant les doigts et inondant son voile.

Le tissu épousa les traits de son visage, tel un masque, et elle ouvrit la bouche, comme si elle tentait elle aussi de boire voluptueusement le liquide.

« Vierge mère, fille de ton fils ! s'écria-t-elle. L'esprit du vrai Dieu est maintenant présent parmi nous. Que le *Nymphon* descende sur vous. Vos âmes s'uniront à celles des anges célestes assis à la table du vrai Dieu ! »

Elle gagna la pierre qui tenait lieu d'autel et s'empara d'une coupe, puisa de l'eau dans le bassin et la brandit vers la voûte. Pendant ce temps, deux adeptes inclinaient leurs torches sur une série de petites assiettes disposées le long du périmètre de la salle, enflammant leur contenu. Des filets de fumée bleutée s'en échappèrent aussitôt, diffusant un parfum âcre qui parvint jusqu'à la cachette du poète.

Alors, comme à un signal convenu, une nouvelle agitation se saisit des adeptes. Hommes et femmes se rapprochèrent. Animés d'une frénésie croissante, ils se caressèrent en une étrange danse avant de s'étreindre au sol. Gémissements et soupirs, cris extatiques et hurlements s'élevèrent, tandis qu'ils se déshabillaient pour s'accoupler sans retenue sur la pierre nue. Pendant ce temps, le son des sistres augmentait de volume, comme sous l'effet d'une tempête.

Dante avait assisté, atterré, à cette scène. L'élan coupable qui s'était emparé de lui lorsque les couples s'étaient enlacés en cette sorte de danse érotique avait laissé la place à du dégoût.

Ce n'était plus à l'exaltation de la liberté et des sens qu'il avait affaire, mais à une abjection où l'union charnelle dont Dieu avait fait le terme ultime de la connaissance des âmes et son sceau était transformée en un refus obscène de la Création même et de son ordre. L'attirance qu'il avait éprouvée à la vue des belles formes des corps s'était muée en horreur et envie de fuir, comme si l'enchevêtrement de leurs bras et de leurs jambes et l'exploration à laquelle ils se livraient n'étaient qu'une recherche perverse du plaisir, une célébration de la boue dont l'homme est composé sur chaque pouce du réceptacle que Dieu avait érigé en temple de l'âme.

Surmontant la terreur qui l'avait figé un peu plus tôt sur le seuil, le poète regagna la salle voisine et rebroussa chemin en toute hâte.

Il déboucha dans la cour immense, mais à un endroit différent de celui où il était entré. La masse des tombes s'étendait de l'autre côté, tout comme la brèche qui lui avait permis de passer. Il s'élança vers les stèles en marbre, repoussé par le vent infernal de la luxure qu'il devinait encore autour de lui. Ses vêtements étaient imprégnés de l'odeur des corps ; ses cheveux et ses mains de l'étrange mixture qu'on avait brûlée dans la salle.

Il était arrivé à la limite du cimetière lorsqu'il entrevit à une dizaine de pas de là une silhouette sombre entre les tombes. Il s'immobilisa. Impossible de distinguer nettement l'être qui tournait le dos à la lune : une chape noire l'enveloppait de la tête aux pieds.

« Qui es-tu ? s'écria-t-il, effrayé. Recule, au nom de Dieu si tu es une ombre jaillie de la mort ! »

Au lieu de répondre, la silhouette avança vers lui.

« Arrête-toi, démon ! » Il tira sa dague de sa poche secrète et la brandit. Mais l'être continuait de se rapprocher sans mot dire.

Vaincu par la panique, il pivota et se rua vers un sentier qui menait à un terre-plein blanchâtre, peut-être les vestiges d'un ancien dallage. Des volutes de brume s'en dégageaient, dissimulant en partie les environs. Le poète bénit l'aide que la nature apportait à sa fuite. Il atteignit cette étendue en quelques bonds. Contrairement à ses attentes, elle n'avait rien de solide ; pis, elle se dérobait sous ses pieds.

Une voix retentit dans son dos. « Arrêtez-vous, messire Alighieri ! Arrêtez-vous, pour l'amour de Dieu ! » entendit-il tandis qu'il enfonçait jusqu'aux chevilles dans une matière gluante. Il s'efforçait de s'en extirper quand une main se referma sur son bras. Il essaya de se débattre, en vain. « Rebroussez chemin avant qu'il ne soit trop tard ! » ajouta l'être, dont l'étreinte prouvait qu'il n'était pas un fantôme. Rassuré, Dante scruta son visage sous le capuchon qui le dissimulait en partie à sa vue.

Enfin, il le reconnut. « Messire Martino ! » Enveloppé dans une chape obscure, Martino da Vinegia l'entraînait. Il expliqua : « Vous êtes descendu dans la fosse de chaux vive ! »

Horrifié, Dante baissa les yeux en comprenant soudain la nature de ce qu'il avait pris pour les restes d'un dallage. La chaux s'éteignait, bouillonnant encore un peu plus loin en produisant des volutes de vapeur, et non la brume imaginée. Un bout de stèle funèbre dépassait à la surface, telle l'épave d'un naufrage.

« Vite, messire Alighieri ! s'exclamait Martino sans cesser de le guider par le bras. Il faut que vous vous trempiez dans de l'eau ! »

Hébété, Dante se laissa emmener vers un bassin, dans lequel Martino puisa une louche d'eau qu'il jeta sur ses pieds. Il répéta l'opération. Le froid subit agit comme un fouet sur le poète, chassant les effets du parfum respiré dans la basilique. Il recouvra sa vigilance.

L'étrangeté de cette rencontre le frappa soudain. Martino da Vinegia, le vieux savant, le légat de la Sérénissime, dont il avait fait connaissance à l'époque tumultueuse de son priorat à Florence. L'homme qui avait été, dans sa jeunesse, le compagnon du grand empereur Frédéric, qui connaissait les secrets de l'Orient et de l'Occident. Il était aussi imposant que dans son souvenir ; sa longue chevelure noire, étalée sur ses épaules, semblait se moquer des outrages du temps.

« Que faites-vous donc ici, Martino ?

— Je me promenais… pour apprendre, répondit l'homme d'un ton vague. Mais éloignons-nous. Il y a une taverne tout près. Nous réveillerons son propriétaire. Vous avez besoin de vous reposer et de vous sécher après cette aventure. Vous risquez d'attraper une maladie mortelle. »

Dante le retint. « Vous n'allez pas me faire croire que vos études vous ont conduit en ces lieux !

— Ce que vous voyez là sont les thermes d'Antonin. Les Romains y ont bâti la plus grande de leurs fournaises. Ils y cuisent les vestiges en marbre des constructions, après avoir arraché aux murs les dalles qui les revêtent et mis en pièces les statues qui les parent. Puis ils les plongent dans ce grand bassin dont je viens de vous sauver. Cette fosse est peut-être une ancienne piscine dans laquelle ont nagé les derniers sénateurs avant la chute de l'Empire. D'après les bruits qui circulent à Venise, la chaux qu'on y obtient est d'une qualité extraordinaire, la seule à offrir la résistance nécessaire au poids des grandes coupoles. La République est avide de ce genre de secret… »

Dante eût aimé répliquer, mais, transi de froid, il décida d'attendre. « Allons dans votre taverne », dit-il.

Martino se mit en route d'un pas assuré. Il connaissait bien son chemin puisqu'il était capable de le retrouver dans le noir. Il se retournait de temps à autre pour s'assurer que le poète n'était pas distancé, puis poursuivait sa marche à travers le terrain inculte.

Au loin, on distinguait vaguement un mur disjoint reposant sur une série d'arcs surmontés d'un autre mur orné de demi-colonnes enchâssées. À en juger par les portes effondrées et les vastes brèches qui s'y ouvraient, cette construction était abandonnée. Dante songea à un ancien aqueduc, mais se ravisa une fois parvenu à proximité : on voyait les restes d'une sorte d'escalier, derrière le mur, et, plus loin, un long espace ouvert, sorte d'anneau herbeux clos à ses deux extrémités par un monolithe de pierre.

« Le Cirque… », murmura-t-il. Devant lui, le Vénitien longeait le flanc de l'édifice sans hésitation apparente. Une petite tour dominait les maisons érigées au bout.

Les deux hommes parvinrent enfin à destination. Martino frappa à une porte barrée selon ce qui apparut à Dante comme un signal convenu. Une lumière clignota à travers les fentes du bois. La porte s'ouvrit sur un individu pourvu d'une bougie, qui lança un coup d'œil à Martino avant d'examiner le poète d'un air soupçonneux. Puis à un signe du Vénitien, il s'écarta.

« Vous êtes à la Taverne de Virgile, messire Alighieri. Elle est tenue par un de mes compatriotes, qui se présenta ici il y a vingt ans, attiré par la sainteté que respirent ces murs. Il était particulièrement religieux à l'époque », ajouta-t-il avec un sourire moqueur.

L'homme les conduisit vers la cheminée. Tandis que le poète, épuisé, se laissait tomber sur un banc, il entreprit d'attiser le feu. Une flamme vive se mit à crépiter dans cette bouche de pierre noircie. Dante se détendit. La chaleur lui rendait l'énergie du corps et de l'esprit.

Il se tourna vers Martino, qui le fixait en sirotant du vin apporté entre-temps par la femme de l'aubergiste, et accepta la coupe qu'il lui tendait.

« La Taverne de Virgile ? interrogea-t-il après avoir bu une longue gorgée. Est-ce ainsi que se nomme le tavernier ? Ce nom est étrangement noble pour un travail si humble.

— Non, messire Alighieri. L'homme s'appelle Nicoletto. Il a donné le nom du grand poète à sa taverne car elle se dresse près de la tour où, selon la tradition, le devin avait accompli un de ses envoûtements. Tout près d'ici. » Il pointa le pouce dans leur dos. « On prétend que cette tour hébergeait la fille de l'empereur, dont Virgile était éperdument amoureux. Il y demeura pendu une nuit entière, alors qu'il l'escaladait pour rejoindre sa belle. On l'y découvrit à l'aube, à la grande joie de la plèbe. C'est du moins ce qu'on raconte à Rome.

— Rome est tout entière un vase d'insolences. Contre les humbles, contre les sages, murmura le poète. Contre Dieu. »

Il attendait que le vieillard lui dévoilât ses pensées, persuadé qu'il avait inventé l'histoire du secret de la chaux et qu'il avait assisté lui aussi à la réunion obscène. Il se demandait ce qui l'avait conduit en ces lieux. Mais Martino ne releva pas son allusion. « Rome est encore le centre du monde. Ses ruines abritent toujours l'esprit des temps grandioses où les hommes dialoguaient sur un pied d'égalité avec les dieux. Et si la croisade que vous savez parvint à son but, cette époque reviendra.

— La croisade ? Vous en avez eu vent, vous aussi ?

— Le destin qui vous a dépêché dans notre ville ces jours-ci vous a peut-être appelé à témoigner du plus grand événement de votre existence.

— Ce n'est pas au destin, mais à la commune de Florence que mes pas ont obéi. C'est à elle que je dois rendre compte.

— Vous ne semblez pas saisir l'évolution des temps, messire Alighieri, rétorqua Martino en poussant un profond soupir. En France, Philippe a refermé son étau sur les cardinaux. L'Église transalpine est prête à le soutenir et lui paie son tribut. Il a posé les yeux sur les richesses du Temple et il déploiera bientôt ses voiles contre lui. En Asie, le Turc s'étend : après Jérusalem et Acre, Byzance est sous le tir de ses armées. L'Allemagne subit la morgue des barons et la vanité de l'empereur Albert, qui ne songe qu'à assurer des richesses et des terres à sa lignée. En Italie, la liberté conquise à Legnano[1] se désagrège sous les coups de Boniface. Et vous vous demandez encore qui, des Cerchi ou des Donati[2], doit régner entre vos murs. Comme si cela avait de l'importance ! Le nouveau siècle vous emportera, et la ville que vous prenez pour une seconde Rome redeviendra ce qu'elle était : un antre de voleurs. Le grand rempart que vous avez commencé d'édifier n'enfermera

1. La bataille de Legnano, le 29 mai 1176, vit le triomphe des communes du nord de l'Italie, réunies en Ligue lombarde sous l'égide du pape Alexandre III, sur Frédéric Barberousse, qui entendait les soumettre.

2. Deux familles rivales de Florence, liées respectivement au parti des Blancs et au parti des Noirs, deux factions des guelfes.

pas un peuple glorieux, mais un tas de taudis entourés de broussailles. En Espagne, en Angleterre, en France, les nouveaux rois soufflent dans leurs trompettes, et d'immenses armées se forment à ce son, en quête d'exploits. Mais si vous sonnez les cloches à Florence, qui croyez-vous voir accourir, en dehors des vieillardes et des riches marchands en quête d'un abri ?

— La liberté de la commune est le premier désir des citoyens ! s'écria Dante, cramoisi. C'est l'instinct qui nous libère et nous rend dignes du regard bienveillant de Dieu ! Que vaut la conquête du monde, si l'on perd sa maison ? »

Martino secoua la tête. « Vous verrez. Vous comprendrez. Quand vous aurez fait, vous aussi, l'expérience du monde. Vous ressemblez à l'un de ces êtres merveilleux que décrivent les voyageurs en terre d'Afrique. Des êtres qui naissent la tête à l'envers et vivent de cette façon. Ils savent tout ce qui se passe derrière eux, mais ignorent ce qui les attend sur leur chemin. Ils sont peut-être capables d'échapper au serpent sournois, mais ils sont destinés à être dévorés par le lion orgueilleux. À quoi vous servent vertu et doctrine si vous ne les utilisez pas pour deviner l'avenir ? Pourvoir, c'est prévoir ! Regardez donc autour de vous, parmi ces ruines superbes. Pourquoi, croyez-vous, les colosses qui les érigèrent ont-ils disparu comme poussière au vent ? »

Dante jeta un regard circulaire. Puis il leva brusquement la tête. « Dans ma petite Florence œuvrent des hommes qui n'ont rien à envier à ceux-ci ! J'ai vu les projets du grand Arnolfo[1] pour la future cathédrale. Elle surpassera toutes les églises de Toscane !

1. Arnolfo di Cambio (env. 1245-1302), grand sculpteur et architecte.

— Peut-être. Mais regardez la coupole du Panthéon. Qui, de vos architectes, serait en mesure d'en ériger une semblable ? Qui, parmi eux, a seulement deviné le secret qui maintient son énorme masse suspendue entre ciel et terre depuis des siècles, sans qu'elle s'effondre ?

— Je ne sais pas... Arnolfo a prévu une coupole qui couronnera toute son œuvre. Certes, elle ne sera pas aussi majestueuse que celle du Panthéon...

— Ni que celles élevées par les Grecs à Byzance. Mais quand leur ville tombera aux mains des infidèles, leur science aussi sera perdue. J'ai eu la chance de les voir, messire Alighieri, dans mes voyages. Mais plus personne, je le crains, ne pourra rien admirer de semblable au cours de notre siècle.

— Est-ce la raison pour laquelle vous vous intéressez tant à la chaux ? Bâtir des coupoles ! Vous ne comprenez donc pas que seule la disparition de Boniface peut rendre espoir à la liberté ? Vous œuvrez à la croisade, entreprise qui, si elle sortait vraiment des rêves du sénateur Spada, ne ferait que renforcer son pouvoir ! Il faut abattre Boniface ! »

Peut-être la chaleur du vin, qui commençait à lui monter à la tête, le poussait-elle à s'exprimer avec tant de franchise. Il devait être plus prudent, se dit-il. Mais le Vénitien ne parut pas choqué.

« Boniface ressemble à une vieille mule. Une mule coriace, bien plantée sur ses sabots, les quatre pattes de son pouvoir étant la possession du château, le contrôle absolu du collège des cardinaux, ses terres du fief d'Anagni et le soutien occulte des Templiers, qui voient en lui une barrière à l'avidité de Philippe le Bel. Si vous frappez l'une de ses pattes, il se mettra à ruer comme une furie des enfers. Ce n'est qu'en blessant les quatre à la fois qu'il sera possible de le jeter à terre.

— Cela revient à dire que seule la main de Dieu pourra libérer l'Italie de cette peste. Si l'on néglige les autres sources de sa puissance, le château à lui seul résisterait à tout assaut. Je l'ai examiné de près. La poussière noire de Chine dont parlent Marco Polo et le frère Bacon n'abattrait pas ses fondations. Mais le pape est vieux, il suffira d'attendre que la nature fasse son œuvre. Son successeur sera peut-être un juste. Dieu ne peut permettre que Son Église continue de vaciller. »

Le vieillard secoua la tête. « Le roi de France intrigue déjà pour faire élire un de ses compatriotes. Fidèle et obéissant. Il paraît qu'un nouveau siège pour l'Église est déjà prêt au Nord, au-delà des confins de l'Italie. Il essaie d'obtenir le contrôle du collège des cardinaux. Il en a déjà acheté certains, il en terrorise d'autres. D'autres encore seront tués. Le temps travaille pour lui.

— Arracher l'Église à Rome ? Où l'apôtre Pierre lui-même vint la bâtir ? Vous avez perdu la tête. Et comment sauriez-vous ces choses-là ? ajouta le poète, saisi d'un doute subit.

— La République de Venise n'excelle pas seulement dans l'art de naviguer ou de construire des galères, répondit le vieillard avec un sourire. La sécurité d'un État fort sur des ondes traîtresses mais exigu sur la terre ferme ne peut être garantie que par une prescience soignée des actes de ses rivaux.

— Vous avez inondé l'Empire d'espions !

— D'informateurs. Très efficaces.

— Et vous comptez à leur nombre ? Voilà pourquoi vous êtes à Rome ?

— Également. C'est la raison officielle que connaît la Sérénissime. Mais chaque homme dissimule en son for intérieur plusieurs motifs justifiant son action. Prenons votre exemple, messire Alighieri. Vous vous trouvez ici en qualité d'ambassadeur florentin, dit-il en le transperçant d'un regard oblique, mais telle n'est pas la corde qui meut votre esprit. Vous cherchez quelque chose, une chose qui vous est peut-être plus précieuse que le destin de votre ville. C'est également mon cas.

— Que cherchez-vous donc ?

— Je veux savoir, messire Alighieri. Comme vous. Telle est la flamme qui nous consume. Mais venez, je vais ordonner à Nicoletto de nous céder sa chambre, à l'étage. Nous consacrerons au sommeil les heures de la nuit qui nous restent, et demain sa charrette nous ramènera à l'île et à votre logis. »

Dante aurait voulu ajouter quelques mots, mais le regard ferme du vieillard laissait entendre qu'il n'ajouterait rien. « Allons nous reposer », poursuivit ce dernier. Le tavernier avait réapparu. Il attendait, une bougie à la main.

7

10 novembre, en fin de matinée

Le soleil brillait haut dans le ciel quand Dante se réveilla. Il se sentait reposé, mais les images de la bataille et de la cérémonie païenne continuaient de tourbillonner dans son esprit. Il se tourna dans le lit. Martino, qui s'était allongé à ses côtés la veille au soir, n'était plus là. Le poète quitta la chambre et descendit l'escalier. Il se trouva nez à nez avec le tavernier, occupé à transvaser une bouteille de vin.

« Messire Martino s'est-il déjà levé ?

— Depuis longtemps. Messire Martino ne consacre jamais plus de deux heures au sommeil. Il m'a prié de vous saluer. Il a dit que vous vous reverriez.

— Il est parti ?

— À l'aube. Voulez-vous manger quelque chose ? » demanda l'homme en interrompant sa tâche. Il tendit du pain et des œufs à son hôte, qui les dévora. Puis il lui expliqua comment regagner son logis :

« C'est simple, messire. Longez la muraille du Cirque en descendant vers le fleuve. Tenez-vous sur la gauche. Une bataille a été livrée hier soir du côté du Colisée, et il n'est pas prudent de s'approcher. Des soldats débandés rôdent encore dans le coin. »

Le souvenir des événements de la nuit précédente assaillit le poète, avec son cortège d'angoisses. « Savez-vous comment cette bataille s'est terminée ? interrogea-t-il, inquiet.

— On dit que les Frangipane se sont rendus à Boniface. Leur forteresse est passée entre les mains des Caetani.

— Et que sont devenus les défenseurs ? »

Le tavernier haussa les épaules sans répondre. Mais son expression était éloquente. Dante se demanda combien d'infidèles étaient allés grossir les rangs des enchaînés au port de Ripetta.

Il tendit à l'homme une pièce de monnaie. Curieusement, celui-ci la refusa, aussi le salua-t-il et se dirigea-t-il vers la porte.

C'est alors que son regard tomba sur une image sacrée pendue au-dessus du montant. Un petit tableau montrant la Vierge trônant, le Fils dans son giron. Privé de toute grâce artistique, il ressemblait aux représentations qui ornaient les humbles maisons des paysans sur les terres de Toscane.

Ses pensées coururent à la statue qu'il avait vue aux Thermes. Un voile dissimulait sa tête. De même cette image avait quelque chose d'étrange. La Vierge ne portait pas la couronne habituelle de la *Regina Cœli,* mais un disque composé de deux croissants de lune qui évoquaient étrangement des cornes, détail qui n'obéissait pas à la tradition chrétienne.

« Où avez-vous pris ce tableau ? » demanda-t-il. Nicoletto pointa aussitôt le regard vers la porte, puis l'en détourna avec indifférence. « La Vierge ? Un étranger qui ne pouvait pas me payer sa nuit me l'a donnée il y a environ deux ans. »

Dante se rapprocha. L'œuvre semblait ancienne. La peinture s'était effacée çà et là, révélant le bois. Quant à la facture, il lui fallut se raviser : vu de près, le trait était extrêmement fin et suggestif, il n'eût guère déparé parmi les grands retables qui ornaient les églises toscanes. Mais les vêtements et l'étrange coiffure donnaient à la Vierge un air lointain, mystérieux.

La taverne était voisine du lieu de la réunion. Si ce rite se répétait à intervalles réguliers, comme tout le laissait entendre, l'homme connaissait probablement l'existence de la secte. Et l'image qu'il avait pendue au mur prouvait peut-être qu'il n'y était pas étranger. Cependant, à en juger par sa froideur, il n'était guère disposé à se confier.

À Florence, Dante aurait eu les moyens de le faire parler. Ici, se dit-il non sans amertume, il était aussi désarmé qu'un poussin. Il serra les poings. Au fond, il n'avait rien à voir avec la scène à laquelle il avait assisté. D'autres obscénités se cachaient sans doute dans ces ruines, comme si les murs avaient entraîné dans leur chute la frontière entre le Bien et le Mal.

Il franchit le seuil et s'achemina dans la direction que le tavernier lui avait indiquée.

Le parcours qui le mena au fleuve fut étrangement solitaire. Il rencontra de temps à autre de petits détachements de soldats qui, par chance, ne daignèrent pas lui accorder la moindre attention. Quand la demeure de la veuve apparut à l'horizon il s'immobilisa, alarmé : des gardes semblaient l'attendre devant la porte. Il avança prudemment puis, soulagé, reconnut parmi eux la silhouette du sénateur. Saturniano Spada poussa une exclamation de joie et vint à sa rencontre, les bras ouverts.

« Messire Alighieri ! Nous nous faisions du souci pour vous, depuis votre disparition au cours de la bataille ! Mes hommes avaient remarqué que vous vous éloigniez, mais nous ignorions où vous aviez échoué. J'ai donc cru bon de venir vous attendre dans votre demeure.

— J'ai frôlé la mort de près, hier soir. Je ne pensais pas qu'une opération de police pût être aussi féroce. Par chance, un homme m'a sauvé…

— Oui, j'en ai été informé. Mais oublions maintenant l'angoisse de ces heures. Ce n'est pas pour l'épée que je suis venu. Le pape a ordonné qu'on examine le corps retrouvé dans la tombe, et j'ai demandé que des hommes de science s'unissent aux hommes de foi. Je veux avoir le réconfort de votre sagesse dans cette tâche délicate. Vous avez assisté à la découverte du sarcophage et vous savez déjà tout. Naturellement, vous primerez sur les autres. Le Juif Manoello, médecin, assistera lui aussi à cet examen. Tout comme l'ambassadeur du khan, qui connaît bien la science des étoiles et des mystères. » Le sénateur indiqua les deux hommes qui patientaient parmi les soldats.

« Je vois que la race de Judas n'est pas toujours méprisée à la cour de Boniface, répliqua d'un ton las le poète, dont le regard croisa celui du rabbin.

— Personne ne met en doute sa compétence dans l'art de la médecine, à laquelle plus d'un cardinal a eu recours. Seule sa stupide obstination dans une foi vitupérée fait de lui l'objet d'une juste risée. Quant au Perse, s'il adore d'autres dieux, son savoir oriental saura être utile à celui des inquisiteurs », répondit Spada avec une grimace ironique.

Ils se mirent en marche et remontèrent la Lungara jusqu'à l'hôpital du Saint-Esprit. Ils en franchirent le seuil et parcoururent la longue nef, le premier bras de l'édifice, au-delà de la grande tour-lanterne octogonale qui brisait la continuité de la colonnade intérieure. Alignés contre les murs, entre les arcs qui ponctuaient le périmètre, des lits abritaient une humanité souffrante et désespérée.

Dante cheminait d'un pas rapide. Il avait ramené sur son visage un pan de son bonnet afin de se protéger contre la puanteur qui régnait en ces lieux. Autour des lits se mouvaient, pareils à des ombres, les moines du Saint-Esprit, auxquels la direction de l'hôpital avait été confiée après que les fondateurs, les Teutons impériaux, l'avaient abandonné. Telles les bulles d'une mare boueuse, gémissements et plaintes s'élevaient des chiffons entassés pêle-mêle sur les malades. Certains serraient les bras autour de leurs genoux comme pour s'assurer qu'ils possédaient encore un corps, d'autres gisaient, immobiles et pâles, le masque de la mort imprimé sur leur visage barbu.

Les moines se pressaient autour d'eux, parmi les longues rangées de lits, s'efforçant de réconforter ceux qui étaient encore en mesure de réagir. Quatre religieux soulevaient par les coins un drap crasseux et emportaient le cadavre qu'il contenait. Dante secoua la tête.

« Vous méditez sur les misères humaines, messire Alighieri ? interrogea le sénateur, auquel son geste n'avait pas échappé.

— Oui, sur la fragilité de la nacelle qui accueille notre esprit. Une petite tempête suffit à la briser, nous transformant en épaves à la dérive.

— Il est difficile de voir en ces hommes les héritiers de ceux qui érigèrent les murs colossaux encore visibles en ville. Des murs qui semblent dire : un jour, des dieux ont arpenté ces rues.

— Notre siècle a quelque chose de malsain. On dirait que le corps et l'esprit ont perdu la divine harmonie qui les réjouissait jadis. Les patriarches ne vécurent-ils pas longtemps pleins de force, avant de pencher la tête en paix, au dernier jour de leur vie ? Aujourd'hui, le corps s'éteint souvent avant l'âme, dont il devient la prison de souffrance. Et nous retrouvons le Divin dans l'émotion et la fureur, non dans la lumière. Il aurait mieux valu que ces hommes ne naissent pas ! s'exclama-t-il, en proie à une rage impuissante. Cela vaudrait mieux pour tous !

— Attention, messire Alighieri ! Ne répétez pas ces syllogismes là où nous allons, en présence de l'Inquisition. Vos propos ressemblent dangereusement à ceux de l'hérétique Marcion, évêque apostat et banni de l'Église !

— Nombre de leurs instances ne sont pas privées de fondements. Mais leur faute et la racine de leurs malheurs résident dans le refus de l'espoir que le Christ nous a apporté. »

Ils avaient maintenant dépassé l'octogone qui séparait les deux bras de l'édifice. Au centre se dressait un petit autel de pierre devant lequel un moine, assisté de deux compagnons, célébrait la sainte messe. Les fidèles qui se pressaient là avaient le visage émacié et portaient des haillons, mais au moins ils parvenaient à se tenir debout. Devançant le poète, le sénateur déclara :

« Ce ne sont pas des malades, mais des pèlerins qui désirent se rendre en Terre sainte. L'hôpital assiste aussi les pauvres voyageurs, les restaurant sur la voie de la réalisation de leur vœu. »

Sur le sol étaient amoncelés des baluchons et des bagages sommairement ficelés. Un âne paisible, chargé d'un lourd bât, attendait dans un coin, les oreilles basses.

Le moine avait élevé le calice, déclenchant la prière mâchonnée des pèlerins. Dante s'immobilisa un instant et se signa, le regard empli de pitié.

« À quoi pensez-vous, messire Alighieri ? interrogea Saturniano Spada.

— À la force qui anime ces gens. Quitter leur maison, leur patrie pour un destin incertain, vers une destination que nombre d'entre eux ne verront que de loin, comme le roi Moïse… Dormir sur la pierre froide, monter et descendre les escaliers des autres dans l'attente d'un quignon de pain qui leur permettra de se remettre en route… Il n'y a pas pire malheur, je le crois. Et ces hommes ont cherché leur destin, payant un prix supérieur à la foi qui les anime. Non, il n'existe sans doute pas, après le martyr, expérience plus grande et plus douloureuse. »

Le poète se remit en marche. Il régnait dans la nef une puanteur encore plus forte que dans l'aile précédente, si tant est que cela fût possible. Les lits étaient un peu plus espacés et les religieux s'affairant autour d'eux moins nombreux. Certains malades gisaient, abandonnés, sous les draps. La plupart étaient toutefois assis, entièrement couverts de bandages, comme des cadavres s'éveillant au jour du Jugement.

Tout en cheminant aux côtés de ses compagnons, dont il se rapprochait sous l'effet du dégoût, Dante remarqua que les couches avaient chacune deux occupants. Alors que le cortège avançait, un malade se redressa et se mit à l'observer d'entre les bandes qui lui masquaient le visage.

« Qui sont ces gens ? demanda le poète.

— On les soupçonne d'avoir la lèpre et on les héberge ici avant de les confiner hors les murs. »

Tandis qu'ils dépassaient son lit, le malade articula un cri : « Toscan ! Arrête-toi, je te reconnais ! »

Il était si agité que ses bandes glissèrent, dévoilant ses traits. Dante se figea, horrifié : la maladie avait rongé ses lèvres, transformant la bouche en caverne noire et irrégulière où des chicots pointaient encore, tels des vers jaunâtres. L'un de ses yeux disparaissait sous sa paupière enflée ; l'autre, écarquillé, était aussi sombre que l'ébène.« Tu es Dante des Alighieri ! Et toi, reconnais-moi si tu le peux ! » À entendre ces gargouillements, on aurait dit que sa voix prenait naissance dans sa gorge.

Dante s'avança, tout en veillant à garder ses distances. Les traits bouleversés du malade ne lui étaient pas inconnus mais il avait grand-peine à identifier ce masque. Soudain, la mémoire lui revint. La colère monta en lui. « Vanni Fucci[1] ! s'écria-t-il. Tu as bien changé depuis que tu sévissais au siège de Caprona ! »

En un éclair, les terribles scènes de cette vieille bataille défilèrent devant ses yeux. L'armée florentine et ses alliés, les guelfes de Pistoia, avaient assailli la forteresse gibeline de Caprona. Les assiégés s'étaient rendus contre la promesse d'avoir la vie sauve, puis avaient défilé entre deux ailes de Florentins, qui avaient tenu parole. Mais les soldats de Pistoia les avaient attendus plus loin et, menés par Vanni, les avaient massacrés, plongeant dans la honte toute l'armée guelfe. Pistoia, mère de chiens, de voleurs et de crapules.

L'homme le fixait de son œil unique où semblait se concentrer son ancienne arrogance. « Tu es un voleur, déclara froidement le poète. Tu as pillé la sacristie de Saint-Jacques, et fait condamner un autre à ta place. »

1. Guelfe noir, fils bâtard d'un noble de Pistoia. Dante le place dans le cercle des voleurs (l'*Enfer*, chant XXIV).

Vanni Fucci éclata de rire. « À Pistoia, on cherche encore les instruments du culte. J'en ai profité un peu, mais l'or s'épuise vite.

— Tu finiras en enfer. Tu y purgeras ta bestialité.

— Ah, ah, ah ! J'y suis déjà, compère. Ta prophétie est inutile. Mais maintenant, laisse-moi te lire l'avenir ! » Il pointa contre le poète sa main bandée. « Les noirs l'emporteront et vous écraseront, toi et les tiens. Moi, je suis parti de mon propre chef, et rien ne peut m'arrêter, pas même la fureur de Dieu. Toi, tu quitteras ta maison poursuivi par le feu. Tu ne reverras jamais Florence. »

Dante fit un geste de conjuration puis s'empara d'une petite lampe qui brûlait près du lit et la jeta contre le malade. « Tais-toi, maudit ! s'écria-t-il alors que le sénateur lui agrippait la manche. Brûle donc, puisque l'Hadès tarde encore à t'accueillir ! »

Le lépreux avait reçu la lampe en pleine poitrine. L'huile se renversa sur lui, trempant ses bandages. La mèche, qui avait glissé dans un pli de l'étoffe, enflamma le liquide. Il essaya d'éteindre la flammèche d'un geste convulsif de la main. Mais il continuait de rire, comme si le feu ne pouvait rien contre ses chairs couvertes de plaies.

Dante se tourna vers Saturniano Spada, qui ne lui lâchait pas le bras, et s'exclama, hors de lui : « Vous hébergez aussi des brigands de cette espèce ? Sa propre ville, pourtant mère de pervers, l'a condamné à la pendaison !

— Depuis l'ouverture du Jubilé, l'année dernière, il est impossible de contrôler l'afflux des pèlerins. Il s'agit surtout de bons chrétiens, en quête d'absolution et d'indulgences. Mais la lie de l'Empire s'est mêlée à eux et déversée sur les Sept Collines. Les gardes placés aux portes font ce qu'ils peuvent. Or, la masse est énorme et la corruption invincible. Les marchands de vin et les aubergistes de la ville leur ouvrent leurs portes, attirés comme les prostituées par leur argent, avant d'aller porter plainte au château, car ces crapules violent leurs femmes, enfoncent leurs coffres-forts, égorgent leurs filles. Ils se cachent parmi les ruines, réunis en bandes selon leur nation : les Lombards à Saint-Jean, les Toscans sous les arcs de l'aqueduc de Nerva, les Allemands derrière les prés du château. Sans compter les Français et les natifs des Pouilles, avec leurs femmes impudiques. Par chance, les pluies ont commencé. Espérons que le Tibre sortira de son lit, chassant ces canailles des égouts où elles se sont terrées. Mais je n'aurais jamais imaginé que vous connaissiez personnellement l'une d'entre elles !

— Il est impossible d'oublier cette trogne, une fois qu'on l'a vue », répliqua Dante, qui se tourna de nouveau vers Vanni Fucci. L'homme soutint son regard avec arrogance, du fond de son visage dévasté. Ses bandages brûlaient encore, produisant des étincelles.

« Ne vous souciez pas de ses paroles de mauvais augure. Ce n'est que le mugissement impuissant du bœuf au seuil de l'abattoir.

— Je ne crains pas sa prophétie. Sa vue m'a rappelé que de nombreux individus menacent mes biens et la liberté de Florence.

— Suivez-moi. » Le sénateur entraîna le poète vers la porte qui s'ouvrait au fond de la salle. « Ce passage mène à la chapelle de l'hôpital. On y a déposé la dépouille de la jeune fille retrouvée dans la tombe. »

Une église plongée dans le noir s'élevait au bout du corridor. Devant l'autel, une balustrade de pierre entourait l'accès à la crypte. Dante emboîta le pas à Saturniano Spada et, après avoir descendu quelques marches, déboucha dans une pièce humide au plafond bas. Ici aussi on devinait la proximité du fleuve, aux traces verdâtres qui s'infiltraient entre les dalles et aux taches sombres sur les murs.

Au centre de la crypte, un autel de pierre reposait sur deux griffons, sculptés selon l'usage des Barbares. On avait placé le sarcophage sur quatre chevalets, et disposé tout autour une forêt de torchères en fer diffusant une lumière jaunâtre.

Penchés sur la caisse, une demi-douzaine de moines, dissimulés sous l'habit blanc et noir des dominicains et le froc grisâtre des franciscains, échangeaient des commentaires à voix basse. À l'entrée du sénateur, l'un d'eux, sans doute l'Inquisiteur, quitta le groupe. Dante eut la sensation qu'il ne venait pas les accueillir, mais leur barrer le chemin. L'homme s'écarta pourtant avec obséquiosité, sans se départir toutefois de son air soupçonneux.

« N'ayez crainte, frère, le rassura Saturniano Spada tout en s'approchant du sarcophage. Je vous avais annoncé la présence de certains savants.

— Que votre volonté soit faite, murmura le religieux d'un ton peu convaincu.

— Une volonté qui est celle de Boniface. Qu'avez-vous découvert ? Le corps est-il vraiment celui de la… papesse ? Et les parements ceux d'un pape ? »

Le sénateur avait hésité un instant avant de prononcer ce dernier mot, comme inquiet à l'idée d'évoquer ce vieux scandale.

« C'est ce qui semble. Les ornements qui revêtent le corps suffiraient à eux seuls à l'assurer. Mais simulateurs et antipapes ont souvent endossé les vêtements sacrés par le passé !

— Et pourtant, ce pourrait vraiment être elle… on parle de son histoire depuis des siècles, on dit qu'elle a été ensevelie dans la rue entre Saint-Pierre et Saint-Jean-de-Latran…

— Ce n'est pas possible. Jamais aucune femme n'est montée sur le trône de saint Pierre. Il s'agit d'une mystification, fruit de l'esprit diabolique de nos ennemis. D'un simulacre, d'une statue, et non d'un véritable cadavre, j'en suis certain. C'est ce que nous pensons tous. »

Dante avait écouté sans mot dire, surpris par la fougue avec laquelle l'Inquisiteur rejetait l'hypothèse selon laquelle on avait affaire au corps d'une femme. « L'avez-vous examiné attentivement ? interrogea-t-il, pensif. Avec toutes les précautions de l'art médical ? »

Penché sur la caisse, il contemplait une nouvelle fois l'objet de tant d'agitation. Un instant, il lui avait semblé qu'il se trouvait dans sa ville et qu'il exerçait la charge de prieur. Mais il mesura soudain le froid que ses questions avaient provoqué et se tourna vers l'Inquisiteur. L'homme le fixait d'un regard méprisant, sans manifester la moindre intention de lui répondre. Les autres moines avaient interrompu leurs conciliabules et l'observaient, inquiets.

« Voici Dante Alighieri, Florentin. Poète et ambassadeur de sa ville près de notre cour », dit le sénateur en se rapprochant de lui, comme pour le protéger de son autorité.

Le moine avait écouté, impassible. Fort de cette présentation, Dante se pencha de nouveau sur le corps. À la lumière vive, l'émerveillement de la découverte ne se répéta pas. Oui, songea-t-il, il s'agissait sans doute d'une statue de cire, fabriquée selon un art sublime. Ce ne pouvait être un cadavre : comment aurait-il résisté pendant de si nombreux siècles en se conservant dans cet état ? Il repensa à l'image de dissolution qu'il avait vue à l'hôpital. Tel était le destin de la chair dont hérite le corps.

Il pressa le doigt sur la joue et, déconcerté, le retira aussitôt. Le tissu de la peau possédait une élasticité inattendue, comme s'il avait vraiment appartenu à un corps vivant.

L'Inquisiteur déclara froidement : « Nous avons, nous aussi, ressenti pareille stupeur. L'auteur de cette farce connaît son fait. Il a sans doute utilisé de la peau tannée pour modeler les parties exposées. Les doigts semblent se fléchir, comme ceux d'un vrai corps. Mais de nombreux artisans romains possèdent ce savoir-faire. J'ai déjà ordonné à mes hommes de les arrêter et de les conduire à la salle de l'Office afin de les interroger. Nous démasquerons rapidement le coupable ! »

Obéissant aux suggestions du moine, Dante saisit une des mains croisées sur la poitrine. Elle répondit à son geste avec un mouvement fluide et une résistance légèrement supérieure à celle que lui eût opposée un vrai corps. Ce devait être une poupée articulée : les meilleurs artisans florentins en fabriquaient de semblables pour les filles des grandes familles patriciennes. Les doigts se pliaient eux aussi sous la pression, preuve qu'ils avaient été réalisés par un maître de son art. Envahi par une curiosité subite, le poète souleva une des paupières et découvrit une merveilleuse prunelle bleue, parfaitement dessinée. Le vitrier qui l'avait soufflée avait réussi à reproduire toutes les veinules que la nature imprime aux yeux.

« Qu'en pensez-vous, messire Alighieri ? interrogea Saturniano Spada.

— Je ne saurais exprimer un jugement. Ce qui apparaît à la vue est extraordinairement semblable à un corps réel, tout juste desséché par l'étreinte de la mort. Il faudrait examiner aussi ce que cachent les parements pour en être certains. Mais je crains qu'il ne s'agisse d'un authentique corps humain.

— Vous craignez ? Pourquoi tant de prudence ? Si ce corps était vraiment celui de la papesse et si Dieu avait voulu le préserver pour émerveiller notre siècle, ne devrions-nous pas accueillir cette manifestation de Sa volonté comme un nouveau miracle et lui rendre un culte aussi respectueux qu'aux autres dépouilles de saints et de martyrs ? »

Dès le premier instant, les pensées de Dante s'étaient concentrées non sur le corps miraculeux, mais sur l'image peinte qui ornait le sarcophage. Cependant il préférait ne pas dévoiler ses soupçons avant d'être sûr de son fait. Il se limita donc à un vague signe de la main. « Je parlais de l'émotion que pareil événement, une fois attesté, susciterait dans la chrétienté. Comme je vous le disais, nous devrions examiner tout le corps. Sous les vêtements et sous la surface.

— Que voulez-vous dire, Florentin ? demanda l'Inquisiteur d'un ton brusque. Sous la surface ?

— Il n'existe qu'une seule façon de nous assurer de la chose : déterminer si le corps renferme des organes conformés selon l'ordre de la nature.

— Vous entendez le découper ? C'est un acte exécrable, interdit par les lois de Dieu et de la nature ! L'homme ne doit pas scruter ce que Dieu a masqué ! Que voulez-vous savoir de l'admirable composition des fluides et des organes qui soutiennent le flux spirituel durant le laps de temps que Dieu nous réserve ?

— J'ai vu à Bologne les planches des anatomistes qui servent aux étudiants en médecine. Des tables établies en secret en soustrayant des corps aux champs de bataille. Je ne vois pas ce qui vous contrarie. Si, comme tout le laisse supposer, il s'agit d'une poupée, d'un misérable simulacre, quelle offense la lame d'un chirurgien pourrait-elle lui causer ? »

Le dominicain prononça un non rageur, puis, sentant le regard du sénateur peser sur lui, finit par déclarer : « D'accord, qu'on appelle un chirurgien !

— Nous avons parmi nous maître Manoello, le médecin, intervint Saturniano Spada, en invitant l'homme, demeuré à l'écart à s'approcher.

— Un Juif ? Vous voudriez révéler un possible scandale à un membre de la race maudite ? s'écria l'Inquisiteur, le doigt pointé sur la roue jaune.

— Manoello est avant tout un médecin. C'est de son art que nous avons besoin. Il est de plus respectueux de nos lois et a promis de ne pas dévoiler ce qu'il verra. Je suis certain qu'il honorera sa parole. D'autant plus que notre vengeance retomberait sur son peuple avec une violence particulière s'il s'en abstenait. Réfléchissez, frère, un chirurgien chrétien serait beaucoup moins fiable. S'il parlait, nous ne pourrions nous acharner que sur lui et sur sa famille. Peut-être sur ses amis. Avec un Juif, vous aurez tout loisir d'assouvir la colère de Boniface sur une race entière. »

Manoello avait assisté à ce bref échange. Il soutenait, impassible, le regard méprisant de l'Inquisiteur, qui ne semblait toutefois pas indifférent aux paroles du sénateur. De fait, il branla du chef plusieurs fois et affirma : « Il y a peut-être du vrai dans ce que vous dites. Faites donc, voyons ce qui se cache à l'intérieur ! »

Manoello déposa sur le sol la besace qu'il tenait sous son bras et en tira une série d'instruments. Certains avaient la forme de compas, d'autres de pinces. Il y avait aussi une série de lames de diverses dimensions que le médecin aligna méticuleusement sur le bord de la caisse avant de se tourner vers Dante.

« Voulez-vous m'aider dans cette besogne, messire Alighieri ? »

Le poète fut parcouru d'un frémissement. À Bologne, il avait passé des heures entières sur les planches de Mondino dei Luzzi[1] à étudier les secrets du corps humain. Plus tard, il avait vu sur le champ de bataille de Campaldino des membres sectionnés par les lames, des entrailles déversées sur une terre où le sang gargouillait parmi les râles. Ces expériences qui avaient eu lieu, l'une dans le silence du *Studium*, l'autre dans les convulsions du combat, avaient suscité deux états opposés, certes, mais d'où la conscience était absente, oblitérée par l'excès de satisfaction ou de désespoir. Et voilà qu'il devait participer à une entreprise dont tous les aspects lui répugnaient. Il rassembla son courage.

« La connaissance de notre corps vous dégoûterait-elle ? interrogea Manoello, semblant deviner ses pensées.

— Non. Mais je ne suis pas certain qu'il soit légitime de manipuler un cadavre. Si l'Inquisition le permet ici, c'est seulement parce qu'elle est convaincue d'avoir affaire à une falsification.

— Bien. Nous allons le voir sans tarder. » Le médecin saisit une lame, dont il testa le fil sur la peau de son index. Il coupa les lacets qui resserraient les parements autour du corps en commençant par la coiffe et la guimpe enserrant le cou, long et bien formé.

Au fil des instants, le corps apparaissait dans sa nudité. Dante essaya de refouler les sensations que ce spectacle

1. Mondino dei Luzzi (1275-1326), anatomiste et professeur de médecine à Bologne.

suscitait en lui. En dépit des siècles, la femme conservait les formes qui avaient sans doute guidé, de son vivant, ses triomphes dans les guerres d'amour. Ses seins encore pleins et florissants, aux légères aréoles rosées, étaient dressés comme si elle venait de s'arracher aux baisers de son amant. Horreur et luxure se disputaient l'âme du poète. Il poussa un profond soupir et, sans réfléchir, retint la main de Manoello, qui s'apprêtait à inciser la peau.

« Pourquoi offenser tant de splendeur ?... », murmura-t-il. Le médecin se libéra de son étreinte et souleva davantage les parements, dénudant le ventre de la créature. Dante sursauta : les formes parfaites de la femme semblaient artificiellement altérées sous le sternum. Le corps paraissait écrasé, comme si une main diabolique l'avait pressé avec fureur. Une longue fente verticale le traversait du nombril au pubis, lui donnant l'apparence d'une chrysalide vide, recroquevillée.

« Vous voyez ? s'exclama l'Inquisiteur, radieux. Ce n'est qu'un fantoche ! »

Effectivement, on aurait dit une poupée de chiffon à la tête et aux mains parfaites, mais au corps composé d'une sorte de sac rempli de sciure. Avec le temps, une ouverture s'était créée, et la garniture avait disparu.

Manoello écarta de son bistouri l'un des bords de la plaie, révélant la cavité intérieure. La lame s'enfonça et heurta un obstacle blanchâtre. Le médecin retira aussitôt la main et jeta un regard circulaire.

« Ce n'est pas un fantoche. On a ôté les entrailles et les organes de ce corps, mais laissé les os. Voici la colonne vertébrale et les côtes. »

L'Inquisiteur se pencha sur le cadavre avec une grimace de rage et se redressa aussitôt. « C'est un faux ! Ces os sont faux ! »

Le médecin introduisit alors sa lame entre deux vertèbres, encore entourées de filaments brunâtres. Il appuya dessus afin de mesurer la résistance à sa pression. Les os s'écartèrent légèrement. L'homme secoua la tête. « Ce n'est pas un faux. »

Le religieux, écumant, se tourna vers les soldats qui assistaient à la scène à une certaine distance. Dante songea qu'il allait leur ordonner d'intervenir. Une série d'hypothèses défilèrent dans son esprit à la vitesse de l'éclair. Si l'Inquisition avait décidé d'effacer la moindre trace de ce qu'elle considérait comme une insulte à la majesté de la papauté, tous les témoins couraient un risque énorme. Il se tourna vers le sénateur, en quête de réconfort, mais celui-ci était blême et visiblement troublé.

Que fallait-il faire ? Fuir ou tenter une résistance armée ? Et comment ? Le rapport des forces était désespérant.

Par chance, l'Inquisiteur se contenta de s'adresser à Saturniano Spada : « Il faut que cette ignominie retourne aux ténèbres d'où elle est venue. Je vous avais dit que votre entreprise était risquée, mais je n'imaginais certes pas les perfidies auxquelles elle pouvait conduire. Il faut absolument étouffer tout cela. Et que personne n'ose seulement évoquer cette découverte. J'ordonnerai à mes hommes d'enterrer ce… ce corps dans les grottes du Vatican, afin qu'il disparaisse à jamais. Et vous, veillez avec la même énergie à ce que toute rumeur soit étouffée dans l'œuf. L'Église n'a pas besoin de scandales en cette période si difficile. Vous auriez peut-être été mieux avisé de ne pas convoquer un étranger et un infidèle. Mais le mal est fait à présent. C'est à vous et à votre responsabilité d'administrateur qu'il revient de ne pas le rendre irréparable. »

L'homme s'était exprimé en tournant ostensiblement le dos à Dante et à Manoello, qu'il jugeait à l'évidence indignes de sa considération. Mais, le poète en était certain, il n'avait pas cessé de les surveiller du coin de l'œil, attentif à leur réaction.

Si le médecin affichait de l'indifférence, Dante sentait la rage monter en lui. Ignorant le regard furtif par lequel le sénateur l'invitait à la prudence, il se rapprocha de l'Inquisiteur au point de lui effleurer la poitrine.

« Si je suis l'étranger qui vous dérange, je revendique ma différence. Mais je vous rappelle que pour l'Église romaine et universelle il n'y a pas d'étrangers sous le ciel que Dieu a placé au-dessus de nos têtes. Depuis le premier sermon de Paul aux nations, chaque peuple éclairé par la Grâce est fils du même père. Qu'importe donc qui connaît un secret, si ce secret concerne la catholicité ? »

L'Inquisiteur le toisa. Au terme d'un long silence pendant lequel il sembla mesurer attentivement sa réponse, il siffla : « La réputation de logicien qui vous accompagne ne semble pas infondée, messire Alighieri. C'est vrai, il n'y a pas d'étrangers aux yeux de la bienveillance de l'Église. Mais en certaines occasions l'Église universelle est contrainte de descendre dans le monde, et c'est le cas à présent. Des occasions où la gloire d'un ordre divin doit se mesurer à la boue du siècle. Et je vous dis, messire Alighieri, que si un seul mot sur ce que vous avez vu sort de cette salle, vous connaîtrez la colère du bras de Dieu.

— Vous oubliez à qui vous parlez ! répliqua Dante, cramoisi. À l'homme qui représente l'autorité de la libre cité de Florence ! Je suis Florence ! Si je considérais qu'une telle nouvelle était utile à la santé de la commune, comment pourrais-je la dissimuler à ceux qui ont mis leur confiance en moi, m'incitant à les représenter ? »

Il entendit le sénateur murmurer faiblement : « Messire Alighieri… », mais poursuivit sans lui prêter attention :

« Vous me demandez de placer les intérêts de Boniface avant ceux de ma patrie !

— Messire Alighieri, l'implora Saturniano Spada. Calmez-vous. Je suis certain que le frère n'entendait pas vous manquer de respect. Personne ne veut entraver votre liberté d'action en tant qu'ambassadeur d'une ville amie assujettie à la Sainte Église romaine. Mais vous en conviendrez vous aussi : si cette nouvelle devenait publique, elle aurait l'effet d'un fleuve en crue privé des digues que la modération des esprits supérieurs offre aux esprits les plus simples. En d'autres termes…

— En d'autres termes, Boniface entend déterminer s'il révélera le secret, et quand, c'est cela ? »

Le moine haussa les épaules avec morgue et se dirigea vers la sortie. Ce faisant, il passa devant le couvercle du sarcophage appuyé contre le mur. Le regard du poète tomba alors sur le visage de la relique qui y était peint. Le voile de terre qui le masquait en partie avait glissé, dans le mouvement auquel on avait soumis la caisse, et ses traits étaient maintenant parfaitement visibles.

Un souvenir remonta à sa mémoire, figeant sur ses lèvres toute réplique. C'était impossible… et pourtant il aurait juré qu'il connaissait ce visage ! Mais il n'eut pas le temps de l'observer : on le poussait à l'extérieur, avec ses compagnons.

Dehors, les nuages s'étaient réunis en un tapis compact et déversaient une pluie fine. Tandis que le sénateur s'éloignait, Dante dévisagea le rabbin. L'homme paraissait troublé.

« Alors, maître Manoello, que pensez-vous de la scène à laquelle nous avons assisté ? » hasarda-t-il pour l'inciter à s'exprimer. Son attitude pendant l'examen du corps avait en effet éveillé sa curiosité : la certitude d'avoir affaire à d'authentiques restes humains qu'il avait manifestée semblait dissimuler une ombre, un non-dit. Il ajouta :

« Vous ne croyez pas que ce *mirabilium* puisse être la preuve de la faveur de Dieu accordée à un seul être que l'ordre naturel aurait condamné à la décomposition ? Une preuve de la sainteté de dame Jeanne, comme on le crie déjà dans les rues de Rome ?

— La femme est morte, mais non corrompue. Elle semble retournée à sa condition première, le grumeau inerte de boue, un golem attendant la parole vivifiante de Dieu. Ou bien…

— Un *golem* ? Qu'est-ce donc ? »

Le rabbin hésita un instant avant de répondre : « Une de nos traditions anciennes, que l'oreille d'un chrétien pourrait juger blasphématoire. Au-delà du seuil de l'hérésie. » Il serra les pans de son manteau contre lui, comme si une rafale de vent glacial l'avait assailli, et fit mine de s'éloigner.

« Expliquez-vous, insista Dante. Vous avez dit "Ou bien"… à quoi faisiez-vous allusion ? N'avons-nous pas vu un corps figé, pour quelque mystérieuse raison, sur la route de la corruption ? »

Manoello scruta son visage. Un instant, Dante se dit qu'il y cherchait les signes du juste que Dieu imprime sur l'homme afin que l'on connaisse ses œuvres. « Allons, maître Manoello. Je ne suis pas un de vos coreligionnaires, mais je n'irai pas révéler vos secrets à l'Inquisition. Je considère que Caïphe est responsable de la mort du Christ, non votre peuple.

— Dans le passage où il commémore les exploits des anciens *rabbi*, le Talmud évoque Rava, Hanina et Oshaya qui, dans les premiers temps de l'Exode, créèrent des corps vivants au moyen de leur art magique. Des veaux pour nourrir leurs gens et célébrer dignement le Très-Saint. Et… des hommes.

— Des hommes ?

— Oui, des hommes. Ou, mieux, des formes vivantes, singes de la vraie création. Qu'ils animèrent en volant par la magie la force de la parole de Dieu.

— Mais il s'agit de légendes, ces légendes que les peuples païens transmettent pour susciter la stupeur ou prodiguer leur enseignement ! s'exclama le poète, déçu. Les Grecs ont inventé celle de Deucalion et Pyrrha, seuls rescapés du Déluge comme le patriarche Noé. Des fables pour les enfants, telles les pierres que ces deux-là jetèrent dans leur dos, donnant naissance à une nouvelle génération, après que la colère de Jupiter eut détruit la précédente.

— Les fables grecques, bien entendu. Mais pas ce qui est écrit dans le Livre de la Création. »

Dante écoutait avec attention : il avait entendu parler à Florence d'un mystérieux texte juif que les cabalistes estimaient plus sacré que la Torah. Son maître, Brunetto Latini, l'avait mentionné tout bas, à son retour d'Espagne, comme s'il rapportait quelque chose d'interdit. Un texte lié à la vertu magique de l'alphabet hébreu, à la force des sons et de l'Écriture, où se reflétait la puissance de Dieu. Mais le poète n'y avait pas prêté attention, persuadé qu'il s'agissait d'un des nombreux grimoires qui circulaient en secret dans les sectes des sorciers. Un livre d'envoûtements et de formules, propre à tromper les imbéciles et à ouvrir aux faux prophètes la porte de l'enfer. Jamais il n'aurait imaginé que Manoello, fin connaisseur des sciences naturelles, pût y ajouter foi.

Lisant sur son visage une grande nervosité, il demanda : « Croyez-vous vraiment possible d'insuffler la vie à un corps inanimé ? Ce que nous avons vu ne serait donc pas une forme ayant étrangement survécu à la mort mais une enveloppe se préparant à accueillir le souffle vital ?

— Oui, messire Alighieri. C'est ce que je crains. La femme retrouvée dans la tombe attend peut-être la vie, qui lui sera donnée une fois qu'elle aura tous ses organes.

— C'est impossible !

— On dit que cela s'est déjà produit à Jérusalem et que Titus rapporta du pillage de la Ville sainte un de ces corps, ainsi que le trésor du Temple. »

Dante était perplexe. Au fond, les propos de Manoello confirmaient ses soupçons. Un instant, il pensa les confier au rabbin, puis il se ravisa : il devait d'abord vérifier ce que son intuition lui soufflait. Mais en admettant que celle-ci se révélât exacte, qui lui garantissait que son interlocuteur, justement, n'avait pas organisé cette mise en scène ? Ses allusions au Livre secret n'étaient peut-être qu'une ruse pour l'entraîner sur une fausse piste. Malgré l'estime qu'il éprouvait pour l'homme, il préférait se tenir sur ses gardes. Il affirma :

« Il y avait dans la tombe de la femme un vase contenant un liquide luminescent. »

La réaction de Manoello le surprit : il sursauta et se rapprocha de lui. « Une lumière ? En êtes-vous certain ?

— Je l'ai vue de mes propres yeux.

— Et où est-elle maintenant ?

— L'Inquisition se l'est appropriée quand elle a emporté le corps.

— Mais les autres, les autres l'ont-ils vue ? insista le médecin, qui semblait chercher désespérément une confirmation aux propos du poète.

— Je ne suis pas certain moi-même de ce que j'ai vu. Le sarcophage semblait baigner dans une lumière bleutée au moment de son ouverture. Elle provenait d'une urne et éclairait l'intérieur de la caisse.

— Êtes-vous sûr qu'elle était déjà allumée au moment où l'on a ôté le couvercle ?

— Sûr et certain. Mais le mot que vous avez employé ne correspond pas à la réalité. Le vase n'était pas enflammé : il répandait une lumière froide, pareille à une ombre lactescente. Plus qu'une lampe, il évoquait… la lumière des lucioles par les nuits d'été. Ou cette luminescence qui monte à la surface des vagues durant certaines périodes de l'année, selon les récits des marins. »

Dante scruta le rabbin, qui lissait nerveusement sa longue barbe. « Vous savez de quoi je parle ?

— Peut-être… je pense à une légende qui se transmet parmi mes gens, les lampes de Salomon…

— Expliquez-vous.

— On raconte que le grand Salomon disposa deux lampes éternelles dans le temple de l'Arche d'Alliance, derrière le rideau du *Sancta Sanctorum*. Des lampes qui ne requéraient ni huile ni cire et qui demeurèrent allumées pendant des siècles jusqu'à la destruction du Temple par les Babyloniens. Des écrits remontant à l'époque de la captivité d'Égypte avaient révélé au roi ce secret.

— Étaient-ce les Égyptiens qui l'avaient découvert ?

— Leurs prêtres possédaient de grands pouvoirs. Ils apprirent beaucoup de choses à mon peuple, et en particulier à notre législateur, qui, prétend-on, écoutait plus volontiers leur parole que celle de Dieu.

— Que devinrent ces lampes merveilleuses ?

— Les conquérants babyloniens les emportèrent et les offrirent à leur roi Nabuchodonosor, dit-on.

— C'est ainsi que leur secret parvint en Orient… Pour atteindre ensuite Rome et donner naissance à un miracle…

— Voilà comment vous expliquez l'intervention de Dieu dans cette tombe, messire Alighieri ?

— Non, répondit Dante après avoir observé une longue pause. Et je crois que vous imaginez vous aussi quelque chose de différent.

— Oui.

— Quoi ?

— Une chose que les Anciens connaissaient. Un secret que conservait jalousement celui qui s'aventura le premier dans les mystères de la nature : la *spongia lucis*…

— La pierre luciférine ? Celle que Satan avait sur le front et qu'il perdit dans sa chute ! J'ai toujours cru qu'il s'agissait d'une légende. On en parlait à Florence, à la corporation des apothicaires. Mais comme d'une folie, d'un rêve !

— Non ! Elle existe ! C'est un sel obtenu par la distillation de l'urée. Pour une mystérieuse raison, il semble attirer la lumière, qu'il émet pendant un très long laps de temps, brûlant silencieusement tel un feu froid et sans flamme.

— Ainsi, ce n'est pas un miracle mais la connaissance qui se cache derrière le flacon du sarcophage. Ce n'est pas la gloire de Dieu, mais la main de l'homme…, murmura le poète, songeur. Vous le pensez, vous aussi.

— Oui. On veut nous faire croire au miracle. Et nous inviter à le crier aux quatre vents. »

8

11 novembre, matin

Il avait passé toute la nuit dans sa chambre, penché sur son poème, ajoutant de temps à autre un mot et l'effaçant rageusement avant de pouvoir former un seul vers. Les fantômes de la nuit précédente continuaient de tournoyer dans son esprit : les cris de la bataille et, plus encore, l'obscène enchevêtrement des corps.

En vain, il tentait de chasser ces pensées : le souvenir des jambes et des bras blancs revenait l'obséder. Parfois, celui de Fiamma s'y mêlait, et les formes qu'il avait devinées sous sa tenue de chasse se confondaient avec celles des femmes lascivement accouplées sur le sol, dans le souterrain. Il referma ses tablettes d'un geste sec et rangea ses feuilles dans le coffre. Il lui fallait songer à sa mission, préparer son discours. Tous les espoirs de Florence reposaient sur sa parole.

Il s'aperçut alors que la manche de sa houppelande était élimée et que le velours n'était pas en meilleur état sur les bordures. Quant à ses chausses, elles étaient déchirées et crottées. Il s'attarda un instant sur son visage, reflété par un petit miroir mural : ses joues étaient creusées et barbues, ses yeux rapetissés par la fatigue, ses paupières aussi lourdes que s'il avait la fièvre.

Quelques heures de repos et l'œuvre du rasoir lui donneraient meilleure allure. Cependant il ne pouvait envisager de se présenter devant Boniface dans cette tenue, qui plongerait sa propre personne et toute la commune de Florence dans l'embarras.

Il n'y avait pas de coffre à vêtements dans la pièce, mais la propriétaire lui fournirait peut-être un habit approprié. Il ouvrit la porte et appela son fils.

Celui-ci apparut bientôt dans l'escalier. « Avez-vous besoin de quelque chose, messire ? »

Dante lui décrivit rapidement la situation, s'exposant à son regard critique.

« Effectivement, vos habits sont bien différents de ceux qu'arborent les membres des cortèges qui se rendent au palais de Saint-Jean, dit le garçon. Cette maison est pauvre, et vous n'y trouverez rien d'utile. Mais je connais un bon tailleur près de la place du marché. En l'espace de deux jours, il vous procurera ce que vous souhaitez. Il se nomme maître Giuseppe et tient boutique dans un théâtre.

— Un théâtre ? Y aurait-il un théâtre à Rome ?

— C'est ainsi que l'appellent les savants. Maître Manoello m'a expliqué un jour qu'il s'agit du théâtre de Pompée. À en juger par l'immensité de sa demeure, ce Pompée devait être un grand acteur.

— Le théâtre de Pompée… C'est là que César fut tué. On y trouve maintenant un tailleur, murmura le poète. *Sic transit gloria mundi.*

— Pardon ?

— Deux jours… je ne peux pas attendre.

— Maître Giuseppe a également des vêtements usagés. Je suis certain qu'il pourra vous être utile. »

Le poète et le garçon traversèrent le premier pont de l'île et durent attendre près de la rampe du second qu'un groupe de soldats eût pénétré dans la tour qui en gardait l'accès. Dante remarqua qu'ils arboraient sur leurs cottes d'armes le blason des Caetani.

« Des hommes du pape, dit-il à son compagnon, qui les fixait d'un air rageur. Boniface tient solidement l'île entre ses mains. »

Le garçon cracha par terre. « Il s'approprie tout peu à peu. La tour appartenait autrefois aux Pierleoni. On dit qu'ils étaient juifs avant de se convertir. Le pape l'a achetée, ou plutôt a obligé ses propriétaires à la lui céder pour une poignée d'écus. La tour des Annibaldi, vers le Caelius, a connu le même sort. Boniface en a fait aussi sa forteresse. Il a consolidé le château de sa famille, à la montée de Trajan, grâce à de grands travaux. »

Dante essayait de suivre le discours du garçon, mais les noms de lieux qu'il dévidait ne lui disaient rien. Une chose était certaine cependant : le pape s'employait à multiplier ses citadelles sur le territoire de la ville. Il s'intéressait surtout aux tours, comme si, depuis leur sommet, il voulait jeter un filet, pour le resserrer sur Rome.

« Seules quelques familles osent encore lui résister depuis qu'il a réussi à bannir les Colonna », continua le jeune homme, l'arrachant à ses pensées. Pendant ce temps, la milice était entrée et la lourde porte de chêne s'était refermée derrière elle. L'accès au pont était de nouveau libre. Les hommes, les ânes et les charrettes qui s'étaient amassés sur le petit parvis de l'église se remirent en marche dans un désordre de cris, d'invectives et de braiments.

Dante et son accompagnateur parvinrent enfin à gagner l'autre rive. La dernière arche du pont enjambait un groupe de masures en bois bâties sur pilotis et s'achevait contre les vestiges d'une muraille antique, dont les arcades avaient été remplies de tuf afin d'en faire le soubassement de nouveaux édifices. Il devait s'agir des restes d'un ancien rempart ou d'un aqueduc, songea le poète. Mais ces traces de l'Empire avaient elles aussi presque disparu, écrasées par les exigences de la ville moderne.

Des ruelles se déployaient, telle une toile d'araignée, parmi des constructions qui semblaient avoir jailli au hasard, sans suivre d'autre logique que le désir d'exploiter des fondations préexistantes. Ces façades étroites et sombres arboraient çà et là des moignons de colonnes et de précieux entablements sculptés, servant pour certains de pierres angulaires destinées à renforcer les surélévations. Mais la plupart de ces vestiges étaient disséminés fortuitement dans la maçonnerie : les bâtisseurs n'avaient même pas tenté de les ôter aux lieux où le temps ou les Barbares les avaient abattus. Pis, c'était autour d'eux qu'ils avaient érigé leurs édifices, de même qu'Ulysse, racontait le grand Homère, avait élevé son palais autour de l'arbre dont il avait fait sa chambre nuptiale.

Guidé par le jeune homme, Dante se coula sous l'arche d'un pont qui surplombait la ruelle, reliant deux bâtiments penchés comme des ivrognes. Il distingua dans l'ombre un bras qui se tendait vers lui. La main était bien modelée, mais les doigts semblaient rongés par une sorte de lèpre qui les avait horriblement déformés.

Après un instant de perplexité, il s'aperçut que cette main appartenait à une statue de marbre, elle aussi noyée dans la maçonnerie. On aurait dit que l'ancien habitat de Rome, prisonnier d'une coulée de boue, essayait de regagner la lumière du jour, dans l'indifférence des passants. Dante avait l'impression d'entendre son cri de désespoir, le cri d'une ville entière étouffée par l'éboulement du temps.

Son compagnon franchit le passage sans y prêter attention, traversa un étroit carrefour et tourna à droite. Il s'engagea dans une ruelle encombrée par les étals des marchands d'étoffes, qui surgissaient des boutiques tels des chars de bataille prêts à l'affrontement. Des rideaux rudimentaires étaient tendus d'un côté à l'autre de la voie afin de protéger vendeurs et acheteurs de la pluie glaciale.

« Nous y sommes, messire Alighieri. » Le jeune homme indiqua un large virage dont l'extrémité se perdait derrière les murs d'un édifice. Une suite de grands arcs, sur lesquels se dressaient des constructions désordonnées, ponctuaient la rue. Cette forêt de bâtiments s'interrompait en un point, laissant place à un escalier encore intact qui paraissait monter vers le ciel pour s'interrompre brusquement. Dante s'immobilisa et le contempla, bouche bée.

Les marches étaient constituées d'énormes blocs de marbre blanc que le temps avait épargnés, encore aussi solides et lisses qu'à l'époque où les anciens Romains les avaient foulées pour aller… où ? Que pouvait-il y avoir de plus grand ?

« Sommes-nous arrivés au théâtre de Pompée ? interrogea-t-il.

— Bien sûr, et voici la boutique de maître Giuseppe », répondit le garçon sans s'arrêter, le doigt tendu vers une arcade.

Dante fixait sur les pierres qui l'entouraient un regard fasciné. Cet escalier était peut-être celui qui conduisait autrefois à la curie et dans lequel les conjurés avaient attendu César. Ce marbre antique avait peut-être bu le sang précieux du premier de la lignée, l'homme que la

Providence avait appelé sur Terre afin qu'il ouvrît le chemin au grand Empire des chrétiens.

Le poète fut saisi de vertige, ses oreilles se mirent à bourdonner. D'un pas chancelant, il s'approcha de l'arcade et chercha à tâtons la première marche.

Il s'y hissa, indifférent aux appels du jeune homme. Il voulait gravir lui aussi cet escalier, atteindre son sommet et voir ce que les yeux de César avaient vu juste avant de se fermer.

Il se démenait pour parvenir à son but, mais quelque chose le retenait. Le bord de son manteau avait dû accrocher un obstacle. Il tenta de se dégager, ruant avec rage, puis il reconnut la voix du garçon qui criait, inquiet :

« Arrêtez-vous, messire Alighieri, je vous en prie ! Vous êtes devenu fou ! Cet escalier mène à la forteresse des Marozzi ! Elle regorge de gardes armés ! »

Dante leva la tête et crut entrevoir en haut des marches une série de silhouettes sombres qui s'agitaient et se multipliaient. Soudain, il distingua les arbalètes qu'elles pointaient sur lui. D'instinct, il recula, tandis qu'un dard sifflait à quelques pouces de son crâne, déchirait l'un des rideaux et se plantait sur un étal.

Il entendit encore le garçon l'implorer : « Redescendez, je vous en prie ! » Il lâcha prise et tomba à la renverse dans la rue. Autour de lui, une foule hurlante d'individus se piétinaient et renversaient des amoncellements de chiffons, parmi les cris des vendeurs déjà réfugiés à l'intérieur de leurs boutiques. Il s'aplatit au sol, le dos contre le mur, alors que deux autres dards fendaient l'air. Allongé près de lui, son compagnon observait ce qui se passait au-dessus de leurs têtes.

« Les Marozzi sont en conflit avec les Renzi, qui habitent en face, expliqua-t-il. Ils protègent les boutiques situées de ce côté de la rue et leur laissent les autres. Mais les Renzi ont récemment essayé de s'emparer de tout le commerce des étoffes, et les deux familles se sont livré bataille. En vous voyant, les hommes des Marozzi ont dû croire qu'on voulait assaillir leurs demeures !

— La commune ne réagit pas ? Le pape a des soldats ! Pourquoi n'intervient-il pas pour mettre fin à ces affrontements qui conduisent la ville à sa ruine ?

— La commune domine les collines, et le pape n'a d'yeux que pour ses biens. Mais ici, au Champ de Mars, il n'y a qu'un roi, le Tibre, tant qu'il ne dévaste pas les vies. C'est au Tibre que vont les prières des habitants de ce quartier, et à lui seul. Venez, maintenant, suivez-moi. »

Le jeune homme longea le mur, tête basse, afin d'échapper au tir des arbalétriers. Dante lui emboîta le pas, courbé, en s'appuyant sur ses mains. Les badauds qui ne s'étaient pas encore enfuis se déplaçaient à quatre pattes entre les comptoirs renversés, osant à peine lever la tête. Gêné par son long manteau, le poète étouffa un mouvement de rage : les Quirites étaient réduits à l'état d'une meute de chiens, et lui avec eux.

Il se redressa, malgré le risque. Il ne se donnerait pas ainsi en spectacle ! Personne n'oserait frapper l'ambassadeur de Florence. Debout au milieu de la rue, il lissa son vêtement souillé et rejoignit paisiblement le fils de la veuve, qui avait atteint entre-temps la dernière arcade et lui adressait des signes inquiets. Les poings serrés, il parcourut pas à pas le tronçon de rue qui le séparait de son but.

Il craignait à tout instant de sentir la morsure douloureuse d'un dard dans son dos, mais par chance les gardes s'étaient calmés. Il s'immobilisa devant le garçon et se contenta d'annoncer : « Me voici. »

Du fond de sa boutique, un petit homme chauve au teint jaunâtre le contemplait d'un air qui hésitait entre l'effroi et l'admiration. Il vint à sa rencontre, veillant toutefois à ne pas dépasser l'arc.

« Bienvenue, messire ! s'écria-t-il avec enthousiasme.

— Maître Giuseppe, je vous amène un homme important, déclara l'adolescent. Messire Dante Alighieri, poète et ambassadeur de la libre commune de Florence. Il a besoin d'habits de cérémonie pour assister à l'audience papale. »

Le tailleur jeta un regard critique au nouveau venu. De toute évidence, l'aspect de celui-ci ne correspondait pas à l'idée qu'il se faisait d'un ambassadeur. Mais sa qualité de poète expliquait peut-être la tenue négligée de l'homme qui se tenait devant lui, la mine courroucée.

« Vous avez choisi la meilleure boutique, messire ! J'ai ici les plus belles étoffes de toute la chrétienté ! Des laines qui arrivent directement d'Angleterre, du brocart de Lombardie, du coton de Flandre ! Et regardez ce tissu ! » Il grimpa comme un chat sur l'une des étagères qui vomissaient quantité de coupons et redescendit armé d'un rouleau de soie. « Cinquante aunes de drap génois en provenance d'une galère assaillie par les Pisans au large de Civitavecchia ! Humez donc ! continua-t-il en approchant le rouleau du visage du poète. Reniflez. Ne sentez-vous pas dans sa trame le parfum des femmes qui l'ont tissé ? Je peux vous confectionner avec le plus somptueux des habits une vêture digne d'un roi ! Remettez-vous-en à moi, et je vous rendrai encore plus beau que Philippe de France ! »

Dante recula : plus que le parfum de mains sensuelles, l'étoffe dégageait une forte odeur de moisissure. Cependant il ne jugea pas nécessaire d'entamer une discussion à ce propos. Il se racla la gorge et dit : « Maître Giuseppe, je n'ai pas le temps de profiter de votre habileté. L'audience en question a lieu demain, j'ai besoin d'un vêtement déjà prêt. En outre... La commune n'affecte pas de fonds au luxe, même pour ses hauts magistrats, voilà pourquoi... »

Le visage du tailleur fut traversé par une ombre qu'un rire dissipa aussitôt. « Votre bourse est plate ? Ne vous inquiétez pas, maître Giuseppe est l'ami de tous, du chevalier comme du pèlerin. J'ai ce qu'il faut pour vous. Par ici. »

D'un mouvement félin, il conduisit les visiteurs dans un coin de la boutique où l'on ne trouvait plus de pièces de tissu mais des vêtements entassés pêle-mêle sur les étagères et dans de grandes corbeilles d'osier. Il entreprit de les examiner en puisant dans le tas. Quand il pêchait un habit qui lui semblait adéquat, il le mettait de côté.

Enfin, il se tourna vers le poète avec son butin.

« J'ai tout ce dont vous avez besoin, affirma-t-il d'un ton satisfait. Une audience chez le pape Boniface, avez-vous dit... Il y aura là les sénateurs, le collège des cardinaux et les hauts prélats de la curie. Si vous étiez un pèlerin, vous pourriez vous présenter vêtu d'une tunique et armé d'un bourdon, ou carrément pieds nus, comme les franciscains. Mais en tant qu'ambassadeur, vous devez faire bonne impression, car l'habit est l'homme. Et l'homme est sa ville. D'après le syllogisme, votre habit décrira Florence. »

Il posa un vêtement vert sur l'épaule de Dante, qui réfléchissait à cette logique osée.

« Vous avez besoin avant tout d'une chemise dotée d'un beau col bouffant qui soulignera votre menton et descendra jusqu'aux genoux, ainsi que d'aiguillettes pour attacher solidement vos chausses. Il n'y a rien de plus humiliant que de devoir se baisser en public pour les remonter. Devant le pape, qui plus est ! Oui, voilà ce qu'il faut, des aiguillettes, et non ces boutons extravagants qu'on porte en France depuis quelque temps. Des aiguillettes, messire Alighieri ! »

Le poète saisit le vêtement qu'il lui tendait : il était élimé en plusieurs endroits et souillé de taches brunâtres. « Oh, ne vous inquiétez pas ! s'exclama le tailleur à la vue de sa moue. Son propriétaire n'est pas mort de maladie, mais des efforts d'un long voyage. Les taches seront invisibles sous le reste ! Donc, une chemise et un pourpoint serré à la taille, comme il se doit. Observez les broderies en fil doré. Une merveille ! L'homme qui portait cet habit venait des Pouilles. Vous aurez beau y regarder à deux yeux, vous ne parviendrez pas à distinguer la reprise qui dissimule la déchirure pratiquée par le couteau. Et les souliers sont de cuir lombard magnifiquement tanné. Ils n'ont pas beaucoup servi avant d'atterrir à l'hôpital du Saint-Esprit. Les frères me mettent de côté les meilleurs articles.

— Entendez-vous me transformer en épitomé de morts ? grommela le poète en essayant de se libérer des habits sous lesquels l'homme le submergeait.

— Oh non, votre silhouette est digne d'une tout autre lumière, répondit le tailleur, qui, s'il n'avait pas saisi le mot *épitomé,* avait bien compris l'allusion aux morts. Vous êtes simplement magnifique ! Et je ne vous ai pas encore offert ce qu'il y a de mieux ! Attendez ! Regardez-vous dans le miroir, j'en possède un merveilleux, œuvre de l'art vénitien. »

Il disparut et revint quelques instants plus tard muni d'un petit cercle éblouissant bordé de laiton. Il le plaça à une certaine distance de Dante. « Regardez-vous, on dirait une figure peinte. Et maintenant, le bonnet ! »

Il lui fourra dans les mains un cône bleu ourlé de fourrure grisâtre d'où pendaient deux ailes de voile transparent. « Un bonnet à l'allemande. Le bien le plus précieux d'un chevalier qui s'apprêtait à s'embarquer pour la Terre sainte. Un objet qui aurait suscité l'envie et le désir des Turcs infidèles si le pauvre homme avait pu atteindre sa destination. Il semble fait tout exprès pour vous ! »

Le poète examina l'intérieur du couvre-chef : on y distinguait certes des taches de sueur, mais pas de sang. Au moins, la tête de son ancien propriétaire ne s'était pas fracassée dedans. « Combien de chats avez-vous tués pour cette bordure de poil ? lança-t-il, caustique.

— Des chats ? Vous me blessez ! Ce bonnet vient d'Allemagne, je vous l'ai déjà dit. Et il n'y a pas de chats là-bas, il y fait trop froid. C'est de l'authentique castor des bois ! Mais j'ai laissé le plus beau pour la fin ! »

L'homme s'éclipsa une nouvelle fois et réapparut pourvu d'une étoffe bleue qui semblait en meilleur état que le reste. « Voilà pour la touche finale ! Un manteau qui enveloppera votre personne et l'exaltera. Du vrai drap de France. Je peux fixer les bordures en quelques heures, à temps pour votre audience. Regardez les broderies ! On dirait des lys florentins ! »

Dante se pencha. Il s'agissait de petits losanges légèrement en relief. « Ce ne sont pas des lys.

— C'est vrai. Mais vous oubliez l'effet d'optique ! Vous êtes florentin, n'est-ce pas ? De loin, tout le monde croira voir des lys ! Je vous ai dit que l'habit fait l'homme, mais l'homme fait aussi l'habit ! Boniface lui-même ne verra pas la différence lorsque vous vous inclinerez solennellement devant lui ! Et vos chausses resteront bien droites, telle une armée d'arbalétriers, vous permettant d'exposer vos raisons avec toute l'assurance nécessaire. Enfin, quand vous ôterez votre bonnet, le voile glissera élégamment au sol, prouvant que vous n'êtes pas un homme d'économies, et votre ville non plus !

— Je ne veux pas du manteau », déclara Dante d'un ton décidé. Il songea que ces habits différaient certes de ceux qu'on portait à Florence, mais peut-être pas autant qu'ils en avaient l'air. De plus, ils étaient en meilleur état que les siens. « Combien voulez-vous pour le tout ?

— Si je devais demander le juste prix, ce serait vingt écus romains. Mais vous êtes un client illustre, aussi quinze suffiront, tout comme la gloire de vous avoir servi.

— Combien cela fait-il en monnaie toscane ? »

Le petit homme effectua un laborieux calcul mental en agitant les doigts. Enfin, il émit son verdict : « Deux *popolini* d'argent, et je vous jure que je renonce aux intérêts sur le change. »

Dante plongea la main dans la bourse qui pendait à son côté, tandis que le fils de la veuve emballait les vêtements, ficelait ce baluchon et le hissait sur ses épaules. Ils franchirent tous deux le seuil, accompagnés par les multiples courbettes du tailleur.

12 novembre au matin, au Latran

Dante reconnut de loin ses deux concitoyens, qui l'attendaient dans l'escalier de la basilique, devant la large façade de briques qu'éclairaient les grandes fenêtres correspondant aux cinq portes d'accès.

Maso se précipita vers lui et demanda, inquiet : « Enfin, messire Alighieri. Avez-vous préparé votre discours ? Car c'est vous qui parlerez, n'est-ce pas ? »

Le poète se contenta d'opiner du bonnet puis franchit le seuil de l'entrée principale. La nef centrale baignait dans la vive lumière diffusée par les ouvertures latérales. Il s'immobilisa un instant, stupéfait par l'abondance de bronze et d'or qui décorait les murs. Il semblait qu'on eût concentré sous cet immense plafond à chevrons tous les trésors de la Terre afin de rendre hommage à la puissance et à la majesté de l'Église. Les dévastations que la basilique avait subies au cours de son histoire, jusqu'au tremblement de terre qui l'avait presque entièrement détruite, ne paraissaient guère avoir laissé de traces.

Au fond, au centre de l'abside couverte de marbre qui fermait la nef après le transept longitudinal, resplendissait le trône de pierre sculptée qu'occupait le pontife pendant les cérémonies religieuses. Quoique vide, il invitait au respect, songea-t-il, un respect qui confinait à la crainte.

Dante avança dans cette direction, perdu dans la contemplation de tant de beauté, tandis que retentissait à ses oreilles le murmure de ses compagnons, qui multipliaient les recommandations.

Il aperçut bientôt, au milieu de la nef de droite, un arc donnant sur un escalier. Ce devait être l'entrée du palais, où ils étaient attendus, se dit-il. Il respira profondément et s'engagea sur les marches.

L'escalier menait à l'étage supérieur de l'édifice qui jouxtait la basilique. Au fond, une porte monumentale conduisait à la salle des audiences. Il parcourut d'un pas lent cette espèce de chemin obligé entre deux rangées d'hommes armés. De temps en temps, il lançait furtivement un regard de côté, admirant les signes du luxe impérial qui ornaient les murs. Fresques et tapisseries précieuses où alternaient scènes de l'histoire sacrée et fastes de la Rome impériale se succédaient sans interruption, semblant affirmer l'union définitive en ces lieux de la puissance de Rome et de celle de l'Église. Les absides latérales étaient revêtues de mosaïques en or éblouissantes.

Boniface était assis sur son trône de pierre, dans la tribune du fond, revêtu de ses parements solennels et coiffé de la mitre. Debout, le collège des cardinaux se pressait autour de lui, pareil à une couronne, inondant la salle d'écarlate. Diacres et secrétaires de la curie, pour la plupart munis des grands registres des audiences et des requêtes, se tenaient sur les côtés. Plus bas, les sénateurs romains, dans leurs robes fluides, semblaient confirmer par leur présence l'idée même que le pontife enserrait toute la ville dans son poing.

Dante se rapprocha, s'efforçant de ne pas modifier le rythme qu'il avait imposé à son pas. Il jeta un coup d'œil aux silhouettes inquiétantes de plusieurs moines, à moitié masqués par le trône, qui arboraient la tenue blanc et noir de l'ordre dominicain. Il ne pouvait distinguer leurs traits, cachés par les capuchons, mais ne nourrissait aucun doute sur leur fonction : c'étaient les membres de l'Inquisition. Des individus dangereux, étant donné qu'ils avaient l'oreille du pape.

Le poète était agacé par la présence de ses deux compagnons qui se serraient de plus en plus contre lui, en quête de protection : il se faisait l'impression d'un berger guidant un troupeau débandé qui avait déjà cédé au loup. Cela ne l'empêchait pas toutefois de fixer le pape, homme imposant aux joues flasques, aux yeux aussi étincelants que deux charbons brûlants. On aurait dit que sa flamme vitale se réduisait à ce terrible regard, siège de la faculté de faire et de défaire symbolisée par les clefs qu'il tenait dans son poing. Ce regard soupesait tout ce qui foulait sa terre.

Il transperçait le poète à l'instar d'une lame et s'enfonçait en lui à la recherche de ses secrets.

Curieusement, un sourire éclaira soudain les traits éteints et le visage s'anima, comme si un flot de vie y avait brusquement jailli. Ses paupières aussi paraissaient moins lourdes. Il tendit sa main ornée de l'anneau.

Jusque-là, Dante n'avait pas vraiment pensé à la conduite qu'il adopterait. Une seule certitude s'imposait à lui : tous ses esprits lui seraient nécessaires pour affronter son grand ennemi.

Maintenant qu'il se tenait devant la tribune, il avait tout loisir d'observer le visage dévasté par la maladie qui, murmurait-on, le dévorait. L'homme était proche de la mort. Et d'autant plus dangereux qu'il s'était détaché de ces faiblesses de la chair que nourrit souvent un corps plein de vie. Une enveloppe vide, mais plus solide que le marbre des monuments dont il couvrait l'Italie en remplacement de ceux qui peu à peu se fragmentaient.

Un diacre se précipita vers le poète, comme pour lui barrer le chemin. Il se retourna et s'agenouilla en l'invitant à l'imiter, avant de crier son nom et celui de ses compagnons.

Boniface accueillit impassiblement cet hommage, se limitant à tendre la tête vers un des moines qui l'entouraient. Celui-ci murmura quelques mots, qu'il écouta avec une grimace.

« Eh bien, messire Alighieri, quelles nouvelles nous apportez-vous de Florence, notre fille bien-aimée ? La paix qui est depuis toujours dans nos vœux et dans nos prières règne-t-elle enfin entre vos murs ? Nous n'avons pas ménagé nos efforts pour que la concorde unisse vos citoyens. Nous attendons pareille diligence de ceux que le Ciel a chargés de gouverner la commune. »

Dante respira profondément. « La paix est le don suprême du Ciel. Et la fragilité des hommes ne les rend pas toujours capables d'extirper l'ivraie de la discorde. Le peuple de Florence et son gouvernement font tout ce qui est en leur pouvoir pour satisfaire les désirs de Votre Sainteté, qui sont ceux de tout homme de bonne volonté.

— Pourtant, ceux-là mêmes qui prétendent vouloir le bien commun n'ont pas hésité à mettre à mort deux de vos concitoyens, faussement accusés de conspirer à notre avantage. Comme si l'avantage et la volonté de l'Église différaient de l'avantage et de la volonté de la dernière brebis du troupeau chrétien. *Extra ecclesiam nulla salus ! Contra ecclesiam perditio est*[1] *!*

— Les deux hommes qui furent exécutés au terme d'un procès en règle perdirent la vie pour avoir ourdi un complot contre la commune. Ce n'est pas leur fidélité à l'Église mais leur haine envers Florence qui les a conduits à la mort », répondit Dante d'un ton décidé.

Boniface pinça les lèvres, qui se rétractèrent dans sa bouche édentée, accentuant sur son visage les marques de vieillesse qui avaient frappé le poète dès le premier instant. Toutefois son regard continuait de brûler, furibond. « Le cardinal d'Acquasparta, homme probe que nous avons envoyé comme conciliateur entre les deux factions, n'a pas reçu meilleur accueil, siffla-t-il. Pourquoi, messire Alighieri ? Pourquoi votre bourg montre-t-il un tel orgueil à notre endroit, se gardant d'incliner le front devant les paroles justes de saints hommes ? Pourquoi nous avez-vous refusé le secours de soldats et d'armes que notre personne vous demandait afin d'étayer sa défense ?

---

1. « Hors de l'Église, point de salut ! Contre l'Église, c'est la perdition ! »

— Parce que les hommes que vous nous aviez réclamés auraient dégarni nos défenses, déjà faibles, pour aller dévaster férocement le Latium. Sans profit, sans intérêt, sans gloire pour la ville de Florence.

— N'appauvrissez pas votre intellect, messire Alighieri. La Sainte Église romaine vise le salut universel des âmes à travers la sage discipline de la vie des corps. Et vous vous abêtissez en défendant un misérable bourg qui ne diffère de mille autres que parce que vous y êtes né. Comme si le corps physique avait un rapport avec l'âme immortelle et que celle-ci n'était pas fille de l'Esprit, quel que soit l'endroit où elle s'incarne ! Que vous importe qui soutient quelques tronçons de remparts ! Le corps même du Christ est enveloppé dans les anneaux venimeux du serpent français, l'empereur est un lâche dont nous ne pouvons espérer aucune aide. Baisez donc la main que je vous présente. Je ne la tends jamais deux fois. »

Au lieu de se pencher vers le gros anneau que lui offrait Boniface, Dante recula d'un pas avec ostentation. Cramoisi, le pape patienta un instant puis retira sa main d'un geste irrité, tandis qu'un murmure scandalisé courait sur les lèvres des membres de l'assistance. Une tempête d'émotions traversa le visage dévasté du pontife mais il reprit très vite son attitude glaciale. « L'audience est terminée. Le camerlingue vous dira si elle aura une suite, et quand. En attendant, ne quittez pas Rome. »

Le poète inclina légèrement la tête et recula une nouvelle fois, marchant sur les pieds de Maso Minerbetti, figé d'effroi.

« Qu'avez-vous fait ?..., l'entendit-il murmurer.

— Ce qui était juste. »

Le diacre qui l'avait présenté le conduisit vers la sortie. C'est alors que s'éleva le chœur des novices, comme pour réparer l'outrage consommé sous ces voûtes sacrées. Les sons angéliques étouffèrent le bruissement des voix.

Dehors, Corazza Ubaldini se jeta sur Dante, malgré les efforts d'apaisement déployés par Maso Minerbetti.

« Vous l'avez fait exprès ! Vous vouliez que la mission échoue pour donner libre cours à vos folles idées de rébellion ! Mais la commune sera informée de votre effronterie ! Vous êtes un traître, ainsi que votre maudite lignée ! »

Voyant qu'il descendait l'escalier la tête enfoncée dans les épaules et le regard rivé au sol, sans réagir à ses hurlements, Corazza le saisit par son habit. Mais le poète poursuivit son chemin, indifférent à cette pression.

Curieusement, celle-ci ne dura guère plus de quelques instants. Tournant la tête, Dante découvrit le décurion qui, ayant attrapé son compatriote par le col, le secouait sans ménagement. « Florentin, tu as besoin d'aide ? Depuis que tu es arrivé, tu ne cesses d'échouer dans les griffes de crapules ! » Et comme Maso essayait de le calmer, l'air craintif, il ajouta en ricanant :

« Ces deux individus sont tes amis ? » Il lâcha Corazza, qui atterrit sur ses fesses. « Bien, commenta-t-il. Mais veillez à ne pas importuner mon ami florentin. Il est sous la protection de Rome. »

Il lança une insulte incompréhensible aux deux hommes et les regarda s'éloigner. Puis il bâilla bruyamment en se grattant les organes génitaux. « On me dit que tu es poète, messire l'ambassadeur florentin. »

Pour toute réponse, Dante lui jeta un regard agacé.

« Et qu'as-tu écrit pour être si célèbre ?

— Des vers qui ont probablement échappé à votre attention. Je vous remercie de votre aide, mais ce n'était pas nécessaire. Comment avez-vous osé outrager de la sorte les envoyés de ma ville, tout idiots qu'ils soient ? »

Maître Chanvre ôta son bonnet et s'inclina jusqu'à terre en une attitude railleuse. Le poète ravala une imprécation et décida de profiter de sa présence. « Je vous soumets une nouvelle fois le scandale des femmes assassinées qui n'ont reçu ni justice ni vengeance.

— Que t'importent ces putains ? Elles connaissent toutes ce destin, tôt ou tard. Celles-ci se sont empressées de dénicher la main qui les a supprimées. En général, elles durent quelques années de plus. Mais elles finissent toujours par se retrouver au mur Tors, et bien le bonsoir.

— Au mur Tors ? » Le poète avait déjà entendu cette expression. Dans la maison de la veuve, la nuit de l'enterrement.

« Oui, hors la Porta Flaminia. Au cimetière des indésirables. Acteurs, voleurs, prostituées. Étrangers et innocents.

— Qui sont les innocents ?

— Tu te moques de moi ? Je te pardonne parce que tu es un poète. J'en suis un, moi aussi.

— Vous aussi ? » Dante avait grand-peine à dissimuler ses sarcasmes.

« Bien sûr. Crois-tu qu'on ne sache écrire en vers qu'à Florence ? Chaque année, pendant le Carnaval, a lieu un concours de poésie, au terme duquel est couronné le meilleur conteur. Je compte parmi ceux qui excellent à chaque fois. Si j'étais un curé ou un cardinal, et non un homme d'armes, j'aurais déjà obtenu plus d'une couronne de laurier.

— Vraiment ? Et qu'écrivez-vous ?

— Écrire ? Cet art ne me convient pas. Il est bon pour les notaires et les apothicaires. Moi, j'écris dans ma tête et je récite mes pensées.

— Comment se déroule ce concours ?

— Le maître donne le premier vers, et chacun continue à tour de rôle, en rimes. Celui qui résiste le plus longtemps l'emporte. Je suis l'un des meilleurs, messire le poète.

— Ah, vraiment ?

— Tu ne me crois pas ? Donne-moi le premier vers. Un vers qui réchauffe ma veine ! »

Le poète le foudroya du regard puis récita rapidement : « *Amour qui s'apprend vite au cœur gentil*[1]

— *Ma femme me tourne les fesses dans le lit, et je lui fourre ma queue dans le pli.* Que dis-tu de ce refrain ? s'enquit l'homme, tout content, en assenant un coup de coude à son compagnon.

— Si jamais nos routes se croisent lorsque cette histoire aura pris fin, je vous dirai ce que je pense de votre habileté.

— Mon art ne rencontre pas votre faveur, messire l'ambassadeur. Tant pis, mieux vaut être apprécié à Rome et ignoré ailleurs.

— Je suis persuadé que vous êtes grand ici. Et si nous retournions maintenant à notre sujet ?

— Quel sujet ?

— Les femmes assassinées !

— Ah oui. Tu penses toujours aux femmes, messire. Soit. Que veux-tu savoir ?

— Qu'avez-vous fait pour trouver le coupable ?

— Rien.

— Comment, rien ? N'êtes-vous pas l'exécuteur de justice ? Le sénateur Spada vous en a bien chargé ! »

---

1. L'*Enfer*, V, 100, *op. cit.*

Le décurion recommença à bâiller puis répondit comme s'il rassemblait toutes ses forces pour affronter un importun : « Il faut être affligé d'une perversion diabolique pour tuer de cette façon. Tôt ou tard, l'assassin frappera une nouvelle fois, et il le fera trop près de mes griffes. Alors je l'agripperai comme un milan qui étrangle un lapin.

— En d'autres termes, vous attendez que le coupable se livre ! Voyons, il faut chercher, trouver un lien entre les assassinats. Les corps, par exemple. Ils ont quelque chose d'étrange...

— Pourquoi t'échauffes-tu autant, messire l'ambassadeur ? Rome est grande, elle ne s'est pas faite en un jour. Chaque chose en son temps. Et puis ce n'est pas à moi ou à mes hommes qu'il faut s'adresser pour obtenir des renseignements.

— À qui, alors ?

— Peut-être à ceux qui ramassent les cadavres, les Capuchons rouges. La fraternité chargée d'ensevelir les cadavres abandonnés, ou noyés dans les eaux du Tibre. Viens, allons leur rendre visite, puisque tu y tiens tant. Prépare-toi, il y a une belle trotte jusqu'au fleuve. Tout mène au fleuve, dans cette ville. Tôt ou tard. »

Après avoir ordonné à ses hommes de continuer de surveiller la place, l'officier se mit en marche. Dante le suivait sans mot dire, en proie à la colère. Il avait dans la bouche un goût terriblement amer, et ses tempes étaient enserrées dans un étau de feu. Mais malgré la fatigue et l'envie de se réfugier dans son logis il marchait d'un bon pas en essayant de ne pas se laisser distancer. Il monta à bord du char et s'abandonna à l'habituelle course folle.

Le véhicule gravit le versant d'une colline et en dévala l'autre pente à travers des quartiers inconnus. Enfin il atteignit le fleuve, qu'il longea en direction du sud. Il franchit le Ponte Cestio et l'île Tibérine, puis un autre pont vers la Via Ostiense, et se faufila parmi des masures et des cabanes en bois, séparées çà et là par des moulins à eau et des pontons fixés à de longs pieux qui surgissaient du fond vaseux.

À l'horizon, le mont des Tessons se détachait en face de l'éperon solitaire de l'Aventin, couronné d'églises aux clochers en forme de tours.

« Nous y sommes presque », annonça le décurion, le doigt tendu vers un bâtiment en briques jouxtant une petite église adossée à la grève. Un ponton en mauvais état, auquel était attachée une longue et étroite barque, s'étirait au-dessus des eaux. Devant le bâtiment, appuyées sur leurs limons, deux charrettes à bras surmontées d'une sorte de gros panier en osier. Elles rappelèrent à Dante celles des marchands de légumes qui allaient vendre les produits de la campagne sur les marchés de Florence. Plusieurs hommes s'affairaient autour de l'église, vêtus de longues capes dont l'écarlate avait viré, sous l'effet de la négligence et de la saleté, à un vague brun.

Ils se querellaient, comme l'attestaient leur agitation et les cris qui parvenaient aux oreilles du poète et de son compagnon à travers l'air humide.

« Ces bavards se disputent les vêtements d'un noyé, siffla l'officier avant de s'exclamer : Frères, nous devons parler au chef de votre fraternité ! »

Son apparition plongea les Capuchons rouges dans un silence coupable. L'un d'eux s'avança, un sourire mielleux aux lèvres. « Maître Chanvre, quelles affaires vous amènent parmi les frères de la bonne mort ?

— Pas celles que tu espères, canaille. Ce n'est pas de sitôt que ma carcasse passera entre vos griffes. Conduis-moi à Titta di Nicola, s'il n'est pas déjà trop ivre. »

L'homme recula servilement et précéda les deux visiteurs dans la bâtisse, non sans avoir jeté à Dante un regard soupçonneux. Le poète l'ignora, occupé qu'il était à examiner les lieux. Encombré de chaussures et de vêtements amoncelés, le siège de la fraternité n'évoquait pas tant une église qu'un entrepôt de chiffonnier. Au fond, là où aurait dû se dresser l'autel, se trouvait une grossière table d'écriture composée de vieilles planches. Un homme gras et soûl, à moitié endormi, y était accoudé.

Il sursauta à la vue du décurion, auquel il adressa sans tarder un sourire de bienvenue. Mais ses yeux, enfoncés dans les plis de graisse des paupières, étaient aussi froids que ceux d'un poisson.

« Que puis-je faire pour l'autorité de justice de Rome ? demanda-t-il précipitamment.

— Tu devrais tendre le cou à la potence. Mais verse d'abord ton obole au château : samedi appartient au passé, et le coffre des offrandes pleure depuis trois jours comme un estomac vide.

— Vous avez reçu l'argent l'autre semaine… »

Le décurion se pencha et lui serra autour du cou une main gantée de fer. Saisi de peur, le Capuchon rouge enfonça la tête entre les épaules, telle une vieille tortue.

« J'ai fait jeter sept crapules du haut du pont, siffla Maître Chanvre.

— Nous n'en avons repêché que quatre…

— C'est votre faute s'ils vous ont échappé. Boniface verse deux sous romains pour chaque cadavre. Si l'on ajoute les occupants du bateau qui s'est renversé à l'île, cela nous amène à dix. C'est ce que vous me devez. Mais vous irez ensuite puiser à votre carafe. L'homme que voici est un grand seigneur, poète et ambassadeur florentin », ajouta-t-il en changeant de ton. Dante crut y distinguer du sarcasme, mais se contenta de serrer les poings et de marmonner une malédiction. « Il veut savoir ce qui est arrivé aux femmes assassinées, celles qu'on a retrouvées le ventre ouvert.

— Ah. Elles sont toutes au mur Tors. À l'exception de la fille de Domenica, la femme qui vit de l'autre côté du fleuve, puisqu'elle a racheté la dépouille.

— Dans quel état étaient-elles ? intervint le poète.

— Le décurion l'a dit. Le ventre ouvert et vidé comme un brochet.

— Toutes ?

— Toutes, sans exception.

— Où les a-t-on retrouvées ? »

L'homme ferma les yeux à demi. « Deux dans le fleuve... les autres dans les champs...

— Les autres ?

— Bien sûr, il y en a eu neuf depuis l'autre année.

— Neuf ? » interrogea Dante en fixant, déconcerté, le chef de la fraternité. Puis son regard glissa dans le vide, comme s'il suivait une pensée subite. « Dans quel état était leur corps ?

— Quelle importance ? Elles semblaient toutes éventrées, je vous l'ai dit. Et certaines découpées en morceaux.

— Combien ? Combien de cadavres incomplets avez-vous récupérés ?

— Comment voulez-vous que je m'en souvienne ! Peut-être trois ou quatre. Mais pourquoi le demandez-vous ? Vous vous moquez de moi ?

— Neuf..., murmura le poète avant de lancer au décurion : Ne vous faites pas d'illusions. L'assassin ne s'en ira pas. Pas avant d'avoir frappé une nouvelle fois. Attendez-vous à une dixième victime. » Il se tourna de nouveau vers le Capuchon rouge. « Savez-vous si une autre de ces malheureuses a disparu ? Étaient-elles habillées quand vous les avez trouvées ? Vous est-il resté un de leurs vêtements ?

— Vous croyez que je tiens le registre des putains ! Quant aux vêtements, lorsqu'il y en avait, ils étaient si vieux et si déchirés qu'ils ne valaient rien. Pas même l'effort de les enlever.

— Vous avez dit que les dépouilles se trouvent au mur Tors. Où est-ce ?

— Le mur Tors est le cimetière des indésirables, expliqua l'officier. À Rome, nous ne savons que faire des individus qui ne vivent pas selon les saints préceptes de l'Église.

— C'est ce que je vois. »

Soudain, un encapuchonné surgit en courant. Ignorant les visiteurs, il se précipita sur la table, qu'il heurta. « Au fleuve ! s'écria-t-il. On a aperçu un corps parmi les tourbillons du pont brisé !

— Allez le repêcher, imbéciles, avant que les rapides l'éloignent du Testaccio ! Une fois au marais de la Magliana, il partira à la mer !

— Les frères du Bon Repos ont déjà sauté dans leur barque. Ils filent comme la foudre.

— Maudits fils de pute, ils savent bien que l'île aux Tessons est sur notre territoire ! » Le chef de la fraternité avait bondi sur ses pieds. Il se rua vers la sortie, à la stupeur de Dante et du décurion. Le premier jeta un coup d'œil interrogateur au second, qui haussa les épaules et expliqua :

« Les Capuchons rouges ne sont pas les seuls à se charger de la sépulture des indigents. Leur fraternité est la plus ancienne et jouit des faveurs de Boniface. Mais le Jubilé a multiplié le nombre des morts subites, et d'autres fraternités se sont lancées dans cette entreprise. Venez, messire l'ambassadeur, nous allons bien rire. »

Les Capuchons rouges se pressaient sur le ponton. Guidés par leur chef, certains s'étaient déjà installés dans la barque, tandis que les autres s'employaient à larguer les amarres. Quand ils furent tous à bord et que leur maître fut agenouillé à la proue, ils empoignèrent les rames et entreprirent de remonter le courant en se dirigeant vers le centre du fleuve. Dante suivit le décurion sur le ponton, d'où l'on pouvait voir le cours d'eau jusqu'à l'île Tibérine.

Les hommes ramaient debout, avec vigueur, et se rapprochaient rapidement de leur destination. Le Tibre était constellé de bateaux, certains aux voiles bariolées. Mais il y avait au centre du fleuve un espace libre, derrière les restes d'un pont antique, que tous semblaient respecter. On n'y devinait, en effet, qu'une seule barque.

« Les voici ! » dit Maître Chanvre, le doigt pointé. Les deux embarcations filaient. Désavantagés par le courant, les Capuchons rouges poussaient sur les rames de toutes leurs forces, encouragés par les cris de leur chef, si nets qu'ils semblaient rebondir comme des cailloux sur la surface de l'eau. L'autre barque était immobile. Ses occupants attiraient de toute évidence un cadavre à l'aide de leurs longues gaffes. L'un d'eux plongea, probablement dans l'intention de l'attacher à une corde. C'est alors que survinrent les Capuchons rouges.

Les deux embarcations s'entrechoquèrent avec fureur. Le poète vit plusieurs silhouettes choir dans les eaux et des rames se dresser, telles les ailes de grands oiseaux aquatiques près de s'envoler.

Avec un bruit violent, audible malgré la distance, les barres s'abattirent les unes sur les autres, et sur les corps des hommes, dans un chœur de hurlements et de blasphèmes. Engagés dans une lutte furibonde, les membres des deux fraternités s'empoignaient, indifférents à l'oscillation de leurs barques, et sautaient de l'une à l'autre. Celles-ci apparaissaient tantôt à moitié vides, tantôt si chargées qu'on croyait qu'elles allaient couler, puis se balançaient un instant après, de nouveau abandonnées. Pendant ce temps, le fleuve bouillonnait, battu par les bras des rameurs qui s'efforçaient de remonter à bord, se heurtant à la résistance des plus chanceux ou des plus habiles.

La lutte continuait sans quartier, comme si les deux groupes rivaux se disputaient un comté, et non les misérables dépouilles d'un noyé. Un nombre croissant de spectateurs se massaient sur les rives et encourageaient les combattants de leurs cris. Galvanisés par leur présence, qui témoignait de leur bon droit, ceux-ci redoublaient d'énergie. À la proue de sa barque, le chef des Capuchons rouges, momentanément séparé de ses hommes, faisait tournoyer sa rame à l'instar d'une massue, essayant de tenir à distance ses adversaires.

« L'affaire tourne mal pour les Capuchons », déclara soudain le décurion qui contemplait la scène, un sourire amusé aux lèvres.

Dante ne parvenait pas à analyser ce qui se passait avec autant de certitude que son compagnon, mais il constatait qu'un des bateaux était en difficulté, la plupart de ses occupants étant tombés à l'eau. L'autre équipage poussait des cris de triomphe, tandis que ses partisans exultaient sur la rive, montrant du doigt tel ou tel de leurs champions, ainsi que les vaincus. Puis l'embarcation victorieuse s'éloigna, tirant derrière elle une sorte de paquet foncé, difficilement identifiable à la surface de l'eau.

« C'est donc auprès de la fraternité du Bon Repos que je vais devoir percevoir mon impôt, murmura le décurion, impassible.

— Si cette racaille avait déployé autant d'énergie aux rames des galères chrétiennes, le Turc ne dominerait pas aujourd'hui Jérusalem.

— Ces gens du fleuve, messire l'ambassadeur… Ils ne valent pas grand-chose. C'est différent dans ta cité ? »

Dante se mordit la lèvre. Non, ce n'était pas différent. Cette espèce de lèpre semblait avoir attaqué toute l'Italie. Privée du mors et des rênes du bon gouvernement, abandonnée à elle-même et à la recherche de gains faciles, la lie de l'humanité se lançait partout dans une course vers l'enfer, tel un fleuve en crue qui emporte tout sur son passage. Les murs des nobles châteaux eux-mêmes ne pouvaient pas la retenir. Et la citadelle du savoir n'était pas à l'abri de l'universel commerce. Tout flanchait : les lois et la monnaie des royaumes. Des faussaires altéraient le florin, Gianni Schicchi[1] falsifiait les testaments. Non, ce n'était pas différent. Seule la manière variait : à Florence, c'était le commerce des draps qui avait donné le signal de départ de la dégradation ; à Rome, le vol des cadavres.

Un nouvel éclat de rire attira l'attention du poète. La barque des vainqueurs défilait le long de la grève, rames tendues vers le ciel, sous les ovations de ses partisans. On aurait dit que ses occupants venaient d'accomplir un exploit glorieux, alors qu'ils traînaient un misérable corps. Dante souhaita que l'âme immortelle du défunt se fût éloignée, réfugiée sous les grandes ailes de Dieu. Pourvu

1. Florentin qui s'attribua dans un faux testament de Buoso Donati la plus belle jument du défunt.

qu'elle n'assiste pas à ce spectacle, se dit-il encore, fermant les paupières à demi.

« Je veux aller à ce mur Tors, le cimetière, annonça-t-il soudain.

— Et pourquoi ?

— N'est-ce pas là qu'ont été ensevelies les femmes assassinées ? Je veux obtenir des renseignements à leur sujet.

— Et pourquoi ? Elles ne valaient rien quand elles étaient en vie. Elles valent encore moins maintenant qu'elles ne sont plus que de la chair pourrie. Qu'y a-t-il à savoir ?

— Je souhaiterais les examiner. Et m'entretenir avec le gardien du cimetière.

— Le gardien du cimetière ? Ha, ha ! Il n'y a aucun gardien là-bas. Il n'y a rien à garder, Florentin !

— Indiquez-moi le chemin, je m'y rendrai seul. »

Agacé par l'obstination du poète, Maître Chanvre soupira avec ostentation et posa les mains sur les hanches. « Je t'y accompagnerai car il faut traverser tout le Champ de Mars, sortir par la porte de France à la campagne, puis parcourir la Via Lata jusqu'à l'église du Peuple. Ce ne sont pas des chemins à arpenter seul, Florentin. Nous prendrons une carriole aux marchés de Trajan. Mais d'abord nous remonterons le fleuve sur une des barques des Capuchons jusqu'au temple de Vesta. »

L'embarcation les abandonna sur la rive, au-delà de l'île. Ils longèrent le fleuve vers l'amont et atteignirent un temple circulaire, puis se dirigèrent d'un pas rapide vers le Capitole. Mais au lieu de virer à droite à hauteur de la roche Tarpéienne, le décurion tourna à gauche et s'engagea dans une petite vallée sur un sentier qui descendait vers le Forum. Les blanches colonnes des temples antiques resplendissaient à la lumière du soleil de midi. Dante leva les yeux, attiré par les arcs massifs qui dominaient leurs têtes et soutenaient le palais du Sénat. De cet angle de vue, on aurait dit que l'édifice se dressait sur la masse même de la colline et que les arcs avaient été creusés dans la roche. Si Saturniano Spada avait été à ses côtés, ou tout au moins l'homme de culture qu'était Manoello, il aurait demandé de quoi il s'agissait. Il interrogea le décurion, qui se borna à répondre, après un regard distrait :

« De vieilles choses, Rome en est pleine. Pourquoi cela t'intéresse-t-il ?

— Parce que c'est à la racine qu'on reconnaît la plante. Ce qui précède marque le destin de ce qui suit », dit-il, le nez en l'air.

Soudain le décurion le saisit par le coude, l'empêchant de tomber dans un trou. « Si au lieu de regarder en arrière ou en haut les gens regardaient devant eux, le monde se porterait mieux ! Ha, ha ! »

Cramoisi, Dante élabora une belle réplique en latin cicéronien pour remettre son compagnon à sa place, puis songea que cela ne servirait à rien. « Nous sommes des nains sur le dos de géants, se contenta-t-il de murmurer. Comme le dit Bernard de Chartres, le grand philosophe… »

Au même moment, Maître Chanvre s'approcha d'un buisson de laurier et dégrafa ses chausses. Il urina en poussant de petits grognements de satisfaction puis, sautillant et rajustant ses vêtements, rejoignit Dante, qui s'était éloigné.

« Mais notre vue est limitée, même sur le dos des géants…, murmura tristement ce dernier.

— Des géants ? Tu parles des Anciens ? Aujourd'hui aussi il existe des géants. Par exemple deux gardes du château, qui mesurent plus de six pieds. »

Tout en parlant, ils étaient arrivés à la hauteur d'un bâtiment carré qui se dressait à côté d'un arc triomphal crénelé et orné de drapeaux. Ce devait être un poste de garde, qu'on avait placé là pour mieux surveiller le grand amoncellement de ruines que le forum des Césars était devenu au fil du temps, pensa le poète. On distinguait au sommet des silhouettes sombres, paresseusement appuyées entre les créneaux. Il s'apprêtait à interroger le décurion à ce sujet quand celui-ci le devança :

« C'était autrefois la curie des sénateurs », dit-il d'un ton triomphant, heureux d'étaler ses connaissances. Dante s'immobilisa et contempla le mur d'enceinte endommagé, les larges trous qui s'ouvraient dans le toit, les ronces qui enserraient le bâtiment en un étau vert. C'était donc là qu'on avait décidé autrefois du destin de Rome ! Il secoua la tête et se remit en marche. Une nouvelle surprise l'attendait un peu plus bas, derrière un virage, sous la forme d'une énorme colonne, aussi haute que la colline voisine. Elle semblait avoir été bâtie pour rivaliser avec la nature du lieu et imiter l'élan de la terre. Une série de colonnes, plus petites mais tout aussi majestueuses, s'élevaient autour, dessinant le périmètre d'une place qui s'achevait contre les restes d'une basilique encore debout. Derrière, un grand hémicycle à plusieurs étages s'étirait sur le flanc de la colline, ponctué d'un grand nombre d'ouvertures qui paraissaient mener à l'intérieur de la roche.

« Voici les marchés ! s'exclama le décurion. Et voici les charretiers ! »

De multiples masures se pressaient autour de la colonne, tel un groupe de mendiants ; dans le dédale des ruelles qui s'enfonçaient à l'intérieur des bâtiments, on apercevait des chariots, certains remplis de marchandises, d'autres vides. Hennissements et braiments s'élevaient de ce quartier, tout comme l'odeur âcre du crottin.

Au terme d'un examen rapide, le décurion s'approcha d'une carriole à laquelle était attelé un bai aux formes élégantes. Son maître lui donnait de l'avoine, qu'il puisait à un sac attaché à un essieu.

Dante ne comprit pas ce que l'officier lui murmurait à l'oreille, mais la réaction du charretier prouvait que Maître Chanvre était connu dans le quartier : il bondit sur le siège et les invita à monter.

« Viens, Florentin, dit le décurion. J'ai trouvé ce qu'il nous faut. Et cela ne nous coûtera rien car l'ami a justement un chargement à récupérer du côté de la porte de France. »

Le véhicule s'ébranla rapidement en cahotant sur les pavés. Son conducteur semblait désireux d'expédier cette course. Il tourna vers la droite comme s'il voulait se hisser sur la colline d'en face, mais vira bientôt à gauche et contourna un grand édifice qui barrait le passage vers le nord. Un nouveau virage à gauche le ramena sur ce qui devait être l'ancienne Via Lata.

La route se poursuivait tout droit jusqu'à l'horizon, pareille à un coup d'épée entre les maisons. Fouettant son cheval, le charretier filait sans retenue parmi les badauds en multipliant les cris. Un nouvelle colonne, aussi imposante que celle des marchés, apparut, puis les bâtiments s'espacèrent tandis que se dressait à l'horizon un tambour de pierre surmonté d'un cône herbeux que coiffaient créneaux et drapeaux. Sa forme évoquait celle du château Saint-Ange, mais il était légèrement plus petit et en ruine :

les créneaux étaient ébréchés et des fragments de colonnes gisaient pêle-mêle sur le sol, sous le glacis.

« La forteresse des Colonna, annonça le décurion. Mais on lui a réglé son compte après la dernière révolte. Elle renfermait autrefois les tombes des empereurs. De Néron aussi, je crois. »

La carriole poursuivit son chemin. Il s'achevait au fond de la rue devant le double arc de la porte et les hauts murs d'enceinte. Maître Chanvre se présenta aux gardes sans prendre la peine de descendre. L'heure du couvre-feu approchait et les grands battants étaient fermés. Seuls deux petits passages, à côté de la construction, étaient encore praticables. Au terme d'une rapide discussion, les gardes rouvrirent une porte, et le véhicule s'élança sur les grosses pierres de la Via Flaminia. Mais bien vite, tandis qu'on tournait à droite et longeait les remparts, Dante entendit sous les roues le bruissement de la terre battue.

La route grimpait parmi les champs incultes, les fossés et les buissons de ronces, traversant un paysage désolé que le soleil couchant rendait encore plus triste. Fatigué, le cheval hennissait et secouait la tête, en dépit des coups de fouet et des incitations de son maître.

Ils atteignirent un terre-plein dénué de végétation, à l'exception de quelques buissons, et ponctué de talus plus ou moins prononcés. On apercevait çà et là des fosses d'où dépassaient des haillons ainsi que de vagues formes qui avaient été autrefois des corps humains.

Des silhouettes vêtues de chiffons, en tout point semblables aux suaires qu'elles ramassaient et emportaient, enveloppés dans de terribles baluchons, rôdaient entre les tumulus. Une insupportable puanteur de putréfaction flottait dans l'air.

« Florentin, est-il vraiment nécessaire que nous nous approchions ? » demanda le décurion en tordant le nez. Le poète s'employait lui aussi à surmonter son dégoût. Il avait dénoué le pan de son bonnet et le pressait sur ses narines.

« Où sont-elles ensevelies ? » interrogea-t-il, accablé par tant de désolation.

L'officier haussa les épaules et jeta à son tour un regard circulaire, puis il tendit le bras vers l'une des ombres et lui ordonna d'approcher.

« La fosse des putains. Où est-elle ? »

On lui indiqua un sillon profond un peu plus loin. Dante s'élança le premier dans cette direction. Au fur et à mesure qu'il avançait, l'odeur de cadavre augmentait.

Il s'immobilisa au bord de la fosse, essayant en vain de reprendre haleine. Les exhalaisons lui coupaient le souffle et il crut s'évanouir. Il rassembla toutes ses forces et se pencha : au fond du trou étaient entassés une demi-douzaine de corps à moitié nus.

« Ce sont elles, déclara Maître Chanvre. Elles n'étaient pas très belles de leur vivant, à présent elles sont vraiment immondes. Que cherches-tu dans ce tas d'os ?

— Pourquoi ces malheureuses n'ont-elles pas été rendues à la terre ? demanda Dante, scandalisé.

— Il ne cesse d'en arriver. Il est inutile de recouvrir la fosse tant qu'elle n'est pas pleine. Dépêche-toi plutôt de trouver ce que tu cherches, je n'ai pas envie que cette puanteur me fasse friser. »

Le poète réprima l'invective qui lui montait aux lèvres puis sauta à l'intérieur de la fosse. Un instant, il craignit de succomber aux miasmes. Un violent haut-le-cœur l'obligea à plier les genoux et à libérer son estomac.

« Hé, Florentin ! As-tu l'estomac si délicat ? » se moqua le décurion.

Dante s'apprêtait à regagner la surface quand il remarqua sur l'un des corps une déchirure identique à celle qu'il avait vue sur la noyée de Ripetta et sur la fille de la veuve.

Tout à cette découverte, il oublia la puanteur et se rapprocha des autres cadavres. Il y vit la même plaie et l'épouvantable caverne ouverte dans le ventre à l'endroit où se trouvaient auparavant les entrailles.

Il songea d'abord qu'il fallait imputer l'absence des organes aux rats, aux corbeaux et à tous les animaux qui accompagnent la mort. Mais l'incision était régulière et les bords de la blessure si nets que seule une lame affilée pouvait l'avoir pratiquée.

Il avait dû déplacer quelques corps pour s'en assurer. C'est ainsi qu'il remarqua un étrange détail, qui lui avait échappé dans l'agitation des premiers instants. Les cadavres étaient dans un état de décomposition avancé, plongés dans une flaque d'eau de pluie où les liquides de la putréfaction se mêlaient à la boue. Mais le processus était étrangement inégal, comme si la nature avait décidé, pour une mystérieuse raison, de n'en sauvegarder qu'une partie.

Ici une jambe, là un bras, là encore les pieds et les mains paraissaient intacts, tranchant sur le reste du corps. On aurait dit qu'ils conservaient une volonté désespérée de vivre, et que les pauvres femmes avaient combattu la mort jusqu'au dernier instant, tel un château qui cède aux armées ennemies une tour, puis un bastion, puis une porte, avant que ses rescapés se réfugient dans la dernière redoute.

Il fut frappé en particulier par le visage d'une de ces prostituées : sa peau était encore lisse, ses lèvres tumescentes dans la blancheur de la mort et ses yeux brillaient sous les paupières mi-closes, eux aussi en excellent état.

Il pensa au visage indéchiffrable de la papesse Jeanne : il semblait que la nature eût tenté de répliquer ici ce que le miracle et la protection du sarcophage avaient réalisé pour l'usurpatrice du trône de Pierre. Et il se demanda si ces malheureuses obtiendraient le même simulacre d'immortalité au bout de plusieurs siècles.

« Tu as terminé, Florentin ? Et qu'est-ce que tu as trouvé ? »

Le cri du décurion arracha Dante à ses pensées. Il ressortit laborieusement de la fosse, ignorant la main que l'autre lui tendait. Après avoir lancé un dernier regard de pitié aux dépouilles, il s'éloigna.

« Alors ? Était-il vraiment nécessaire de supporter cette horreur ? interrogea Maître Chanvre, soulagé.

— J'ai eu confirmation de ce que je pensais. La même main a tué ces malheureuses, et pour le même motif. Il s'agit d'une sorte de rite, j'en suis certain. »

Tandis qu'ils abandonnaient le cimetière, Dante s'efforçait de réunir les abacules de sa mosaïque. Il parvenait toujours à la même conclusion : l'assassin avait voulu répéter dans le sang et la chair une page de l'Évangile.

Un individu qui détestait la parole du Seigneur au point de la railler d'une manière atroce.

« Rentrons, Florentin, dit le décurion, impatient.

— Oui. Déposez-moi du côté du grand temple, le Panthéon.

— La Rotonde ? C'est justement sur notre route. »

9

12 novembre, en fin d'après-midi

Dante traversa la place du Panthéon, encombrée comme d'habitude par les étals des vendeurs, tandis qu'une pluie glaciale se remettait à tomber, chassant la foule sous la colonnade du temple, où la rejoignirent des charrettes chargées de marchandises.

La légation florentine ne devait pas être loin. Le poète s'adressa à un homme dont l'aspect honnête tranchait sur les faces de vautour qui rôdaient en ces lieux.

Le passant lui montra une ruelle qui tournait à droite et expliqua d'une voix aimable : « Vos compatriotes n'ont pas d'église, contrairement aux Teutons ou aux Lombards. Mais je sais que les Florentins se retrouvent près de la Navone. Vous pouvez essayer de ce côté.

— La Navone ? Un navire[1] ?

— Oui, vous la reconnaîtrez facilement. Vous ne pouvez pas vous tromper. »

Dante suivit ses indications et pénétra, après une centaine de pas, sur une place de forme oblongue, bordée de

---

1. *Navona,* qui est le nom de la célèbre place, signifie « gros bateau ».

maisons de toutes les dimensions. Effectivement, cet endroit rappelait par sa forme la coque d'un grand navire. Telle était sans doute l'origine de son nom singulier, se dit-il. Il interrogea encore quelques passants, n'obtenant d'eux que des haussements d'épaules. Une femme qui allait puiser de l'eau, une cruche sur la tête, lui indiqua une ruelle à peine visible entre deux bâtiments.

« Là au fond, messire. C'est la place des Florentins. »

Il y avait, au bout de la ruelle, une placette sur laquelle donnait une maison à trois étages, qui arborait sur sa façade un lys grossièrement sculpté. Dante se dirigea vers la porte, flanquée de piles de marchandises.

Des caisses et des balles de laine encombraient l'étroit couloir. Des porteurs s'efforçaient de ranger les paquets, qu'ils entassaient presque jusqu'au plafond. Le poète se fraya un chemin au milieu et interpella un homme bien vêtu, occupé à tâter une pièce de soie.

« Suis-je à la légation florentine ?

— La légation florentine ? rétorqua l'individu sans s'interrompre. Vous voulez dire l'entrepôt de la laine. » Se tournant enfin vers lui, il ajouta : « Mais je vous connais ! N'êtes-vous pas messire Durante, des Alighieri ? »

Dante acquiesça.

« Bien sûr, je vous ai vu à Florence ! reprit l'homme. Vous êtes au Conseil, vous appartenez au parti des Blancs ! Êtes-vous à Rome pour vendre ou pour acheter ? »

Le poète haussa les épaules. La physionomie de son interlocuteur ne lui était pas inconnue, mais son nom lui échappait. Ce devait être la pénombre. Ou peut-être sa mémoire. Quelques années plus tôt, quand Florence vivait enfermée dans sa première enceinte de remparts, avant que la campagne y déversât la marée de bâtards et d'aventuriers qui l'avaient dénaturée, il aurait su appeler par leur nom presque tous ses concitoyens adultes. Vendre ou acheter ! Voilà la marque imprimée sur le front de ces maudits Florentins, flamboyant comme les marques au fer rouge dont on frappait les balles de chiffons. Ce n'était ni le lys ni l'étendard de saint Jean, qu'il aurait fallu hisser sur les nouvelles tours en guise de gonfalon de la ville divisée, mais un tas de haillons !

« Ce que je suis venu négocier, notre liberté, ne s'achète ni ne se vend.

— Liberté ? C'est l'art de Calimala qui vous a dépêché ? Il était temps qu'il se décide à envoyer quelqu'un pour les gabelles ! Chaque fois que nous entrons, nous constatons que les impôts ont augmenté ! Le mois dernier, on demandait deux carlins par bête de somme. Hier, à la porte, on m'en a extorqué trois ! Si cela continue, il ne vaudra plus la peine de descendre jusqu'à Rome. Quand réussira-t-on à faire fléchir Pise ? Au moins, on pourrait utiliser son port et aller charger directement les laines dans le royaume de Naples. Alors, que fait-on avec Pise ? Qu'ont décidé les Blancs ?

— Est-ce ici que logent les deux autres ambassadeurs, Maso Minerbetti et Corazza da Signa ? »

L'homme ne semblait pas comprendre. Il continuait de tâter son coupon de soie. Il se tourna enfin vers un escalier qu'on entrevoyait dans le couloir et déclara, agacé : « Il y a deux hommes de la commune au premier étage. Ils ont réquisitionné la meilleure chambre en exhibant je ne sais quelles lettres. Ce sont sans doute les deux individus que vous cherchez. »

Sans un mot, Dante gagna l'escalier. Il se heurta à mi-chemin à Corazza. « Messire Alighieri ! Vous avez enfin daigné vous montrer ! Nous ignorions où vous chercher !

— C'est moi qui vous ai trouvés.

— La commune tient à ce que les ambassadeurs demeurent ensemble ! Nous ne sommes pas des bêtes, nous n'avons pas à agir comme des loups. En particulier depuis ce qui s'est produit ! »

Le poète lui lança un regard venimeux et, réprimant la réplique sarcastique qui lui était montée aux lèvres, se contenta de demander : « Messire Maso est-il ici ?

— Il est à l'étage. Et il est inquiet, lui aussi. Venez vite. »

Corazza pivota et gravit les marches sans cesser de se retourner, comme s'il craignait que le poète ne disparût une nouvelle fois.

À l'étage, l'escalier débouchait dans une vaste pièce aux murs de briques ornés de petites tapisseries reproduisant des scènes de l'Histoire sainte. L'ameublement y était plus soigné : un grand lit à baldaquin et des coffres à habits alignés contre le mur. Au fond, une petite table inclinée et un comptoir de scribe, sur lequel reposaient des parchemins. Dante aperçut dans un coin le sac contenant ses effets personnels qu'il avait abandonné à l'auberge la dernière nuit de son voyage.

Tandis que Maso Minerbetti, sur le lit, se redressait, il vérifia le contenu de son bagage. Au moins il pourrait se présenter à Boniface vêtu de ses habits, et non de la tenue grotesque qu'il lui avait fallu arborer. En admettant qu'il y eût une nouvelle audience.

« Ah, vous voilà ! s'exclama Maso, dans son dos. Il faut écrire le compte rendu pour le prieuré… nous vous attendions, vous qui êtes un homme de lettres…

— Même s'il n'y a pas grand-chose à écrire, intervint Corazza d'un ton perfide.

— Oui… tout ne s'est pas passé ainsi qu'on l'espérait…, hasarda son compère, plus conciliant.

— Qu'espériez-vous donc, Minerbetti ? Hercule dans l'antre de Cacus aurait trouvé meilleur accueil que celui que Boniface nous a réservé. Je suis venu négocier, non faire des génuflexions !

— Pourquoi dites-vous "je", messire Alighieri ? Vous n'êtes pas seul dans cette mission ! répliqua Corazza. Florence a dépêché trois de ses citoyens afin qu'ils livrent tous trois leur parole et leur opinion. Qu'il y ait trois jugements et trois avis. Et vous nous avez fait taire, vous arrogeant une primauté que personne ne vous a octroyée !

— Trois est un nombre parfait, comme en témoigne la triple nature divine. Mais s'il y a, sur les trois, deux couillons, la Trinité se réduit à un, elle aussi. »

Corazza s'empourpra et serra ses petits poings, qui blanchirent. Minerbetti ne fut pas en reste : « Vous blasphémez ! » s'écria-t-il, blessé.

Dante songea qu'il avait sans doute eu tort d'exprimer ses pensées. Les deux hommes avaient des amis influents à Florence, dans son parti et dans celui des Noirs. À quoi bon allonger la liste de ses nombreux ennemis ? Il agita la main comme pour balayer cette altercation. Minerbetti se hâta de brandir le rameau d'olivier : « Nous devons essayer d'obtenir une nouvelle audience, déclara-t-il. Naturellement, c'est vous qui parlerez. Mais cette fois, efforcez-vous d'être moins dur… La commune est au pied du mur. Cette pacification lui est nécessaire. Des nouvelles de notre ville sont arrivées… »

Le temps de la vengeance viendrait, une fois qu'ils auraient regagné Florence, semblaient dire ses petits yeux noirs.

« Des nouvelles de notre patrie ? l'interrompit le poète.

— Messire Pino del Monte, le marchand qui est arrivé hier, nous a rapporté qu'une bataille a été livrée près du marché. Les hommes de messire Corso ont assailli le cortège des prieurs qui se rendaient à San Piero. Ils ont été repoussés, mais des incendies et des tumultes ont agité la ville toute la nuit. Les cavaliers français de Charles de Valois ne sont intervenus qu'au dernier moment et ont ramené la paix. Mais les esprits demeurent échauffés. Seul le pape, par son autorité, pourrait ramener les Noirs à la raison sans effusion de sang.

— Fort bien ! s'exclama Dante, qui avait écouté ce récit en grimaçant. Boniface est enfermé au Vatican. Je m'y rendrai et je demanderai une nouvelle audience. Nous irons ensemble, mais c'est moi qui parlerai. »

Il saisit son sac et se dirigea vers la sortie. Minerbetti se dressa devant lui. « Où allez-vous maintenant ? Restez donc avec nous, à la légation. Nous devons nous entendre sur votre discours. Il y a de la place, le lit est grand, nous pourrons y dormir à trois. »

Le poète éclata d'un rire sarcastique. « Ce n'est pas que je refuse l'hospitalité de Florence, messire Maso. Mais d'autres devoirs m'appellent ailleurs. Et mes écrits m'attendent à mon logis. Je vous communiquerai le résultat de ma requête.

— D'autres devoirs ? grommela Corazza. Vous êtes l'ambassadeur de la commune. Quel devoir pourrait primer sur cette charge ?

— Un devoir de justice.

— Quelle justice ? cria-t-il encore alors que Dante s'engageait dans l'escalier. Quelle justice ? »

Le poète traversa le pont de l'île et remonta la Lungara en direction des remparts du Vatican. Le soleil se couchait quand il atteignit la pyramide. Il avait accéléré le pas à partir de l'hôpital du Saint-Esprit, dans la crainte du couvre-feu.

Une foule de pèlerins rôdaient non loin de là, apparemment sans but.

« Les portes du Vatican sont closes. On ne passe pas », expliqua l'un d'entre eux.

Dante poursuivit son chemin et constata un peu plus loin que la grande porte était en effet fermée.

Il s'immobilisa, tandis que les pèlerins s'éloignaient, déçus. Au bout de quelques instants, il se retrouva seul comme par magie, si seul qu'il pouvait percevoir le murmure du Tibre.

On devait avoir allumé des feux car l'enceinte avait soudain rougi et les tours évoquaient des torches éclairant le crépuscule. Peut-être des signaux adressés à une troupe lointaine, se dit Dante. Ou le reflet d'événements se produisant à l'abri des murs. On entrevoyait entre les créneaux les ombres des sentinelles qui allaient et venaient avec indifférence.

L'envie d'en savoir plus le saisit, mêlée à la colère d'être tenu à l'écart. Il ramassa une grosse pierre et l'abattit sur la porte. Au troisième coup, les sentinelles s'agitèrent, alors que des cris d'alarme et des blasphèmes se propageaient le long de la muraille. Une ombre se pencha.

« Ouvrez cette maudite porte, je suis l'ambassadeur de Florence ! s'écria Dante avant de reculer de quelques pas pour mieux juger de l'effet de ses paroles. Il faut que je voie Boniface ! »

Un instant de silence s'ensuivit. D'autres visages apparurent derrière les créneaux. Une voix aiguë lança : « Le bourg est fermé, personne n'entre cette nuit, par ordre de Sa Sainteté. Éloigne-toi, cela vaut mieux !

— Je suis l'ambassadeur de Florence ! Je vous ordonne d'ouvrir !

— Donnez-lui l'office du vendredi saint », dit la voix, s'adressant cette fois aux sentinelles.

Au bout d'un moment trois hommes se présentèrent au sommet de la porte et tournèrent aussitôt le dos. Semblant obéir à un étrange cérémonial, ils dégrafèrent leurs culottes, exhibèrent leurs fesses nues et se déhanchèrent de façon obscène. « Mets ces trois lunes dans ton horoscope, ambassadeur ! hurla la voix, déchaînant des éclats de rire. Et ne les regarde pas trop, elles vous pétrifient encore plus que le regard de Méduse ! »

Un grand bruit métallique retentit, puis un liquide nauséabond se déversa des deux côtés de la porte : on avait sans doute actionné les trappes des latrines qu'abritaient les tours. Menacé par ces deux langues fétides, Dante bondit en arrière.

« Maudites canailles ! Romains voleurs du monde ! » Il recula, écumant de rage, sous les rires et les insultes.

Soudain, une autre voix retentit derrière lui :

« Qu'as-tu donc, Florentin ? Tu as l'air d'un chien empoisonné !

— Encore vous, Maître Chanvre ! Vous semblez omniprésent dans cette maudite ville ! »

Le décurion lança un coup d'œil au chemin de ronde, où les moqueries se succédaient. « Le rempart du bourg ? Cette Rome-là n'est que la chaise sur laquelle papes et cardinaux posent le cul ! Suis-moi, je t'invite à dîner à la taverne d'Anacleto. Tu y verras la Rome du peuple judicieux, celui qui m'obéit. Nous pourrons aussi parler de tes mortes, puisque tu y tiens tant. Et je t'expliquerai qui commande vraiment ici. »

Le poète jeta encore une invective qui déchaîna une nouvelle tempête de rires, accompagnée d'un nouvel écoulement de liquide, puis s'engagea dans la ruelle bordée de murs en pierres sèches que son compagnon lui indiquait.

Ils longèrent les vestiges d'un petit temple circulaire soutenu par de fines colonnes ornées de chapiteaux en forme d'animaux. Les entrecolonnements avaient été bouchés par des murs de briques, transformant ce temple en église. Mais l'église avait été abandonnée à son tour, et l'édifice évoquait désormais un grossier fenil.

Dante l'observa un moment et songea que, à Florence aussi, les insignes du Dieu chrétien avaient supplanté ceux des dieux antiques, s'installant entre les murs et chassant leurs ombres. La légende racontait que le dieu Mars avait déchaîné sa colère sur la ville le jour où l'on avait ôté sa statue du Ponte Vecchio pour la remplacer par celle du Baptiste.

Il avait semblé dès lors que les portes du temple de la Guerre s'étaient ouvertes, et la ville n'avait plus connu un seul jour de paix. Qu'en avait-il été à Rome où le Nazaréen avait chassé non seulement un dieu, mais l'Olympe tout entier ? Le poète avait vu entre ces murs les signes de la vengeance des Anciens, les plaies que la guerre civile avait causées à son corps démesuré. Et pourtant, la ville résistait ; mieux, on aurait dit que cette chute incessante d'hommes et de pierres faisait sa force, celle d'un lieu où personne n'était assez puissant pour l'emporter, ou assez faible pour succomber.

Un virage les conduisit à la taverne, devant laquelle se pressaient un certain nombre de désœuvrés.

Elle était située au rez-de-chaussée d'un édifice reposant sur des arcades murées, qui avait dû jadis être imposant.

Sur ce socle s'élevaient plusieurs étages, dont il ne restait que les trous destinés aux poutres des planchers, en rangées régulières sur les murs. En s'écroulant, ils avaient laissé une paroi aussi nue que la scène d'un théâtre, dans laquelle les anciennes fenêtres s'ouvraient comme des orbites aveugles.

Tout près de là se trouvait un aqueduc. Un trou y avait été pratiqué autrefois, et un conduit réalisé au moyen de cylindres de terre cuite convoyait l'eau à l'intérieur d'un grand bassin en pierre dont la forme évoquait le chapiteau d'une colonne. Le précieux liquide débordait et coulait au sol.

Dante contourna la mare en veillant à ne pas salir le bas de son manteau et emboîta le pas au décurion qui se dirigeait vers l'entrée, indifférent à la boue et aux femmes occupées à puiser de l'eau à la fontaine. À en juger par les œillades et les petits rires qui avaient accueilli son apparition, il devait être bien connu dans le quartier, se dit le poète. Flatté, l'officier bombait le torse sous sa tunique frappée des clefs pontificales.

Il y avait là des gens du peuple, qui attendaient apparemment un travail journalier. Certains buvaient à de grossières coupes de terre cuite, mais la plupart d'entre eux semblaient plongés dans une discussion animée, interrompue par des cris et des éclats de rire qui la rendaient incompréhensible.

Dante devina toutefois que leur discussion portait sur la découverte du corps de la papesse Jeanne.

La foule paraissait divisée en deux camps : ceux qui se tenaient devant la porte prétendaient que la dépouille était authentique et s'opposaient avec fougue à leurs interlocuteurs invisibles, à l'intérieur de la taverne, en brandissant des arguments abondamment enrichis de détails imaginaires.

« Ne vaudrait-il pas mieux un beau cul de femme sur ce trône ! s'écria un homme, dont le geste obscène déchaîna un chœur de rires parmi ses partisans. Au moins, il serait plus agréable de montrer le nôtre quand ce vieux renard de Boniface s'en va en procession à Saint-Jean ! »

Un client se rua à l'extérieur, armé d'un couteau. « Qu'est-ce que tu chantes là ? Il faut que le pape soit homme et qu'on voie bien ses couilles quand on l'intronise à Saint-Pierre !

— Nous n'avons rien à faire de ces hommes habillés en femmes qui se réservent toutes les novices des couvents ! Qu'une d'elles vienne donc nous guider ! Que dites-vous de Marta et de Maria, les deux putains du pont Mouillé ? Elles sauraient mieux chanter la messe que bon nombre de cardinaux ! Et tandis qu'elles chantent le bec ouvert, elles pourraient nous faire un petit plaisir !

— C'est bon pour les ruffians de ton espèce ! » s'exclama le client qui venait de sortir en agitant le couteau sous le nez de son interlocuteur.

Ce dernier n'avait pas attendu qu'il arrive pour dégainer son arme, croisement entre un outil de campagne et une petite dague de cavalerie. « Je dis oui aux putains, si elles nous libèrent de ces boucs de prêtres ! » cria-t-il. Il fondit sur son adversaire, qui fit un bond de côté et s'élança pour frapper à son tour.

Le premier s'écarta. Entraîné par son élan, l'assaillant perdit l'équilibre et s'effondra au sol sous les railleries des membres de l'assistance. Il se retourna d'un vigoureux coup de reins, les yeux animés d'une lueur féroce. Alors qu'il s'apprêtait à se relever, son adversaire lui tendit la main.

« Richetto, tu m'as cassé la tête avec tes couillonnades. S'il faut que je t'ouvre le ventre, je le ferai pour les beaux yeux de Maria, et non pour le prochain pape. Vienne qui voudra, pourvu qu'il ait de l'argent. Et si ce doit être une femme, que ses carlins soient des mâles !

— Vive les carlins ! » hurla la populace d'une seule voix. Puis, comme à un signal convenu, la masse se précipita à l'intérieur de la taverne en louant le nom de la papesse Jeanne revenue de la tombe.

Suivit un bruit de lutte, qui s'atténua au fur et à mesure que les combattants ressortaient, couverts de contusions et d'entailles. Les partisans de la papesse l'emportèrent rapidement et conquirent la position. Parmi les vaincus qui s'éloignaient, un individu chantait à tue-tête un refrain :

« Auberge du Vati*con*
Boniface brandit sa queue
Tout en criant : « Bon Dieu,
Moi aussi je veux un con ! »

« J'imagine que ces chantres sont vos compagnons de poésie, lança Dante au décurion, qui avait éclaté d'un rire vulgaire. Dans les concours dont vous m'avez parlé.

— Ah oui, et parmi les meilleurs ! Mais entrons, la faim me dévore ! »

Ils franchirent le seuil, que surmontait une branche de chêne en guise d'enseigne, et pénétrèrent dans une vaste pièce enfumée, au plafond bas, où flottait une odeur de graisse. La taverne ressemblait à toutes celles de Florence. On y entendait le même bruit de fond, non pas caractérisé, certes, par l'harmonieux parler toscan, mais par les sons de langues vulgaires entremêlées, parmi lesquelles on distinguait les douces syllabes du français ou les éclats gutturaux de l'allemand. On y voyait les mêmes tables grasses destinées à accueillir nourriture et clients, le même foyer dans un coin, avec sa marmite en cuivre et ses broches de toutes tailles, actionnées par des gamins blottis devant les flammes. Il y avait cependant davantage de pierre et de marbre, comme si les bancs et les tables aussi étaient conçus dans cette ville pour défier les siècles.

Les murs affichaient les vestiges de fresques antiques dont subsistaient çà et là des traces de jaune et de rouge, ainsi que des fragments de corps nus participant, de toute évidence, à une sorte de réunion amoureuse. Derrière un buisson de laurier représenté de façon particulièrement réaliste, un couple s'adonnait à des actes tout aussi réalistes.

Indifférents à cet étalage d'organes génitaux, les clients buvaient du vin ou puisaient dans des écuelles en bois des cuillerées de bouillon en s'aidant de tranches de pain noir.

Un des murs attira l'attention de Dante : derrière une sorte de caniveau s'étageaient des gradins en marbre où étaient pratiqués une rangée de trous ronds. Des tonneaux de diverses dimensions en occupaient certains.

« Maître Chanvre ! s'exclama-t-il. Vous m'avez invité à dîner dans une latrine !

— Ah, ça ! Cela remonte à l'époque de nos grands-pères ! Mais c'est encore très efficace, beaucoup plus que les trous sales du château. N'ayez crainte, ambassadeur : Nico n'autorise que ses meilleurs clients à s'en servir pour se soulager si besoin, après avoir joui de ses services. Il n'a aucune envie qu'on aille caguer dans tous les coins, cela nuirait à la renommée de sa cuisine. »

Alors qu'il s'apprêtait à répliquer, Dante vit un client gagner un de ces sièges et retrousser sa tunique. Mais un individu corpulent fondit sur lui et l'attrapa au col. Indifférent à sa culotte baissée, il assena au malheureux un coup de pied au derrière et continua de lui botter les fesses jusqu'à la sortie de la taverne.

« Qu'est-ce que je disais ? C'est la règle », dit le décurion, l'air approbateur. L'homme corpulent se retourna vers l'intérieur et dévisagea ses clients avec hauteur. Soudain, un sourire satisfait lui étira les lèvres.

« Maître Chanvre ! Cela faisait longtemps que vous ne me faisiez pas l'honneur de venir ! Et vous n'êtes pas seul ! Vous avez amené un cavalier étranger goûter ma cuisine ? s'exclama-t-il en lançant à Dante et à sa tenue un regard critique.

— Ambassadeur de Florence, rien de moins. Ne me ridiculise pas devant ce messire important ! Apporte-moi ce que tu as de meilleur.

— Pour vous, il n'y a que le meilleur. »

Le tavernier s'inclina respectueusement et se précipita vers le foyer. Il revint quelques instants plus tard muni d'un grand plat en étain à l'intérieur duquel fumait un gros chapon rôti. Il était accompagné d'un garçon, qui posa sur la table une cruche de vin.

Le décurion écarta d'un geste du bras la vaisselle pour faire de la place au plat et but une gorgée de vin à la cruche, qu'il tendit ensuite au poète. Celui-ci refusa et s'empara plutôt d'un gobelet.

« Je vois que vous faites des histoires, à Florence, ambassadeur. » L'homme s'essuya les lèvres sur le dos de sa main et se décida à verser le vin. « Regarde ce chapon. Vous en avez d'aussi gros ?

— Croyez-vous que ces bêtes diffèrent selon les régions de l'Empire ?

— Je ne sais pas. On dit des merveilles des terres du Nord. On dit aussi des merveilles de celles qui s'étendent au-delà des mers. Et de l'Inde, avec ses soies. Mais ce sont certainement des bêtises puisque tout le monde veut venir à Rome. Les gens se présentent sous le prétexte du Jubilé et des tombes des saints, des vœux et des réparations. Puis ils remplissent les rues de leurs guenilles en demandant la charité de Dieu. Si mes hommes ne se chargeaient pas de les éparpiller dans les campagnes à coups de bâton, ils ne se gêneraient pas pour vous faire les poches jusque dans votre lit. En ce qui me concerne, je ne suis pas allé plus loin que Mentana. Raconte-moi, toi qui as voyagé.

— Dites-moi plutôt ce que vous m'avez promis. Qui gouverne à Rome et comment », rétorqua Dante, les yeux fixés sur le plat. À en juger par son arôme, le chapon était farci d'olives et de câpres.

« C'est juste. » Le décurion tira un couteau de sa ceinture et le planta dans l'animal, qu'il entreprit de découper. « Rome est comme ce chapon. D'abord, la poitrine juteuse, c'est-à-dire les tours et le château, aux mains du pape. Viennent ensuite les deux ailes, qui le soutiennent quand il cherche du grain, à savoir les Colonna et les Orsini, chacun doté de ses propres plumes pour se défendre. Tout l'animal se tient sur ses cuisses, qui sont le Sénat romain et le peuple réuni par métiers. »

Au fur et à mesure qu'il avançait dans sa démonstration, le décurion sectionnait les parties de l'animal, qu'il écartait ensuite de la pointe de son couteau. Il le renversa d'un geste décisif, exposant son dos. « Et puis, il y a la

Romana Fraternitas, la société des pieux recteurs des églises. Les fraternités, les Templiers et les Teutons. Les ordres religieux, surtout franciscains et dominicains. Barricadés dans leurs couvents respectifs, ils prient et arment des milices si besoin est. »

Il planta sa lame dans un morceau et le porta à sa bouche. « Oui, dit-il en mâchant, Anacleto a fait son devoir. Il y a encore la milice du château, aux mains du sénateur Spada, mon maître.

— Spada est le sénateur de la commune. Il répond donc au peuple, si je comprends bien. »

L'officier embrocha un autre morceau et le disposa sur une tranche de pain, qu'il tendit au poète. « C'est ce qui se produisait du temps des Anciens. On prétend que le Sénat gouvernait vraiment autrefois. Tu le sais ? » Et il poursuivit, après que son compagnon eut acquiescé : « Mais cela fait longtemps que le Sénat n'est plus qu'un étalage de noms hautains, aussi vide qu'une coquille d'œuf sans poussin. Le peuple regarde et célèbre, il va ramasser l'aumône qu'on lui jette des fenêtres du Capitole.

— Mais il existe encore un Sénat ! Je l'ai bien vu, à la cérémonie des Juifs !

— Oui, ils s'appellent sénateurs entre eux, pour s'amuser. Ils sont environ quatre-vingts, mais ils ne peuvent se vanter que de la gloire d'escorter le pape lors des processions. Pour le reste, ils n'ont pas le moindre poids. Un unique sénateur est important, l'administrateur, et c'est le pape qui le nomme. Saturniano Spada est le seul à gouverner. Et il le sera tant qu'il restera fidèle à Boniface, ou jusqu'à ce que Boniface passe l'arme à gauche. »

Dante tambourinait sur la table, indifférent aux gestes de son compagnon, qui l'invitait à goûter.

« J'ai oublié le meilleur, ambassadeur.

— Quoi ?

— Le meilleur morceau, celui-ci. » Le décurion enfonça son couteau dans la partie basse de l'animal et découpa le triangle entre ses cuisses. « Le morceau du cardinal, comme on l'appelle ici. C'est moi, avec ma troupe. Plus solide que le château et le sénateur. Plus solide aussi que le pape.

— Et pourquoi ?

— Les papes et les sénateurs passent. Quand l'un meurt on en nomme un autre. Mais quiconque se penchera à cette fenêtre pour se faire pape devant la Ville et le monde aura besoin de trois choses : l'aide du bon Dieu, de l'argent pour contenter la plèbe et, s'il n'en a pas à suffisance, de l'exécuteur de justice. Encens, carlins et corde : voilà ce qui soutient Rome. Il en a toujours été ainsi, et cela continuera. »

Dante avait suivi ce discours avec attention en s'efforçant de distinguer dans cette étrange cartographie des pouvoirs la trace d'une vérité plus profonde. Maître Chanvre semblait bien connaître les bas-fonds de la société romaine, ainsi que le sénateur estimait en connaître les sommets. Son appétit se creusant, il surmonta le dégoût que ce lieu lui inspirait et porta à sa bouche un morceau de chapon.

Délicieux, songea-t-il. Mais peut-être était-ce son corps, vaincu par la faim et la lassitude, qui se libérait des chaînes de l'esprit.

Enfin rassasié, il s'abandonna à une agréable sensation de plénitude. L'étau qui lui enserrait les tempes s'était relâché. Il balaya la pièce d'un regard intrigué.

Autour de lui, les clients s'étaient multipliés. Ils buvaient du vin à bas prix, encore plus ordinaire que celui qu'on leur avait servi. Une table d'où provenait un chœur d'exclamations et de rires attira son attention, non loin de là. Les individus qui y étaient assis n'arboraient pas, comme les autres, des tenues de travail, mais des vêtements recherchés, malgré leurs couleurs grossières et des pourpoints si courts qu'ils dévoilaient leurs parties honteuses. Ils semblaient occupés à célébrer un rite païen en se passant le vin selon une étrange règle. En effet, au lieu de décrire un cercle, la jarre rebroussait soudain chemin ou s'immobilisait dans les mains d'un individu qui buvait outre mesure, provoquant la rage et l'hilarité de ses compagnons, lesquels respectaient toutefois la règle, en dépit de leur soif. De temps en temps, un des convives bondissait sur ses pieds et courait se soulager dans l'un des trous de pierre, sans cesser de surveiller sa table du coin de l'œil.

« Qui sont ces gens ? interrogea Dante. Que font-ils ?

— Ce sont les gandins du quartier. Ils jouent au passevin.

— Le *passevin* ?

— Ils vident les cuves de maître Nico. Le sort a désigné un Maître et un Sous-Maître, et la beuverie a commencé. L'homme que vous voyez là, dit le décurion, le doigt tendu vers un client immobile et courroucé, est le Bec-Sec. Il n'a droit à rien. Voyons voir combien de temps il résistera. »

La jarre continuait de passer de main en main, attirée par les demandes ou les implorations des buveurs. Elle sautait chaque fois le dénommé Bec-Sec, parmi les rires moqueurs.

Ce rituel grotesque rappelait quelque chose au poète. Soudain, il s'exclama : « C'est le *Regnum vivi*, la cérémonie dont parle Horace. Une noble coutume réduite à une parodie honteuse… »

Le décurion lui saisit le poignet. « Regarde, Florentin ! Le Bec-Sec en a assez ! »

Un couteau était apparu entre les doigts du convive silencieux, qui se rua sur la jarre. S'attendant sans doute à ce mouvement, le Maître, qui la tenait à ce moment-là, recula. La main du Bec-Sec s'abattit sur la table. Encouragé par ses compagnons, le dénommé Sous-Maître piqua le couteau entre ses doigts, lui effleurant la peau.

Le Bec-Sec se tourna avec un grognement vers son agresseur.

« Je pense que nous devrions intervenir… », s'exclama Dante.

Mais son compagnon le repoussa sur sa chaise. « Halte, Florentin.

— N'êtes-vous pas l'officier de justice ?

— C'est bien pour ça qu'on joue au passevin. Le plus beau est à venir. »

Le Bec-Sec et le Sous-Maître échangeaient des cris qui échappaient à l'entendement du poète et qui, à en juger par les regards haineux et les rires des spectateurs, devaient être particulièrement injurieux.

Au même moment, les deux hommes se rassirent, l'un en face de l'autre, et posèrent la main gauche à plat sur la table désertée par leurs camarades, brandissant de l'autre leur couteau.

« À vous, sieur Sous-Maître ! » gronda le Bec-Sec. L'interpellé cracha et planta la pointe de son arme entre le petit doigt et l'annulaire de sa propre main, avant de répéter l'opération pas moins de trois fois entre chaque doigt. Il était difficile de suivre le mouvement de la lame car elle fendait l'air aussi vite que la tête d'un serpent, mais les éclats de bois et les entailles étaient là pour témoigner de la réalité et de la violence des coups.

Quand le Sous-Maître eut terminé, il s'immobilisa, triomphant, et défia son adversaire. Celui-ci répéta alors ses gestes en essayant de leur imprimer un rythme encore plus rapide. Ce devait justement être la rapidité qui décidait de la victoire, songea Dante.

Un hurlement de douleur interrompit cette sorte de danse. Le Bec-Sec s'était par mégarde transpercé un doigt. Il le porta à ses lèvres afin d'arrêter le sang, tandis que son adversaire bondissait sur ses pieds et recueillait les félicitations des autres gandins, qui le hissèrent sur leurs épaules et le portèrent en triomphe entre les tables parmi les cris et les notes d'une chanson de taverne.

Dante recula dans son coin pour éviter d'être frappé par les jambes de l'individu qu'on traînait près de lui.

« Florentin, cet homme ne te semble-t-il pas digne des héros antiques ? demanda le décurion, les yeux rivés sur la scène.

— Signe des temps et de leur décadence. Une moisissure sur de vieux temples, comme les édifices que vous avez érigés sur de glorieuses ruines.

— Bien sûr, de glorieux édifices. Tu as fait, toi aussi, ton pèlerinage aux Sept Églises et vu les merveilles de Rome ?

— Plus de merveilles que je n'aurais cru, murmura Dante, pensif. L'une d'elles en particulier m'a frappé par son étrangeté. Pourquoi le grand cercle des remparts ceint-il essentiellement des terres dépeuplées ? Pourquoi individus et bâtiments s'accumulent-ils surtout dans l'anse du fleuve, où le terrain est plus bas et exposé aux inondations, au lieu de s'installer sur les hauteurs, ainsi que le firent les premiers maîtres de la ville ? Rome évoque un chaos, comme les terres et les eaux avant que la Parole ne vienne les séparer et les ordonner, ainsi que le disent les Écritures. Peut-on croire que c'est la volonté du pape, puisque tout semble échapper à l'ordre et à la mesure ?

— Ha, ha ! Je te trouve sympathique, Florentin. Tu ne comprends foutrement rien, comme tous les Barbares du Nord. Mais au moins tu essaies, raison pour laquelle tu mérites une explication. Puisque tu es poète, je m'exprimerai par une allégorie. Rome est un *caguoir*.

— Un *caguoir* ? Vous voulez dire une latrine ? Comme celle-ci ? Ne la compariez-vous pas à un chapon ?

— Le chapon, c'est la Rome des prêtres et des seigneurs. Mais pour ces miséreux, il existe une tout autre règle. De la racaille comme celle dont Énée botta les fesses pour libérer les collines et faire de la place. De fait, Latrinus ne fut-il pas son premier roi ? Je vais t'expliquer maintenant, tu me diras ensuite si tu y vois un ordre ou pas. Tout descend, dans cette ville. Les princes, leurs serviteurs et leurs amis se perchent sur les collines. Les gens du petit peuple aimeraient les suivre, mais ils ont beau s'agripper aux falaises, ils retombent toujours en bas, car il est dans la nature des hommes d'emprunter le chemin le plus facile. Il est aussi dans leur nature de rechercher une protection contre leurs ennemis à l'ombre de celui qui paraît le plus fort. Voilà comment ils ont tous fini par échouer au Champ de Mars, à l'ombre du Château. Parce qu'ils s'imaginent que l'épée de leurs ennemis est plus redoutable que les crues du Tibre. Depuis l'invasion des Barbares, les gens du peuple ont toujours filé se réfugier auprès des remparts de la cité Léonine au premier coup de vent. Et ils ont fini par s'agripper à ces murailles comme des puces au cou d'un chien. Une fois dépouillés par leurs guides, de basilique en basilique, les pèlerins se retrouvent eux aussi au bout de la rue qui mène au sépulcre de Pierre.

Et tous ces flots s'écoulent jusqu'aux égouts du pont de l'Ange, la grande latrine où tout conflue.

— N'y a-t-il donc pas d'arts à Rome ? Personne pour défendre le peuple, pour le diviser en quartiers, administrer ses besoins et ses désirs ?

— Des arts ? Bien sûr qu'il y a des artistes à Rome. Tu parles ! Et ils sont bien divisés en quartiers. Prenez les ruffians. Ils ne quittent pas le Campo dei Fiori, sinon on leur coupe la main. Les putains vivent dans leur proximité, alors que les invertis résident sous les arcs de l'Aqueduc, Porta Maggiore. Les voleurs de bourses ont élu domicile près du Corso, sur la Via del Ponte, mais ils se partagent quatre régions autour des principales basiliques. Des crapules de quatre sous, pour la plupart, mais méfie-toi de ceux de Santa Maria, ils ne se contentent pas des bourses. Les témoins véridiques se trouvent derrière la chancellerie du tribunal de justice. Les voleurs de maisons parmi les colonnes du Forum, les voleurs de bétail dans les prés de Saint-Jean, où ils attendent les troupeaux qui franchissent la Porta Asinara en revenant des pâturages de l'Appia. Les Juifs, au Trastevere, mais vous les avez déjà rencontrés, alors que les patarins et les schismatiques se cachent dans les environs de l'île, du côté du temple de Vesta. Les faussaires, derrière la Via del Banco, à côté de la Monnaie de Boniface. C'est là qu'on fabrique les plus beaux carlins du monde, plus beaux que les vrais. Joueurs de cartes et saltimbanques se partagent les deux côtés de la Piazza Navona, devins et astrologues le portique du Panthéon, tireurs de couteaux et hommes travestis en femmes, lesquels ne fréquentent pas les invertis, les alentours du mausolée d'Auguste. »

Dante, qui avait écouté, déconcerté, demanda : « C'est tout ?

— Mais non ! Certains n'ont pas de demeure fixe. Les allongeurs de vin et les empoisonneurs de nourriture se trouvent dans toutes les tavernes. Les bandits qui attaquent les voitures ont une préférence pour la Via Lata, et les dépouilleurs de pèlerins pour la campagne romaine. Certains s'aventurent sur les seuils des maisons, parfois déguisés en gabeleurs, mais la garde des frontières, qui n'a pas envie qu'on lui vole son métier, se charge d'eux.

— Cette engeance est-elle nombreuse ? interrogea le poète, outré.

— Assez nombreuse. Une belle *manchée* à chaque fois.

— Une *manchée* ?

— Oui, un sac, une poche… comment dites-vous ?

— Une bolge ?

— Va pour les bolges. »

Quand ils ressortirent, une pluie glaciale tombait avec insistance.

10

13 novembre, matin

Le fils de la veuve se tenait sur le pas de la porte, apparemment inquiet. Lorsque Dante détourna les yeux des parchemins dans lesquels il était plongé, il s'écria :

« Le sénateur administrateur est en bas. Il vous demande !

— Le sénateur Spada ? murmura le poète en se levant et en lissant son pourpoint. Faites-le monter immédiatement.

— Il souhaite que vous descendiez. Il est à cheval », répondit le garçon du ton embarrassé qu'on adopte quand on rapporte un ordre. Dante endossa son manteau et mit son bonnet puis se précipita vers l'escalier.

Le sénateur l'attendait devant la porte, monté sur une bête magnifiquement harnachée. Il était flanqué d'un second cheval, lui aussi de toute beauté. En revanche, il n'y avait pas trace, autour de lui, du cortège que le poète avait appris à associer à sa personne.

Spada s'inclina avec affabilité et dit : « J'aimerais que vous soyez de nouveau mon invité, messire Alighieri. Mais je voudrais d'abord aller jeter un coup d'œil aux préparatifs du chantier naval. Voulez-vous me tenir compagnie ? » Il lui tendit les rênes du second cheval.

Dante dissimula sa surprise et sauta en selle. « Je viens volontiers. Où construit-on les bateaux ? Je suis curieux d'apprendre vos techniques.

— Nous n'allons pas au chantier. Il faut que je surveille la collecte du bois. Vers le nord, dans des forêts situées en amont de Rome. Je vous montrerai un endroit que vous ne connaissez certainement pas. »

Le sénateur poussa sa monture vers la Lungara, qui menait au bourg Léonin, dont les remparts apparurent bientôt. Mais, au lieu de se diriger vers la porte, il vira à gauche, contournant le bastion. Les deux hommes longèrent l'enceinte à travers des champs incultes et des marais, puis se dirigèrent vers le nord-est et rejoignirent le cours du Tibre, qu'ils remontèrent pendant deux lieues.

« Nous voici au pont Mouillé, déclara Saturniano Spada en indiquant de grandes arches, au loin. Et là, l'église San Valentino. J'ai ordonné qu'on concentre ici le bois coupé sur les collines. Le Tibre est large et paisible à cet endroit. Il sera facile de convoyer les troncs jusqu'à leur destination. »

Sur la rive, à plusieurs centaines de pas en aval du pont, en gisaient d'énormes tas, retenus par de solides pieux enfoncés dans le sol. Quelques hommes les assuraient avec des cordes, tandis que d'autres déchargeaient des chars pleins de fûts fraîchement coupés. Le poète remarqua qu'ils s'exprimaient entre eux dans une langue étrangère et crut reconnaître l'âpre parler germanique.

Il contempla les cimes nues des collines voisines et interrogea, surpris : « Vous avez déboisé toutes vos terres ?

— Si l'expédition en Terre sainte a échoué jusqu'à présent, ce n'est pas à cause du manque d'hommes ou de la décision de leurs esprits mais de l'avidité des marchands vénitiens et de l'iniquité des pirates génois. Des peuples qui ont toujours négligé par intérêt le seul élément qui fait défaut à l'entreprise, à savoir le voyage en mer. Ce bois nous permettra de construire deux cents galères, et il sera romain. Comme celui des Anciens qui rendirent notre nom célèbre et redoutable dans toute la Méditerranée. »

Voyant que Dante fixait les monceaux de troncs d'un air perplexe, il ajouta :

« Vous pensez que ces troncs ne seront pas suffisants ?

— Pour sûr, c'est la plus vaste réserve que j'aie jamais vue. L'arsenal de Venise lui-même n'en possède pas autant. Mais…

— Mais ?

— Les vaisseaux ne naissent pas seulement du bois. Ils ont également besoin de la science des navarques, de l'art des maîtres de hache, des calfats, des cordiers, des voiliers. Or ces ressources ne poussent pas sur les collines, comme vos arbres. Où en trouverez-vous assez ? Deux cents galères… et dire que les finances de la Sérénissime ne peuvent en financer que vingt à la fois… Je me demande dans quel bassin vous les construirez.

— Vous oubliez, messire Alighieri, que vous vous trouvez au centre du monde. Et que notre cité parcourut pendant de longs siècles une mer qui redeviendra bientôt la nôtre. Ce ne sont certes pas les chantiers qui manquent. Les troncs y parviendront en descendant le courant, comme ils le faisaient dans la Rome antique et comme ils le font encore sur les grands fleuves du Nord, en France et en Allemagne. Les hommes que vous voyez viennent de ces contrées, ils sont plus habiles dans cette besogne que nos charpentiers. »

Le sénateur laissa Dante se promener un moment parmi les gigantesques tas de bois pour aller s'entretenir avec les individus en question. Il réapparut peu après, l'air satisfait.

« Tout se passe comme prévu. Nous pouvons nous remettre en route. Nous atteindrons ma demeure avant midi. »

Les deux hommes remontèrent à cheval et se dirigèrent vers le pont que le sénateur avait qualifié de mouillé. Il s'agissait sans doute de l'antique pont Milvius, solidement campé sur ses imposants pieds de pierre depuis l'époque de l'Empire. Ils dépassèrent la tour de garde, à droite du fleuve, et s'engagèrent sur la travée. Un plancher composé de grandes poutres remplaçait la première arche, effondrée à une époque lointaine ; la dernière avait également été refaite en bois, preuve que le pont avait été réduit à ses trois arches centrales au cours de sa longue histoire. C'était peut-être la raison pour laquelle les Romains lui avaient donné ce surnom, se dit le poète tandis que les sabots de son cheval crépitaient sur les planches.

Ils rentrèrent par la Porta Flaminia. Dante suivait au pas le cheval du sénateur en contemplant le spectacle qui s'offrait à ses yeux. Il s'engagea sur un sentier aux lacets étroits menant à la colline qui donnait sur la place, juste après la porte, et reconnut au bout d'un moment, au loin, la demeure de Spada.

Tout en avançant, il essayait de dessiner mentalement une carte de la ville : les divers quartiers de Rome avaient la forme d'un cercle irrégulier, que sa configuration empêchait de placer sur un plan géométrique.

Une fois le mur d'enceinte franchi et les chevaux confiés au serviteur venu à leur rencontre, le sénateur conduisit le poète à l'intérieur de l'édifice à travers une longue série de pièces. Il s'immobilisa enfin devant une porte close.

« Venez, messire Alighieri. Je veux vous montrer quelque chose. Cela vous intéressera. » Il introduisit dans la serrure une grosse clef en fer tirée de sa ceinture et ouvrit le lourd battant en chêne renforcé par des pentures. Il entra le premier.

Il y avait là une petite pièce dénuée de fenêtres, éclairée par un cercle de fer pendu au plafond au moyen d'une chaîne et garni d'une demi-douzaine de bougies. D'autres étaient fixées dans des torchères qui jaillissaient du mur tels des bras d'esclaves. On en voyait un coffre plein, par terre. Le dallage souillé de cire et la voûte enfumée témoignaient que ce lieu ne manquait jamais d'éclairage. Aux murs, les fresques elles-mêmes semblaient voilées par une patine brunâtre qui en altérait les couleurs autrefois éclatantes, rouge, jaune et ocre. Elles relataient une histoire dont Dante reconnut immédiatement les divers épisodes : ici, un jeune homme se tenait près d'un trône où était assis un couple, à l'intérieur d'une salle regorgeant d'amphores et de colonnes. Là, un homme et une femme montaient à bord d'un navire et se dirigeaient, sur une mer tumultueuse, vers une ville pourvue de cent tours dressée sur une falaise. Plus loin, on voyait mille navires levant l'ancre à sa poursuite, une armée autour des remparts, des duels, des héros victorieux et vaincus. Et encore, les dieux tendant des armes aux héros et participant ainsi au jeu de la vie et de la mort, un sourire énigmatique aux lèvres. Un grand cheval devant la porte de la ville, des flammes qui s'élevaient à l'intérieur des murs, le massacre furieux des vainqueurs, les pleurs des vaincus, la fuite des rescapés.

L'histoire de l'antique cité de Troie se déployait sous ses yeux. Dans un coin du dernier tableau, un homme vigoureux descendait vers la plage, portant sur ses épaules un vieillard et tenant un enfant par la main, tandis qu'une femme s'éloignait avec tristesse, le feu de l'incendie se reflétant dans ses prunelles. Dante s'approcha, ému, les doigts tendus.

« Oui, messire Alighieri, c'est Énée, le héros chanté par notre grand Virgile. Le maître qui raconta son histoire immortalisa peut-être ses exploits dans une autre partie de la maison. Mais ce n'est pas ce que je voulais vous montrer. »

Contre le mur se dressaient deux grands meubles remplis de manuscrits serrés entre des tablettes de bois. Des parchemins de toutes tailles, pour la plupart de grandes dimensions. Dante les observa, fasciné. Cette pièce devait renfermer deux cents ouvrages, ce qui était énorme pour une bibliothèque privée. Seules les cours des rois en abritaient autant. Ou les cellules des monastères les plus célèbres.

Le sénateur l'épiait, attentif à ses réactions. « Je savais que mon petit secret vous plairait. Ces livres sont les compagnons de ceux que vous avez vus l'autre jour. »

À son invitation, le poète tira un manuscrit du premier meuble. Puis il s'agenouilla et l'ouvrit sur ses cuisses à la première page. Il releva les yeux au bout d'un instant.

« C'est l'œuvre d'Arnaut Daniel[1]… le meilleur forgeron de sa langue…

— Relié avec tous les écrits des rimeurs de France. » Le sénateur saisit un ouvrage, plus mince que le précédent, et commença à lire à voix haute : « *En cette partie du livre de ma mémoire avant laquelle on aurait peu de chose à dire, se*

1. Troubadour périgourdin de la fin du XIIe siècle.

trouve une rubrique qui dit : Incipit vita nova. *Sous cette rubrique je trouve écrits ces mots que j'ai l'intention de reproduire en ce petit livre et, sinon tous, au moins ce qu'ils signifient*[1]... Reconnaissez-vous ces phrases ? »

Dante avait rougi. Il respira profondément avant de déclarer : « Que ce livre soit accueilli parmi les œuvres d'auteurs si prestigieux est pour moi un grand honneur.

— Je crois que c'est la place qu'il mérite. Parmi les meilleurs vers de notre siècle, et pas seulement. Voici l'ouvrage majeur d'Aristote et celui de Platon, arrivé de Byzance à bord d'un vaisseau. Hélas, je ne peux saisir la profondeur de ses arguments dans sa langue originale. C'est sur ces pages que ma fille l'a apprise.

— Vous avez accueilli entre ces murs toute la science de la chrétienté..., commenta Dante d'un ton triste.

— La vue de tout ce savoir vous trouble, messire Alighieri ? Vous devriez vous réjouir de cette richesse, or il semble qu'elle vous effraie.

— Qui pourra, dans notre siècle, égaler tous ces esprits ? Qui pourra lire en l'espace d'une vie tout ce que ces grands ont laissé ?

— C'est vrai. Pas plus que notre sagesse, notre mémoire n'est à la hauteur des grands esprits du passé. Ô l'époque heureuse où Platon et Aristote pouvaient discuter de leurs thèses en dessinant dans les airs les formes de leurs argumentations sans le support de la parole écrite ! Ils puisaient alors dans les trésors de leur savoir, toujours présents dans le livre de leur mémoire.

— Oui, le seul savoir est ce qui reste gravé dans l'esprit. Comme la besace du mendiant qui ne l'abandonne jamais au cours de ses pérégrinations.

1. *Vie nouvelle, op. cit.*

— Ce que l'on raconte à propos du dieu Toth est peut-être vrai. »

Une ombre de perplexité traversa le regard de Dante. Ne voulant avouer son ignorance, il attendit que le sénateur s'expliquât. Mais l'homme continuait de fixer les étagères d'un air rêveur. Il se ressaisit et, percevant l'embarras de son invité, ajouta : « Le dieu des Égyptiens, qui, dit-on, a appris aux hommes l'art de l'écriture, afin que leurs pensées ne se perdent plus. Un art secret que lui avait enseigné son épouse, Seshat, la souveraine des papyrus… Le dieu de la rapidité, de l'agilité, de la parole et de l'intuition. Le dieu qui joue avec les hommes, qui les soigne et les trompe…

— On dirait que vous décrivez le grec Mercure.

— Bonne observation. Mais ce n'est pas le seul dieu que nous a donné la religion secrète du Nil. Le panthéon des Grecs découle peut-être tout entier de cette mystérieuse religion, et seule notre ignorance nous interdit de voir avec clarté que leur splendeur est née de l'obscurité égyptienne. Ainsi on raconte que le grand Alexandre était le fils du pharaon Nectanebo. Et que là prenait racine sa folle grandeur, totalement étrangère au caractère de Philippe, le montagnard macédonien qu'on lui attribuait pour père.

— Ce n'est qu'une légende…

— Probablement. Mais, à en juger par cette allégorie véridique, les Grecs savaient que leur science venait d'Égypte, tout comme la forme de leurs dieux. Platon l'admit clairement dans ses contes, lorsqu'il relata comment le sage Solon allait puiser aux sources égyptiennes ses innovations. D'autres aussi y ont puisé, messire Alighieri, des hommes qui ont ensuite célébré un dieu unique, comme le Juif Moïse, ou comme… »

Le sénateur se tut brusquement. Il semblait regretter d'avoir prononcé ces derniers mots.

« Comme qui ? » le pressa Dante.

Mais il ignora cette question. « Je vous parlais du dieu Toth. Le dieu se présenta au pharaon Thamus et lui offrit le nouvel art de l'écriture. Cependant le pharaon refusa ce présent, persuadé que le fait de pouvoir consigner le savoir sur le papyrus au lieu de le graver dans l'esprit entraînerait la décadence des hommes.

— Désormais, plus personne ne pourrait se passer de l'écriture. Mais vous avez raison pour le reste, nos esprits ne sont peut-être plus à même de retenir tout ce qui leur serait nécessaire. Voilà pourquoi je réfléchis à une grande somme du savoir, une espèce de banquet qui partagerait entre les esprits de bonne volonté le pain angélique du savoir.

— Votre grand intellect en est capable. Ne connaissez-vous pas l'*Énéide* par cœur ?

— Si, répondit Dante avec une pointe de fierté. Mais il n'a pas été difficile de l'apprendre : les vers du Mantouan sont si doux, si harmonieux, qu'ils se sont imprimés dans ma mémoire aussi durablement que la marque d'un sceau brûlant dans la cire molle. Il serait difficile de les en arracher, tant est grand l'amour qui m'attache à sa leçon. »

Les yeux du sénateur se mirent à briller. « Vous l'aimez donc tant ?

— C'est sa parole qui a fait de moi ce que je suis. »

Spada se dirigea, l'air triomphant, vers un meuble bas, contre le mur du fond. Le poète le regarda tirer le verrou d'un geste solennel et en dévoiler le contenu : une série de cylindres en bois sculpté, semblables à celui que la femme mystérieuse lui avait remis à Florence.

Le poète se jeta en avant, en proie à un tremblement incontrôlable. Il écarta son hôte et, plongeant la main dans le coffre, en tira un de ces étuis, dont il examina le décor. Puis il mesura son impolitesse et, les joues cramoisies, s'excusa en s'inclinant. Il ne semblait toutefois pas décidé à se défaire de son précieux trésor. « C'est ce… ce que vous m'avez envoyé ? Et la femme ? C'était votre fille ?

— Oui, répondit Spada avec fierté. Je ne sais pas cependant qui, de nous deux, a conçu le premier cette idée, car nous partageons la même admiration pour votre œuvre. L'habileté de la langue et de la métrique fait de vous le prince des Toscans et, sans aucun doute, le plus grand des modernes. C'est surtout votre dévotion pour Béatrice, la chaleur avec laquelle vous la célébrez qui ont ménagé une brèche dans le cœur de Fiamma. »

Dante avait écouté ces louanges tête basse, les repoussant avec une modestie ostentatoire. Mais l'allusion à la jeune fille lui enflammait l'esprit. Ainsi, ses vers d'amour l'avaient émue. Les mots rattachés par la rime, leur sonorité sensuelle atteignaient plus facilement le cœur qu'une image. Peut-être… « Qu'attendez-vous de moi ? interrogea-t-il soudain.

— Je veux que vous soyez le chantre de notre entreprise. De même qu'Homère chanta les exploits d'Achille et d'Ulysse, et Virgile ceux d'Énée. Seule votre plume peut égaler ces sommets.

— Vous placez sur mes épaules un fardeau qui risque de m'écraser.

— Allons, messire Alighieri. »

Une voix grave avait retenti derrière lui. Il pivota et se trouva nez à nez avec Martino da Vinegia, accompagné de l'ambassadeur perse. Les deux hommes avaient pénétré dans la pièce aussi silencieusement que des spectres. Peut-être étaient-ils là depuis longtemps. La présence du Vénitien troubla le poète. Sans lui laisser le temps de réagir, le sénateur déclara :

« Maintenant que sont morts Guittone d'Arezzo, le premier Guido, ainsi que votre ami Cavalcanti[1], vous êtes le seul en Italie à pouvoir relever ce défi. Ne le croyez-vous pas, messire Martino ? » Mesurant la stupeur du poète, il ajouta : « Messire Martino nous apporte les auspices et l'aide de la Sérénissime. C'est un homme de courage et de doctrine, et la République a bien fait de lui confier son sort. Mais vous avez peut-être eu l'occasion de le rencontrer lorsqu'il était en mission à Florence… »

Le poète acquiesça, tout comme Martino, qui se mit ensuite à fixer le vide et dit : « Si nous étions à la cour de Palerme, si le grand empereur Frédéric était encore au sommet du monde avec sa sagesse, on aurait peut-être trouvé à son école un autre poète digne de cette tâche. Mais cinquante années se sont écoulées depuis, et vous êtes le seul à entretenir la lumière poétique qui éclaira en premier lieu nos terres. Je suis certain que si Frédéric revivait, il vous élèverait au rang de ses fidèles. Le sénateur a été bien inspiré de s'adresser à vous.

— Ce n'est pas Frédéric qui dirige cette entreprise, mais le pape Boniface, répliqua Dante d'un ton sec. Ainsi mon chant devrait célébrer la main même qui menace la liberté de Florence. »

---

1. Guittone d'Arezzo (1235-1294) fut l'un des plus grands poètes toscans, tout comme Guido Guinizelli (1230-1276), fondateur du *Dolce Stil Novo*, le Doux Style nouveau, courant poétique auquel appartenait Dante. Il fut supplanté par « l'autre Guido », Cavalcanti (1250-1300).

Les trois hommes échangèrent un coup d'œil, puis le sénateur reprit : « Il existe un dicton que vous connaissez certainement : *Les grandes flammes se nourrissent de petites étincelles*. Fort de son argent et de son ambition, Boniface est peut-être à la tête de ce projet. Mais une fois que la machine s'ébranlera, peu importera la main qui lui aura imprimé la première poussée. De la même façon, les sublimes voûtes célestes, leurs orbites éternelles et parfaites ne portent que par allégorie la trace du moteur invisible qui les anime.

— Mais voyons ! La croisade doit placer devant ses troupes un étendard flamboyant ! rétorqua Dante. Et cet étendard ne peut être qu'une foi profonde en la justice de votre entreprise. Si c'est une main simoniaque qui en tire les fils... »

Le sénateur secoua la tête. « La force du christianisme faiblit, l'hérésie naît et se répand. L'Église semble avoir perdu toute capacité de parler aux cœurs. Certes, elle continue de convaincre les humbles, mais telle n'était pas sa force aux origines. Elle enflammait le cœur des nobles et des patriciens, et Virgile lui-même, si ce que l'on raconte est exact, compta parmi ses initiés secrets. Mais aujourd'hui, le peuple la suit, soutenu par son ignorante bestialité plus que par la force de la doctrine. Retournée à sa condition originelle de religion des esclaves, elle est destinée à s'enfoncer dans les ténèbres de l'oubli.

— Si telle est votre pensée, pourquoi organiser cette croisade ? » interrogea Dante, déconcerté.

Saturniano Spada ferma les yeux, comme s'il écoutait une voix secrète au fond de son cœur. Il répondit au bout d'un moment : « Quand Israël fuit l'Égypte, la main de Dieu ouvrit les eaux de la mer Rouge afin de lui consentir l'exode. Et ce fut certainement sa foi enfantine dans les

Écritures et dans les prophètes qui persuada le peuple à s'aventurer sur le fond, parmi les monstres qui dévastaient les flots dans leurs épouvantables convulsions, entre des murs d'eau bouillonnante. Ce peuple suivit le commandement de Moïse, mais ce fut la verge d'Aaron qui l'incita à balayer ses derniers doutes. Seule la force de l'épée peut rendre au Verbe le cœur des meilleurs. Voilà pourquoi il est important que la croisade réussisse. »

Dante s'apprêtait à répliquer quand le serviteur qui les avait accueillis devant la porte entra dans la pièce. Il s'approcha de son maître et lui murmura quelques mots à l'oreille. Spada le congédia d'un geste et dit :

« Messire Alighieri, le troisième invité que j'attendais est arrivé. » Et il ajouta, l'air ironique : « Il vous étonnera peut-être. »

Manoello apparut sur le seuil. Il arborait les habits de cérémonie qu'il portait au Capitole, à croire qu'il en venait directement. Dante laissa échapper à sa vue un mouvement de surprise.

« Je vous avais bien dit que vous seriez étonné, commenta Spada.

— Je croyais que vos relations avec le peuple d'Israël étaient moins amicales. » Le poète, qui s'était aussitôt maîtrisé, se tourna vers le rabbin et inclina légèrement la tête. Manoello le salua avec respect, embrassant du regard tous les membres de l'assistance.

Le sénateur avança vers lui. « Messire Manoello ne jouit certes pas des faveurs de la ville. Mais d'autres règles régissent ma demeure, des règles un peu moins respectueuses de la loi. Seuls le savoir et la doctrine qualifient les individus entre ces murs, et, dans ce domaine, race et religion ont bien peu d'importance.

— Le credo de chacun d'entre nous fait partie de notre savoir, objecta Dante.

— Si vous voulez. Mais, comme je l'ai dit, l'entreprise qui nous occupe est très noble. Messire Manoello représente le peuple qui connaît mieux que tout autre les terres où elle aura lieu, et son aide nous sera nécessaire pour la mener à bien. »

Le réceptacle de sagesse que constituait la bibliothèque abritait la preuve vivante que le savoir humain ne suffisait pas à pénétrer de manière univoque les secrets de Dieu et à en tirer une image commune, songea le poète. Trois cultures nées de diverses traditions, trois destins différents et férocement adverses se trouvaient là. Et voilà que ces antagonistes devaient s'associer dans une entreprise commune ? Il ravala l'objection de fond qui était montée à ses lèvres et demanda, intrigué :

« En admettant que vos efforts soient couronnés de succès, que la rage islamique soit écrasée et repoussée dans les déserts d'Arabie d'où la perversion de Satan l'a tirée, comment persuaderez-vous les vainqueurs de s'entendre sur la question de la possession de Jérusalem, que plusieurs peuples réclament ? Leurs différends ne risquent-ils pas de ressurgir, anéantissant leur victoire ? À l'époque du bon roi Richard, les chrétiens ne firent preuve d'aucune solidarité entre eux. Et ils se battaient alors pour une bannière ou pour un château. Mais à présent, ce ne sont pas des Francs, des Teutons et des Vénitiens qui se retrouveront sur les rives du Jourdain, mais des individus venus de toute la Terre, séparés par leur race, leur langue, leur héritage. Quel pacte pourront-ils conclure ? Combien de temps s'écoulera-t-il avant qu'ils brandissent les uns contre les autres leurs épées encore souillées du sang des infidèles ?

— Votre raisonnement est juste, messire Alighieri. Mais ce sera différent cette fois, car nous écarterons de notre dessein la simple possession de Jérusalem, sachant que ses remparts et ses tours ne renferment qu'un amas de pierres et que ses routes ont accueilli des hommes illustres, non des émissaires de Dieu.

— Que voulez-vous dire ?

— Le sénateur fait sans doute appel à un savoir antique », déclara Martino. Il gagna une petite table, dans un coin, surmontée d'un objet rectangulaire que Dante, trop occupé à admirer la bibliothèque, n'avait pas remarqué. « J'ai apporté quelque chose de Venise. Le hasard a voulu que vous soyez présent, messire Alighieri, et donc dans la capacité de me livrer votre jugement. »

Il introduisit dans la serrure du coffret une clef dorée qu'il portait à son cou et souleva le couvercle. L'écrin était soigneusement garni d'un feutre épais.

Il en tira un manuscrit serré entre deux tablettes de bois peint puis l'exhiba en le tenant de la pointe des doigts en un geste révérencieux. La tablette du dessus était presque entièrement occupée par un écu doré, à l'intérieur duquel était représenté un aigle noir aux ailes déployées, aux serres tendues et au bec ouvert.

Il dit au sénateur : « Un cadeau pour vous. La richesse de votre bibliothèque est connue à Venise. Tout comme ses livres anciens, échappant aux canons. Mon gouvernement a pensé que cet ouvrage scellerait notre alliance dans l'entreprise que vous préparez. Et je crois moi aussi qu'il n'y a pas de meilleur réceptacle.

— Mais c'est le blason de Frédéric, le grand empereur ! » s'exclama Dante, attiré par le dessin. Frédéric II de Souabe, l'homme qui avait surpris le monde quelques décennies plus tôt par son savoir et son courage, et dont tout l'Empire parlait encore. Un poète, un législateur, un rival implacable de l'Église. L'homme qui avait approché, plus que quiconque dans le monde moderne, la grandeur des Anciens. « Cela vient de sa bibliothèque ?

— Oui », répondit Martino au terme d'un long silence.

Incapable de résister, Dante tendit la main vers le manuscrit. Ces pages renfermaient peut-être les vers d'amour que l'empereur avait écrits dans la douce langue sicilienne, mère de la poésie moderne. Et à l'origine de ses débuts de poète. Il retira aussitôt sa main. « Comment Venise se l'est-elle approprié ? L'empereur n'a pas toujours entretenu des relations cordiales avec votre ville. On dit même qu'il avait refusé qu'un de vos joailliers fabrique sa couronne !

— C'est vrai, messire Alighieri. Venise a longtemps considéré l'impétuosité de l'empereur dans les terres du Nord et sa longue alliance avec le tyran Ezzelino[1] comme une source de danger, et leurs relations en ont pâti, comme c'est souvent le cas entre amis qui ne se comprennent pas totalement. Mais dès son élection au trône impérial, Frédéric octroya des privilèges à la Sérénissime, obtenant en échange son respect et son appui secret dans les moments de difficulté. Nos agents sauvèrent ce livre de la destruction, après la défaite de Victoire.

— La défaite… victoire ? » interrogea Kansbar, perplexe.

Le vieux Martino lui répondit : « Victoire est le nom que l'empereur donna à son camp fortifié, érigé en l'espace de quelques jours près de la ville de Parme, dont il faisait le siège. Il imaginait que la pierre et le marbre remplaceraient rapidement le bois et les tentes dont il était bâti, que sa cour du Nord s'y installerait, qu'elle y recréerait la

1. Ezzelino III da Romano (1194-1259), tyran des Marches.

splendide Palerme. J'ai vu les projets de cette nouvelle capitale. Si le destin avait aidé Frédéric, une nouvelle Rome se dresserait aujourd'hui au cœur de la plaine du Pô, se penchant, puissante et lumineuse, sur ce fleuve, comme Rome sur le Tibre.

— Mais les guelfes de Parme brisèrent en une seule journée tous les rêves de l'empereur, intervint le sénateur. Ils renversèrent ses forces, détruisirent Victoire, s'emparèrent des tentes et du trésor impérial.

— Ce livre en faisait partie, dit le Vénitien. Frédéric le considérait comme le plus précieux d'entre tous. »

Dante brûlait d'impatience. « S'agit-il des tables de Fibonacci de Pise ? Ou du traité de mécanique céleste de Guido Bonatti ? Ou encore du texte sur l'obscure alchimie qu'il aurait apprise à Jérusalem pendant sa croisade ?

— C'est un ouvrage encore plus important. Rares sont ceux qui peuvent se targuer de l'avoir lu. Car il n'en existe qu'un seul exemplaire. Celui-ci. »

Le vieillard souleva le petit panneau de bois peint et montra le frontispice.

Dante et le Perse tendirent le cou, tout comme Manoello, alors qu'il tournait avec délicatesse la première page, exhibant l'incipit. Quelques mots aux caractères fins, semblables aux lettres carolines, mais tracés avec un élan qui les rendait singulièrement différents de ceux des copistes, s'y étalaient. Déconcerté, le poète murmura au bout d'un moment : « Mais c'est… J'ai toujours cru qu'il s'agissait d'une légende…

— Ce n'en est pas une, comme vous pouvez le constater. Sur ce texte se sont exercés les esprits les plus subtils de notre siècle.

— Ou les plus ténébreux. »

Les lèvres du Vénitien s'étirèrent en un sourire ironique. « Abu Tahir, Averroès, Michel Scott, le roi Alphonse de Castille. La voix qui retentit derrière ces pages leur appartient. Tels sont les hommes qui, selon vous, auraient parlé dans les ténèbres ?

— Leurs grands esprits étaient certes les plus lumineux. Et leur intelligence sonda toutes les questions auxquelles les hommes de notre époque se sont confrontés. Mais il existe des ténèbres plus profondes, une cécité de l'âme qui obscurcit parfois les plus grands esprits », répliqua Dante en arrachant le manuscrit aux mains de l'homme. Il en parcourut quelques pages, sans doute pour s'assurer de la nature de l'écrit, puis le referma brusquement comme s'il lui brûlait les mains. « Les ténèbres de ceux qui renient le Verbe et son incarnation. Ce livre se moque du Christ et du prophète Moïse. Il les compare au schismatique Mahomet en faisant d'eux trois brigands de rue.

— Est-ce son titre, *Les Trois Imposteurs*, qui vous trouble, messire Alighieri ? Et si je vous livrais le nom de son véritable auteur, que j'ai vu de mes propres yeux noircir ces pages ? Un homme que vous avez dit à plusieurs reprises respecter. »

Dante ferma les yeux à demi. Il savait ce que le Vénitien allait dire. « Lui ? »

Martino hocha légèrement la tête, mais cela suffisait. « L'empereur Frédéric déversa toutes ses convictions dans ce texte.

— *Les Trois Imposteurs*... l'ouvrage qui renferme, prétend-on, tous les blasphèmes du siècle, murmura encore le poète, incrédule. C'est lui qui l'a écrit ! L'homme qui a émerveillé le monde. Mais qui en a été aussi le marteau... »

Le vieillard avait repris le livre. Au lieu de le tendre au sénateur, il le plaça de nouveau entre les mains de Dante. Il paraissait décidé à balayer ses réticences. « N'éprouvez-vous pas le désir de le lire ? » interrogea-t-il d'une voix douce. Le poète se laissa faire. Les caractères dansaient devant ses yeux, comme si une force cachée s'efforçait de les brouiller. Il se frotta les paupières de sa main libre et commença à lire tout haut :

« *Quoiqu'il importe à tous les hommes de connaître la vérité, il en est très peu cependant qui peuvent le faire jusqu'au fond. Car bien que le parfait bonheur de l'Homme réside dans sa connaissance, de nombreux obstacles se dressent sur ce chemin ardu, plus long que la vie même. Parmi ces obstacles majeurs comptent les trois Gorgones : Sthéno la violence, Euryale la tromperie et Méduse l'horrible superstition… la plus jeune des trois et la plus terrible…* » Il martelait les syllabes, ainsi qu'il en avait coutume entre les quatre murs de sa chambre.

Le silence s'était abattu sur la pièce. La voix du souverain semblait surgir de la mort à travers la sienne, emportant les ténèbres. « *Trois sont aussi les imposteurs qui entravent la liberté de l'Homme, faussant la vérité et tournant vers la terre son front, lui qui est né pour se dresser vers le ciel : Moïse hypocrite, Christ illégitime, Mahomet voleur…* »

Le poète referma brusquement le manuscrit et le jeta sur la table.

« Continuez donc, messire Alighieri. Ce livre est peu volumineux, mais la science qui y est distillée vaut toutes les gouttes de son encre. »

Martino s'exprimait d'une voix flûtée semblable à celle qui avait soufflé à l'oreille d'Ève. Bien qu'il fût lucide, Dante ne parvenait pas à surmonter le désir de lui obéir. Plus il avançait dans sa lecture, plus il sentait son âme se désagréger sous les coups de cette prose parfaite, où les syllogismes se succédaient avec rigueur et précision. Ce n'étaient pas des arguments nouveaux : il avait souvent entendu les maîtres théologiens les mentionner à l'école des franciscains, à Santa Croce, et les réfuter avec mépris, les qualifiant d'immondes restes de vieilles hérésies.

Mais cette fois c'était une intelligence supérieure, luciférine, qui les exposait, et ils n'avaient plus rien à voir avec les bredouillements superficiels des ignares, ou les provocations que Guido Cavalcanti lui jetait au visage au cours de leurs querelles florentines assaisonnées de lazzis et de moqueries visant les mœurs des prêtres et des religieuses. Ce livre arpentait à grandes enjambées la route qu'il s'était toujours refusé à emprunter, fermant les yeux et se réfugiant chaque fois dans la solidité de la foi, seule espérance de salut. Ce livre incitait les hommes à être des hommes, à revendiquer leur aînesse, il rugissait tel un lion orgueilleux.

Dante détourna les yeux, en proie à un violent tremblement. Ses compagnons l'observaient, dans l'attente d'une réaction de sa part. Mais il avait la gorge nouée et claquait des dents comme si une rafale de vent glaciale s'était engouffrée dans la pièce.

« Je ne sais pas... je ne... Ce livre perturbe l'âme », finit-il par répondre.

Le sénateur déclara, le doigt levé : « Chaque fois qu'une porte s'ouvre sur l'inconnu, nos sens flanchent. Nous respectons votre trouble, ce trouble même qui a envahi bon nombre d'hommes illustres à l'apparition de la vérité.

— La vérité ? » s'écria Dante d'une voix étranglée. Il aurait aimé répliquer, mais il était comme enchaîné, incapable de dire quoi que ce soit. Il se renfonça dans son fauteuil et, le menton posé sur ses mains jointes à la hauteur de sa poitrine, s'efforça d'insuffler un ordre aux pensées qui tourbillonnaient dans son esprit. Ce faisant, il examinait ses interlocuteurs : leurs visages énigmatiques trahissaient maintenant l'impatience de connaître son jugement à propos d'un ouvrage qui sapait les fondations de toute foi.

Des hommes en proie à des idées difformes, qui voulaient l'entraîner dans une entreprise née de l'orgueil et du désir de pouvoir.

Le sénateur reprit la parole : « Nous aurons le temps d'en reparler. Messire Kansbar a appris que vous êtes versé dans les sciences du Ciel. Il a apporté un objet qui vous intéressera. Montrez-le-nous, messire. »

Kansbar ramassa un sac en cuir au pied de son siège. Desserrant le lien qui le fermait, il en tira une enveloppe d'étoffe écarlate. Celle-ci ouverte, il exhiba un cube d'environ un pied de côté en ébène, dont une face était occupée par un gros cercle en laiton. Il était pourvu d'une petite manivelle, également en métal.

Le Perse le tendit au poète en l'invitant à l'observer. Dante se pencha en avant.

Il distingua de petits caractères gravés sur le cercle métallique. Une série d'aiguilles de tailles différentes étaient fixées au centre. Il en compta sept puis détourna les yeux et déclara d'une voix embarrassée :

« C'est du grec… je ne comprends pas. » Il ajouta, bien que le petit sourire bienveillant de Kansbar le blessât : « Qu'est-ce que c'est ? »

Pour toute réponse, le Perse imprima un tour à la manivelle. Aussitôt, les aiguilles se mirent à tourner à des vitesses différentes avant de s'immobiliser.

« Quand avez-vous interrogé les étoiles, messire Alighieri ?

— Juste avant de partir de Florence.

— Cela vous a demandé beaucoup de travail, j'imagine.

— Les mouvements célestes sont parfaits mais complexes. Déférents et épicycles requièrent la plus grande attention, et l'erreur se dissimule dans chaque mesure, prête à troubler jusqu'au calcul le plus soigné. Cela demande des heures, une nuit entière.

— Vous rappelez-vous, au moins dans ses grandes lignes, la table des positions angulaires ?

— Bien sûr. » Dante ferma les yeux à demi et puisa dans sa mémoire ce résultat funeste, qui ressurgissait dans toute sa splendeur maléfique. « La Lune était dans le Capricorne, le Soleil dans la Balance. Et Mars dans le perfide Scorpion. Les ciels semblaient se décomposer en une forêt de contradictions, en rien favorables à l'œuvre de médiation à laquelle je me destinais. »

Kansbar branlait du chef. Dans la reconstruction du poète, le tableau astral n'était pas une froide exposition géométrique, il devenait récit de destins, émotion. Vie.

« Eh bien, observez la position des aiguilles. Les caractères grecs qui échappent à votre entendement en indiquent la signification. Une admirable couronne, qui commence ici. » Le Perse pointa l'ongle sur un des tirets qui ponctuaient le bord extérieur du cercle. « Voici l'équinoxe de printemps, puis les douze signes du Zodiaque. Et l'indice du Soleil, dit-il en posant le doigt sur une des aiguilles. Ici. Aux derniers échelons de la Balance. La Lune, sur la pointe de Capricorne. Et Mars, dans le vingt-huitième du Scorpion.

— Ce n'est pas possible... » Dante ne parvenait pas à en croire ses yeux. Pour sûr, ce païen l'envoûtait au moyen d'un sortilège.

Kansbar perçut son incrédulité. « Vous pensez que c'est le hasard ? Vous aimeriez recevoir la certitude d'une preuve incontestable ?

— Donnez-la-moi si vous en êtes capable.

— Cet engin pourrait vous révéler les étoiles de César, ou celles de Frédéric, l'empereur.

— Elles sont connues, et puis vous pourriez les avoir prédisposées.

— Dans ce cas, les vôtres.

— Les miennes ?

— Oui. J'ignore votre date de naissance, comme tout le monde à Rome. »

Le poète hésita : révéler ses étoiles au païen équivalait à lui livrer les clefs de son âme. Tout au moins pour ce qui était de la partie que le Ciel y avait imprimée directement. Mais la tentation était trop forte, après ce qu'il avait vu. « Je suis né à minuit le vingt-neuf mai de l'an du Seigneur 1265. »

Kansbar porta les doigts sur le côté de la machine puis actionna la manivelle, déclenchant le mouvement des aiguilles.

« Un spectacle splendide a célébré votre naissance, messire Alighieri ! s'exclama-t-il après avoir examiné la position dans laquelle elles s'étaient immobilisées. Comme si les ciels avaient demandé à leurs lumières de briller pendant la nuit où vous êtes venu au monde. Ici, sur l'aiguille du Taureau, le glorieux Jupiter, le mélancolique Saturne et le rapide Mercure adoptèrent une conjonction qui a illuminé tout le quadrant. Hélas, les signes de la chance n'assistèrent pas ce triomphe de lumière. Car Jupiter dans le carré de l'ascendant projette une ombre sur votre vie. Cependant, si elle sème des obstacles sur votre route, la chance vous assiste : Vénus en Cancer place vos amours sous le signe du tourment. Mais Mars dans le glorieux Lion est votre force. Vous vous protégerez vous-même des coups de l'infortune. »

Le poète s'empara de la machine. Les détails des quadrants lui échappaient encore, mais ce qu'il avait compris suffisait à le surprendre. Son thème astral s'étalait sous ses yeux, calculé à une vitesse inconcevable.

Il rendit l'appareil à Kansbar sans cesser de se demander qui, des deux, était le plus extraordinaire : l'homme ou la machine qu'il gouvernait.

« Qui a fabriqué cette merveille ? finit-il par interroger. Elle donne envie de croire les rumeurs qui circulent à propos de votre terre, à savoir que des esprits vivent parmi les pierres du désert et murmurent dans les oreilles des hommes les secrets de la nature !

— Ce n'est pas mon peuple qui l'a fabriquée. Les grands Grecs en établirent les plans il y a plusieurs siècles. Je n'ai trouvé que leur histoire dans la bibliothèque de Bagdad. Un papyrus antique que le calife y avait apporté après le sac d'Alexandrie.

— Que dit cette histoire ?

— L'auteur de cette machine vécut dans l'île que vous appelez Rhodes, à l'époque où le premier César conduisait ses aigles de par le monde. Il en construisit trois exemplaires avant de mourir et de retourner aux étoiles qu'il avait tant étudiées. Celui que vous voyez là prit le chemin d'Alexandrie, un autre fut embarqué sur un navire destiné à Athènes et se perdit en mer. Le troisième atteignit Rome et fut remis au collège des augures.

— Aucun récit ne parle de cette merveille…

— Les augures étaient des prêtres jaloux de leur science. Nombre d'entre eux en souhaitèrent la destruction, parce qu'elle rendait le calcul des mouvements célestes accessible au peuple et démontrait que toutes leurs certitudes reposaient sur un principe erroné.

— Erroné ? Mais la machine donne la position exacte des astres dont elle confirme l'ordre impérissable !

— Justement. Que savez-vous des mouvements célestes, messire Alighieri ?

— Ce qu'enseigne le grand Aristote, complété dans son œuvre par Ptolémée d'Alexandrie.

— C'est-à-dire que la Terre gravite, immobile, au centre de l'Univers créé et que les astres la couronnent en un collier de célestes épicycles ?

— Oui, depuis le premier geste de Dieu, d'une façon immuable et certaine.

— Ce n'est pas ainsi que les ciels retournent les corps. Avez-vous jamais recherché le sens de la nature, ses apparitions sensibles ?

— J'ai écouté des leçons de physique et de métaphysique..., répliqua Dante, non sans circonspection.

— Mais ce ne sont que des paroles de sages, parfois voilées par la chape de leurs préjugés. Lorsque vous observiez ses manifestations sensibles, n'avez-vous jamais saisi ses lois les plus profondes, ou plutôt sa loi dernière ?

— Laquelle ?

— La nature suit dans tous ses actes la voie la plus brève. Et puisque la nature est le miroir de Dieu, Sa détermination s'y reflète aussi. »

Le poète hésita encore : il y avait dans cette tentative d'identifier la nature avec Dieu, la Création avec le Créateur, un dangereux parfum d'hérésie. « Dieu aime la simplicité ? demanda-t-il.

— Oui. Ne dites-vous pas, dans votre religion, que les simples hériteront de la Terre ? Le schéma céleste respecte ce principe. Mais Aristote et Ptolémée ne choisirent pas la voie la plus facile. Leur esprit, amant des différences, s'engagea sur une route sans issue. D'autres, en revanche, trouvèrent la bonne route. Même l'empereur, dans sa folie hautaine, devina lui aussi le vrai. Je parle du grand Néron.

— Néron, l'homme qui brûla Rome ? Vous en faites un champion de la science ?

— La volonté de Dieu suit des voies mystérieuses. Comme si Son esprit infini se plaisait à jouer ce tour.

— Ne soyez pas trop sévère avec l'empereur, intervint Saturniano Spada. Savez-vous que le peuple romain avait coutume d'honorer sa tombe il y a encore moins d'un siècle ?

— Vous blasphémez ! Vous parlez du premier persécuteur des chrétiens, de l'homme qui fit exécuter Pierre, dont vous cherchez encore la tombe ! »

Le sénateur leva la main en signe de reddition. « Vous changerez peut-être d'opinion. Mais écoutons l'histoire de notre ami.

— De nombreux témoignages de la science et de l'histoire romaines étaient conservés à Alexandrie, reprit Kansbar. On les transporta à Bagdad après que les armées du calife conquirent la ville. Les sages qui y résidaient étudièrent longuement ce trésor parvenu jusqu'à nous. La machine que je vous ai montrée doit elle aussi sa perfection au principe qui l'anime, très différent de celui que crurent Aristote et Ptolémée, et que vous croyez vous-même. Je vous le prouverai si ce que j'ai appris en Mésopotamie est vrai. Et je voudrais que vous soyez présent. Messire Martino, qui a exploré au cours de sa longue vie les sept sciences, souhaitera peut-être nous accompagner.

— Où ? interrogea Dante.

— Ici même, à Rome. Je vous ai dit que les augures refusèrent de dévoiler l'existence de cette machine au peuple, mais ils ne purent la dissimuler aussi à leur empereur. Celui-ci s'en servit pour mieux accroître son luxe et son pouvoir, comme on le lit dans les récits de voyage d'Hermias d'Alexandrie, qui visita Rome soixante-dix ans après le début de votre ère. Un des rares livres ayant échappé à l'incendie de la bibliothèque. Demain, si vous le souhaitez, vous saurez vous aussi. »

Le poète était perplexe, l'esprit troublé par ce qu'il avait vu. Surtout, il était en proie à l'angoisse que lui avait inspirée le livre de Frédéric. À l'affront que l'empereur faisait à toutes ses convictions. Il ne parvenait pas à réagir car le doute le taraudait, élargissant les fissures qui minaient son esprit au point d'y ouvrir un gouffre. Il marmonna quelques mots.

« Vous passerez la nuit ici, messire Alighieri, dit le sénateur. J'ai ordonné qu'on vous prépare une chambre, où vous pourrez vous reposer. Et, si vous le voulez, poursuivre la lecture de ce livre. »

Dante hésita quelques instants puis accepta. Sa main courut malgré lui au manuscrit. Saturniano Spada suivit son geste d'un regard malicieux.

Un serviteur l'avait précédé dans un couloir menant à une cour intérieure, puis à l'une des chambres qui ouvraient sous le portique. La fatigue s'abattit sur lui.

Chaque partie de son corps lui demandait de s'abandonner au sommeil. Mais le manuscrit qu'il avait emporté l'obsédait. Il s'assit sur le lit et l'ouvrit avec rage.

Le domestique avait allumé une bougie avant de se retirer. À sa lumière, qui semblait transformer chaque caractère en une griffure du démon, il reprit sa lecture à voix haute. Les mots de l'empereur affluèrent à son esprit, pareils au doux gazouillement d'un ruisseau, et bientôt au fracas d'une cascade qui balayait tout sur son passage. Un grondement assourdissant, qui paraissait réunir mille voix, lui hurlait dans les oreilles une vérité qu'il avait toujours combattue mais qui resplendissait maintenant devant lui avec la force de cette lumière que le front de Satan avait autrefois hébergée. Parmi ces voix, il distingua celle de Guido Cavalcanti, moqueuse et triomphante. « Dieu n'existe pas, Dante ! Tu le sais toi aussi ! »

Le savait-il ? L'avait-il toujours su ?

Bien que Dante eût cessé de lire et refermé le manuscrit, il continuait d'entendre un grondement de mots. Pas de doute, quelqu'un d'autre dévidait des phrases à voix haute dans la maison. Croyant reconnaître les sons que Fiamma avait émis, il bondit sur ses pieds et ouvrit la porte. Une silhouette blanche se mouvait derrière la colonnade qui lui faisait face. Elle plongea bientôt dans l'ombre, et la voix se tut.

Mais cette forme blanchâtre semblait l'attendre. Intrigué, il franchit le seuil et avança dans sa direction.

Il s'employait à contourner l'impluvium, au milieu de la cour, quand il entendit un rire argentin, accompagné d'un tintement évoquant un piétinement léger sur une surface métallique.

La tache blanche s'était déplacée et figée une nouvelle fois. Il accéléra le pas, bien décidé à la rejoindre. Le rire retentit encore : c'était celui d'une femme.

Il songea à Fiamma : le bras mince qu'il entrevoyait derrière la colonne et qui ondoyait tel un appel silencieux devait lui appartenir. Il s'élança vers le portique, en proie à un élan irrépressible. La femme s'enfuit pour se cacher entre les colonnes, comme s'il lui importait de laisser un obstacle entre elle et son poursuivant. Ses rires se succédaient, frénétiques, brisés de temps à autre par l'effort de la course.

Quelques pas la séparaient maintenant du poète. Dante bondit et tendit le bras. Mais avant qu'il l'attrapât, elle se retourna.

Ils étaient si proches désormais qu'il pouvait sentir le souffle de la jeune fille sur son visage : il embaumait les fleurs.

« Que me voulez-vous, messire Alighieri ? » interrogea-t-elle. Ses yeux brillaient d'une troublante malice et son visage aux traits enfantins trahissait une luxure qui enflamma aussitôt les sens du poète.

Il se maîtrisa : cette jeune personne était la fille de son hôte, et il se trouvait sous son toit. Il fallait qu'il s'éloignât sans tarder. Si on le surprenait dans cette situation, son honneur serait perdu. Et il paierait peut-être de sa vie une faiblesse qui déchaînerait à juste titre la colère du sénateur.

Mais Fiamma lui caressa soudain la joue. Il sursauta : on aurait dit que ses doigts brûlaient comme le fer incandescent. Il se laissa tomber à genoux et lui étreignit les jambes puis, comme elle se penchait sur lui, tendit les lèvres en quête d'un baiser. Mais elle le repoussa de sa paume.

Le tenant ainsi à distance, elle éclata une nouvelle fois de rire. Enfin elle reprit son sérieux et susurra :

« Ce que vous désirez m'est interdit. Même si, peut-être, je le désire aussi », ajouta-t-elle dans un soupir à l'arôme céleste.

Bien qu'il ne comprît pas, Dante inclina la tête en signe de respect.

« J'accepte…, murmura-t-il. Tout ce que vous me demanderez…

— Tout ? La tâche qui vous attend est grande.

— J'écrirai… la croisade, ses chants. Je le ferai ! »

La jeune fille sourit et affirma d'un ton énigmatique : « Votre voix devra peut-être célébrer une entreprise encore plus importante.

— Plus importante ?

— Promettez-moi que vous serez à mes côtés à ce moment-là. Que vous ne m'abandonnerez pas. » Maintenant elle paraissait triste. Elle allongea la main vers le poète puis se retourna et poussa une porte au coin de la bâtisse.

Dante regagna lentement sa chambre et se laissa tomber sur le lit. À côté de lui, le terrible ouvrage semblait l'appeler à grands cris.

11

14 novembre, dans la villa du sénateur Spada

Le soleil brillait haut dans le ciel quand Dante se réveilla. On s'activait déjà dans la demeure, comme le prouvaient les bruits de pas des serviteurs occupés à leurs besognes quotidiennes. Une odeur de fumée et de pain cuit flottait dans l'air.

Il avait dormi plus qu'il ne l'aurait voulu, se dit-il en se redressant. Des habits propres l'attendaient près du lit, probablement apportés par un domestique pendant son sommeil.

Il s'habilla en toute hâte et partit à la recherche du sénateur. Sous le portique, il se trouva nez à nez avec Martino et Kansbar, munis d'un sac. Un instant, il songea qu'ils ne s'étaient pas couchés et que les voix qu'il avait entendues dans les ténèbres, précédant le chant de Fiamma, leur appartenaient. Ils semblaient tous deux parfaitement réveillés.

« Nous vous attendions, messire Alighieri. Le sénateur Spada vous présente ses hommages et vous prie de pardonner son absence. Des devoirs importants l'ont appelé au point du jour au palais du Sénat, déclara le Perse d'un ton détaché.

— Et dame Fiamma ? s'enquit prudemment Dante.

— La fille du sénateur est sortie elle aussi. Vous connaissez sa passion pour la chasse. Elle s'est rendue à une battue du côté de la Via Nomentana. Si vous le voulez, un chariot nous accompagnera à notre destination.

— Où ?

— Vous verrez. Un lieu qu'il est difficile d'imaginer. »

Perplexe, le poète suivit ses deux compagnons le long du labyrinthe de pièces qu'ils avaient l'air de bien connaître.

Un chariot se tenait devant l'entrée, avec son cocher. Il s'ébranla dès que les passagers furent montés et s'engagea sur la route que Dante avait parcourue la première fois lorsqu'il était venu du Capitole. Il longea les thermes de Dioclétien, coupant à travers l'exèdre et, roulant tout droit sur l'arête du Quirinal, descendit vers le Champ de Mars. Mais avant d'affronter le dernier tronçon, qui menait au Forum, il vira à gauche et côtoya une autre colline, derrière laquelle on entrevoyait le haut du Colisée. Il traversa un ensemble de ruines aussi impressionnant que le précédent.

« Que sont ces murailles ? interrogea Dante.

— Les restes d'une installation thermale construite par l'empereur Trajan. Nous n'allons pas tarder à arriver. »

Le véhicule se glissa à gauche des thermes. Les trois hommes l'abandonnèrent au pied du mont Oppio et prirent un chemin de terre battue qui menait au sommet parmi des vignes et des jardins ceints de murs en pierres sèches. La pente était en certains endroits si raide qu'elle mettait même en difficulté les ânes qu'on voyait cheminer, chargés de tonneaux.

De temps à autre, Dante s'accrochait aux broussailles, de crainte de tomber. Mais devant lui, le Perse et le vieux

Martino grimpaient à toute allure, comme poussés par une énergie intarissable.

« Allez, messire Alighieri ! l'encouragea le Vénitien en se tournant vers lui avec une expression énigmatique. Le spectacle que vous découvrirez bientôt vous récompensera amplement de cette marche. »

Un instant, le poète songea qu'il le raillait. Il redoubla donc d'efforts pour ne pas se laisser distancer. Il jeta un coup d'œil aux ruines des thermes de Trajan qui dominaient la vallée marécageuse située entre le mont Caelius et le Palatin. De grands arcs et des éperons de muraille rougeâtre s'élevaient vers le ciel, entourés de tours et de masures construites contre les bâtiments antiques. Une fois de plus, il pensa à la carcasse d'un animal marin sur laquelle une nouvelle vie de mucilages et de parasites avait fleuri au cours des siècles.

« C'est là que nous allons ? demanda-t-il, à bout de souffle.

— Là ? répliqua Martino, le doigt tendu vers la muraille. Non, ces remparts appartiennent aux Milesi, qui y ont bâti leur forteresse. Il ne serait pas prudent de s'approcher sans y avoir été invités. Non, ce n'est pas vers le haut que nous allons mais vers le bas. »

Ils parcoururent encore quelques lacets. Puis le Vénitien tourna vers la droite, abandonna le sentier et s'enfonça parmi les buissons de laurier et de ronces. Au bout d'une centaine de pas, ils atteignirent une paroi de tuf.

« Nous y sommes, messire Alighieri, déclara Kansbar. Vous aurez bientôt la preuve de votre fausse science. »

Ce que le poète avait pris pour un mur naturel – il s'en aperçut alors – était en réalité une ancienne construction composée de grands blocs de pierre carrés. L'érosion de la pluie et des vents les avait modelés au fil des siècles et des plantes grimpantes avaient poussé dans leurs interstices, leur donnant l'aspect d'un éperon rocheux. En regardant mieux, on distinguait un arc derrière un tas de déchets en tout genre. De grandes mottes de terre mêlées de racines en cachaient le sommet.

« Ce lieu était enseveli, comme le reste de la colline, dit Martino. Mais les pluies intenses de l'automne ont emporté les parties les plus abruptes ; cela a permis de découvrir ce qui était dissimulé dessous.

— Ce qui était dissimulé dessous ? Que voulez-vous dire ? »

Martino désigna le paysage d'un large geste de la main. « Le talus que nous avons escaladé a beau être merveilleux, il ne compte pas parmi les collines de Rome, mais constitue les restes grandioses d'un édifice que nos ancêtres voulurent cacher afin d'effacer ne fût-ce que le souvenir des infamies qui y eurent lieu. Ce que vous avez devant vous est un des accès menant au palais de Néron, cette Domus Aurea de sinistre mémoire qui fut le triomphe de son orgueil et la cause de sa chute. »

Dante leva les yeux, incrédule. À sa droite, la masse du Colisée se dressait vers le ciel, obstruant la colline de l'autre côté. Ce qui se trouvait sous ses pieds avait dû être tout aussi majestueux, pensa-t-il. Si Martino disait la vérité, ce palais aurait été assez grand pour contenir une ville entière. Mais par quel mystère s'était-il évanoui ? Les Titans eux-mêmes n'auraient pu amasser autant de terre pour l'ensevelir, comme le vieillard le prétendait. Lorsque, à Florence, on avait installé l'esplanade du nouvel hôtel de ville sur les tours détruites des Uberti[1], des mois de

1. Les tours de cette puissante famille gibeline avaient été rasées en 1260, après le retour au pouvoir des guelfes, leurs ennemis.

travaux et des centaines de mules avaient été nécessaires pour déblayer les décombres. Comment était-ce possible ?

« Vous voulez dire que le palais entier fut occulté sous la terre ?

— Je crois que vous ne comprenez pas bien, messire Alighieri, répondit le vieillard avec un brin d'ironie. Cette colline n'est autre que le corps détruit de la demeure de l'empereur Néron. Je vous y ai conduit pour vous en fournir la preuve. Et plus encore, pour accéder en votre compagnie à son secret le plus extraordinaire.

— De quoi s'agit-il ? interrogea le poète

— Vous allez voir. Enflammons les torches que nous avons emportées. Nous n'aurons pas d'autre lumière désormais. »

Machinalement, Dante ouvrit le paquet qu'on lui présentait et en tira une gerbe de branches résineuses. Battant rapidement son briquet sur la pierre à feu, il alluma la première. Une volute de fumée parfumée s'éleva de la flamme qui crépitait. « Je suis prêt », dit-il en la tendant au vieillard après s'en être servi pour allumer la sienne.

Les trois hommes se frayèrent un chemin parmi les tas de terre et s'engagèrent dans l'étroite entrée. De l'autre côté de l'arc s'ouvrait une grande caverne dont les parois, de plus de vingt brasses de haut, s'enfonçaient dans les profondeurs de la colline. Une flaque leur barrait le passage. De l'eau jusqu'aux chevilles, Dante avança sans se soucier de la boue et du froid, tant sa curiosité était grande. Il brandit bien haut la torche, mais la flamme fumeuse ne lui renvoyait que des ombres vagues. Une voûte en berceau devait coiffer le passage sur toute sa longueur.

Des traces de couleur et des restes de marbre insérés dans la muraille témoignaient des riches décors qui ornaient autrefois ces lieux. Le fond était maintenant plus régulier. De l'autre côté de la mare, de grandes dalles de pierre arboraient des losanges bariolés.

Au fur et à mesure qu'ils cheminaient, ils découvraient sur les murs des formes monstrueuses et terribles, qui paraissaient prêtes à se jeter sur eux. Des êtres mi-animaux, mi-humains, des monstres répugnants.

Quelle sorte d'esprit pouvait avoir apprécié ce spectacle obscène ? s'interrogea le poète. Ainsi, la férocité bien connue de Néron ne se limitait pas à ses attitudes criminelles : elle s'étendait au refus de la raison. La folie avait érigé ce palais, de même que la peur avait engendré le labyrinthe de Crète, à une époque plus ancienne, afin de dissimuler l'infamie de Pasiphaé. Mais qu'étaient censés cacher ces couloirs ?

Ils se heurtèrent à un nouvel obstacle. Une grande colonne s'était écroulée, emportant dans sa chute une partie de l'entablement qui la surmontait. La masse de ces décombres remplissait presque entièrement une grande ouverture carrée bordée de piliers de marbre sculpté.

Kansbar consulta le plan dont il était muni. « Voilà, nous devrions être arrivés ! » s'exclama-t-il, sans parvenir à masquer son émotion.

Il entreprit d'escalader ces débris en s'appuyant sur les coudes et les genoux, comme s'il avait le feu aux trousses, sans plus se soucier de ses compagnons.

Martino l'imita au bout d'un instant, donnant une nouvelle preuve de son extraordinaire vigueur. Dante s'agrippa quant à lui à un éperon de marbre et entama son ascension.

Il avait des difficultés à avancer, car les débris ne cessaient de glisser sous ses pieds et ses doigts saignaient, égratignés par des éclats de pierre et de brique. Mais il continuait de suivre les deux hommes, qui traversaient maintenant le passage pour disparaître de l'autre côté.

Au prix d'un dernier effort, il s'accrocha à une dalle solidement encastrée et passa la tête dans l'ouverture.

Il s'immobilisa, le souffle coupé par l'effort et la surprise.

Une vaste salle, dont les limites se perdaient dans l'ombre, s'ouvrait devant lui. Elle était éclairée par les rayons du soleil, qui filtraient à travers une fenêtre circulaire, au plafond, semblable à l'œil qui illuminait l'église du Panthéon. Il atteignit l'extrémité du couloir et se laissa glisser de l'autre côté, indifférent au risque tant il avait hâte d'arriver au but.

La salle, de forme octogonale, était ponctuée de profondes niches, et si vaste que son énorme coupole semblait suspendue en l'air en vertu d'une force secrète. Oui, elle était aussi vaste que le baptistère de Florence, pensa Dante, déconcerté, et presque aussi grande que le Panthéon. Sous ses pieds brillaient des restes d'un marbre sombre qui avait dû être éblouissant.

Au centre se trouvait un bloc de pierre, peut-être le socle d'un trône, se dit-il. De fait, la pièce évoquait une salle d'audience. Il essaya de l'imaginer à l'époque où ses murs étaient revêtus de marbres précieux et de pierres étincelantes.

Il leva les yeux vers la coupole et remarqua que des objets pendaient de la voûte, sans doute d'anciens lustres, de toute évidence accrochés là depuis des siècles. Ne risquaient-ils pas de tomber ?

À quoi donc étaient-ils fixés ? Dante se tourna vers ses compagnons, aux yeux également rivés à la voûte. Le Perse s'écria :

« Voilà, messire Alighieri ! Voyez comme les artisans de César surent faire une œuvre d'art des enseignements de la machine qu'ils avaient étudiée ! »

Indifférent au danger, Tansbar gagna le centre de la salle et monta sur le socle de marbre. Puis il poursuivit, le bras tendu en l'air : « Regardez le véritable mouvement des astres ! »

Oubliant toutes ses craintes, Dante le rejoignit. Il se rendit compte que la voûte n'était pas de pierre, ainsi qu'il l'avait cru, mais composée d'un énorme assemblage de poutres et de panneaux en bois qui créaient une alternance de creux et de pleins et projetaient des ombres au plafond. C'étaient ces ombres qui lui avaient donné l'impression erronée d'avoir affaire à une coupole semblable à celle du Panthéon.

« Vite ! Allumons toutes les torches ! » s'exclama Kansbar, au comble de l'agitation.

Aidé de Martino, Dante se munit de toutes celles qu'ils avaient emportées et les approcha, l'une après l'autre, de celle du Vénitien. Un reflet tremblant se propagea dans la pièce, lui permettant enfin d'embrasser du regard l'ensemble de globes de diverses tailles gravitant au-dessus de sa tête.

Il se figea à la vue des ciels reproduits au plafond. À l'époque où ils avaient été fabriqués, les globes représentant les différents corps célestes devaient être recouverts d'une mosaïque précieuse dont il ne restait que quelques fragments, suffisants toutefois pour les identifier : le dieu Mars, Vénus et le véloce Mercure. La Lune, avec sa face argentée, et le majestueux Jupiter, la lointaine Saturne à l'orbite extrême et lente. Derrière eux, sur des panneaux semicirculaires presque entièrement détruits, une fantasmagorie de vitraux enchâssés avaient, à l'évidence, représenté les étoiles les plus éloignées.

Mais où était le lumineux Soleil ? Dante avait imaginé une sphère dorée, enserrée dans la troisième position que lui attribuait Ptolémée dans la hiérarchie des sphères. Or il n'y avait là qu'un corps obscur, rattaché à la Lune par une sorte de bras mécanique.

« Cette représentation n'est-elle pas d'une extrême précision ? lui lança le Perse.

— Elle est extraordinaire, mais elle oublie le premier des astres. De même, l'ordre des ciels ne respecte pas les thèses d'Aristote... » Il n'acheva pas sa phrase car son regard s'était posé sur le bloc de marbre qui marquait le centre de la salle.

Il comprit soudain. « Le Soleil... c'est ça ?

— Oui, messire Alighieri ! Vous le voyez maintenant ! Néron, dans sa superbe, attribua à son trône et à sa propre personne le lieu que la loi éternelle attribue dans la Création au Soleil ! Il siégeait sur ce trône, tel un nouveau Soleil, pour recevoir l'hommage des étoiles et des planètes, usurpant ainsi, avec sa vanité, le centre de l'Univers.

— Ce n'est pas possible !

— Et pourtant, vous le voyez. C'est sur ce présupposé que repose le fonctionnement de la machine que je vous ai montrée. Celle-ci n'en est que la confirmation.

— Mais les Anciens qui formulèrent cette hypothèse n'en faisaient qu'une possibilité géométrique ! Reléguer le siège de l'Homme, créature préférée de Dieu, au rang de satellite périphérique d'un vain amas de flammes prive cette théorie de toute signification ! Ce schéma dément les Écritures qui font de la Terre l'aînée dans l'ordre de la Création et attribuent aux astres la seule fonction de la servir !

— Votre Livre… Bien sûr, répliqua Kansbar. Mais si vous pouviez voir le mouvement de cet ensemble, tous vos doutes s'effaceraient devant l'évidence cristalline de sa rationalité. »

Le nez en l'air, Dante continuait de secouer la tête avec obstination. « Tout ceci bougeait autrefois comme les ciels réels ?

— C'est ce que rapportent les récits.

— Qui aurait pu le mouvoir ? Il aurait fallu pour cela une force immense, semblable à la puissance de Dieu qui anime les véritables ciels !

— Il y avait peut-être des centaines d'esclaves dissimulés de l'autre côté des murs de cette salle. Ou… »

Le Perse s'interrompit. « Nous avons rencontré sur notre chemin de grands bassins, vous rappelez-vous ?

— Vous avez dit qu'il s'agissait des antiques citernes des Thermes !

— C'est le cas. Cela signifie qu'il devait y avoir une ramification de l'aqueduc quelque part. N'entendez-vous pas, vous aussi, un clapotis lointain ? »

Dans le silence qui s'était abattu sur la salle, après que l'écho de ces paroles eut cessé, Dante crut distinguer le bruit de l'eau qui coule.

« Oui, intervint Martino, le doigt tendu vers le sol. Ce doit être l'ancienne canalisation.

— Si la voûte était actionnée par une force hydraulique, comme dans les merveilleuses fontaines de Bagdad que j'ai eu loisir d'admirer, il doit y avoir non loin d'ici un mécanisme relié à une roue de moulin, reprit Kansbar. Peut-être à l'intérieur d'une de ces niches. Cherchons. »

Les trois hommes se dirigèrent vers les cavités creusées dans le mur et les explorèrent à l'aide de leurs torches. Soudain Martino poussa un cri.

« Venez ! J'ai trouvé quelque chose ! »

Dante le rejoignit en toute hâte, imité par le Perse. Debout contre le mur, Martino éclairait le sol. Deux leviers rouillés en jaillissaient.

Il en agrippa un et tira dessus de toutes ses forces. Le fer résista, comme si les siècles l'avaient à jamais figé dans cette position. Kansbar s'efforça alors d'actionner le second, sans obtenir de meilleur résultat.

Les deux hommes échangèrent un regard découragé. « La machine ne marche plus, dit Martino. Il fallait s'y attendre. Trop de temps a passé...

— Attendez, l'interrompit Dante. Si le mécanisme est analogue à celui qui, dans nos moulins, amène la force de l'eau à la meule, son fonctionnement doit être identique. Deux engrenages entraînent le mouvement. Il faut peut-être actionner les deux leviers simultanément pour que la commande soit suivie d'un effet. Poussez cette barre vers moi, je tirerai l'autre de façon qu'elles se retrouvent alignées. »

Le Vénitien et le Perse s'exécutèrent. Au bout d'un long moment, les leviers commencèrent à courir sur leurs guides, tandis qu'une poussière de rouille et de briques tombait au sol, accompagnée d'un crissement lointain.

Des débris churent du plafond, obligeant le poète à s'abriter derrière son bras, puis un grand bruit retentit. Une partie du panneau étoilé s'était brisée en mille morceaux, semant sur le sol des éclats de verre coloré.

La voûte s'était mise à tourner lentement dans un crescendo de grincements. Les globes principaux roulaient selon leurs orbites et projetaient des fragments qui traversaient les rayons de soleil en étincelant comme des météores.

Un instant, Dante eut le sentiment de se trouver sur les collines de Florence par une nuit de plein été, sous un ciel resplendissant d'une pluie lumineuse. Mais ses pensées retournèrent aussitôt à la caverne. Le Perse exultait :

« Regardez ! Voilà comment les *mechanici* impériaux mirent en pratique les idées de Pythagore, d'Héraclide, d'Hipparque ! La géométrie des ciels qui en découle est parfaite ! Les divers corps s'insèrent dans l'espace avec ordre et simplicité sans recours aux ajustements infinis que Ptolémée a été contraint d'introduire dans son système ! »

Dante, qui suivait les indications de Kansbar, sentait que ses convictions cédaient peu à peu, même s'il continuait de s'y agripper de toutes ses forces. Ce n'était pas sa raison, mais ses yeux mêmes qui les démentaient. Troublé, il baissa la tête.

C'est alors qu'un grand bruit ramena son attention sur la machine des cieux. Elle s'était inclinée sur un côté, sans cesser de tourner, entraînée par la force de l'eau souterraine. Des globes se brisèrent sur la pierre de la voûte, puis la structure tout entière se détacha et chut en tournoyant vers le sol.

Les trois hommes se jetèrent d'un même mouvement à l'intérieur des niches, évitant de justesse d'être ensevelis sous la masse qui s'écrasait à quelques pas de là dans une tempête de poussière.

Le vacarme de l'impact résonna dans la salle et se propagea dans le labyrinthe des pièces voisines. Quand l'écho se fut évanoui, Kansbar quitta son abri et se mit à rôder parmi les débris. Il s'exclama, les yeux brillants :

« Plus personne ne verra cette merveille. Nous avons été les derniers à l'admirer !

— Peut-être n'aurions-nous pas dû, murmura le poète. Où est Dieu à présent ?

— Dans la lumière », répondit le Perse. Il indiquait les rayons de soleil qui éclairaient encore le socle du trône.

« Dans les ténèbres », rétorqua Martino, le bras tendu vers l'enfilade de pièces obscures qu'on entrevoyait derrière l'une des niches.

Ils rebroussèrent chemin jusqu'à l'entrée et se séparèrent en silence.

Dante se dirigea vers son habitation, traversant le dédale de rues qui menait au fleuve sans remarquer l'humanité qu'il croisait. Tout en cheminant, il s'efforçait de repousser dans le royaume obscur d'où s'échappent les cauchemars le spectacle auquel il avait assisté.

Il voulait retourner à ses écrits, tel un naufragé qui s'agrippe à l'épave de son navire. Mais son âme paraissait sourde, et la voix de l'amour ne lui dictait pas le moindre vers. Comment allait-il poursuivre son œuvre maintenant ? La forme que son imagination avait conçue s'écroulait au fond de lui. Il sentait qu'il devait inventer une tout autre représentation, mais laquelle ? s'interrogeait-il, désespéré.

Il marchait, tête basse, le visage à moitié dissimulé par le pan de son bonnet. Il atteignit une large place remplie de charrettes et d'étals de légumes et de fruits, bordée de vieilles maisons croulantes, aussi hautes que des tours. Là aussi, la pierre et la brique l'emportaient sur le bois, contrairement à Florence. Les blocs carrés des édifices, avec leurs rangées d'ouvertures obstruées par du tissu, se dressaient sur plusieurs étages. Au rez-de-chaussée s'ouvraient les portes d'innombrables boutiques, remises et écuries, en un enchevêtrement nauséabond. Personne ne semblait chargé de l'ordre des rues, à Rome, à moins que le préposé en question ne fût un ivrogne.

Il lui fallait sans cesse jouer des coudes pour se frayer un chemin parmi la foule. De nombreux individus étaient assemblés autour des étals qui jaillissaient des boutiques, envahissant les pavés jonchés d'ordures, d'autres carrément couchés à même le sol. Ils s'interpellaient, se heurtaient et s'insultaient, se bagarraient sans motif apparent. Ce tableau troubla le poète : Rome lui était apparue jusqu'à présent comme un immense cimetière de souvenirs, faiblement peuplé. Devait-il croire que tous ses habitants s'étaient donné rendez-vous sur cette place et dans les ruelles environnantes ?

Où était le peuple censé couronner les empereurs ? se demanda-t-il, en proie à une rage sourde. Il scruta les visages, à la recherche des traces de la splendeur dont parlaient les auteurs, mais ne vit que des trognes sauvages, semblables à celles des paysans toscans qui avaient envahi et dénaturé sa ville. La lèpre qui avait rongé les marbres des thermes et des forums avait aussi attaqué le corps vivant de la cité : le fléau même qui ici arrachait une corniche, brisait une colonne, abattait un arc, asséchait un aqueduc ou entamait un bastion, aveuglait là un œil, déformait une lèvre, ankylosait un bras. Jamais il n'avait vu de toute son existence autant d'estropiés, de manchots, de mendiants, installés devant les demeures des hauts prélats et cardinaux telle une armée d'assiégeants.

Il se surprit à penser aux décisions qu'il aurait prises si l'ordre public avait reposé entre ses mains. Il aurait enjoint à ses hommes de disperser cette racaille à coups de cravache, après avoir ouvert toutes les écluses des fontaines de façon à inonder la ville et tout balayer. Mais la vérité était peut-être ailleurs. Et si Rome était trop majestueuse, trop imprégnée de souvenirs et de faste pour pouvoir encore être habitée ? Ses antiques citoyens auraient peut-être dû, après le premier sac, imiter ceux d'Aquilée dévastée par Attila : s'éloigner et fonder la cité des hommes, après avoir abandonné celle des dieux et des héros.

Il passait devant une porte quand une main se referma sur son coude et le retint. Il sursauta.

« Messire, pourquoi tant de hâte ? Ne voudriez-vous pas vous reposer un peu ? La pluie vous a trempé et il y a ici du feu et du vin. Vous aurez le temps de faire vos dévotions avec les autres pèlerins. »

Il essaya de se libérer, mais ses mouvements ne servirent qu'à extirper de l'ombre une femme débraillée, dont la robe de couleur vive dénudait en partie la poitrine. Un maquillage outrancier tentait de dissimuler sur son visage les signes de l'âge et du vice.

« Venez, de quoi avez-vous peur ? ajouta-t-elle sans lâcher prise. Un grand gaillard comme vous ? N'aimeriez-vous pas vous désaltérer et vous restaurer, après un si long voyage ?

— Laisse-moi, traînée ! »

C'est alors qu'une seconde voix s'échappa de l'intérieur et se superposa aux cris de la mégère :

« Laisse-le partir avec ses pensées, Maria. Ce n'est pas un homme à se dépenser avec nous. »

Dante s'immobilisa, surpris par l'accent florentin de la femme qui avait prononcé ces mots. Et surtout par sa voix, qu'il avait l'impression de reconnaître. Il balbutia : « Pietra… c'est toi ? »

Une femme plus jeune que la précédente, aux cheveux de jais dénoués sur ses épaules maigres, aux yeux verts, semblables à ceux d'une chatte, et au visage émacié apparut sur le seuil. « C'est toi ! répéta-t-il, déconcerté. Que diable fais-tu ici ? »

La fille éclata de rire. De ce rire dur et vulgaire qui lui était familier. Un rire qui, loin de rendre hommage aux dieux de la joie, était le fruit des tavernes et des ruelles de sa ville. Un rire qui se voulait sensuel et qui n'était rien d'autre qu'un gémissement d'humiliation.

« Tout le monde vient à Rome, après le Jubilé. Seigneurs et poètes. Pourquoi pas les putains ? Mais toi, prieur, as-tu quitté le lit propre de ta sainte épouse pour te glisser sous une autre couverture ?

— Non... qu'est-ce que tu racontes ? Et puis je ne suis plus prieur, mais ambassadeur de la commune. »

La fille eut encore un rire, cette fois plus forcé et plus rauque. « Oui, je suis au courant. Si tu savais tout ce qu'on dit entre les draps... Mais ce quartier ne convient pas aux ambassades. On ne vient y demander qu'un quignon de pain ou un peu d'amour.

— Je ne cherche ni l'un ni l'autre ! » s'exclama Dante en serrant contre lui les pans de son manteau, comme pour se protéger de ce qui l'entourait.

Il dévisagea Pietra, qui semblait l'étudier : avec ses yeux mi-clos et ses lèvres pincées, elle ressemblait plus que jamais à un félin sauvage. Il huma son odeur aigre si particulière, mélange d'humanité et de parfum bon marché.

« Alors, tu ne veux pas venir ? interrogea-t-elle d'un ton dégagé.

— Non !

— Très bien. Dans ce cas, va-t'en ! Tu éloignes mes clients. »

Le poète s'exécuta aussitôt. Mais il s'immobilisa au bout de quelques pas. Il s'efforça pendant un long moment de chasser le désir qui s'était soudain emparé de lui puis finit par faire volte-face. « Qui t'a parlé de moi ?

— Des gens. Des marchands. »

Il rebroussa chemin. Si Pietra avait rencontré de nouveaux arrivés, elle savait peut-être ce qui s'était produit en ville après son départ.

« Tu as changé d'avis ? lui lança-t-elle, un éclair de satisfaction dans les yeux.

— Non... je veux savoir ce qu'on raconte.

— À Florence ? » Elle lui saisit la main et l'attira contre ses hanches, qui saillaient sous sa tunique en toile. Elle approcha les lèvres et, soufflant son haleine tiède dans son oreille, murmura : « Alors viens. » Puis elle lui effleura le cou du bout de la langue.

Il la suivit à l'intérieur de la boutique et dans un escalier en bois qui menait à une pièce presque entièrement occupée par un lit grossier. Indifférente à l'odeur de renfermé qui coupait pourtant le souffle, la prostituée se tourna vers lui avec l'air méprisant d'une reine montrant son palais. « Ce n'est pas pire que les chambres du Paradis, le bordel de dame Lagia, n'est-ce pas ? » dit-elle dans un ricanement. Elle se laissa tomber sur la couche et se blottit contre le mur, les bras autour des genoux.

Le poète s'assit à son tour sur le drap, où étaient imprimées les traces de ses innombrables prédécesseurs. Il sentait le regard vert et froid de la femme fouiller son visage. Agacé, il s'écria :

« Alors ? Dis-moi ce que tu sais de Florence !

— Tu tiens toujours autant à ta ville de canailles ?

— Que raconte-t-on ?

— Que les choses vont bientôt s'améliorer. »

S'améliorer ? Qu'est-ce que cela signifiait ? Que ses citoyens avaient confiance en lui et en l'issue de sa mission. Mais Pietra ajouta aussitôt : « Il vaut peut-être mieux que tu ne rentres pas.

— Quoi ? Et pourquoi ? »

— C'est ce qu'on dit », répondit-elle, indifférente.

Dante réfléchit un instant. Puis il chassa son inquiétude d'un haussement d'épaules. Pietra n'avait sans doute pas bien compris. Et on lui avait probablement rapporté n'importe quoi.

C'est alors qu'elle demanda de but en blanc : « Mais qui est Béatrice ?

— Quoi ?

— Béatrice, celle de tes écrits. La femme des Portinari.

— Que sais-tu à son propos ? »

La prostituée éclata de son rire vulgaire, la bouche ouverte, sans retenue, pour le blesser. « Tu crois que tes amis savants sont les seuls à se moquer de toi ? À Florence, chez dame Lagia, il y avait une fille qui savait lire. Parfois, le matin, nous nous réunissions autour d'elle pour écouter un livre.

— Des livres, chez Lagia ? répliqua-t-il d'une voix méprisante.

— Les mots cheminent, et parfois ils vont loin. Toi, tu en dis toujours trop. Ce que tu as écrit est vrai ?

— Quoi ?

— Le rêve, le cœur dévoré, le dieu de l'Amour. Cette femme faisait vraiment trembler l'air en marchant ? »

Soudain Dante eut un élancement aux tempes. Il ferma les yeux et murmura : « C'est une image poétique… » Puis la rage s'empara de lui, tandis que la douleur augmentait. Pourquoi diable devait-il fournir des explications à une putain ? « Comment pourrais-tu comprendre ? »

Pour toute réponse, la fille retroussa sa tunique et l'ôta en la faisant passer par-dessus sa tête. Il n'y avait aucune émotion dans son geste, juste l'ostentation de son corps, amaigri par la dureté de sa vie et pourtant encore triomphant à sa façon.

« Tu as de nouveau mal ? » s'enquit-elle, remarquant qu'il grimaçait et fermait les yeux. Elle lui effleura le front et attira le visage du poète contre son ventre. Dante sentit sous la joue la peau douce et huma l'odeur sauvage montant de sa toison.

Mille images se mirent à tourbillonner dans son esprit, tandis qu'elle entreprenait de le déshabiller. L'indignité de la situation lui apparut dans toute son horreur, et il essaya de se dégager de cette étreinte. Mais il ne put s'opposer à la fureur suave avec laquelle Pietra le guidait en elle, forte de l'habileté éprouvée d'un antique métier.

En proie au désespoir d'un amour trop longtemps renié, il céda d'un coup. Il lui cria qu'il l'aimait et, alors que l'orgasme brouillait tous ses sentiments, il eut la sensation d'entendre un rire lointain et rageur.

« Tu ne m'aimes pas, Dante. Tu n'aimes personne. »

12

15 novembre, dernières heures de la nuit

Dante se redressa sur un coude, épuisé. La petite fenêtre ne laissait pas passer la moindre lumière : juste le bruit de la pluie qui tombait sans cesse.

Il se pencha et distingua vers l'est la faible lueur de l'aube qui s'annonçait. Pietra dormait à côté de lui, blottie comme une chatte, la tête cachée sous un bras.

Il se serra contre elle, cherchant dans la chaleur de son corps une étincelle de cette attirance à laquelle il n'avait pas su résister quelques heures plus tôt. Mais il ne ressentait plus rien, et le parfum qui l'avait enivré s'était lui aussi dissipé. Il s'écarta et s'abandonna contre le mur, derrière lui.

Il était comme asséché. Par quel mystère n'éprouvait-il plus la moindre émotion ? L'élan qui l'avait emporté avec une frénésie irrésistible semblait s'être épuisé en même temps que sa semence. Il songea à la chanson de son ami Cavalcanti, à l'amour qu'il concevait comme un instinct aveugle, une passion qui mine et détruit la volonté de l'âme rationnelle. Il avait combattu ces idées à l'époque où il croyait encore que ce sentiment constituait le réveil de la partie la plus noble de l'homme, l'appel de Dieu à travers la voix de la créature qui lui était le plus proche, la femme ! Or ce n'était rien de plus que la convulsion du corps et l'humidité des draps où se mènent les joutes nocturnes. Il attrapa le bras de Pietra et le serra avec force, désireux de sentir une nouvelle fois la consistance de sa chair, saisir dans sa malléabilité le secret de la force qui continuait de le fléchir.

La prostituée grogna et ouvrit les yeux. Elle ne sembla pas le reconnaître, alors qu'il se plaquait contre elle, posant sur lui un regard vide, indifférent. Serein.

Un élan de fureur s'empara de Dante. Il était certain que dans le sommeil elle s'était éloignée de ce trou à rats et qu'elle parcourait encore le sentier qu'avait choisi son âme irrationnelle, celle qui gouverne les rêves. Un sentier qui lui était interdit. Il accentua sa prise, réprimant sa tentation de frapper la jeune femme. Il voulait dissiper son rêve, la faire souffrir. Ne l'avait-elle pas poussé sur la route de la mort ?

C'est alors qu'un bruit de pas retentit dans le couloir. Soudain, la porte s'ouvrit dans un grincement et des hommes en armes se déployèrent autour du lit. Avant même que Dante pût se rendre compte de quoi que ce soit, cinq paires de mains gantées de fer se refermèrent sur lui et le soulevèrent.

« Êtes-vous messire Dante Alighieri, Florentin ? » interrogea le plus gradé. Pietra avait crié. Elle était maintenant bien réveillée, recroquevillée dans le lit, blême de terreur.

Le souffle court, il chercha une explication à cette agression dans les uniformes des soldats. Leurs cottes d'armes étaient frappées des deux bandes ondées des Caetani. C'étaient donc des gardes du château, des hommes du décurion. Il tourna le regard vers le seuil, dans l'espoir d'y découvrir l'officier. Mais l'homme qui y était apparu portait la tenue blanc et noir des dominicains.

« C'est vous, Alighieri ? demanda-t-il d'un ton glacial.

— Oui. Que me voulez-vous ?

— L'inquisition romaine entend vous interroger. » Il adressa un signe de tête aux soldats. « Donnez-lui le temps de se rhabiller. Et qu'il n'y ait pas sur lui trace de la lascivité à laquelle il s'est adonné. »

Les hommes desserrèrent leur étreinte, sans détourner les yeux de leur prisonnier. Soudain Dante se rendit compte qu'il était complètement nu et la honte l'envahit. Il ramassa d'un geste rageur les vêtements qui gisaient au sol et se couvrit en hâte. Mesurant pleinement son humiliation, il se dit que c'était peut-être l'un des tourments destinés aux âmes damnées.

Un chariot couvert attendait dehors. On le poussa à l'intérieur sous les regards curieux et venimeux des passants qui encombraient déjà la rue à cette heure de la journée. Bien qu'apeurés par les hommes armés, ils échangeaient des phrases moqueuses dont le sens lui échappait. « Déguerpis ! s'écria un des gardes avant d'assener un coup de pied à un curieux qui s'était trop approché. Ou tu viendras toi aussi au bal de la Chancellerie. »

Le badaud obtempéra aussitôt, tandis que le véhicule s'éloignait en cahotant sur les pavés. Alors qu'ils s'engageait dans le tournant, Dante eut le temps de voir Pietra qui, à moitié nue, le regardait depuis le seuil. Il lui sembla qu'elle lui disait quelque chose, mais ce n'était peut-être que l'effet de son imagination.

Coincé entre les corps massifs des gardes, il ne parvenait pas à comprendre où on le conduisait. Il sentait que le chariot virait et ralentissait fréquemment, comme s'il avait du mal à se frayer un chemin. Puis il devina qu'il roulait sur un pavement plus régulier.

Un instant plus tard, on le traînait dehors avec autant de rudesse qu'on l'avait fait monter. Il se retrouva dans une cour bordée d'une colonnade.

Emmené par les gardes, il suivit le moine qui se dirigeait rapidement vers le portique et s'y enfonçait. Il s'engagea dans un escalier qui menait à l'étage supérieur, puis dans un couloir éclairé par d'étroites ouvertures quadrangulaires ménagées à intervalles réguliers.

Au bout, une porte ouverte donnait sur une salle dépouillée. Une longue tribune reposant sur une estrade occupait le mur du fond. Cinq ou six moines – des dominicains et des franciscains, à en juger par leurs frocs respectifs – étaient assis derrière, dont un individu arborant une soutane sur laquelle se détachait un petit crucifix doré pendu à une chaîne. Un autre crucifix, immense et en bois sculpté, était accroché dans leur dos.

Violemment poussé par un garde, Dante fut obligé de s'agenouiller. Mais il se redressa aussitôt.

« Que me voulez-vous ? Je suis l'ambassadeur de Florence ! » s'écria-t-il.

Les religieux se contentèrent d'échanger quelques coups d'œil. Puis l'homme en soutane pointa le doigt sur lui. « Les attributs du siècle n'ont aucune valeur devant cette cour. Ce n'est pas de vos fonctions que vous êtes appelé à vous disculper mais de la plante vénéneuse que vous avez cultivée dans votre âme, l'abreuvant de l'eau mauvaise de votre incrédulité, de votre arrogance et de votre luxure.

— De quoi parlez-vous ? De quoi m'accuse-t-on ? »

L'Inquisiteur s'empara d'une liasse de parchemins posée devant lui et l'agita avec mépris. « Une copie des papiers qui vous sont chers se trouve entre nos mains. Que voulez-vous signifier avec vos vers, messire Alighieri ? Où se trouve la forêt de la mort dont vous parlez ? Et quelles sont les trois bêtes féroces qui en barrent le chemin ?

— C'est l'histoire de l'âme égarée dans la forêt du péché. Les bêtes sont l'allégorie des forces obscures qui dévoient notre conscience, répliqua-t-il, déconcerté.

— Pourquoi avez-vous choisi les trois animaux les plus nobles pour incarner la perversion ? Des symboles qui ramènent à l'esprit Rome et le royaume de France, plutôt que des mœurs abjectes. À moins que vous ne vouliez vraiment désigner par vos diffamations la majesté de Rome et l'excellence des souverains ?

— Non… », répondit le poète, dont la voix trembla malgré lui. Certes, pensait-il, sa louve famélique pouvait vraiment représenter la mauvaise administration de l'Église. Et le lion était le blason des rois de France. « Ce n'est pas le cas…

— Et pourquoi avez-vous écrit cette fable éloignée de l'expérience commune des peuples qui ont, dans leur simplicité, une image des vivants et des morts plus proche de la source du savoir, la voix pure des pères de notre foi ? Qu'avez-vous tenté d'ajouter à leur parole ?

— On écrit ce qu'il est impossible de dire. Car les mots liés par la plume et réglés par un juste mètre acquièrent un ordre majestueux qui fait d'eux les seuls dignes de transcrire la vérité. Frappés au sceau de l'esprit ordonnateur, ils reflètent la voix de Dieu.

— Vous blasphémez ! Vous entendez, vous, un laïc, singer la voix de Dieu ! Comme si vous étiez l'un de Ses prophètes, éclairés par Sa terrible grâce ! Dans quel abîme de l'esprit avez-vous nourri une telle morgue ? s'écria l'Inquisiteur, s'agrippant à son crucifix comme à une ancre. À quelle infernale leçon avez-vous assisté sans nourrir le moindre remords, la moindre peur d'être châtié, la moindre horreur de vous-même ? Quels maîtres obscurs avez-vous rencontrés sur ce chemin de perdition dont vous parlez dans l'incipit et sur lequel vous souhaiteriez entraîner vos malheureux lecteurs ? Qu'avez-vous *fait*, messire Alighieri, pour devoir déranger l'autorité des Anciens et la condescendance des pieuses femmes ? Vous, un misérable grain dans les sables infinis de Dieu, vous seriez défendu par la Mère du Sauveur, rien de moins ! À croire que vous avez noué un pacte avec la Puissance elle-même ! Au moins les irréductibles Juifs croient, dans leur stupide folie, que Dieu peut avoir choisi un peuple entre tous pour l'élire à Sa droite. Vous, vous croyez que Dieu veut élire un seul homme, vous ! Même les ténébreux disciples de Mahomet baissent humblement le front devant les paroles de leur Livre. Vous, vous prétendez les écrire !

— Ce n'est qu'une fable poétique, dont le dessein est de racheter l'homme de la peste du péché auquel nous condamne la faiblesse de notre condition.

— Notre faiblesse... nous condamne ? Vous soutenez que l'homme est irrémédiablement pécheur ? Ainsi le dieu de lumière qu'est le Christ ne pourrait engendrer de créature parfaite, et la Création serait l'œuvre d'un dieu malin dont notre chair a hérité les scélératesses ? » Le ton de l'Inquisiteur était maintenant mielleux et ses paroles malicieuses. Dante comprit qu'il lui tendait un piège, qu'il entendait lui faire endosser les articles de foi des hérétiques cathares. Il serra les poings tout en songeant à mesurer avec une extrême attention sa réponse.

« C'est ce que vous croyez, messire Alighieri ? insista l'homme, tandis que les moines assistaient, impassibles, à ce dialogue.

— Je crois aux vérités révélées, ainsi que l'Église, dans sa séculaire sagesse, les a accueillies et ordonnées. Et le poème que vous m'avez dérobé n'est autre que la transfiguration poétique du parcours que doit accomplir l'âme pour parvenir au salut en méditant sur le péché et ses punitions, le Bien et sa gloire. Il prend la forme d'un voyage dans les royaumes de l'outre-tombe, car c'est là que la main de Dieu écrase ou soulève avec le plus de force ! »

Les inquisiteurs échangèrent un bref regard, puis leur chef se pencha de nouveau à la tribune. « Et pourquoi avez-vous écrit cette fable en langue vulgaire et sur le ton de la vérité ? Vous voulez peut-être vous adresser directement aux incultes en jouant sur leur naïveté et en montrant que ce voyage s'est vraiment déroulé ? Afin de corrompre les esprits vulnérables à la suggestion du Mal ? Et les amener à vous croire capable d'enfreindre les lois de Dieu ? Vous voulez être un nouvel Apollonios de Tyane, un second Simon mage ?

— Je veux que mes paroles puissent être comprises dans une langue qui est tout aussi noble que celle des pères quand elle est bien employée ! Je veux que mon œuvre soit un monument de poésie !

— Et vous vous croyez en mesure de l'utiliser du mieux possible ? Et puisque la gloire des lettres vous anime, et non une envie malsaine de vous faire prophète, pourquoi appauvrissez-vous votre esprit avec une fable pour enfants ? Un voyage en enfer ! Personne, sur les parvis et dans les foires, ne songerait aujourd'hui à produire un spectacle aussi absurde et grossier, pas même les pires saltimbanques ! À moins que votre œuvre ne soit qu'une monstrueuse tromperie !

— Quoi ? Une tromperie ? s'exclama Dante d'une voix étranglée.

— Une argumentation cachée ! Où, grâce aux significations occultes dissimulées dans l'écriture, un message diabolique est confié aux feuilles, glissé dans les allégories et dans les allusions dont vous avez farci vos vers. Comme ce maudit chien qui devrait se faire passer pour la louve romaine ! À quoi faites-vous allusion, messire Alighieri ? Souhaitez-vous un retour de l'empereur ou, pis, d'un de ses brigands tels que Colonna ? Et pourquoi demandez-vous au païen Virgile, connaisseur d'arts magiques, de vous escorter dans une entreprise qui devrait être placée sous l'aile protectrice d'un saint, ou d'un théologien ?

— J'ai choisi Virgile parce que... parce que... » Le poète se tut, écrasé par l'immensité de ce qu'il lui fallait expliquer. Il poussa un profond soupir et reprit : « Parce que seule la raison est en mesure de nous réconforter dans les ténèbres du Mal ! Et Virgile, mieux que quiconque, peut représenter par symboles la force de notre esprit. Mais quand le voyage parviendra au seuil de la lumière, un autre esprit me tiendra lieu de guide !

— Un autre ? Lequel ? »

Dante hésita un instant. « Je ne le sais pas... encore. Peut-être saint Bernard... »

À ces mots, l'Inquisiteur se tourna vers les autres religieux, qu'il consulta en silence. « Pourquoi saint Bernard ? poursuivit-il d'un ton soupçonneux. Pourquoi pas Pierre, ou Jean ? Pourquoi l'homme qui a donné son nom et dicté sa règle à l'ordre des Templiers ? Voilà ce que vous entendez célébrer en vous dissimulant derrière sa sainteté ? »

Dante redressa la tête avec orgueil. La peur qu'il éprouvait encore un instant plus tôt fondait soudain comme neige au soleil. Tout s'écroulait autour de lui, emportant ses desseins et ses rêves. Il ne lui restait plus que la mission qu'on lui avait confiée, et il la remplirait coûte que coûte.

« Je suis Dante Alighieri, ambassadeur de Florence. Et je suis venu m'entretenir avec le pape du destin de ma patrie, non d'allégories et de représentations poétiques. Jetez donc aux flammes ces parchemins qui vous inquiètent tant. Mes projets ont changé. »

Un murmure parcourut les rangs des moines. L'Inquisiteur se renfonça dans son fauteuil, déconcerté. Peu à peu, le triomphe se peignit toutefois sur son visage. « Vous reconnaissez donc l'arrogance et la folie de ce que vous avez consigné sur ces papiers ?

— Un autre homme a écrit ces vers. Plus rien n'en survit désormais.

— Le poids de nos accusations vous a-t-il éclairé ? »

Dante, qui percevait la surprise de l'Inquisiteur et sa méfiance derrière son air satisfait, opina du bonnet.

« Vous reniez donc ces pages blasphématoires ? »

Il hésita un instant puis haussa les épaules avec indifférence, mais ce geste suffit sans doute à l'homme, qui ordonna d'un signe de tête aux gardes de se retirer. Le poète fut poussé dehors, l'esprit encore enflammé.

Il redescendit l'escalier accompagné de deux moines silencieux qui l'abandonnèrent devant la porte. Au même moment un violent coup de tonnerre retentit, semblant saluer sa libération. Une lueur bleue illumina les nuages et la pluie se remit à tomber avec une vigueur renouvelée.

Hébété, il fit quelques pas puis s'immobilisa au centre de la place, dans une flaque qui s'était formée entre les restes d'anciens pavés. Il ne sentait même pas les filets d'eau glaciale qui couraient sur sa peau, s'insinuant dans le col de son manteau.

La foudre s'abattit non loin de là avec un grand fracas. Il leva la tête vers le ciel de plomb, la main au-dessus des yeux. Y avait-il quelque chose derrière la couche de nuages, qui se diluait dans ce déluge ? Ces éclairs étaient-ils vraiment la voix de Dieu ?

Non, il n'y avait rien au-dessus de lui. Et il n'y avait rien au fond de son cœur. Il ne ressentait plus rien. Peut-être le Christ était-il vraiment un imposteur, et la Terre un jouet insignifiant que des dieux archaïques s'amusaient à faire tournoyer dans le vide. Et que l'âme n'existait pas non plus, consistant seulement en un enchevêtrement de passions entraînées par le tourment aveugle de la luxure.

Il songea à la peine de ses maîtres antiques qui avaient atteint avant lui le seuil qu'il fuyait, horrifié. Ils l'avaient franchi, eux, et la gloire chantait encore leur désespoir. Un lâche, voilà ce qu'il était. Il avait détourné les yeux de la vérité en se cachant derrière une légende.

Les contours des murs et des rues s'estompaient sous la violente averse. Un instant, il crut reconnaître parmi ces filaments de plomb les traits de Cavalcanti. Ce devait être la fièvre qui guidait ses sens altérés. Pourtant, il aurait juré que c'était Guido, avec son air moqueur. Et il avait jailli de l'ombre de la mort non sous l'aspect qu'il arborait au cours de ses derniers jours, mais l'air triomphant, comme du temps de sa gloire terrestre. Il tendit la main et essaya de le toucher.

« Tu as enfin compris. » La voix de son ami semblait s'échapper de sous la surface de la mer. « Tu retournes enfin parmi nous, les Fidèles d'Amour[1], après nous avoir abandonnés. Trop tard pour t'étreindre… »

---

1. Société secrète de gens de lettres à laquelle Dante appartenait et dont Cavalcanti était un maître. Ses membres considéraient l'expérience amoureuse comme une mystique à part entière.

Guido disparaissait. Dante s'élança vers sa silhouette qui se brouillait derrière le voile de l'eau et, emporté par son élan, se retrouva mystérieusement sous le portique d'une église. Il était brûlant de fièvre, mais au moins il ne subirait plus le martèlement de la pluie sur sa tête.

Tandis que les coups de tonnerre se succédaient, il se demanda s'il avait vraiment vu le fantôme de Cavalcanti. La fatigue lui avait-elle embrouillé les idées ? Ou avait-il été la proie du rêve qui plante ses griffes dans l'âme concupiscible lorsque l'âme rationnelle s'enfuit dans le sommeil ?

Il avait eu l'impression que son ami voulait lui transmettre un message dissimulé sous ses paroles. Une image, comme celles que notre esprit dessine dans le sommeil.

Il ne dormait pas ! Et pourtant il était presque certain d'avoir vu Guido ! Il connaissait bien son sourire ironique sur lequel il pouvait lire tous les non-dits, il se rappelait toutes ses moqueries et les femmes qu'il avait accablées de son mépris… Puis une lumière encore plus vive que celle des éclairs se fit dans son esprit. Les images du rêve s'ajoutèrent au vague souvenir qui le harcelait depuis le jour de l'autopsie. Voilà, si Guido avait voulu lui transmettre un message, c'était cela ! Il devait trouver Giotto.

Aidé par les indications des passants, il parvint enfin à la Via dei Colorari. Il pénétra dans la ruelle, sur laquelle donnaient une demi-douzaine de boutiques. Un garçon était assis sur le seuil de l'une d'elles. À l'abri d'un auvent de toile, il broyait une poudre rougeâtre à l'intérieur d'un mortier de pierre serré entre ses jambes. Dante lui demanda :

« Sais-tu où habite Giotto ?

— Le peintre florentin ? Au fond, en haut de l'escalier. »

La ruelle se terminait devant un bâtiment de deux étages dont l'escalier avait sans doute conduit autrefois à un troisième niveau. La volée de marches s'achevait dans le vide, juste au-dessus d'une ancienne fenêtre transformée en porte. Le poète y frappa.

Un grognement et une imprécation s'échappèrent de l'intérieur. « Je travaille, allez-vous-en !

— Ouvre, c'est Dante ! »

Un bruit de pas et d'objets déplacés s'ensuivit, puis la porte s'ouvrit et la silhouette massive du peintre apparut sur le seuil. « Oh, Dante ! Tu es venu… »

Sans lui laisser le temps de terminer sa phrase, le poète écarta son ami et s'engouffra dans son habitation, une vaste pièce encombrée d'outils, de seaux de poudre et de cartons roulés qui la rendaient presque impraticable. Sous leur poids, le plancher s'incurvait périlleusement au milieu. On aurait dit une grande coupe près de déborder.

« C'était toi !

— Que veux-tu dire ?

— Le visage sur le sarcophage de la papesse Jeanne ! C'est toi qui l'as peint ! »

Giotto fixait son ami, semblant se demander s'il valait la peine d'avouer. Il finit par esquisser un sourire et acquiescer, les paupières plissées, comme s'il revivait la scène. « Comment l'as-tu découvert ?

— Tu lui as donné le visage de Vana, crapule !

— Ha, ha ! La plus belle chanteuse de Florence. Je ne cesse de penser à elle, comme si elle était encore en vie. Je l'ai dans le sang. »

Dante détourna les yeux. Remarquant son trouble, Giotto poursuivit : « Toi aussi, mon ami, puisque tu as reconnu ses traits. »

Il hésita un moment puis lui saisit la main et le conduisit devant un objet couvert d'un drap. Sans cesser de ricaner, il s'exclama d'un air complice : « Regarde ! »

Un tableau aussi grand qu'un retable reposait sur un chevalet.

« On dirait qu'elle s'apprête à chanter, n'est-ce pas ? » Il caressa la gorge de cette image comme s'il s'agissait de la chair d'une femme. « Je suis vraiment habile, mon ami. » Mais le ton était exempt de son arrogance habituelle, on y décelait plutôt de l'amertume face à cette illusion, ombre de la beauté perdue. « Et ces maudits frères qui ne se décident pas à me payer ! » s'écria-t-il, maintenant d'une tout autre humeur.

Le poète ne lui prêtait guère attention. La satisfaction que lui avait apportée la confirmation de son hypothèse s'était évanouie, chassée par les souvenirs que le portrait de Vana del Moggio éveillait dans son esprit. Prenant sur lui, il interrogea au bout d'un instant :

« Qui t'a passé la commande ?

— Un homme. Mais je n'ai jamais vu son visage, si c'est ce que tu veux savoir. Je ne regardais que la bourse de ses carlins ! Ha, ha ! » Et comme Dante demeurait sombre, il ajouta : « J'ai pensé qu'il était, lui aussi, fatigué de contempler des saints et des madones !

— Quand lui as-tu livré ton travail ?

— Il est venu le chercher lui-même, accompagné de deux serviteurs. Je croyais que c'était une farce, comme le jour où je peignis des oreilles d'âne sur le blason des Tornaquirici… Mais où vas-tu ? »

Dante se mit à errer, en proie à ses pensées. Comme l'avait dit le décurion à propos de la plèbe, voilà qu'il descendait lui aussi vers les bas-fonds de la ville. Au fur et à mesure qu'il s'approchait du Tibre, le dédale de ruelles qui menait du Champ de Mars au château était de plus en plus peuplé. Des pèlerins le pressaient de toutes parts, ce qui l'obligeait à se serrer contre les murs des pauvres habitations. Plus d'une fois, il dut soulever le bas de son manteau pour le soustraire aux souliers boueux des plus pauvres, ou aux roues du chariot d'un noble engagé par mégarde dans ce labyrinthe.

Bien que le Jubilé eût pris fin, de très nombreux pèlerins continuaient d'affluer à Rome pour prier sur la tombe de Pierre, demander des grâces ou obtenir l'absolution de leurs péchés. Certains ne possédaient que les vêtements qu'ils arboraient. D'autres traînaient des baluchons et des paquets, et contribuaient ainsi à obstruer le passage. Là où les rues se rejoignaient, les divers groupes se heurtaient comme le ressac dans de grands gargouillements, jusqu'à ce que le plus hardi l'emportât, se ménageant un chemin à coups de coude et repoussant ses adversaires dans cette course au salut de l'âme.

De cette masse ondoyante montaient des chants et des cris, des psaumes mâchonnés dans un latin déformé par d'infinis accents régionaux qui blessaient les oreilles du poète tels des coups de lance. Une fureur violente s'emparait de lui à l'écoute de ces sons barbares qui transformaient la noble langue des pères en un ensemble de gémissements incompréhensibles. On aurait dit des chiens mastiquant une grande tapisserie de fils d'or et de soie.

Après avoir évité de justesse l'arête en pierre d'une maison qui, pour une mystérieuse raison, empiétait sur la rue, il atteignit enfin un tronçon rectiligne. Une Rome libérée des remparts s'offrit à ses yeux : il distingua le pont en contrebas et, de l'autre côté du Tibre, le château, qui semblait surveiller de son ombre impassible l'agitation déchaînée à ses pieds.

Il s'immobilisa un instant pour reprendre haleine. Mais aussitôt la foule le poussa en avant, telle une main gigantesque, et il lui fallut se remettre en marche pour échapper à sa pression. Encouragés par la descente, les pèlerins accéléraient le pas, indifférents aux plus faibles et aux plus âgés, qu'ils risquaient de renverser. Les Juifs fuyant l'Égypte avaient sans doute cheminé de la sorte, à la vue de la mer Rouge et des eaux qui s'ouvraient devant eux, songea-t-il.

Et si les seconds s'étaient jetés en avant, pressés par les armées de Pharaon, les premiers tentaient de repousser l'assaut d'une quantité de vendeurs ambulants postés des deux côtés de la rue. Armés de corbeilles contenant des pains, des morceaux de viande et de poisson confondus, ainsi que de petits barils d'eau et de vin, ils se précipitaient sur les pèlerins à l'instar d'une meute de loups, se ruant de préférence sur les plus las, qu'ils s'efforçaient de retenir avant de passer à la vague suivante. Des charrettes bordaient la rue ainsi que la chaussée du pont, remplies de babioles, de vêtements, de crucifix de toutes formes aussi bien en métal qu'en bois. Derrière ces étals improvisés, les commerçants exhibaient leurs marchandises et les vantaient à grands cris.

Dante pointait le regard droit devant lui et secouait machinalement la tête afin de se soustraire aux importuns. Il venait de contourner un individu qui essayait de lui vendre une image sainte, quand on l'attrapa par le manteau et l'attira sur le côté, dans un retrait. À cet endroit, la rue dessinait un creux avant de remonter vers le pont. Il dérapa sur le fond boueux de la grève et dut s'appuyer contre une charrette pour éviter de perdre l'équilibre.

« Arrêtez-vous, messire ! » entendit-il crier. Il pivota brusquement, prêt à repousser un énième assaut, et se trouva nez à nez avec un homme d'âge mûr qui examinait son manteau. « À en juger par vos habits, vous devez être un noble lombard. Venez, j'ai quelque chose pour vous. »

Dante jeta un coup d'œil au chargement de la charrette salvatrice. Il comportait des objets de toute sorte, surtout des pots en métal et en terre cuite, de petites amphores d'albâtre, des statuettes intactes ou mutilées, des morceaux de marbre coloré, des têtes humaines de diverses dimensions, ainsi qu'un cheval sans jambes sculpté dans une espèce de pierre verte.

« La noblesse de vos traits trahit votre nature, reprit le marchand. Je suis certain que vous n'aimeriez pas quitter la ville sans emporter un souvenir tangible de sa grandeur passée ! Je peux vous offrir des objets que touchèrent les grands Romains. Regardez cette ampoule en albâtre ! » Il fourra dans les mains du poète un flacon blanchâtre. « Reniflez ! N'a-t-on pas l'impression de sentir les précieux arômes qu'il contenait autrefois, pour les plus grands délices des nobles matrones ? Ne vous semble-t-il pas reconnaître sur son col le toucher de leurs doigts délicieux ? » ajouta-t-il avec un sourire sournois.

Dante examina brièvement l'objet et le rendit d'un geste agacé. Les doigts des grands Romains ? Les pires artisans de Florence eussent été plus habiles. Et puis, ce n'était pas un flacon de parfum, mais l'imitation d'un lacrimoir, réalisé dans une matière plâtreuse qui contrefaisait l'albâtre. La teinte qu'on y avait appliquée lui collait encore aux doigts. Il promena le regard sur les autres articles, des faux manifestes. Comment cet individu songeait-il à escroquer un homme issu d'une ville où les antiquités romaines étaient connues et appréciées ? Comment osait-il...

C'est alors qu'il aperçut un objet à moitié dissimulé par une affreuse tête d'empereur barbu. Il sursauta.

« Ça ! » s'écria-t-il d'une voix étranglée en s'emparant d'un vase de verre opaque, identique en tout point – jusque dans son bouchon à tête de chien – à celui qu'on avait retrouvé dans la tombe de la papesse. « Où l'avez-vous déniché ?

— Je savais qu'un de mes articles obtiendrait les faveurs du connaisseur que vous êtes. Un vase en verre antique, trouvé dans les ruines du Forum. Il est probable que Romulus s'en servit pour puiser de l'eau à la fontaine Veia…

— Tais-toi, charlatan ! Où l'as-tu pris ? » Le poète tendit sa main libre vers le cou du vendeur, qui balbutiait et jetait un regard circulaire, comptant peut-être sur l'aide d'un de ses confrères. Mais le désordre et son relatif isolement jouaient en faveur de Dante, qui se fit plus menaçant.

« Maître Antonio, le verrier qui tient boutique près du Campo di Fiori, en est l'auteur, finit-il par avouer après avoir évoqué encore une fois une origine mystérieuse. Mais il est identique aux vrais… »

À en juger par son regard effrayé, le marchand disait la vérité. Dante puisa une pièce dans sa bourse et, muni de son trésor, replongea dans le fleuve de pèlerins.

Tout en courant vers la place, il continuait de tourner et de retourner le vase entre ses doigts. Il n'y avait aucun doute : il était identique à la mystérieuse urne éternelle. Qui était ce maître Antonio, et quel rôle jouait-il dans cette histoire ?

Il remâchait ses soupçons lorsqu'il entrevit, derrière une construction basse, une cheminée d'où s'élevait un nuage de fumée dense et blanchâtre. Il en franchit le seuil et pénétra dans une pièce surchauffée au fond de laquelle s'ouvrait la bouche flamboyante d'une fournaise. De grosses souches de chêne y brûlaient, entourées d'une sorte de muret de briques qui soutenaient un gros creuset en métal. Le récipient projetait une luminescence verdâtre, ainsi que d'incessantes éruptions de débris incandescents. Indifférent à cette pluie ardente, un homme y agitait une perche métallique.

« Êtes-vous maître Antonio ? C'est vous qui avez fabriqué ceci ? »

L'artisan poursuivit sa tâche, impassible. Une fois satisfait, il ôta la barre, entraînant un long filament de matière lumineuse qu'il enroula autour.

« Que voulez-vous, messire ?

— Ce vase ! C'est vous qui l'avez fait ? »

Il jeta un coup d'œil à l'objet que lui tendait Dante puis posa sur le Florentin un regard soupçonneux. « Peut-être. Pourquoi me posez-vous cette question, étranger ?

— C'est important. Le Mal est attaché à votre œuvre. Mais le Bien pourrait en jaillir si vous me répondez. »

L'homme ne semblait pas comprendre. Sans doute était-il intimidé par la tenue et les manières décidées du poète. Il se disait de toute évidence qu'il avait affaire à un personnage très puissant, malgré son allure d'étranger. Il finit par déclarer, hésitant :

« Je ne crois pas avoir fait rien de mal. L'homme qui m'a chargé de cette besogne ne m'a pas interdit de le reproduire…

— On vous a demandé de fabriquer ce récipient ? Qui ?

— Je l'ignore… un inconnu. Je n'ai pas vu son visage, il portait un capuchon… il m'a bien payé… »

Un élan de rage s'empara de Dante. Encore un spectre ! Pour sûr, il s'agissait de l'inconnu qui avait commandé un portrait à Giotto. Mais pourquoi ? Pourquoi ?

Impressionné par sa réaction, l'artisan reprit : « Je ne croyais pas que c'était important, je vous le jure. J'en ai fait deux ou trois autres pour les vendre aux pèlerins… je trouvais la forme jolie…

— Deux ou trois autres ? Combien d'exemplaires prévoyait la commande ?

— Douze pièces. Toutes identiques à celle que mon client m'avait apportée. Je devais effectuer des copies le plus exactes possible. "Maître Antonio, m'a-t-il dit, je sais que vous êtes le seul verrier de Rome à pouvoir me satisfaire", et il m'a donné son vase à copier.

— Et vous l'avez copié ?

— Non… pas exactement…

— Que voulez-vous dire ?

— Voyez, l'objet était trop complexe pour qu'on puisse le reproduire dans les moindres détails…, répondit l'homme, auquel il coûtait apparemment d'admettre son échec. La partie inférieure était plus ou moins telle que vous la voyez, mais son couvercle non… il était surmonté d'un monstre…

— D'un monstre ?

— Oui… une bête étrange, que je n'avais jamais vue… une tête, une tête incroyable… J'ai essayé dix fois de la reproduire, mais le verre en fusion refusait d'adopter sa forme… J'ai fini par baisser les bras et j'ai fabriqué le couvercle que vous avez sous les yeux…

— Et qu'a dit votre client ?

— Il a commencé par s'emporter violemment, répondit maître Antonio, en frissonnant comme s'il revoyait la scène. Puis il s'est calmé et je l'ai entendu marmonner…

— Qu'a-t-il dit ?

— "Les dieux ne s'arrêteront pas à la forme", ou quelque chose de ce genre. Il a réuni les vases que j'avais soufflés et disparu après m'avoir versé mon dû. Vous voulez que j'en fabrique d'autres pour vous ? » interrogea-t-il d'un ton plein d'espoir.

Mais Dante s'était déjà éloigné.

13

15 novembre, après midi

Dante se rendait à la légation florentine. Il lui fallait gagner du temps, et il réussirait peut-être à trouver la solution de l'affaire. Devant la porte, plusieurs hommes s'employaient à fixer un chargement sur le dos de quelques mules. L'un d'eux lui jeta un coup d'œil distrait puis, l'ayant reconnu, se précipita vers lui.

« Messire Alighieri, enfin ! Nous vous cherchons depuis hier ! Où étiez-vous passé ? »

Ignorant la question, Dante s'approcha des montures et examina les sacs accrochés à leurs selles. Puis il lança à l'homme qui l'avait suivi : « Ce sont nos bagages. Que faites-vous, messire Corazza ? Qui vous a donné l'ordre de partir ? »

Maso Minerbetti, l'autre ambassadeur, dissimulé par les bêtes, avança. « Mais vous n'avez rien su ? Ce qui s'est produit à Florence ?

— Que s'est-il passé ?

— Un messager est arrivé. Messire Corso Donati et les siens ont renversé le Prieuré, les Blancs sont en fuite ou cachés.

— Et ce maudit Français, Charles de Valois ? Ne devait-il pas réconcilier les factions à l'aide de ses soldats ? N'étaient-ce pas ses lances qui devaient interdire cela ? » En proie à un accès de rage, Dante saisit Corazza par le col. Il pouvait sentir l'odeur de la peur dans son haleine. « Damnés imbéciles ! Je les ai conjurés pendant des jours et des jours, au Conseil, de ne pas ouvrir les portes de la ville au Français ! Un homme étroitement lié à Boniface, prêt à tout pour obtenir le soutien du pape dans sa course au trône impérial ! Et c'est justement lui qu'ils ont fait entrer !

— Peut-être ont-ils cru bien faire... », hasarda timidement Minerbetti.

Le poète se tourna vers lui comme un serpent. « Bien faire ! Ils ont livré la bergerie au loup ! Et maintenant vous dites que les Donati sont maîtres de la commune ? »

Libéré de son étreinte, Corazza da Signa avait reculé rapidement. Rassuré par cette distance, il se redressa de toute sa taille et déclara avec un air félin : « Il serait bon que vous modériez votre ton, messire Alighieri ! Jouer l'enflammé du parti blanc pouvait être à votre avantage quand dominaient les Cerchi, votre faction. Mais maintenant que règne Donati, il est temps de baisser vos plumes de coq ! On parle déjà de vols et de dévastations. Si vous tenez à sauver vos maisons et vos biens, hâtez-vous d'attacher vos sacs et de nous suivre.

— Non. Vous partirez, vous, si vous le souhaitez. Je dois encore mener mon œuvre à terme.

— Mais la mission est conclue, répliqua Corazza, hargneux. Et, semble-t-il, sans succès. Boniface ne vous a même pas écouté. Les nouveaux gouvernants veulent qu'on en rende compte. Et c'est vous, l'homme qui s'est arrogé le rôle de guide, qui a fait et défait, c'est vous qu'on attend avec le plus d'impatience.

— Allons, messire Alighieri. Venez avec nous, intervint Minerbetti d'un ton bienveillant. Un acte de soumission, une petite offrande au baptistère, et vous verrez que les Donati oublieront votre hostilité. Au fond, votre épouse ne compte-t-elle pas à leur nombre ?

— Et je devrais m'abriter derrière ma femme pour dissimuler ce que j'ai fait à la lumière du soleil ? Non, je reste. Si cette mission auprès de Boniface a échoué, je dois en accomplir une autre, aussi importante pour ma conscience. Faites ce que vous voulez et ce que votre mesure vous dicte. »

Corazza, qui tentait de déchiffrer l'allusion du poète, haussa les épaules et lança : « Ainsi, vous admettez que vous n'avez abouti à rien. Et vous voudriez maintenant vous en laver les mains, comme Pilate ? Et nous envoyer affronter le jugement ?

— Fichez le camp ! siffla Dante, si menaçant que l'homme recula une nouvelle fois. Et dites aux nouveaux gouverneurs de ma ville qu'on a fait ce qu'on a pu. Compte tenu de l'iniquité de Boniface, du manque de temps et de la fausseté des jugements humains. »

Il sentit un élancement derrière l'oreille. Les silhouettes de ses deux compagnons se mirent à danser devant ses yeux que blessait la lumière sanguine du couchant. Il entendit Corazza aboyer :

« Mais pourquoi tant de morgue ? Ne pouviez-vous donc pas vous incliner devant Boniface et baiser sa maudite main ? Votre père Alighieri fut beaucoup plus accommodant, quand les gibelins balayèrent les nôtres à Montaperti[1] !

1. Bataille entre Florence (guelfe) et Sienne (gibeline) livrée le 4 septembre 1260. Elle fut remportée par les Siennois, appuyés par le roi Manfred.

— Que voulez-vous dire ?

— Elle est bien bonne ! Tout le monde, jusqu'en Vacchereccia, sait qu'il traita avec les gibelins de Farinata degli Uberti, lesquels épargnèrent ses biens et ses maisons en échange de sa soumission. Et lui procurèrent peut-être même quelques profits supplémentaires dans ses prêts, puisqu'il était déjà prêteur à l'époque... »

L'homme aurait peut-être aimé ajouter quelque chose, mais la gifle que Dante lui imprima sur la bouche lui coupa la parole. Le coup fut si violent qu'il perdit l'équilibre et fut contraint de s'agripper aux rênes de sa mule. Blessée par le mors, la bête poussa un hennissement de douleur, se cabra et se mit à ruer. Corazza glissa et s'effondra.

Dans son élan, le poète avait lâché le vase, qui se brisa au sol. Il en observa un moment les morceaux puis, furieux, s'acharna sur son adversaire, à quatre pattes. « C'est la position qui vous sied le mieux ! » grogna-t-il. Il lui assena un coup de pied dans les reins, tandis que Maso Minerbetti se coulait derrière une autre mule. Corazza roula dans la boue et tenta de se relever en poussant des gémissements et des cris de peur. Dante bondit vers lui et brandit le poing.

Attirés par la bagarre, des badauds faisaient cercle autour d'eux. Des artisans qui avaient jailli de leur boutique, munis de leurs instruments de travail, accouraient eux aussi. Le groupe ne cessait d'augmenter, comme si un héraut invisible avait annoncé la nouvelle dans les ruelles voisines. Dans cet amphithéâtre improvisé, les moqueries et les rires se succédaient, accompagnés de commentaires insolents sur le compte des misérables pèlerins qui avaient envahi Rome.

Dante jeta un regard circulaire et rougit. Il se pencha sur Corazza, qui avait placé les mains sur sa nuque en guise de protection, et, le saisissant par le col, l'obligea à se relever.

« Tenez-vous debout au lieu de pleurnicher, siffla-t-il entre ses dents. Nous sommes les ambassadeurs de la noble Florence, nous ne devons pas nous donner en spectacle à la populace romaine. » Il tapota le manteau de l'homme afin de chasser la boue qui le souillait.

« Ma Florence n'est pas la vôtre ! répliqua férocement ce dernier en se tenant la joue. Les Blancs sont battus ! Un beau *Domine repulisti* se prépare pour tous les compères des Cerchi !

— S'il ne restait dans ce chaudron que deux chiens se disputant un os, ils ne seraient certainement pas plus hargneux que les factions qui s'y combattent ! C'est votre rancœur, le désir de possession et la haine pour le mérite qui ont fendu la ville en deux comme une pastèque et qui préparent sa ruine ! » Tout en parlant, Dante avait tourné les yeux vers Maso Minerbetti pour l'englober dans cette invective.

À l'abri de la mule, celui-ci continuait de lorgner prudemment ses deux compatriotes. Il déclara de but en blanc : « Il est temps que les arts mineurs se libèrent de l'oppression des arts majeurs ! Et si la seigneurie des Donati parvient à ce résultat, qu'elle soit la bienvenue ! »

Dante laissa tomber les bras le long de son corps parmi les lazzis des spectateurs qui ne cessaient de brailler en les prenant pour cible. Il se sentait anéanti : jamais poète n'eût trouvé meilleure allégorie pour chanter la ruine de sa cité. Si trois citoyens n'étaient pas capables de s'entendre, que se passerait-il quand les Cent du Conseil devraient délibérer ? Et y aurait-il encore un conseil où s'exprimer, à son retour ?

Il s'apprêtait à donner libre cours à son découragement lorsqu'un grand bruit retentit dans la ruelle voisine. Une procession de pèlerins vêtus de la toile de sac des pénitents et emmenés par quelques moines portant sur leurs épaules une grande croix en bois apparut sur la place. Une foule avançait dans leur sillage, les bras levés au ciel, en criant des phrases incompréhensibles. Dante distingua quelques mots et en déduisit que la prière en question était née entre les murs de Babylone et que seul Dieu saurait l'écouter.

La procession le coupa de ses compagnons. Elle brisa également le cercle des spectateurs, qui rejoignirent pour la plupart les nouveaux venus et se mirent aussitôt à les railler en mêlant à leur prière des mots dénués de sens.

Mais les pèlerins ne semblaient guère saisir leur manège. Mieux, ils se montraient flattés par l'apparente ferveur avec laquelle le peuple romain les accueillait. Ravis, ils chantaient encore plus fort.

Dante vit ses deux compatriotes s'éclipser parmi la foule. Il était exténué et n'avait qu'un seul désir : retourner à son logis. Puis se jeter sur son lit, empoigner ses parchemins, tout oublier.

Après quelques hésitations, il entra dans la légation déserte et s'assit sur une balle de chiffons. Les feuilles de parchemin et les bagages qui gisaient sur le sol, abandonnés, témoignaient d'une fuite précipitée, reliefs d'un naufrage entraînés dans une dérive incontrôlée. Tout s'écroulait. L'édifice ordonné des connaissances et des études du poète, la foi qui l'avait animé, la conviction d'appartenir à un Univers qui n'était pas le fruit du hasard, mais le dessein de Dieu établi pour Sa gloire… tout se réduisait en poussière. Les nouvelles venues de Florence ne faisaient qu'accroître la violence de l'éboulement qui avait emporté tout son être.

Le Florentin n'aurait su dire combien de temps il demeura égaré dans ses pensées. Il sentit soudain qu'une main aimable le secouait.

Il pivota. Le sénateur Spada, accompagné d'un Kansbar toujours aussi énigmatique, se tenait devant lui, un sourire cordial éclairant son visage.

« Je suis heureux de vous revoir, messire Alighieri. Je m'apprêtais à partir pour la mer avec l'ambassadeur afin de lui montrer comment Rome prépare l'entreprise qui nous unira. C'est là que nous serrerons les nœuds de notre nouvelle alliance.

— Nouvelle alliance ? »

Spada éloigna le sujet d'un geste de la main. « J'ai pensé que vous pouviez être ici, et j'ai eu raison. Unissez-vous à nous, il est bon que Florence mesure elle aussi l'ardeur de nos préparatifs. Quand vous regagnerez votre ville, vous pourrez ainsi vous en faire le héraut et inciter vos concitoyens à se joindre à nous.

— La mer ? Seriez-vous prêts à embarquer ?

— Non, la flotte achève de se monter. Mais les forces chrétiennes sont déjà sur le qui-vive à l'un de nos avant-postes. Là où se dressait l'antique Ostie. »

Le poète hésita un moment. Il convenait peut-être de refuser et de prendre le chemin de Florence. Accepter cette invitation lui assurerait-il la protection du sénateur au cas où la situation se précipiterait dans sa ville ? Ou risquait-il de se livrer ainsi à l'homme de Boniface ? Il décida de tenter sa chance.

Un chariot attelé à deux gros chevaux bais attendait devant la légation. Des cavaliers l'entouraient, apparemment prêts à s'ébranler. Le sénateur écarta le rideau de chanvre qui recouvrait le véhicule et invita ses amis à monter.

Kansbar s'y hissa d'un bond agile, suivi de Dante. Saturniano Spada s'assit à côté d'eux et lança un ordre. Le petit convoi se mit alors en marche.

Ils se dirigèrent vers le fleuve, dont ils longèrent la rive au-delà de l'île et jusqu'au mont des Tessons. À cette hauteur, le chariot et son escorte s'engagèrent sur une passerelle en bois construite à côté des ruines d'un vieux pont en pierre, puis longèrent les remparts jusqu'à la Porta Portese. Ils se hissèrent ensuite sur une route qui conduisait vers la mer, au loin.

Des champs incultes et des bruyères s'étendaient à perte de vue autour d'eux. Dante comprit, au frottement des roues, qu'on empruntait de nouveau une route pavée.

« Nous sommes sur la Via Portuense, messire Alighieri, dit le sénateur. Nous allons maintenant nous diriger vers le sud avant de tourner vers notre destination. »

La route était bordée de vestiges antiques, de petits édicules, de tombes. Les restes d'une bâtisse pourvue d'arcs apparurent bientôt.

« C'était le château de la Magliana, messire Alighieri. Avant que l'assaut des Sarrasins le détruise. »

Dante se pencha pour mieux examiner ces ruines. Le mur antique était à moitié submergé par les ronces qui l'enserraient en un étau vert, le dissimulant presque à la vue. Des troupeaux de moutons broutaient autour.

Le tonnerre n'avait cessé de gronder au loin depuis qu'ils étaient partis. Les premières gouttes de pluie s'abattirent sur le véhicule et se transformèrent bientôt en une violente averse. Le poète referma en toute hâte le rideau, tandis que le charretier encourageait et fouettait les chevaux.

« C'est la saison des pluies, messire Alighieri. Rome est célèbre pour ses tempêtes automnales. Mais ne craignez rien, nous trouverons de quoi nous sécher et nous restaurer à la Citadelle.

— La Citadelle ?

— Oui, un avant-poste, sur la côte. Juste après le bourg Grégorien, non loin des ruines de la cité romaine. Ce que vous verrez vous surprendra, j'en suis certain. Cela vous fournira de la matière pour le poème que vous seul pourrez écrire. »

Le chariot avança sous une pluie battante pendant une dizaine de lieues. Le paysage environnant était maintenant plus accidenté. Les champs s'étaient effacés devant une succession irrégulière de reliefs en tuf, où la route s'insinuait à travers de petites gorges naturelles et des galeries creusées par une main humaine en des temps éloignés. On y distinguait les ombres de grandes ouvertures en partie naturelles et en partie ménagées par l'homme. Une voix retentit à l'extérieur : « Nous sommes à Malegrotte, sénateur. »

Saturniano Spada sortit de son abri et jeta un regard circulaire. Il donna un ordre au conducteur, puis rejoignit ses invités, son manteau constellé de gouttes d'eau. « Les routes se sont transformées en torrents de boue, mais nous devrions passer avant qu'elles deviennent impraticables, dit-il.

— Ces choses-là se produisent aussi en Terre sainte, déclara Kansbar. Il faudra veiller à ce que les véhicules ne soient pas trop lourds pour ne pas être obligés de les abandonner dans le désert. C'est à cause de cette erreur qu'échoua Richard Cœur de Lion à la troisième croisade.

— Non, rétorqua Spada. Ce qui favorisa les infidèles et détermina leur succès fut l'absurde rivalité qui opposait les princes chrétiens, et leurs intentions divergentes. Cela ne nous arrivera pas. Nous avons un dessein, un guide, une volonté uniques. Qu'en pensez-vous, messire Alighieri ? »

Dante écarta à son tour le rideau. Le chariot avait abandonné la route pavée et roulait à présent sur un chemin de terre battue, un peu rehaussé par rapport à l'étendue marécageuse environnante. Un plateau hérissé de touffes de roseaux et d'autres plantes palustres s'étendait jusqu'à l'horizon. Il se demanda si le terrain qui attendait la croisade, de l'autre côté de la mer, serait aussi désolé. Quelques bouquets d'arbres interrompaient çà et là l'uniformité du paysage, également brisée par un certain nombre de talus s'élevant de quelques empans au-dessus des eaux stagnantes.

Le poète chercha une réponse courtoise à livrer à son hôte sans pour autant approuver hypocritement son enthousiasme. Neuf expéditions contre les infidèles avaient fait suite à la première croisade en l'espace de deux siècles. Celle-ci exceptée, aucune n'avait obtenu le succès espéré. On avait assisté à un inutile gaspillage de vies et d'argent pour ce rêve, la domination de la Ville sainte, qui réapparaissait régulièrement en Orient, tel un de ces mirages qui se produisent, dit-on, parmi les sables.

« *Dieu le veut…* », murmura-t-il, pensif, en se remémorant la devise que les croisés avaient chaque fois inscrite sur leurs étendards. Ces bannières avaient roulé dans la poussière avec les os de ceux qui les avaient brandies.

« Bien sûr, Dieu le veut ! s'exclama le sénateur. Mais pas dans le sens mesquin auquel l'entendaient les premiers partisans de l'entreprise, qui imaginaient un dieu veillant sur Sa capitale comme un maître sur ses métayers. Ce que nous organisons fait partie d'un ordre surhumain, et nos efforts, faibles dans leur humaine nature, seront invincibles, car prévus et préétablis par Sa volonté supérieure ! J'aimerais que ce soit le sujet de votre chant, plus que notre infime valeur ! »

Pour toute réponse, Dante opina du bonnet. Une fatigue aussi amère que le goût de sel qui s'insinuait dans le chariot s'était abattue sur lui. Et si aucun dieu ne surveillait jalousement la possession des pierres de Jérusalem ? Et si cette ville n'était qu'un point sur la Terre, destiné à passer de main en main selon la puissance de celui qui y brandissait son épée ? Une citadelle sur la route de l'Orient, née pour ravitailler les caravanes qui s'aventuraient dans la mystérieuse Asie et pour leur extorquer de l'argent ? Une position de repli destinée aux grands Romains dans leur ultime assaut contre cette Asie, sur les traces d'Alexandre le Grand, frontière entre les puissants Égyptiens et les perfides Perses, une ville appartenant à tout le monde et à personne, parce que le peuple qui l'avait bâtie appartenait à tout le monde et à personne…

À quoi bon se lancer une nouvelle fois dans cette entreprise désespérée ? Et pourquoi Boniface œuvrait-il à sa réussite, appuyant le projet extravagant du sénateur ? Alors même que la célébration du Jubilé avait fait de Rome le cœur de la chrétienté, et du pèlerinage sur la tombe de saint Pierre l'équivalent de celui qui conduisait au Saint-Sépulcre ?

Dans sa morgue folle, ce vieil hypocrite entendait peut-être associer son nom à la libération de la Terre sainte. Le poète chassa aussitôt cette pensée. Certes, Boniface était faux, mais il était également rusé comme un serpent et il n'aurait jamais sacrifié une once de ses richesses dans un projet qui n'eût pas apporté un avantage réel à son pouvoir et à sa famille. Or, reconquérir Jérusalem ne risquait-il pas plutôt d'avantager la noblesse française, liée à son ennemi Philippe le Bel, ou aux barons italiens, amis de l'empereur ?

À moins que... à moins que le vieux voleur ne méditât un autre projet. Cette nouvelle hypothèse lui tira un sourire. S'il comptait vraiment écraser le Turc avec l'aide des terribles Mongols de Gasan Khan, il n'avait pas pour objectif Jérusalem !

Il observa à la dérobée ses compagnons. Tous deux étaient plongés dans leurs pensées. Le sénateur, en particulier, semblait en proie à une vision intérieure. Et si le véritable projet consistait, une fois les Turcs éliminés, à effrayer le patriarcat de Constantinople en portant la guerre à ses confins et à l'obliger de retourner sous l'aile protectrice de Rome ? Tel était peut-être le rêve de Boniface : être l'homme qui recomposerait le schisme d'Orient.

Au fond, c'était possible. Attaquée par les Turcs infidèles, l'Église d'Orient s'était de plus en plus liée à l'empereur de Byzance, dont elle avait accepté de devenir la fidèle servante en échange de sa protection. Mais si un allié de Rome la menaçait et que cette dernière lui tendait bienveillamment la main, lui assurant le salut contre sa soumission, ne serait-ce pas pour Boniface la plus grande des victoires ? Une victoire bien plus grande que la simple reddition du roi de France, qui déverserait dans ses caisses les immenses richesses de toute l'Europe ? En 1204, en seulement trois jours de pillage, une poignée de Vénitiens et de Francs avaient volé dans les maisons et les églises de Constantinople de quoi recouvrir d'or leurs cités. Combien son éternelle soumission rapporterait-elle ?

Il scruta une nouvelle fois le noble profil du sénateur qui se détachait contre le fond sombre du chariot. Comment cet homme avait-il pu se placer au service aveugle d'un pape simoniaque ? Son incrédulité païenne et son culte de la Rome antique n'auraient-ils pas dû l'éloigner de la tentation d'être son complice ?

Et pourtant il lui inspirait une profonde confiance. Il se sentait proche de lui, en dépit de son obséquiosité formelle à l'égard de Boniface. Si la situation se précipitait vraiment à Florence, il lui demanderait sa protection, dans la misère dont l'exil lui ouvrirait les portes.

Dehors, il n'y avait aucune trace de présence humaine. Pas un village, pas même une pauvre cabane, ou un filet de fumée s'élevant dans le ciel couvert. Le vent qui soufflait de l'ouest frappait implacablement le chariot, avec son chargement d'humidité saumâtre. Dante serra les pans de son habit contre lui, se recroquevilla dans un coin et posa la tête sur son manteau roulé, de façon à atténuer les cahots.

Il regrettait de plus en plus d'avoir accepté cette invitation. Quoi qu'il se cachât derrière la croisade, ce n'était pas sa place, il en était certain : il avait laissé à Rome sa tâche dramatiquement inachevée, sa mission vouée à l'échec, ses écrits à compléter. Il négligeait ses obligations, publiques envers la ville et privées envers les Muses. Les premières attachées au siècle et au sort des hommes, les secondes, bien plus importantes, destinées à lui apporter la célébrité dont il rêvait depuis qu'il avait vu, dans son jeune âge, les célébrations de Saint-Jean au cours desquelles on récompensait les savants de Florence.

Lui aussi voulait la couronne poétique. Et il désirait que ses compatriotes s'inclinent devant ses qualités de représentant de la chose publique. Lorsqu'il rentrerait avec la nouvelle de la capitulation de Boniface, un héraut le précéderait le long de la Via Cassia, annonçant aux paysans son retour et celui de la santé retrouvée de sa ville. Alignées sur le bord de la route, les femmes jetteraient des pétales de fleurs sur le pavage antique, après avoir exposé à leurs fenêtres leurs plus belles étoffes de couleur. Les hommes et les adolescents accompagneraient son char en chantant et en agitant des branches d'olivier à travers le territoire de la république, jusqu'à la Porta Romana, où les gouverneurs de la commune l'accueilleraient et le conduiraient en cortège à l'intérieur du baptistère. La femme rêvée l'y attendrait, le visage dissimulé derrière un voile, puis ce voile se soulèverait lentement et il découvrirait les traits de celles qu'il avait aimées, Béatrice, Pietra et Fiamma, il se précipiterait dans leurs bras et reconnaîtrait alors le visage grimaçant de la fille de la veuve, dont les yeux écarquillés le réprimanderaient… mais un obstacle se dressait sur le chemin du triomphe : le visage martyrisé de la fille, perdue parmi les corps des ensevelies du mur Tors qui se levaient de leur tombe en secouant les lambeaux de chair et de chiffons dont leurs os étaient encore enveloppés…

Une secousse plus violente que les autres l'arracha à sa torpeur et il rouvrit les yeux, en proie à une angoisse subite. Cramoisi, il se tourna vers ses compagnons, comme s'il craignait qu'ils n'eussent deviné ses vains rêves de gloire. Mais ils continuaient de regarder le paysage, apparemment intrigués par le néant environnant.

« Voici le bourg Grégorien ! s'exclama alors le sénateur en indiquant les masures croulantes qui défilaient le long de la route, ceintes d'un rempart effondré en plusieurs endroits.

— Il semble désert, comme tout le reste.

— Il l'est, messire Alighieri, depuis de nombreuses années. C'était un bourg fortifié, que le pape Grégoire le Grand avait fait édifier pour servir d'avant-poste sur les marais et de place forte avancée en cas d'attaque par la mer. Mais rares sont ceux qui veulent vivre où sévit la malaria. Il a fini par se vider totalement après avoir été dévasté par les pirates sarrasins. Ce n'est plus qu'un fantôme. Cependant ses tours sont visibles de loin, raison pour laquelle il peut encore effrayer.

— Rome est donc gardée par des fantômes ?

— Des fantômes, la boue et l'eau des marais. Nos ancêtres croyaient que les âmes s'embarquaient ici pour les îles des morts. On dit que, la nuit, d'horribles cris brisent le silence et que des flammes subites jaillissent dans l'obscurité.

— C'est vrai ?

— C'est ce que racontent les gens qui s'aventurent par ici. Vous en serez peut-être le témoin lorsque nous aurons atteint le château.

— Un embarcadère pour les terres des morts... à l'embouchure du Tibre, murmura le poète. Et qui veille au transport des âmes ? Quelle sorte de navire se charge de cette besogne ? Et où transitent les ombres, où séjournent-elles avant de s'embarquer ? »

Le sénateur éclata d'un rire ironique. « Messire Alighieri, cette fable semble avoir frappé votre imagination ! Bien, ne l'oubliez pas, elle servira à enflammer votre inspiration poétique quand vous relaterez le départ de la croisade. Car c'est ici qu'il aura lieu.

— Ici ? interrogea Dante en jetant sur le paysage un regard incrédule.

— Au port de Trajan. C'est là qu'on construit la flotte.

— L'ancien port de Rome ? Je croyais qu'il avait été abandonné il y a des siècles, enfoui par le cours du Tibre. » Il avait lu la description de cette merveille, un parfait hexagone de pierre et de marbres précieux capable d'abriter toute la flotte de l'Empire.

« C'est vrai, tout comme la ville d'Ostie, qui l'a suivi dans l'oubli. Mais ses quais en marbre sont encore là, aussi efficaces que le jour où ils furent achevés. Tout comme les glissières et les bers destinés au calfatage. Des lieux à l'abri des regards indiscrets des espions turcs qui pullulent à la cour du pape, cachés parmi les marchands et les pèlerins. Les bâtiments qui hébergèrent jadis les équipages, près des quais, accueillent maintenant les artisans. Quant au bois et aux fournitures nécessaires, ils arrivent par le fleuve voisin, mêlés aux innombrables marchandises sillonnant chaque jour le Tibre. Ne croyez-vous pas que de telles précautions assureront le succès de cette entreprise, après l'échec des précédentes ? »

Avec le couchant, la température s'était refroidie. Dante fut secoué d'un frisson et réprima un éternuement. La migraine se ressaisissait de lui, et il lui semblait reconnaître les premiers symptômes de la fièvre.

« Je crois... », murmura-t-il. Il se racla la gorge et reprit plus fort : « Je crois que Dieu n'abandonne pas ceux qui se battent en Son nom. Si la fortune n'assista pas les autres tentatives, c'est parce que des passions plus terrestres écrasèrent le sens du devoir dans les esprits des héros qui s'y lancèrent.

— Voyons, messire Alighieri, l'histoire devrait vous offrir ses enseignements. Si Rome domina ces terres pendant des siècles, ce ne fut pas grâce au réconfort des dieux, mais à la force de son épée. Notre entreprise réussira parce qu'elle est fondée sur les épées et la raison. Et non sur la voix vaine de prophètes retournés depuis des siècles à la poussière. »

Le poète haussa les épaules. Il s'apprêtait à répliquer quand un nouveau cri retentit à l'extérieur :

« Sénateur, la Citadelle est en vue ! »

Au même moment, le chariot traversa un petit pont de planches qui enjambait un ruisseau boueux. Dante écarta le rideau, à la recherche de la destination que la voix avait annoncée. On aurait dit que la forteresse avait jailli du néant, comme un des spectres dont le sénateur avait parlé. Il entrevit dans l'obscurité la silhouette brune de quatre grosses tours qui se dressaient vers le ciel, reliées par un mur de claveaux et de briques. L'édifice semblait avoir été construit à diverses époques, dans l'urgence du moment, à partir d'une des tours d'angle, et le résultat était peu harmonieux. Malgré tout, cette place forte paraissait difficilement expugnable, capable de repousser une attaque de pirates.

« Enfin ! s'exclama le sénateur. Voici le château ! »

Tandis que le chariot roulait bruyamment sur le pont-levis, Dante observait l'étrange spectacle qui s'offrait à ses yeux. La cour était remplie de soldats installés en petits groupes autour de nombreux feux, des dizaines de chevaux entravés parmi eux. On entendait des hennissements provenant des écuries qui occupaient l'un des côtés longs du bâtiment. En face, adossé à la muraille, se dressait un édifice trapu et massif, surmonté d'un donjon crénelé.

Dante estima qu'une centaine d'hommes bivouaquaient là. Leurs cottes d'armes, de différentes couleurs, leur donnaient l'allure d'une compagnie plutôt que d'un corps régulier. Ils n'arboraient pas le blanc et le rouge de la tenue des croisés, et l'on ne voyait que quelques croix teutonnes noires brodées sur les épaules de certains d'entre eux. Seule l'exiguïté de la cour pouvait leur donner l'air d'une armée : comment pourraient-ils à eux seuls l'emporter sur toute une nation de païens ?

À moins qu'il ne s'agît de l'avant-garde. Mais où étaient le reste des troupes, dans ce cas ? Les propos du sénateur laissaient entendre que tout était prêt pour embarquer. Et il n'avait pas évoqué l'aide d'autres peuples, la gloire ne devant être que romaine. Il chercha un indice du regard.

Il ne parvint pas à lire ce qui était frappé sur le drapeau trempé de pluie qui surmontait la grande tour. En revanche, il reconnut deux étendards plantés à côté des feux. L'un affichait une colonne sur champ de gueules, l'autre des lys d'or sur champ d'azur.

Il se tourna brusquement vers le sénateur afin d'obtenir confirmation de ce qu'il avait vu. Mais celui-ci avait déjà sauté à terre et l'invitait à le suivre. Il demanda avant de descendre :

« Ne sont-ce pas là les armes des Colonna ? Et les lys de France ?

— Si, messire Alighieri. Je vois que vous vous y entendez en matière d'armoiries.

— Mais je ne comprends pas leur présence dans un campement de Boniface. Je croyais qu'ils étaient ennemis jurés ? » répliqua le poète, perplexe.

Le sénateur sourit et jeta un coup d'œil furtif au Perse, qui avait gardé le silence et observait Dante avec curiosité.

« Je comprends votre étonnement, messire Alighieri, finit par dire Saturniano Spada. Mais cela devrait vous donner la mesure de l'excellence de l'entreprise et matière à votre chant. Ceux qui sont ennemis au siècle se donneront la main, comme l'écrivit votre grand Virgile : *Les troupeaux ne craindront plus les lions puissants. De lui-même ton berceau se couvrira de fleurs caressantes ; plus de serpent, plus d'herbes au poison trompeur ; partout naîtra l'amome d'Assyrie*[1]...

— Colonna et Caetani se sont-ils réconciliés ?

— Quand ce qui nous attend sera accompli, la plus sanglante de leurs disputes semblera un souffle de vent dans une tempête. Mais venez donc, allons nous reposer au château. J'ai quelqu'un à vous présenter. »

Dante suivit le sénateur et Kansbar à l'étage. Au bout de l'escalier extérieur, une porte conduisait à une vaste salle que coiffaient des poutres sombres. Seuls les blasons en marbre des administrateurs successifs du château ornaient ses murs de pierre lisse. Un feu brûlait dans la cheminée occupant la paroi du fond. Un homme était assis, jambes tendues, dans un fauteuil en bois ; ses pieds touchaient presque les flammes.

Il bondit en entendant des pas et porta la main au pommeau de son épée, comme s'il se préparait à repousser des assaillants.

1. *Bucoliques*, IV, traduction de Maurice Rat, Garnier Frères, 1967.

« Ne vous inquiétez pas, Giacomo ! s'exclama le sénateur, les mains levées en signe de paix. Sinon mes invités croiront que vous méritez votre surnom, Sciarra[1] ! »

Dante avança, hésitant, les yeux rivés sur l'inconnu, un jeune homme athlétique d'une trentaine d'années. Il croisa son regard empreint d'une violence réprimée et eut la sensation de l'avoir déjà rencontré.

« Messire Colonna, je vous présente maître Dante Alighieri, philosophe et poète florentin. Il sera notre compagnon dans l'entreprise que nous préparons.

— Compagnon ? J'espère qu'il se montrera plus habile qu'au milieu des marais du Colisée ! »

Le poète rougit et s'efforça de garder son sang-froid. « Les hasards de la guerre sont changeants. Ne jaugez jamais un homme à l'issue d'un seul affrontement. »

Si Dante avait martelé ses mots d'une voix paisible, il brûlait de rage sous le regard ironique de Colonna, pareil à un fer incandescent. Il aurait donné un bras pour se trouver de nouveau dans les marais et prouver à cet impudent de quelle étoffe étaient faits les Florentins.

Le jeune homme, apparemment indifférent, se contenta de lancer : « Poète et philosophe ? Oui, je crois avoir entendu parler de vous. N'êtes-vous pas à la cour de Boniface en qualité d'ambassadeur ? Et ne comptiez-vous pas parmi les Fidèles d'Amour dans votre jeunesse ? Vous avez

---

1. « Sciarra » signifie « querelleur ». Sciarra Colonna (1270-1329), homme de guerre, se rendit célèbre en 1303 en participant au fameux « attentat d'Agnani ». La légende raconte que, après avoir enlevé Boniface VIII avec l'aide de Guillaume de Nogaret pour l'obliger à retirer sa bulle excommuniant Philippe le Bel, il le gifla de son gantelet de fer.

fait du chemin avant de devenir le serviteur des marchands guelfes ! »

Au lieu de répondre, Dante se tourna vers le sénateur. « Telle est donc la nouvelle alliance que vous évoquiez ?

— Vous en voyez quelques éléments. Mais vous saurez bientôt tout. En attendant, allons nous restaurer dans la perspective de ce qui nous attend. »

Une table avait été dressée devant le feu. Dante s'assit en se réjouissant de cette chaleur bénéfique qui lui permettrait, espéra-t-il, de se ressaisir.

Le repas fut consommé en silence, comme si l'on avait dit tout ce qu'il fallait dire. À moins que la présence de Colonna n'assombrît le sénateur et le Perse. Le jeune homme demeura penché sur son assiette, se limitant de temps en temps à jeter un regard soupçonneux au poète. Enfin, le sénateur reprit la parole :

« Sciarra, messire Alighieri s'est joint à nous en tant qu'observateur. Il chantera notre entreprise, lui donnant une résonance pour les siècles à venir.

— Que lui avez-vous raconté de nos projets ? siffla Colonna.

— Tout ce qu'il doit savoir. »

Le jeune homme regarda Dante d'un air torve et haussa les épaules. « Faites ce que vous voulez. »

Exaspéré, le poète lui lança : « Je suis surpris de vous trouver ici, messire Colonna. Vous, un fervent gibelin, impliqué dans une affaire de prêtres », ajouta-t-il, venimeux. Puis, sans lui laisser le temps de répliquer : « Et vous, sénateur, si vous ne croyez pas à la Révélation, pourquoi voulez-vous ramener les étendards chrétiens au-delà des mers ? Vous devriez plutôt vous féliciter que l'arrogance païenne ait brisé un espoir inutile, effaçant par le fer et le feu les traces de cette présence divine qui, à vous entendre, n'est que le fruit de la crédulité des hommes. »

Sciarra Colonna éclata d'un rire sonore. « Vous maniez plus habilement la langue que l'épée ! Répondez au Florentin, sénateur. Qu'allons-nous faire en Terre sainte ? »

Le sénateur hésita un instant, apparemment troublé par cette observation. Ses lèvres s'étirèrent en un petit sourire. « Vous connaissez certainement l'histoire du premier César. Pourquoi croyez-vous qu'il conduisit ses légions en Gaule ? Une terre pauvre, peuplée de Barbares incultes et féroces qui n'avaient à offrir à la grande Rome que leurs muscles dans les jeux du cirque, qui n'avaient pour villes que des amas de masures. Pour coutumes, les grossières habitudes des tribus primitives. Pour trésor, un bric-à-brac approprié aux femmes de Subure[1]. Pas de pensées susceptibles d'en faire naître de plus grandes, comme dans les terres d'Orient. Une expédition dans des ténèbres si obscures qu'on risquait de s'y égarer à jamais.

— Parce que certains hommes – et de toute évidence Gaius Julius comptait à leur nombre – voient leur destin dans la conquête. Et peut-être parce que la Providence prévoyait la fondation de l'Empire et l'avait instillée dans le cœur du Romain. »

Le sénateur secoua la tête. « On ne prend le chemin des terres étrangères que pour une seule raison, messire Alighieri. Rentrer.

— Rentrer ?

— Oui. À Rome. Triomphant.

— D'après vous, Jules César imaginait déjà l'avenir, le triomphe et l'Empire qui en naîtrait alors qu'il traversait

1. Quartier pauvre de Rome où grandit César.

avec ses légions les bois de l'ancienne France ? Voilà ce que vous croyez ?

— J'en suis persuadé. Et je suis certain que c'est l'effet final qui génère ses causes. Les choses du futur demandent à celles du passé de se présenter en bon ordre, de façon qu'on ne mette à exécution que ce qui est possible. Le grand Aristote enseigne que c'est dans le chêne que réside la qualité du gland.

— Ainsi, Rome est la fin ultime de la croisade ?

— Oui. On moissonnera la semence que nous nous employons à présent à répandre. Un troisième empire renaîtra sur les Sept Collines, après celui des Césars et des Allemands. »

Dante aurait aimé répliquer, mais le sénateur se tourna brusquement vers le Perse, qui avait assisté en silence à leur conversation. « Si le grain ne meurt pas, il ne saura fructifier. Kansbar, minuit approche. Cherchez encore une fois dans la terre les signes de ce qui nous attend, je vous prie. »

Le Perse opina du bonnet et tira de sous sa robe un sachet en cuir sombre, dont il desserra les liens. Il y plongea la main puis tendit son poing devant lui en murmurant une invocation incompréhensible. Enfin, il écarta les doigts.

Une pluie de minuscules objets tomba sur les dalles. On aurait dit des petites pierres de forme irrégulière.

« Voici le tableau du hasard ! » s'écria Saturniano Spada. Il se pencha et demanda avec impatience : « Que disent les Mères ? Et les Filles ? »

Le Perse se courba à son tour. Dante s'était approché, mû par la curiosité. Il assistait enfin à une démonstration de l'art antique dont il avait seulement entendu parler.

« Lisez, sénateur, dit Kansbar. Vous avez désormais appris tout ce que je pouvais vous enseigner. La géomancie n'a plus de secret pour vous. » Saturniano Spada promena son index sur les petites pierres, comme s'il voulait écrire sur le sol la trame des relations imaginaires qu'elles entretenaient.

Il s'assombrit soudain. Le Perse semblait lui aussi inquiet.

Sciarra, qui avait suivi leurs mouvements, éclata de rire et balaya les pierres d'un coup de pied. « Ce ne sont pas ces cailloux qui décideront de notre projet, mais le fil de l'épée ! »

Le sénateur se redressa. S'il était sombre, il ne paraissait pas blessé par le geste discourtois de Colonna : il continuait de fixer le sol, comme pour y chercher un nouveau dessin.

Un soldat annonça alors que les chambres étaient prêtes. « Oui, vous avez peut-être raison, murmura le maître de maison en invitant ses amis à prendre congé. Vous coucherez dans la tour, messire Alighieri. Suivez mon homme. Nous nous retrouverons à l'aube. »

Dante s'engagea dans l'escalier qui conduisait à la tour centrale. Il franchit le seuil que le soldat lui indiquait. La porte se referma derrière lui avec un bruit insolite de loquet.

La petite pièce aux murs de pierre était meublée d'un coffre, d'une paillasse, d'une table et d'un tabouret. Une couverture de feutre était pliée sur ce lit improvisé, seul abri contre l'humidité nocturne pénétrant à travers la fenêtre privée de châssis. Des plumes d'oie étaient alignées sur la table à côté d'un encrier. Cette vue le réjouit, et plus encore celle de précieuses feuilles de papier chiffon d'une qualité excellente, supérieure à celles que l'on trouvait dans les meilleures *scriptoria* de Florence.

Nul doute, c'était une attention du sénateur, l'invitation tacite à entamer l'œuvre qu'il attendait de lui, la célébration de la croisade.

Mais qu'allait-il écrire ? Fallait-il qu'il soit l'Orphée de nouveaux Argonautes ? Qu'il commence par le lieu de départ, une ville ceinte de remparts antiques n'enfermant que la désolation et la mort ? Le miroir de celle qu'il avait placée au centre de son enfer et qui était bien vraie, mille fois plus vraie que cette Dité que son maître avait inventée… Virgile était-il un magicien, avait-il vraiment lu dans l'avenir, fort de son art magique, avait-il vraiment pressenti que l'âge d'or auquel il avait aspiré la précipiterait dans l'abîme du mal, rongée par la perfidie ainsi que ses murs seraient rongés par le temps ? Voilà ce qu'il écrirait ! songea-t-il en saisissant le calame et en jetant sur le papier les vers enflammés qui fleurissaient dans son esprit. La cité de Dité, la fin de son poème. Car il était impossible de s'arracher aux profondeurs, de revoir les étoiles. De monter au ciel.

Oui, son œuvre s'achèverait dans les ténèbres et dans le feu. Dans ce gouffre où tout choit, parce que c'est la nature de l'homme, comme l'avait dit le décurion. Ni la sagesse, ni la connaissance, ni la foi ne pouvaient vaincre la volonté désespérée de tomber qui perd tous les êtres.

Il tombait lui aussi, alors qu'il continuait d'aligner ses vers, l'un après l'autre, descendant sur la feuille de même que son poème descendait dans les profondeurs de la terre. Bien sûr, ce serait la fin : une rencontre. Mais non avec Dieu, qui avait désormais disparu de son horizon. En compagnie de Virgile, l'omniscient, il franchirait le seuil de la ville de fer et y rencontrerait son destin.

Les vers prenaient forme sous sa plume avec une fureur et une fluidité qu'il n'avait plus connues depuis des années, ils jaillissaient de son esprit entièrement composés. Les rimes s'entrelaçaient, guidées par une forme surnaturelle, elles chantaient dans sa tête de la voix mélodieuse des sirènes. Le grand puits où tout finit resplendissait sous ses yeux de la lumière de la poésie, et la beauté le rendait encore plus amer.

Et tandis que la nuit avançait, Dante écrivait la célébration de l'enfer, ligne après ligne, comme sur une échelle interminable, l'esprit enflammé par la fièvre.

16 novembre, peu après minuit

Il leva les yeux, épuisé par ce long effort. Il eut tout juste la force de retourner ses feuilles pour vaincre la tentation de relire ce que les Furies lui avaient dicté.

Il les contempla sans bouger, saisi du sentiment angoissant d'avoir dilué tout son être dans ces paroles et perdu son âme.

Pourtant ses sens demeuraient vigilants : il entendit des pas derrière la porte, ainsi que le tintement du loquet, suivi d'un cliquetis.

Il se leva et chancela, pris de vertige. En proie à une intuition, il posa la main sur le verrou. Il y avait un obstacle de l'autre côté : on avait bloqué la porte.

Nul doute, on entendait lui cacher ce qui se passait à l'intérieur du château. Mais qui ? Certes pas le sénateur : s'il avait voulu lui dissimuler ses projets, il ne l'aurait pas invité à l'accompagner dans cette sorte d'inspection des forces croisées. Le Perse ne pouvait être non plus l'auteur de cet outrage. Ne restait donc que Sciarra Colonna.

Il repensa à la réaction du jeune homme quand il l'avait reconnu. À cette ironie méprisante qui l'avait empli de rage, l'empêchant toutefois de comprendre, ainsi qu'il le faisait maintenant à tête reposée, que cette attitude masquait l'inquiétude de le voir en ces lieux. Comme si le fait de le savoir à la cour de Boniface constituait un danger pour lui. Et pourtant, Sciarra avait montré qu'il connaissait son œuvre : par conséquent, il aurait dû savoir aussi ce qu'il éprouvait à l'égard du pape simoniaque. Pour sûr, l'écho des discours du poète au Conseil était parvenu jusqu'à Rome. Dante n'était certes pas son ennemi.

Il importait qu'une chose échappât à son regard, au château, mais quoi ? Il examina les éléments qui lui avaient paru bizarres. D'abord, le fait que les ennemis de Boniface fussent associés à une entreprise qu'organisait son homme de confiance. Et puis le faible nombre de soldats que comptait cette troupe. Certes, Dante avait trouvé des explications à ces étrangetés, cependant il n'en était pas satisfait.

Il entendit un pas cadencé s'approcher puis s'interrompre brièvement devant sa porte avant de s'éloigner : de toute évidence, la sentinelle qui faisait sa ronde de nuit. Ainsi, il était non seulement enfermé, mais aussi surveillé !

L'envie de fuir ce lieu ennemi s'empara soudain de lui. Il ramassa ses feuilles et les rangea dans la poche intérieure de son pourpoint. Puis il alla à la meurtrière. Son corps y passait à grand-peine. Cette position lui permit de distinguer une partie de la cour, où les feux ne brûlaient plus, et les silhouettes noires des hommes endormis sous leurs couvertures.

Il constata qu'une dizaine de brasses le séparaient du toit en tuiles des logements du château et qu'un conduit destiné à l'évacuation de l'eau de pluie courait tout près de l'ouverture. En l'atteignant, il réussirait à descendre, et peut-être à découvrir ce qu'on lui cachait. Mais il lui faudrait accomplir un saut dangereux : il n'y avait là qu'une étroite corniche en briques, dont rien ne garantissait la solidité.

Il mesurait l'élan qui lui serait nécessaire pour parvenir à son but quand son attention fut attirée par un mouvement dans la cour. Une ombre rôdait parmi les tentes, couverte d'une cape blanchâtre qui ondoyait dans le vent. Il eut un coup au cœur.

Il avait l'impression de reconnaître le pas agile de Fiamma. Mais si c'était elle, pourquoi le sénateur Spada lui avait-il caché sa présence ? Et que faisait-elle là ? Un instant, il voulut croire qu'il s'agissait d'une courtisane à la recherche de clients.

Il remarqua que la femme cherchait quelque chose et qu'elle accélérait le pas. Puis une seconde ombre surgit derrière elle, plus grande et plus massive. Un homme, qui lui attrapa le bras et l'attira contre sa poitrine.

Ils échangèrent quelques mots rapides, dont il ne perçut que des fragments étouffés et incompréhensibles. Soudain la femme se débattit, s'efforçant d'échapper à l'homme qui la retenait par les poignets et tentait de l'embrasser.

Dans cette lutte, son capuchon glissa sur ses épaules et une cascade de cheveux noirs apparut, brillant sous le rayon de lune. Nul doute, c'était la fille du sénateur, se dit Dante avec un frémissement.

Un élan de rage l'envahit à l'idée que l'homme n'était autre que Sciarra Colonna. Quelle que fût la relation qu'ils entretenaient, il était évident que la femme essayait de se soustraire à une violence grossière et impudique. Sans hésiter, il se pencha à l'extérieur et se laissa tomber sur la corniche. En rasant le mur, il atteignit le conduit en terre cuite, animé par une frénésie qui le rendait téméraire. Il s'y agrippa et entama sa descente en freinant à l'aide de ses pieds.

Au terme d'un dernier bond, il atterrit sur le toit en tuile et se tourna vers les deux ombres. Leurs possesseurs semblaient ne s'être aperçus de rien : Sciarra riait vulgairement sans desserrer son étau. La main sur sa dague, Dante s'apprêtait à sauter dans la cour. C'est alors que le rire de l'homme se changea en cri de douleur. Fiamma lui avait mordu la paume. Elle recula aussitôt et disparut derrière l'arête de la muraille.

Sciarra Colonna porta la main à ses lèvres en pestant. Dante, qui s'était avancé au bord du toit, l'entendit s'exclamer : « Maudite putain ! Folle et putain ! » Il se laissa glisser dans le vide et atterrit sur les pavés, à temps pour voir l'homme se diriger dans la direction opposée à celle qu'avait prise la jeune fille et franchir le seuil qui menait au donjon.

Il s'élança à sa poursuite, bien décidé à en découdre avec lui. Sa fureur et son désir de vengeance étaient si violents qu'il ne songeait pas au danger.

Mais il s'immobilisa sur le pas de la porte, comme si sa volonté s'était brisée d'un seul coup : pourquoi se venger sur un homme qui lui avait sauvé la vie ? Et de quoi ? Le sentiment qui l'animait n'était-il pas la jalousie d'un amant frustré découvrant que l'objet de son amour entretient d'autres liens à son insu ?

Oui, voilà ce qui le blessait : Fiamma préférait des épaules larges à l'acuité de son intelligence. *Maudite putain*, l'avait appelée Colonna. Qu'elle le fût donc pour lui aussi, se dit-il avec rage en rangeant sa dague dans sa poche secrète.

La paix la plus absolue régnait dans le campement, où personne ne semblait avoir remarqué l'incident. Seuls quelques murmures et des ronflements s'échappaient des tentes. Saisi d'un doute soudain, Dante s'approcha prudemment de l'une d'elles. Elle était vide, et ce n'était pas la seule, constata-t-il au terme d'une exploration rapide.

Où étaient les hommes censés les occuper ? S'étaient-ils rendus à l'embarcadère afin de rejoindre ceux qui, selon le sénateur, s'y trouvaient déjà ? Et pourquoi ?

Cet endroit l'intriguait de plus en plus. Il n'y avait là que deux sentinelles appuyées à leurs lances, qui se contentèrent de lui jeter un regard distrait avant de retourner à leur demi-sommeil.

L'avaient-elles reconnu ? S'estimaient-elles hors de danger, à l'abri du marais ? Profitant de leur torpeur, il se dirigea vers la porte du château d'un air indifférent.

Alors qu'il élaborait une justification à cette sortie nocturne, il découvrit avec stupeur que la porte était elle aussi sans surveillance et le pont-levis baissé. Il s'y engagea sans hâte. La présence d'autres hommes au-delà des remparts, que le sénateur lui avait signalée, expliquait sans doute tant de désinvolture. Cependant il s'éloigna sans noter la moindre trace de campement aux alentours.

Le port de Trajan ne devait pas être loin, mais où ? Le ciel s'était un peu dégagé, et la lune éclairait un paysage désolé, privé de points de repère. La côte se situait quelque part vers l'ouest. Un sentier menait dans cette direction. On devinait au loin des amoncellements sombres : des murs apparemment, des talus et autres reliefs qui les dissimulaient à la vue. Il décida de s'y engager.

Il avait parcouru environ mille pas quand il sentit sous ses pieds une route pavée. Des murs de plus en plus élevés, des vestiges de demeures de plus en plus grandioses avaient jailli des deux côtés. Sans doute arpentait-il maintenant la rue centrale d'une cité antique, avec ses places entourées de colonnes, pour la plupart effondrées. Il aperçut des statues qui levaient encore les bras au ciel, des restes de fontaines et des arcs. Soudain, il se heurta à un grand édifice soutenu par de solides piliers. Il en suivit le périmètre et déboucha dans une clairière hérissée de buissons et d'arbres sauvages.

Il se trouvait au parterre d'un grand théâtre. Derrière lui, la scène se dressait dans toute sa majesté : la façade d'un palais impérial, creusée de fenêtres aveugles et ponctuée de colonnes, devant laquelle on avait représenté jadis les drames des hommes et des dieux.

Il crut distinguer une lumière dans l'embrasure d'une des portes de la scène. Il s'approcha avec prudence, les doigts serrés sur le manche de sa dague. Ses craintes s'apaisèrent une fois qu'il fut parvenu sur le seuil.

La petite pièce abritait une famille. Un homme et une femme étaient assis à une table grossière et des enfants se poursuivaient autour, indifférents à la splendeur antique qui les abritait. À la vue du Florentin, le père bondit sur ses pieds, inquiet, mais Dante le rassura en écartant les bras en signe de paix.

« Je suis un étranger, je cherche l'ancien port romain. »

L'homme continuait de le fixer d'un air méfiant, tandis que la femme réunissait les enfants derrière la table. Enfin, il répondit : « Il n'y a pas de port par ici. » Son accent barbare était presque incompréhensible.

« Pas de port ? Je veux parler de l'endroit où l'on construit la flotte, dans l'antique Ostie.

— Il n'y a rien, messire, au-delà de la colline. Rien que des marais qui s'étendent, dit-on, jusqu'à la mer. Mais je ne les ai jamais vus. C'est là que les vivants disparaissent.

Ne dépassez pas la colline, messire, car là s'achève la terre chrétienne. » Il rentra la tête dans les épaules, comme s'il avait froid. « Après le fossé de Galeria, on ne trouve que le bourg Grégorien. Mais il a été abandonné après la peste, y compris par les soldats de la citadelle, ajouta-t-il en se signant rapidement.

— Il y a bien un port par ici ! Celui de l'empereur Trajan ! Tu as dû en entendre parler ! répliqua le poète, que tant de réticence agaçait.

— Pas de port. Il n'y a que l'étang du Diable, en amont du fleuve.

— L'étang du Diable ? Qu'est-ce que c'est ?

— Un lac en forme d'étoile. C'est là, dit-on, qu'est tombée la pierre qui ornait la tête de Lucifer.

— Un lac ? Peux-tu m'indiquer le chemin qui y mène ?

— Il faut traverser le fleuve. Il fait nuit, c'est un endroit ensorcelé », répondit l'autre en secouant la tête.

Dante tira de sa poche une pièce d'argent dont la vue alluma une lueur dans les yeux de son interlocuteur. « Je te la donnerai si tu m'y conduis », déclara-t-il avant de la faire sauter dans la paume de sa main.

L'homme hésita un moment avant de se décider. « Venez. Je vais vous y emmener à bord de ma barque. »

Il jeta une cape sur ses épaules et se dirigea vers un sentier, parmi les ruines, malgré les supplications de sa femme qui s'efforçait de le retenir.

Le fleuve se trouvait à une centaine de pas. Son guide invita le poète à prendre place dans une petite embarcation qu'on aurait dite creusée dans un tronc d'arbre. Ses bords étaient si bas qu'ils effleuraient dangereusement les eaux grossies par la pluie. Appuyant sur une perche, il se mit à remonter le courant, tout près de la rive.

Les buissons et les roseaux de la grève effleuraient leurs têtes, tandis qu'ils avançaient. Soudain, le poète constata que le fleuve bifurquait. Son guide redoubla d'efforts et s'employa à le traverser, pointant vers la branche latérale. Au fur et à mesure qu'il progressait, le courant se faisait de plus en plus impétueux et les tourbillons menaçaient de renverser l'embarcation. Mais à l'évidence, il connaissait bien le fleuve et ses embûches : il gagna peu à peu la direction voulue et s'engagea dans la ramification.

Ce nouveau bras avait un aspect singulier. Plus étroit et moins impétueux que le précédent, il descendait vers la mer selon un parcours régulier qui n'était apparemment pas l'œuvre de la nature. Peut-être avait-ce été autrefois un canal artificiel creusé pour rattacher le Tibre au port, songea le poète. On était sans doute près du but.

La barque accosta. « Ici, il n'y a que la cité des morts », dit le batelier, la main avidement tendue vers son passager qui sautait à terre. Dante lui montra une nouvelle fois la pièce de monnaie et referma le poing. « Attends-moi ici. Je te la donnerai à mon retour. »

Il se hissa sur un sentier escarpé menant à un soubassement en maçonnerie qu'on entrevoyait à travers les buissons. Le haut du talus était recouvert de pierre, signe qu'il avait jadis existé une rampe pour accéder au sommet avec des chariots. Mais au fur et à mesure qu'il avançait, les pavés s'émiettaient sous ses pieds, confirmant selon toute vraisemblance les dires de son guide. Les pierres se raréfiaient, des touffes d'herbe inculte poussaient au milieu, les effaçant même sur certains tronçons.

En haut s'étendait une pinède. Entre les arbres, on pouvait embrasser le reste de la route, jusqu'à la mer qui scintillait à quelques lieues de là, en partie dissimulée par l'épaisse végétation palustre. La route descendait vers une masse de vestiges informes ainsi qu'une grande tache sombre, se perdant parmi les premières flaques d'eau stagnante.

Dante s'y engagea en se frayant un chemin au milieu des buissons. Il atteignit un long portique couvert reposant sur deux rangs de colonnes corinthiennes et se coula à l'intérieur.

Le toit s'était écroulé à plusieurs endroits sous l'effet du temps et la pression des arbustes qui avaient poussé entre les arcs, obstruant la vue. Des coassements de grenouilles s'élevaient de derrière cette barrière, presque assourdissants dans tout ce silence. Il écarta les feuilles.

Une étendue d'eau inerte de forme hexagonale, recouverte d'algues et de plantes aquatiques, apparut devant lui. Un immense bassin, bordé de portiques semblables à celui qu'il venait de traverser, eux aussi partiellement effondrés. Sur les quais du port antique on distinguait encore les rampes destinées à la remise des trirèmes, des restes d'entrepôts et un phare tronqué à l'entrée du canal.

Un instant, la *virtus imaginativa* dont le grand Boèce avait parlé effaça la vue de ces ruines : les fantômes de navires perdus dans les abîmes ressurgirent du fond des siècles avec leurs voiles et leurs couleurs splendides, des voix couvrirent le coassement des grenouilles, l'odeur âpre des marchandises et des épices s'insinua dans les narines du poète. Voilà que s'étalait devant ses yeux la grandeur de ce qui avait constitué la porte de l'Empire, un ouvrage colossal dans lequel se reflétait le souvenir d'autres grandeurs : Carthage et son port en flammes, Babylone et ses tours coupées qui s'étiraient dans le ciel, à la recherche des dieux. Ses oreilles se mirent à bourdonner et ses genoux cédèrent. Il s'effondra, victime de la fatigue mais plus encore de la violence de sa vision.

Il aurait été incapable de dire combien de temps s'était écoulé quand il reprit conscience. Les nuages s'étaient de nouveau amoncelés au-dessus de sa tête et la pluie avait recommencé à tomber. Il se redressa laborieusement. Les images s'étaient évanouies et l'antique grandeur avait disparu sous le poids des siècles, ramenant l'étang à son aspect présent. Il chercha du regard les cales où l'on construisait la flotte des croisés.

Il n'y avait là que des restes de maçonnerie et des fragments de marbre. Aucune trace de l'entreprise qui aurait dû être en cours. Son esprit se lança dans une course frénétique à travers une forêt d'hypothèses. Peu à peu, des éléments épars remontaient à sa mémoire. En les raccordant, il comprit soudain.

Tout était faux. Une illusion, un décor, la toile d'un théâtre de saltimbanques. Il n'avait pas vu ce qui sautait pourtant aux yeux avec la clarté absolue de la vérité.

Découragé, il jeta un dernier regard au bassin. La pluie glaciale et dense ridait ses eaux. Ce qui était un peu plus tôt un étang immobile sur lequel la silhouette des quais se reflétait, à l'instar d'un cadre, se présentait désormais comme une grande mare de boue, privée de toute noblesse.

Il porta les mains à sa tête, en proie aux élancements. Il était seul, à quinze lieues de la ville, dans l'impossibilité de l'atteindre à temps. Avant que…

Avant que quoi ? Petit à petit, les pièces du mystère composaient dans son esprit fébrile un dessin obéissant à une logique apparente mais de fait privé de sens – la désolation environnante lui en avait apporté la preuve. Il avait suivi la trace d'une obsession religieuse, d'une vengeance démente. Or le féroce assassin des innocentes n'était que la partie visible d'un complot secret… comme toute chose dans cette maudite ville ! Une ville dont les ports n'accueillaient pas les navires qu'ils étaient censés héberger, où la relique de la papesse n'était qu'un macabre simulacre.

Il fallait qu'il avertît le sénateur sans tarder : Spada avait suffisamment de pouvoir pour reprendre la situation en main, éloigner la menace qui planait, quelle qu'elle fût. Dante regrettait d'avoir abandonné la Citadelle comme un voleur. Il devait y retourner au plus vite, révéler à son hôte qu'on avait trahi sa confiance, qu'on s'était abstenu d'exécuter ses ordres. Que ses hommes attendaient inutilement un embarquement qui n'aurait jamais lieu.

Quelqu'un avait détourné l'argent de la croisade, revendu le bois destiné à la flotte. Un individu auquel se fiait Saturniano Spada, un membre de son entourage. Et il était maintenant la victime désignée, l'homme à éliminer pour éviter qu'on découvrît cette colossale escroquerie. Son assassin était peut-être prêt à frapper, caché parmi les soldats bivouaquant à la Citadelle, l'arme au poing. Ainsi, le sénateur paierait de sa vie ses rêves de rédemption de Rome, son désir fou de se substituer à la Providence pour rétablir une grandeur que la volonté même de Dieu avait abattue.

Dante se laissa tomber sur le fût d'une colonne tronquée, indifférent à la pluie qui trempait ses vêtements. Il songea avec tristesse au chagrin qui attendait Fiamma, frappée par la ruine de son père. Cette voix noble, destinée par nature à voler tel un aigle dans le ciel cristallin des esprits savants, s'éteindrait dans l'ombre d'un couvent, murée vive pour expier la honte de son géniteur.

Un accès de rage l'envahit. Il n'était peut-être pas trop tard.

Le poète rebroussa chemin, essayant de s'orienter dans la forêt de sentiers palustres jusqu'à l'endroit où il avait débarqué.

L'homme l'attendait. Il saisit avidement la pièce de monnaie qu'il lui jetait.

La citadelle du bourg Grégorien semblait étrangement silencieuse. Seul un brasero brûlait sur une tour, répandant une faible lueur rougeâtre. Le pont-levis était baissé et la porte ouverte, sans surveillance apparente. Dante s'élança. Ses pas retentirent sur les planches tels les tambours d'une armée à l'attaque. Hors d'haleine, il jaillit dans la cour.

Les troupes qui campaient là quelques heures plus tôt, dans les cris, les ordres et les bruits d'armes, s'étaient évanouies. Les lieux étaient déserts, comme si la désolation du port s'y était propagée, à l'instar d'une pestilence.

Il glissa sur les pavés abîmés que la pluie avait recouverts d'une boue gluante et se rétablit à grand-peine. C'est alors qu'il entendit un grincement. Il se retourna. Au sommet de l'étroit escalier de pierre menant au chemin de ronde, une porte s'était ouverte et une tête était apparue.

« Que cherches-tu, étranger ? s'écria son propriétaire dans le parler barbare que le poète avait appris à associer à ces lieux.

— Les hommes de la croisade ! Le sénateur Spada ! Où sont-ils ?

— Croisade ? Je ne vois pas de quoi tu parles. Si tu es un pèlerin, la route pour Rome est longue. Mets-toi en marche immédiatement, il n'y a pas de logement pour toi cette nuit. Tu es sur la terre des Colonna. Ils ne veulent pas de loqueteux dans leurs maisons ! »

Il se montrait maintenant menaçant, ayant compris que son interlocuteur était seul. Mais Dante ne lui prêtait guère attention, en proie à la surprise et à la fatigue causée par sa course dans les marais. « Le sénateur Spada ? Où est-il allé ? » demanda-t-il encore une fois, épuisé.

Il ne sentait même plus la pluie, pourtant de plus en plus forte. Il vit le gardien avancer en agitant une lance. C'était un vieillard aux longs cheveux gris et à la barbe inculte, vêtu des habits grossiers des campagnards. Mais encore solide et bien planté sur ses jambes.

« Ils sont tous partis pour Rome ! Va-t'en, toi aussi. Ou je te le ferai regretter !

— À Rome ? Mais pourquoi… il n'est pas allé inspecter le port ?

— Ils sont tous sur la route de Rome, je te dis. Va-t'en !

— J'ai besoin d'un cheval, je te le paierai !

— Il n'y a pas de chevaux ici ! Va-t'en, je te répète ! »

C'est alors que la foudre tomba tout près de là, projetant une lumière éblouissante. Elle fut suivie d'un coup de tonnerre, dont le grondement se propagea entre les remparts. Un hennissement de peur retentit, démentant les affirmations du gardien. Dante se tourna vers les écuries, de l'autre côté de la cour, et s'y précipita.

Il s'employait à dénouer la corde qui fermait la grille quand il entendit des pas dans son dos. L'homme avait dévalé l'escalier et pointait maintenant son arme sur lui.

« Va-t'en ! Voleur ! » s'écria-t-il avant de bondir. Dante s'écarta et évita de justesse la pointe, qui se ficha dans le bois. Il saisit la hampe et s'efforça de la maintenir dans cette position inoffensive, puis il assena un coup de pied dans le flanc de l'homme, qui essayait de la dégager. Celui-ci se plia sur les genoux avec un gémissement de douleur.

« J'ai besoin de cette bête ! » s'écria le poète d'un ton décidé. Il arracha la lance, la brisa sur son genou et lança les deux bouts au loin. Puis il acheva de dénouer la corde et ouvrit la grille : il n'y avait dans l'écurie qu'un cheval maigre, qui mâchait un peu de paille contenue dans une musette.

Il chercha une selle du regard, mais ne vit que de vieux harnachements accrochés à l'extrémité d'une poutre. Il s'empara d'une couverture qui gisait dans un coin et la jeta sur le dos de l'animal, qu'il libéra de sa musette. Il s'apprêtait à lui passer le mors lorsqu'un choc violent le propulsa au sol.

Le vieillard lui avait sauté dessus, et il essayait maintenant de l'étouffer dans la litière. Il sentit sa bouche se remplir de fumier et sa vue se brouiller. D'un coup de reins désespéré il parvint à se retourner, mais l'homme avait refermé les mains sur sa gorge et planté les ongles dans sa peau. Il dut lui mordre l'oreille pour l'obliger à lâcher prise, puis il roula avec lui sur le sol, dans un enchevêtrement de bras et de jambes.

Dehors, la pluie le revigora, tout comme la dureté des pavés sous ses genoux. Il resserra les doigts autour du cou de son adversaire, qui criait comme un animal qu'on égorge, et lui tapa à plusieurs reprises la tête contre la pierre jusqu'à ce que ses gémissements cessent. Alors il fut saisi d'un mouvement d'horreur et abandonna le corps amorphe, semblable à un chiffon mouillé.

Il se redressa, hors d'haleine, en proie à un violent tremblement. La bête aveugle qui s'était réveillée en lui hurlait, provoquant des élancements douloureux. Il sauta à cheval et s'élança vers la route, incapable de regarder le corps inerte sur le pavé.

14

16 novembre, matin

Dante parcourut les lieues qui le séparaient de la ville, hébété de stupeur et secoué de frissons de fièvre. Sa monture, qu'il ne cessait de pousser, haletait et hennissait, gênée par la pluie et les flaques d'eau.

Enfin, après avoir franchi les petites collines du dernier tronçon de la Via Portuense, il vit surgir comme dans un rêve les remparts de Rome et la Porta Portese. De l'autre côté du fleuve, la grande pyramide de marbre blanc battue par la pluie évoquait une pierre milliaire déposée par un dieu, pensa-t-il en respirant à pleins poumons une nouvelle bouffée d'air humide. Des quintes de toux et une sensation d'oppression lui coupaient le souffle.

Des nuages sombres pesaient sur la muraille. Une fois qu'il l'eut atteinte, il sentit une odeur de brûlé flotter dans l'air. Le grand portail était barré et le chemin de ronde paraissait désert. Des hommes couraient, chargés de baluchons et visiblement effrayés.

« Le fleuve ! Il monte ! » criaient certains avant de se tourner vers une menace invisible et lointaine. Dans la hâte, les gardes avaient oublié de fermer un passage de service découpé dans la porte en chêne. Dante bondit à terre, franchit la contre-porte et, le regard égaré, s'enfonça dans le dédale de ruelles.

Tout le quartier semblait en flammes. Des colonnes de fumée noire s'élevaient çà et là, malgré la pluie. Une maison brûlait comme une torche. Il craignit que ce ne fût celle de la veuve et que ses parchemins ne s'en aillent eux aussi en fumée. Saisi d'une frénésie subite, il s'élança dans cette direction.

Une centaine de pas plus loin, il découvrit que le feu en question dévorait la synagogue, en dépit des efforts d'un grand nombre d'habitants, qui avaient formé une chaîne de seaux jusqu'à la rive du Tibre. À son arrivée, les maillons de cette chaîne se désunissaient, vaincus par la chaleur et le désespoir. Il reconnut parmi eux le fils de sa propriétaire.

« Que s'est-il passé ? s'écria-t-il, importuné par les volutes de fumée.

— Un véritable enfer, messire Alighieri ! répondit le garçon en essuyant ses larmes du dos de la main. Des individus ont assailli le quartier et incendié les maisons des Juifs ! Puis ils ont attaqué la synagogue !

— Qui étaient-ce ? Des hommes de Boniface ?

— Non, des gens du peuple venus du pont de l'île. Nous ignorons pourquoi ils agissent de la sorte, ils crient qu'il faut détruire toutes les idoles…

— Où est le rabbin ?

— Maître Manoello s'est enfermé chez lui, il s'emploie sans doute à mettre en sécurité les parements et les rouleaux de la Torah. Il a ordonné à la communauté de s'enfuir sur l'autre rive, vers la tour Argentina. Ses coreligionnaires pourront accueillir les fugitifs. Il n'y aura plus de Juifs de ce côté du Tibre…

— Fuyez, vous aussi, et dépêchez-vous ! lança le poète, qui recula également, indisposé par la chaleur. Le fleuve sort de son lit, et son élan arrachera les ponts de l'île. À moins que l'embarcation tibérine ne rompe les amarres et ne reprenne sa route interrompue il y a plusieurs siècles. »

Au même moment, la petite coupole qui coiffait la synagogue s'enflamma en produisant une nuée d'étincelles incandescentes, telle une bougie qui flamboie avant de s'éteindre. La charpente céda et la masse s'écroula, ne laissant derrière elle qu'une grosse tour vide, dévorée de l'intérieur.

« Aidez-moi à sauver le rabbin, messire ! » Le garçon saisit Dante par la main et l'entraîna vers une petite habitation miraculeusement épargnée par les flammes, adossée au mur de la synagogue.

La porte était fermée. Le poète frappa plusieurs fois. N'obtenant pas de réponse, il enfonça le battant d'un coup d'épaule. Usée par le temps, elle s'abattit au sol.

Un spectacle incroyable s'offrit alors à sa vue. Manoello se tenait debout au centre de la pièce, revêtu des parements solennels qu'il arborait au Capitole. Les mains levées au ciel, il entonnait un chant dans une langue archaïque. À ses pieds gisait une forme humaine comme figée par le sommeil de la mort. Un être noirâtre et visqueux.

Dante pensa qu'il s'agissait d'une victime de l'incendie, pour laquelle le rabbin célébrait un rite funèbre. Il se rapprocha tandis que Manoello continuait de chanter, indifférent à sa présence. Il s'aperçut alors que l'être en question n'était pas un cadavre mais une forme grossière modelée dans de la boue, œuvre d'un sculpteur à ses premières armes qui eût voulu imiter un corps humain.

Le rabbin s'interrompit. Se penchant sur la masse humide qui représentait la tête, il traça dessus des signes incompréhensibles.

« Vis ! » s'écria-t-il. Puis il tomba à genoux et, effleurant cette statue fangeuse de son front, répéta d'une voix triste : « Vis ! Vis ! »

Dante l'observait, abasourdi. Il le rejoignit et lui serra l'épaule.

« Manoello, que faites-vous donc ? Il faut vous mettre en sécurité, le feu menace !

— Il vivra… c'est écrit dans le Livre… il viendra nous aider…

— La synagogue est en flammes, l'incendie ne tardera pas à se propager à votre maison ! Allez retrouver votre peuple, il a besoin de vous ! Il s'enfuit de l'autre côté du Tibre, il faut que vous le rejoigniez ! »

Le rabbin errait dans la petite pièce envahie par la fumée de l'incendie. Soudain, il porta les mains à sa bouche et les mordit jusqu'au sang. « Ma foi est faible, elle ne suffit pas à animer le golem ! Dieu me punit, et mon peuple avec moi ! »

Mêlées à la pluie, les cendres s'étaient transformées en une boue collante qui coulait sur les murs des humbles maisons et s'accumulait dans les rues. Dante et le fils de la veuve s'élancèrent vers le Tibre, tandis que la synagogue achevait de s'effondrer derrière eux, projetant à l'entour braises et fragments de poutres incandescentes.

« Va rejoindre ta mère, mon garçon. Elle a plus que jamais besoin de toi.

— Et vous, qu'allez-vous faire, ambassadeur ?

— Je… je ne le sais pas encore. Il faut d'abord que je trouve le sénateur Spada. Que je l'avertisse. Un complot… »

Alors que le jeune homme s'éloignait, Dante vit apparaître une longue silhouette enveloppée de la tête aux pieds dans une cape, qui pressait un linge sur sa bouche pour résister à la fumée.

« Messire Martino ! Vous ici ?

— Je vous cherchais, Alighieri.

— Moi ?

— J'ai un message pour vous. Le dernier avant que je quitte la ville.

— Vous partez ? Vous aussi ? »

Le vieillard fit un geste vague de la main. « Venise sait ce dont elle a besoin pour régler son gouvernement. Un messager m'a apporté des ordres ce matin. Et des nouvelles d'autres régions d'Italie. »

Un frisson parcourut le dos du poète. Martino reprit aussitôt : « Il a traversé Florence, comme vous pouvez l'imaginer.

— Que se passe-t-il dans ma ville ?

— Ce que vous craigniez. Corso Donati a renversé les Blancs avec l'aide des Français. Sa faction domine la ville et ses hommes se vengent. Ils se précipitent dans les demeures de leurs ennemis et les pillent.

— Ma femme… mes enfants…

— Ils sont encore en sécurité. Les premières victimes de ces actes de vengeance sont les plus humbles, ceux qui ne peuvent se défendre. Charles de Valois feint d'arbitrer les factions en maintenant un semblant d'ordre. Mais ce n'est qu'une question de temps. Il jettera bientôt le masque, donnant le signal de départ aux procès et aux exils. Geri Spini, Betto Brunelleschi, les Buondalmonti, les Agli et les

Tornaquinci[1] affilent leurs griffes. Retournez immédiatement chez vous et efforcez-vous de défendre vos biens. Les Blancs sont privés de guide. Vieri dei Cerchi, leur chef, est un lâche, il se bornera à chercher un compromis pour sauver sa personne et sa fortune. Faites attention, messire Alighieri. » Le vieillard avait perdu son sang-froid habituel. Il s'exprimait d'un ton chagriné qui, pour la première fois, parut sincère à Dante. « Boniface est prêt à vous frapper. Fuyez ! Il ignore encore que ses projets ont été couronnés de succès à Florence, car ses messagers sont en chemin. Mais quand, dans quelques heures, la nouvelle lui parviendra, il se dévoilera, et Rome deviendra votre prison ! Fuyez, je vous en prie !

— Je ne peux pas, Martino, murmura le poète. Mon œuvre n'est pas achevée.

— Votre œuvre ! Vous pouvez écrire vos vers partout ! N'importe quelle ville sera fière de vous héberger si vous lui demandez l'asile ! Accompagnez-moi à Venise, je vous protégerai derrière les armes de la République.

— Ce n'est pas à mes vers que je pensais mais à la justice qu'on m'a réclamée et que je n'ai pas rendue. Et puis je dois avertir le sénateur qu'on ourdit un complot contre lui. C'est un homme loyal, il faut qu'il sache...

— Un complot... contre lui ?

— La croisade qu'il organisait... il y a quelque chose qu'il ignore. Qui peut le perdre.

— Le sénateur Spada sait tout », déclara le Vénitien d'un ton énigmatique.

Dante le dévisagea, interdit. « Tout ? Y compris ce qui se passe au port de Trajan ?

---

1. Célèbres représentants du parti des Noirs.

— Rien ne peut le perdre. Sinon ce qu'il prépare lui-même. Fuyez, vous dis-je !

— J'ai conclu un pacte avec lui. Je ne peux l'abandonner. » Le poète prononça ces mots tout en sachant qu'il mentait au Vénitien et, en premier lieu, à lui-même. C'était Fiamma qui l'enchaînait à Rome, le désir de la revoir une dernière fois.

« Vous avez pris votre décision. Qu'il en aille pour le mieux. De nombreuses choses nous séparent. » Le vieillard l'étreignit. « Mais une autre, plus forte, nous unit, l'amour du savoir. Si je devais encore vivre longtemps, je suis sûr que nos routes se croiseraient de nouveau. Comme deux pèlerins sur un sentier inconnu, nous échangerions le maigre contenu de nos besaces, et cela suffirait à éclairer pendant une nuit l'obscurité du désert. Mais un siècle, ou presque, pèse sur mes épaules. J'ai vu la gloire de l'empereur Frédéric, je ne verrai pas ce que vous saurez y ajouter. »

Ému, le poète se jeta une nouvelle fois dans ses bras. Puis le vieillard s'écarta doucement et disparut au coin de la rue.

Fuir ? Mais où ? Si Martino disait la vérité, sa ville ne l'attendait que pour le mettre aux fers. Et Boniface les resserrerait bientôt de toute la force de son autorité. Saturniano Spada l'aiderait peut-être, s'il était encore en vie. Mais pouvait-il se fier au sénateur, l'homme du pape ? Jusqu'à quel point oserait-il s'opposer à la volonté de son maître ?

Dante pensa aux nobles traits de Spada, à son ton mesuré. Et s'il s'agissait d'un dissimulateur, prêt à le trahir ? Lui restait-il un espoir ?

Il se décida rapidement : il tenterait de rejoindre le sénateur avant que les ordres de Boniface l'atteignent et lui demanderait un sauf-conduit jusqu'à Viterbe. De là, il pénétrerait en Toscane et chercherait abri à Sienne, où il attendrait la suite des événements.

Où le trouver ? Le Sénat avait dû être convoqué pour faire face à la situation critique, et Spada assistait certainement à cette réunion. Il irait donc au Capitole, se dit-il en se dirigeant sous la pluie battante vers le pont de l'île.

Sur le quai, un spectacle accablant s'offrit à lui : les eaux du Tibre avaient monté, submergeant les rives et léchant les bâtiments les plus proches. Au-delà de la dernière arche, le pont Cestio s'achevait dans le fleuve, et les flots fangeux battaient la tour de garde. De l'eau jusqu'aux chevilles, Dante gagna la porte et essaya d'attirer l'attention des gardes, réfugiés sous l'auvent.

« Ouvrez ! Je dois passer, je suis l'ambassadeur de Florence ! s'écria-t-il de tout son souffle.

— Caetani règne ici ! répliqua l'un des hommes sans daigner se pencher. On ne passe pas.

— J'ai un message urgent pour le sénateur Spada. Ouvrez, ou la punition retombera sur vous ! »

Le nom du sénateur produisit l'effet escompté : au bout de quelques instants, un bruit de chaînes retentit et la herse se souleva légèrement, assez pour permettre au poète de passer. Trois hommes, armes au poing, se tenaient dans l'arc qui fendait la tour dans toute sa longueur. La poitrine frappée des bandes ondées du blason papal, ils le dévisageaient d'un air soupçonneux. Le voyant désarmé, ils s'écartèrent.

« Vous avez bien fait. Où est le sénateur ? Au Capitole ? »

Les trois hommes échangèrent un coup d'œil, puis le plus âgé écarta les bras. « Nous n'en savons rien, étranger. Nous avons reçu l'ordre de barrer le passage, sans doute pour éviter que toute la racaille du Trastevere se déverse de l'autre côté de la ville en cas de crue. Nous avons déjà repoussé une foule de Juifs qui voulaient passer, mais vous êtes de toute évidence un bon chrétien. On dit qu'une armée de gibelins a enfoncé la Porta San Paolo et qu'on se bat du côté du Colisée. Nous restons là en attendant les instructions du château.

— Pourvu qu'elles arrivent avant le Tibre ! s'exclama un de ses compagnons, la main tendue vers l'eau qui pénétrait par l'ouverture.

— Je n'ai pas l'intention de fournir du travail aux Capuchons rouges ! lança le troisième homme. Dépêche-toi de passer ! »

Dante se glissa sous la barrière, qui retomba aussitôt dans une gerbe d'eau.

Il s'engagea dans le passage couvert. « Vous n'imaginez pas que vous arrêterez le Tibre avec ces quelques planches ? »

Dans son dos, le garde le plus âgé répondit d'un ton lugubre : « Rien n'arrête le fleuve, étranger. »

De l'autre côté de l'île, la tour des Caetani semblait abandonnée. Le poète traversa le second pont sans rencontrer le moindre obstacle. Une fois sur l'autre rive, il tenta de se représenter la forme de la ville en assemblant les divers quartiers dont il se souvenait. Mais son imagination ne parvenait à tisser qu'une tapisserie effilochée où les édifices se mêlaient en un chaos indéchiffrable. Dans quelle direction étaient le Capitole et le Colisée ? Le château Saint-Ange et les grandes colonnes qu'il avait admirées ? Il ne se rappelait que quelques détails : pour atteindre le siège du Sénat, il avait traversé un quartier densément peuplé puis s'était hissé sur une jolie colline, riche en cultures et en beaux bâtiments. Il avait parcouru une route sinueuse qui embrassait le grand rocher du mont Capitolin.

« Comment va-t-on au Capitole ? » lança-t-il à un passant enseveli sous un énorme ballot de chiffons. Son accent étranger amena une grimace soupçonneuse sur le visage de l'homme, qui finit toutefois par penser avoir affaire à un pèlerin. « Marchez en direction du théâtre de Marcellus, puis virez à gauche. Vous arriverez à l'escalier de l'Ara Coeli. Là, vous le verrez. Mais faites attention, s'écria-t-il encore tandis que le poète s'éloignait. Le Tibre grossit, n'allez pas vers le Champ de Mars ! »

Dante suivit ces indications, longeant la roche Tarpéienne. Les traces d'un affrontement l'attendaient au sommet de la pente : des chars étaient renversés au milieu de la route et entourés de soldats. Çà et là on distinguait les blasons de la papauté, ainsi que les bannières jaune et rouge du Sénat. Il y avait également des signes de bataille au pied de l'escalier de l'Ara Coeli, ainsi que sur le parvis de l'église, et des soldats qui semblaient occuper la colline.

Il arrêta un officier qui descendait précipitamment et s'enquit du sénateur Spada.

« Le Palais est vide. On a renvoyé le Sénat !

— Saturniano Spada ? Où se trouve-t-il ? interrogea-t-il une nouvelle fois, en proie à l'angoisse.

— La Curie a ordonné à tous les sénateurs d'attendre dans leurs demeures. Il doit être dans sa villa.

— Comment puis-je m'y rendre ? »

L'officier haussa les épaules et poursuivit son chemin. Dante jeta un regard circulaire. Il aperçut un cheval efflanqué errant parmi les restes d'un chariot. L'un de ses membres arborait une plaie sanguinolente qui le faisait boiter. À en juger par sa selle délabrée et ses rênes usées, il s'était échappé d'un convoi de pèlerins. D'un bond, il le rejoignit et l'attrapa par la crinière. Indifférent à son hennissement de douleur, le poète agrippa son encolure et sauta en selle.

Il le poussa vigoureusement dans la rue puis à travers une place qui s'ouvrait près des ruines d'une *insula* et distingua enfin la colonne Trajane et le début de la route qui le conduirait à la demeure du sénateur.

On se battait en bas, au pied de la colonne : une douzaine d'hommes pourvus de bâtons et autres armes de fortune avaient encerclé trois ou quatre soldats de la garde de Boniface, ils les poussaient contre le mur d'une maison, sans se soucier de leurs appels au secours.

Dante les évita en s'engageant dans une ruelle transversale qui semblait déserte. Elle le mena au bout de quelques pas dans une route droite s'éloignant à perte de vue vers la Porta Flaminia. Il cria pour se frayer un chemin parmi la foule de piétons et de charrettes arrivant dans le sens opposé. Les sabots de sa monture soulevaient des éclaboussures en s'abattant dans les quelques pouces d'eau jaunâtre qui recouvraient la voie. Elle dérapa à plusieurs reprises et faillit s'écrouler.

Quelques centaines de pas plus loin, il déboucha sur une place ornée à gauche d'une colonne aussi grosse que celle du Forum. Il se tourna de l'autre côté et suivit du regard la rue qu'il croisait. La colline où s'élevait la demeure du sénateur apparut à sa vue. Il tira sur les rênes et vira dans cette direction.

Après avoir abandonné la Via Lata, le poète se hissa sur la colline qui dominait le Champ de Mars.

Il distingua enfin sa destination, derrière un verger. Il avait presque atteint le mur d'enceinte quand son cheval chancela et poussa un hennissement étouffé. L'animal s'immobilisa, indifférent aux coups de talon de son cavalier, et s'effondra, foudroyé par une syncope. Dante agrippa son encolure puis bondit en avant pour éviter d'être écrasé sous son poids.

Il se remit en marche, en proie à des vertiges, et se traîna en boitant jusqu'à la porte de la villa.

Celle-ci était déserte. Il traversa la cour et gagna l'impluvium sans cesser d'appeler, mais les murs richement décorés ne lui renvoyèrent que l'écho de sa voix. Il pénétra dans la première pièce, puis dans les suivantes. Il se rappelait vaguement leur disposition : elles se succédaient, pareilles à une enfilade sans fin.

Autour de lui, l'ameublement changeait au fur et à mesure qu'il se rapprochait des appartements du sénateur et de sa fille. Obstruée par de précieux rideaux, la lumière qui filtrait à travers les fenêtres y était moins vive.

Soudain, il eut la sensation de s'être égaré. Il déboucha dans une petite cour aux parois recouvertes de précieux onyx, sur laquelle donnaient une autre série de pièces. Il passa frénétiquement de l'une à l'autre, en vain. La dernière porte ouvrait sur une salle aux murs ornés de fresques représentant des oiseaux. Les becs joints, ils semblaient échanger en vol des baisers d'amour, à moins qu'ils ne fussent engagés dans une lutte mortelle, songea-t-il, déconcerté.

Un grand trône de pierre occupait le centre de la pièce. Fiamma y était assise, vêtue de parements précieux et coiffée d'une mitre à la forme singulière. Bien qu'elle fixât la porte, elle ne réagit pas à l'entrée du poète. Son regard était vide, rêveur.

Dante s'immobilisa, stupéfait, tandis qu'une image remontait à sa mémoire. La jeune fille portait un costume identique à celui qu'il avait vu sur le petit tableau de la taverne, semé de pierres précieuses. Et à celui qu'arborait la femme voilée alors qu'elle célébrait son rite : il se souvenait du son des sistres et des murmures qui avaient accompagné la prêtresse en procession à travers les méandres du souterrain. Il reconnut aussi le couvre-chef, un grand cercle argenté entouré de deux croissants de lune. Et si la femme du portrait étreignait un enfant, Fiamma tenait quant à elle un objet sur les genoux.

C'était un vase lactescent, du plus pur albâtre, semblable par sa forme à celui que contenait le sarcophage de la papesse. À un détail près : il n'était pas clos par le simple couvercle qu'avait réalisé maître Antonio mais par une sculpture élaborée représentant un être démoniaque, imitation perverse du visage de l'homme, comme si une main diabolique avait voulu pervertir les traits sculptés dans la première argile à l'image de Dieu pour en faire un objet ridicule et obscène.

Il se rappela alors le récit du verrier, l'étrange commande que lui avait passée son mystérieux client. Était-ce donc là le modèle qui l'avait tant troublé ? « Qu'est-ce que c'est ? » murmura-t-il, la main tendue.

Fiamma sursauta, comme si elle remarquait soudain sa présence. « Vous êtes là… vous êtes venu. Vous connaissez le devoir qui vous attend. Votre voix est-elle prête pour décrire ce qui se produira ? Le retour…

— Il n'y aura pas de croisade », répondit le poète. Il essayait de s'exprimer avec le plus de douceur possible pour éviter d'accroître le trouble de la jeune fille. Celle-ci serrait le vase contre sa poitrine et se mit à le caresser ainsi qu'elle eût fait d'un enfant, semblant retournée à son étrange indifférence. On aurait dit qu'elle écoutait des voix audibles d'elle seule.

« Qu'est-ce que c'est ? » répéta-t-il en se rapprochant. Il était maintenant si près qu'il pouvait sentir le parfum enivrant de ses cheveux qui dessinaient des volutes sous les bandes de la mitre, voir rouler sur ses joues délicates et dans son cou mince les gouttes de l'onguent dont ils étaient enduits.

« Ce sera la tombe de ma partie vile, déclara-t-elle à l'improviste. Quand mon âme sera libérée de mon corps et ira au Jugement, plus légère qu'une plume. Alors la Mère me félicitera et je vivrai éternellement dans ses appartements.

— La mère ? La Vierge Marie ? »

Les lèvres de la jeune fille s'étirèrent en un sourire. « La grande mère de tous. Isis, la déesse aux mille visages, qui parle en moi. »

Elle haussa le ton, comme pour être entendue par des oreilles lointaines.

Dante écoutait les mots qu'elle dévidait tel un chant cérémonial. Elle prononçait des phrases entières dans l'antique langue africaine. Sans doute le croyait-elle capable de les comprendre, à moins qu'elle ne s'en moquât et ne s'adressât plutôt à la mystérieuse divinité dont elle avait parlé, la seule qui lui importât. Elle continuait de fixer le vide du regard vitreux de la folie.

Dante avait déjà vu cette lumière opaque. Chez les moines en extase, chez les individus en proie aux convulsions démoniaques. Dans les yeux d'un faussaire mené au bûcher. Et voilà qu'elle brillait sur le visage de la beauté même, reflet d'une âme étouffée par l'adoration d'une déesse lointaine que les siècles avaient submergée dans les sables du désert. Et à ce visage angélique se superposait le souvenir de l'étreinte obscène des corps enchevêtrés dans le souterrain, enflammés par son chant. Le visage d'une femme qui semblait être descendue du ciel mais surgissait de l'abîme.

En proie au découragement, il laissa tomber les bras le long de son corps. Fiamma s'était tue, mais elle continuait de caresser l'urne. Elle renversa soudain la tête et s'exclama : « Je ne mourrai pas ! »

Dante s'agenouilla à ses pieds et lui étreignit les genoux. « On a trahi votre père, il faut que je l'avertisse ! lui jeta-t-il, désespéré.

— Je ne mourrai pas ! » répéta la jeune fille. Elle se leva, les yeux rivés sur une petite fenêtre. « C'est l'heure ! Mon père m'attend ! »

Elle se dégagea et s'élança vers la porte en effleurant le poète, incapable de réagir.

Dante mit un moment à se ressaisir. Deux portes s'ouvraient dans la pièce voisine. Il hésita un instant et en poussa une, croyant entendre des bruits de pas qui s'éloignaient. Or il n'y avait rien de l'autre côté, à l'exception d'autres portes et d'autres pièces, désertes.

Il était seul. Il devait trouver la sortie, mais ne parvenait pas à se remémorer le parcours qui l'avait mené à la salle. Il avança et recula, indécis, puis envisagea un instant de s'abandonner au repos, de se laisser tomber sur le sol et d'attendre la suite des événements, l'esprit vide de toute pensée.

Il se prit la tête entre les mains. Il avait échoué dans tous les domaines. Il revit les visages de ses concitoyens, confiants en ses capacités de négociateur. Que leur raconterait-il lorsqu'il regagnerait la ville sans avoir pu repousser les visées du pape sur Florence, poursuivi par l'interdit de Boniface, soupçonné par l'Inquisition ? Et que dirait-il à la veuve qui lui avait demandé de rendre justice à sa fille assassinée ?

Il se força à reprendre son chemin. Il arriverait bien à sortir, songea-t-il en pénétrant dans la pièce voisine. Ce devait être l'antichambre des appartements de Fiamma : il aperçut sur le sol une série de sacs de nuit, sans doute les couches de ses servantes. Il les enjamba l'un après l'autre.

Dante avait presque atteint la porte quand il s'immobilisa. Il avait entendu un craquement sous ses souliers, semblable à celui de fragments de verre qu'on écrase.

C'est alors qu'il le vit. Ce qu'il avait pris dans la pénombre pour un sac n'était autre qu'un corps humain recouvert d'une cape en soie tachée de sang. L'étoffe en était si fine qu'on distinguait le visage, en particulier le nez fort et marqué. Le poète se pencha et souleva un pan du tissu. Le visage de Kansbar apparut, figé dans l'apparence de la mort. Le bas n'était qu'un masque vermillon : jailli copieusement de la bouche, le sang avait imprégné la barbe bouclée, bouleversée par les sursauts de l'agonie. En revanche, le noble front et les yeux encore ouverts paraissaient étrangement exempts de l'horreur qui avait frappé le Perse. Ses pupilles dilatées évoquaient deux puits noirs entourés d'un anneau fin couleur sable, comme si la mort avait voulu imprimer chez ce malheureux une trace du désert d'où il était venu. Son regard vide trahissait la stupeur avec laquelle il avait affronté son destin.

Dante arracha la cape, qui conservait l'empreinte sanglante du visage, sorte de suaire obscène. Un poignard était planté jusqu'à la garde dans la poitrine de Kansbar : il lui avait déchiré le poumon, le noyant dans son propre sang.

Soudain, le Florentin retrouva tout son sang-froid : surmontant l'effroi qui avait bouleversé son âme végétative, son esprit rationnel reprenait le dessus. Il arracha le poignard et le contempla à la faible lumière. Cette arme longue et fine comme la langue d'un serpent avait été forgée dans un acier damasquiné au grain si fort et si compact que le sang glissait sur sa surface sans se figer, à l'instar de l'huile sur le verre. Une version mortifère des épingles en bois qui ornaient les tresses des Florentines. Le métal était froid, mais le Perse avait sûrement été tué moins d'une heure plus tôt.

Il s'agenouilla et tâta le cadavre à la recherche d'un indice expliquant sa mort. L'homme portait encore sa bourse à la ceinture. Il la fouilla rapidement : elle ne contenait que quelques pièces de monnaie, ainsi que la clef de laiton qui actionnait le mécanisme merveilleux. Était-ce pour lui voler un trésor qu'on avait tué Kansbar ? Sa machine en ébène gisait tout près de lui, dissimulée sous la couche la plus proche. À l'exception d'une arête abîmée dans la chute et d'une aiguille arrachée, elle était intacte. Elle ne pouvait donc avoir échappé à l'assassin. Celui-ci avait frappé pour une autre raison.

La mort du Perse était-elle liée à l'obscur complot qui se cachait derrière la fausse croisade ? Il avait peut-être découvert lui aussi qu'on s'était gardé d'accomplir les préparatifs prévus par les accords. Et on l'avait éliminé pour l'empêcher de révéler cette trahison à son maître qui attendait avec confiance en Perse le signal d'attaque des forces chrétiennes. Une attaque qui n'aurait jamais lieu, étant donné qu'il n'y avait pas dans le port de Trajan la moindre trace de la flotte censée la déclencher.

Par conséquent, le sénateur était lui aussi en danger de mort. Tout comme sa fille, perdue dans son délire religieux mais encore confiante dans l'entreprise.

Le visage féroce de Sciarra Colonna s'imposa à l'esprit du poète. Son rictus était-il la dernière image qu'avait vue Kansbar ? Sciarra, le querelleur, qui avait feint d'épouser les idées du sénateur et de Boniface pour mettre à exécution une vengeance personnelle. À moins qu'il ne visât les caisses d'or ? Pour s'en emparer, il fallait que le projet échouât dans la convulsion d'une bataille générale, de façon à occulter ses crimes dans la forêt d'impiété où Rome s'effondrerait, tel un arbre caché au cœur de la forêt.

Il avait tué l'ambassadeur du Mongol pour entacher l'alliance du soupçon et de la colère. Il comptait éliminer ensuite Saturniano Spada, qui avait encore confiance en lui. Et Fiamma ? S'ajouterait-elle au chœur des femmes assassinées ?

Les yeux de Dante se remplirent de larmes tandis qu'il serrait le poignard entre ses doigts, désespéré. Il repensa à la détermination naïve de la jeune fille, à sa folie religieuse, qu'il venait de découvrir. À sa confiance aveugle en cette erreur antique. Qui la défendrait ? Qui l'arracherait au fer de la trahison ? Ou au feu du bûcher, si l'Inquisition avait vent de ses idées ?

Il devait la retrouver sans tarder. Cependant il n'arrivait pas à se détourner du Perse. Ce cadavre lui adressait un message, dont il ne parvenait pas à saisir le sens. Il était comme un pèlerin qui écoute les voix de la ville lointaine dans laquelle il a pénétré, et y distingue sans les comprendre l'émotion, la joie, la colère ou le chant.

C'était étrange. Kansbar avait été frappé de face au moyen d'une arme qui n'avait rien à voir avec celles qu'utilisent les soldats. Et il n'avait pas esquissé la moindre défense, puisque son petit cimeterre était toujours glissé dans sa ceinture en soie, à l'intérieur de son fourreau.

Il avait été tué traîtreusement par un individu en qui il avait confiance, qu'il ne craignait pas. Car il aurait suffi à l'homme robuste et massif qu'il était de tendre la main pour dévier le coup, subissant peut-être une blessure, mais pas cette déchirure mortelle. Or ses mains étaient intactes, sans égratignure ni trace de coupure. Il avait affronté la mort, impassible.

Ou incrédule. Soudain, la voix qui hurlait en lui devint compréhensible. Et elle criait le nom de Fiamma.

Dante fut saisi de vertige et ses yeux se remplirent de larmes. Puis des vers retentirent à son esprit, lui apportant le réconfort d'une voix amie brisant le silence :

Ipse ignotus, egens, Libyae deserta peragro,
Europa atque Asia pulsus[1].

Les pleurs d'Énée en exil, chassé de l'Europe et de l'Asie, perdu dans le désert. Il fut ragaillardi par les mots de Virgile, cher à toutes les âmes nobles. Son poème était là, écrit de sa main divine ! Dans cette demeure !

Une énergie nouvelle lui réchauffa les membres. Où se trouvait la bibliothèque de Saturniano ? Avant d'abandonner à jamais la maison du sénateur, il voulait revoir ces rouleaux, caresser l'antique papyrus que son maître avait noirci. Il bondit sur ses pieds et quitta la pièce.

Il se mit à errer dans des salles désertes qu'il traversait frénétiquement, sans logique. Enfin, au bout d'un couloir

1. « Moi-même, inconnu, dénué de tout, je parcours les déserts de la Libye, repoussé de l'Europe et de l'Asie », *Énéide, op. cit.*

qu'il ne se rappelait plus avoir parcouru, il se heurta à la porte de la bibliothèque.

Il serait ensuite facile de regagner la sortie, pensa-t-il en entrant, soulagé. Alors qu'il promenait le regard sur les trésors alignés en bon ordre dans les meubles muraux, il aperçut parmi des tas de rouleaux trois vases d'albâtre semblables à celui que Fiamma caressait un peu plus tôt.

Leur facture était tout aussi raffinée et les sculptures qui ornaient leurs couvercles tout aussi délicates. Elles représentaient cependant d'autres monstres aux formes incongrues. Trois démons qui le fixaient, tapis dans l'ombre de l'armoire.

Il en saisit un et souleva le couvercle, surmontant le dégoût que lui inspirait la forme obscène qui semblait prendre vie sous ses doigts. Il était vide. Une odeur désagréable d'arômes inconnus s'en échappa.

Pourquoi Fiamma attribuait-elle tant d'importance à ces urnes ? Et pourquoi le sénateur, comme tout le laissait supposer, en avait-il commandé de nombreuses copies ? La lampe qui éclairait la tombe de la papesse était identique. Kansbar en avait-il apporté le secret de l'Orient, où Manoello prétendait qu'il était arrivé après le sac de Jérusalem ? Était-ce pour préserver ce secret qu'il avait été tué ?

Un papyrus était posé à côté du troisième vase. Intrigué, Dante entreprit de le dérouler.

Une série de signes minuscules apparurent. Certains représentaient des objets reconnaissables, yeux, animaux, silhouettes humaines, bateaux surmontant les vagues, vases… d'autres en revanche étaient indéchiffrables. Tracés d'une encre foncée qui avait fané avec le temps, ils encadraient des figures plus grandes, rouges, vertes, bleues, qui reproduisaient des scènes d'une vie lointaine, des hommes à demi nus aux postures étranges : certains semblaient prier en chœur, d'autres traînaient de grandes caisses sur lesquelles étaient dessinés des visages humains. D'autres encore se pressaient autour de corps allongés en brandissant des outils qui rappelaient des faucilles, sous le regard attentif de géants aux yeux enchâssés dans des têtes extraordinaires d'oiseaux et de chiens.

Il examina mieux les silhouettes : penchée sur un corps, l'une d'elles s'employait à... le vider de ses entrailles ! Bien sûr ! Les individus représentés là préparaient les corps afin de les embaumer ! Ce papyrus illustrait le rite au moyen duquel les Égyptiens obtenaient leurs mystérieuses momies. Et les petits signes indéchiffrables décrivaient certainement le procédé compliqué qui avait permis, disait-on, aux corps des pharaons de parvenir intacts à l'ère chrétienne...

Tandis qu'il réfléchissait, Dante remarqua une petite porte dans un coin de la pièce. Il fit glisser le loquet et tira le battant. De là partait un étroit escalier de pierre qui descendait dans l'obscurité.

Il jeta un regard circulaire. Une lampe à huile reposait sur une des tables d'écriture. Il tira de la bourse qu'il portait à sa ceinture le sachet de toile cirée dans lequel il conservait son briquet et entreprit de battre la pierre à feu. Par chance, la cire avait protégé l'amadou, et il vit bientôt jaillir des étincelles qui enflammèrent la mèche.

Muni de la lampe, il s'engagea sur les marches raides. Elles le conduisirent à une immense pièce, preuve que la villa était bâtie sur une autre construction : un édifice plus ancien dont les grands arcs tenaient désormais lieu de fondations.

Il distingua des caisses en bois ainsi qu'un grand bassin de pierre placé au centre. C'est alors qu'une forte odeur lui coupa le souffle. Cet arôme inconnu évoquait à la fois la corruption et la richesse. Il songea à l'haleine d'un grand animal dissimulé dans l'ombre.

Il s'approcha du bassin. Il était rempli d'une matière blanchâtre semblable au sel. Des urnes en verre, de toute évidence les copies de celles qui trônaient dans l'armoire de la bibliothèque, étaient posées sur des caisses non loin de là. Mais, contrairement à leurs modèles, elles n'étaient pas vides : on entrevoyait des formes sombres à travers leurs parois lactescentes.

Il s'apprêtait à en ouvrir une lorsqu'il remarqua un objet dépassant de la masse saline. Il le saisit et tenta de l'attirer à lui.

L'objet résistait, comme si le sel dans lequel il était plongé le retenait. Il tira plus fort. Quelque chose céda et se mit en mouvement.

Il lâcha prise avec un cri d'horreur. Les doigts d'une main, suivis du bras, avaient jailli du sel, tel un nageur qui remonte à la surface de l'eau après avoir plongé dans les profondeurs de l'océan. Dans le bouillonnement que provoqua le mouvement apparut une tête réduite à l'état de masque squelettique, aux cavités orbitales creusées jusqu'au crâne. La peau ridée qui enveloppait encore une partie du front se continuait par une longue chevelure noire que le sel avait rendue semblable à de l'étoupe.

Dante sentit ses genoux ployer sous l'effet de l'émotion. Il s'effondra. Le souffle court, le cœur battant, il eut brusquement l'impression que tous ses esprits luttaient, prêts à se libérer de la servitude du corps.

Puis il se ressaisit peu à peu et s'efforça d'imprimer un ordre aux ombres éparpillées dans lesquelles il s'était débattu jusqu'à présent. Combien de cadavres, combien d'horreurs dissimulait ce bassin ?

Il s'empara d'un vase et le jeta au sol. Une forme brunâtre se répandit sur la pierre parmi les fragments de verre, se déroulant comme un serpent. Il reconnut avec horreur des intestins : l'assassin les avait arrachés, encore palpitants, au ventre d'une de ses victimes.

Voilà donc à quoi servait le bassin ! À faire des essais. Des essais permettant de réaliser l'immonde perfection que décrivait le papyrus des démons, la momie parfaite qui tromperait jusqu'à l'Inquisition. Combien de vies avait coûtées la terrible mise en scène de la fausse papesse Jeanne ?

Désormais, le dessein du sénateur lui apparaissait dans toute sa folie. Et ses propos acquéraient un sens prémonitoire. Préparer le second avènement de l'antique religion, afin de rebâtir la grandeur de Rome, que le message du Christ avait ébranlée dans ses fondements.

Tel était donc son projet ? Élever sa fille au rang de prêtresse révélée de l'ancienne Isis ? Profiter de sa naïveté, après l'avoir conduite au bord de la folie, l'offrir comme guide au peuple romain, après avoir démontré qu'une femme avait autrefois accédé au trône de Pierre ? Ou encore l'imposer avec ses disciples en tant que réincarnation de cette même Isis, enflammer la superstition de la plèbe autour de sa personne et ériger sur elle son propre pouvoir ?

Il n'arrivait pas à le croire. Seule la folie la plus aveugle pouvait avoir engendré pareil dessein. Comment Saturniano Spada pensait-il s'imposer face aux armes du pape, à ses forteresses disséminées dans la ville, à la masse du château inexpugnable ? Imaginait-il vraiment qu'un élan convulsif de crédulité populaire aurait raison de siècles de foi profonde et de la pensée de grands esprits qui avaient cru dans l'existence d'un ordre divin, d'un sens de l'Histoire ?

Il balaya de nouveau la pièce du regard, cherchant d'autres signes de cette folie. Combien d'innocentes en avaient-elles payé le prix ? Et combien d'individus seraient-ils encore entraînés dans la chute du sénateur, quand la main de Boniface livrerait aux flammes de l'Inquisition tous les malheureux qui tentaient cette inutile montée au ciel ?

Saturniano paierait les conséquences de ses crimes. Et sa fille, ce jeune esprit rempli de rêves ? Certes, elle avait perdu la voie du salut, mais son âge et sa grâce ne l'innocentaient-ils pas ?

Cette pensée l'arracha à sa torpeur. Il fallait la sauver, s'il en était encore temps. Fiamma avait dit que son père l'attendait. Où ? L'immense désert de Rome s'étendait autour de ces murs. Avait-elle regagné le temple de sa foi ? Et comment parviendrait-il à le retrouver ? La machination s'accomplissait peut-être ailleurs. Par exemple au palais du Latran, ou à l'intérieur du Vatican ?

Il s'élança dans l'escalier, traversa les innombrables pièces de la villa et déboucha dans le péristyle. La violente averse eut sur lui un effet bénéfique, lui rendant son sang-froid. Il irait dans le centre habité, du côté du Champ de Mars.

Il courut désespérément vers la Via Lata, dévalant les pentes de la colline. De là, il s'aperçut que l'eau jaillissait avec violence de sous la Porta Flaminia, signe que la campagne était inondée et que les flots faisaient pression contre le mur d'Aurélien. Ses pieds rebondissaient dans des flaques de plus en plus nombreuses et des rigoles de boue qu'alimentait une pluie qui redoublait de force.

La colline des Orti semblait s'ébouler en une masse énorme de boue et de déchets, menaçant de s'effondrer sur les maisons et de les emporter, à l'instar d'une invasion barbare.

Des cris et le ferraillement des armes retentissaient en bas. Toute la ville était en proie aux émeutes. Des colonnes de fumée s'élevaient çà et là dans le ciel, malgré l'eau qu'il déversait.

15

Le chemin était barré par un groupe de soldats qui entassaient autour d'un chariot renversé en travers de la rue des caisses et des pièces de mobilier arrachées aux boutiques. Dante s'immobilisa prudemment, essayant de déterminer de qui il s'agissait. Mais la pluie avait trempé l'étendard qui les accompagnait au point de le rendre méconnaissable. Un instant, il pensa que c'étaient les hommes de Colonna, venus de Castel di Guido accomplir leur véritable mission.

« Florentin ! » entendit-il crier de la barricade. Puis il vit un individu se détacher du groupe et courir vers lui, l'épée au poing. Il reconnut le décurion. Celui-ci le rejoignit et pointa sa lame contre sa gorge. « Que fais-tu ici ? Y a-t-il la patte de tes concitoyens dans la révolte ?

— Quelle révolte ? Florence m'a chargé de négocier la paix, pas la guerre. Que se passe-t-il ? »

Hésitant, Maître Chanvre tourna son épée dans une direction indéfinie, de l'autre côté de la barrière. « Rome a perdu la tête ! Ces gueux de pèlerins ont déchaîné une émeute. Des nouvelles d'assauts et d'incendies arrivent de toutes parts. Le pape s'est enfermé au château et a demandé des renforts. La garde du Sénat est déployée autour de l'Ara Coeli, nous avons alerté la tour des

Milices. Toutes les portes sont fermées, personne ne peut entrer ni sortir. Tu aurais mieux fait de filer avec tes compères... en admettant que tu n'aies rien à voir dans cette diablerie. Parce que le démon tire les ficelles !

— Le démon ?

— Un groupe de forcenés que nous avons repoussés à quelques rues d'ici. Ils nous ont attaqués en exaltant la nouvelle déesse, que la peste l'emporte ! Une nouvelle déesse ! Ici il n'y a que le Christ et Boniface ! Peut-être parlaient-ils de la Vierge ? ajouta-t-il, comme en proie à un doute subit. Et cette maudite pluie ! Ne pouvaient-ils pas se révolter au printemps, comme tout le monde ?

— Maître Chanvre ! s'écria Dante en saisissant l'homme par ses vêtements. Où se situe le centre de la révolte ?

— Près du fleuve, vers le pont du château ! C'est de là qu'arrivent les nouvelles des affrontements les plus féroces, mais le diable emporte ceux qui y comprennent quelque chose ! »

Soudain, le poète sentit un grand froid aux jambes. Il baissa les yeux : la ruelle s'était transformée en un torrent où se formaient déjà des tourbillons. Au même moment, les soldats, qui s'en étaient eux aussi aperçus, se mirent à crier :

« Le fleuve ! Il est sorti de son lit !

— La crue des pluies ! Il ne manquait plus que ça ! s'exclama l'officier. Mais au moins l'eau entraînera tous ces loqueteux. Le fleuve a déjà calmé des esprits échauffés. Quand les gens se verront obligés de mettre leurs enfants et leurs haillons en sécurité, ils cesseront de penser à la révolte », conclut-il en ricanant.

C'est alors qu'un soldat, surgi hors d'haleine d'une rue transversale, bondit vers lui. « Maître Chanvre, le fleuve inonde les quartiers !

— Je le vois, idiot ! » Le décurion tapa du pied par terre, produisant des éclaboussures dans l'eau qui lui arrivait déjà aux mollets. « Nous allons garder cette position un moment, puis nous reculerons vers la colline des Orti et laisserons le Tibre achever son œuvre.

— La situation est grave ! Je viens du fleuve. La crue arrive ! La tempête de cette nuit a dû arracher des arbres sur les terres en amont, car un grand nombre de troncs s'accumulent au virage du château. Le fleuve ne passe pas. Le port a été inondé, tous les habitants du Champ de Mars sont en fuite !

— Des troncs ? Qu'est-ce que tu racontes ? demanda l'officier, qui avait saisi l'homme par le col.

— Au pont du château ! Toutes les arches sont bloquées ! Je vous dis que cette fois Rome va être entièrement inondée ! »

Maître Chanvre repoussa son interlocuteur et déclara : « Je vais voir par moi-même, maudits imbéciles !

— Je vous accompagne », dit Dante en lui emboîtant le pas.

De l'eau aux reins, les deux hommes furent bientôt contraints de s'arrêter. Ils virèrent à droite et se glissèrent entre deux constructions, dont les flots avaient déjà enfoncé les portes. De là, il était possible de voir un large tronçon de fleuve. Comme le soldat l'avait annoncé, un nombre impressionnant de troncs s'étaient entassés contre les arches du pont, qu'ils obstruaient presque complètement. D'autres fûts glissaient sur le fil du courant impétueux, prêts à s'ajouter au barrage. Le port de Ripetta avait disparu sous les flots et l'eau jaillissait furieusement en mille torrents et cascades à travers les ouvertures séparant les misérables constructions érigées sur la rive.

Le décurion porta les mains à sa tête, comme s'il se rendait compte soudain de la catastrophe qui se préparait. Il apparaissait pour la première fois privé de sa cuirasse d'indifférence. La peur se peignait sur ses traits grossiers.

Le poète le saisit par le bras et le persuada d'avancer. Ils pataugeaient maintenant dans la masse fangeuse qui les entraînait vers le bas de la pente, alors que des groupes de soldats dispersés fuyaient en sens inverse, en direction des quartiers les plus élevés. L'eau avait atteint la base du mur d'enceinte du château, elle écumait entre les arches du pont Saint-Ange qui évoquaient les pattes d'un grand animal marin surgissant des profondeurs.

Les signes du désastre étaient bien visibles. Troncs, feuillages, carcasses d'animaux et restes d'embarcations petites et grandes, que la fureur de la crue avait balayés et emportés, s'étaient abattus sur les piles. Dante distingua aussi une grande roue de moulin qui, échouée sur la rive, continuait de tourner sous la poussée du courant.

« Que diable… comment est-ce possible… ? balbutiait le décurion. Le fleuve a dû faucher une forêt entière.

— Ces arbres n'ont pas été déracinés. Regardez les troncs, la coupure nette aux extrémités ! C'est le bois que le sénateur Spada a amassé pour la construction de sa flotte. On a dû le jeter dans le fleuve !

— C'est vrai ! Les maudits ! Je ferai pendre tous les bûcherons des montagnes… je les étranglerai de mes propres mains… Je les ferai clouer à toutes les portes des remparts, Rome n'en reviendra pas !

— En admettant que Rome existe encore après ce déluge ! Regardez ! »

Une ombre était apparue au nord, là où le lit du Tibre dessinait un méandre, et se rapprochait de la muraille. Elle avançait vers les deux hommes en chevauchant le courant, tel un immense banc de dauphins. Un nouvel amas de troncs se dirigeait tout droit vers la barrière.

« Nous sommes perdus… », murmura le décurion, aussi pâle qu'un cadavre. C'est alors que l'attention de Dante fut attirée par un attroupement sur l'autre rive du fleuve. Des soldats avaient surgi sous les bastions du château, au bord du fossé que les ondes n'allaient pas tarder à gagner.

Un instant, il lui sembla que cette petite troupe d'environ une centaine d'individus comptait attaquer la forteresse. C'était pourtant une entreprise démesurée par rapport à leurs forces. La catastrophe les avait précipités eux aussi dans la folie. Ils ne disposaient pas d'un seul engin d'assaut, bélier ou catapulte. Leurs minuscules silhouettes se détachaient sur l'énorme tambour fortifié, telle une poignée de poupées que la main d'un dieu eût jetées distraitement sur la grève, au cours d'un jeu mystérieux.

Dante ne parvint pas à distinguer les étendards qui flottaient au-dessus de leurs têtes. Mais le décurion, de toute évidence doté d'une meilleure vue, s'écria : « Des hommes des Colonna !

— Les Colonna ? Lesquels ?

— Ils ont surgi de la campagne comme les rats des égouts ! »

Soudain le poète se remémora la petite armée qu'il avait vue dans la citadelle d'Ostie. Tel était donc le véritable but de la croisade ! Mais il fut arraché à ses réflexions par la vision d'une petite embarcation, au centre du fleuve, qui tentait de gagner la rive opposée sous la poussée de quatre rames voltigeant comme des ailes sur la surface de l'eau. Une silhouette blanche coiffée d'un immense couvre-chef se dressait à son bord, apparemment décidée à défier la marée de troncs qui avançait.

Une déesse des enfers sillonnant les flots qui séparent les vivants des morts.

Fiamma. Il fut saisi du désir irrépressible de la rejoindre. D'un regard désespéré il chercha un moyen de traverser le fleuve. Il envisagea de courir jusqu'au pont, en espérant que la structure ancienne résisterait à la poussée de l'eau assez longtemps pour lui consentir le passage. Mais il risquait de perdre entre-temps toute trace de la jeune fille.

C'est alors qu'il aperçut une barque qui venait vers lui. Ses deux occupants arboraient le froc écarlate qu'il avait appris à reconnaître et s'employaient à scruter les eaux, en quête de butin.

Il s'écria : « Maître Chanvre, ordonnez à ces hommes de s'approcher ! » Le décurion hésita un moment, mais le ton décidé du poète eut raison de ses réticences. Il adressa un signe impérieux aux membres de la fraternité et leur intima l'ordre de gagner la rive.

Puis il demanda : « Vous comptez sur cette barque pour vous mettre en sécurité ?

— Je veux aller de l'autre côté du fleuve.

— Pour quoi faire ? Tout sera bientôt submergé, les prés du Vatican compris. Et puis vous ne voyez pas les hommes des Colonna ? Vous n'avez tout de même pas envie de vous retrouver dans leurs griffes ? Seriez-vous de mèche avec eux ? » ajouta-t-il d'un ton soupçonneux.

Dante se contenta de hausser les épaules. Toute son attention était concentrée sur l'embarcation qui avait dépassé le centre du fleuve et se rapprochait de l'autre rive. Et surtout sur la fine silhouette blanche debout à l'intérieur.

Seuls quelques empans le séparaient désormais des Capuchons rouges. Ceux-ci lui lancèrent un regard torve et s'inclinèrent avec respect devant le décurion. Dante s'enfonça dans l'eau trouble jusqu'à la poitrine et agrippa le bord de la barque.

« Conduisez-moi de l'autre côté ! »

L'homme qui se trouvait à la proue interrogea le décurion du regard. Comme celui-ci se bornait à hausser les épaules, il se leva et ficha sa rame dans le fond vaseux. « Tu es fou, étranger. Tu ne vois pas les troncs qui descendent le long du courant ? Ils s'abattront sur nous dans quelques instants ! »

Pour toute réponse, Dante fléchit les coudes et se hissa à bord de l'embarcation. Celle-ci s'inclina sous son poids et faillit se renverser. Surpris, le Capuchon rouge qui avait protesté perdit l'équilibre. Il essaya de s'accrocher à sa rame puis tomba à l'eau dans un bruit sourd, tandis que le poète prenait sa place. « Un florin en or si tu m'emmènes sur l'autre rive ! » lança-t-il à celui qui restait en faisant tinter sa bourse.

Un éclair de cupidité brilla dans le regard de l'homme. Il sembla évaluer un moment le risque que cette entreprise comportait mais il ne parvenait pas à se décider.

Dante plongea la main dans sa bourse et chercha parmi ses pauvres pièces de cuivre le seul florin en or qu'il possédait. L'ayant déniché, il le brandit devant lui.

« Regarde le Baptiste ! Tu n'en verras pas d'autre jusqu'à la fin de tes jours ! »

Il songea à se munir aussi de sa dague pour le cas où l'homme refuserait son marché. Mais celui-ci bondit sur la pièce de monnaie et la jeta dans son froc. Puis il se tourna vers la poupe et planta vigoureusement sa rame contre le fond. Son compagnon, qui avait suivi la scène dans l'eau, cria pour attirer leur attention. Il s'exprimait dans un dialecte obscur, et le poète comprit non sans peine qu'il entendait se joindre à eux.

Loin de le satisfaire, l'autre lui assena un coup de rame sur la tête et, tandis que le malheureux coulait dans un grand gargouillement, adressa à Dante un sourire féroce qui dévoila ses chicots. « Nous n'avons pas de temps à perdre, messire. Asseyez-vous et laissez-moi faire ! »

L'embarcation s'ébranla. Aussitôt, Dante sentit le courant accélérer sous ses reins.

Le Capuchon rouge actionnait de plus en plus vigoureusement sa rame, dos tourné à la proue, indifférent à la pluie qui remplissait pourtant le fond de la barque. Dante, de l'eau aux chevilles, s'efforçait d'attirer son attention sur ce péril quand il remarqua que l'homme le fixait d'un air louche, de sous son capuchon.

De fait, une fois parvenu au centre du fleuve, il brandit sa rame et s'écria : « Un florin ne suffit pas ! C'est dangereux, comme tu le vois. Je veux plus d'argent !

— Combien ?

— Tout ! »

Il abattit la rame sur le poète, qui esquiva le coup en roulant sur le côté. La barre lui effleura la tête et percuta dans un bruit sinistre le bord de l'embarcation, près du tolet. Voyant que son adversaire la dressait une nouvelle fois, il l'agrippa et la retint avec la force du désespoir. Puis il s'en servit pour le repousser.

Surpris, l'homme réagit avec un temps de retard. Il recula et heurta le flanc du bateau. Dans ses efforts pour se rétablir et trouver un appui, il lâcha la rame. Dante en profita pour resserrer sa prise sur l'extrémité qu'il avait entre ses mains et le frapper à la poitrine. Le Capuchon rouge recula davantage et tomba à l'eau.

Il se débattit un moment et tenta en vain de s'accrocher au flanc de l'embarcation : la pluie l'avait rendu visqueux. Puis le courant l'emporta vers un tourbillon qui étouffa ses cris.

Le poète se redressa, le souffle court. Mais avant qu'il eût le temps de se ressaisir, un choc violent secoua la coque.

Il se tourna vers le fleuve et découvrit qu'une nouvelle masse de troncs à la dérive se précipitait sur lui. Appuyant la rame sur le fond, il se dirigea vers la rive pour échapper à la collision.

La chance, plus que l'habileté, était de son côté, se dit-il en voyant la terre se rapprocher. Il cherchait un endroit où débarquer lorsqu'un autre choc ébranla l'embarcation.

Un tronc énorme avait effleuré la proue et dévié la trajectoire de la barque, la poussant davantage vers la grève. Dante attrapa les touffes de roseaux qui jaillissaient des flots et s'efforça d'accoster ainsi.

Les plantes lui égratignaient les mains, mais il tirait encore et encore, gagnant peu à peu de précieux empans. Enfin, la coque toucha le fond. D'un bond, il se jeta dans les eaux glaciales, enfonçant jusqu'à la taille.

Un instant il se crut prisonnier de la vase. Au prix d'un dernier effort, il parvint à libérer ses chevilles et à poursuivre son chemin.

Il avait accosté en amont du château. De là, il pouvait distinguer le sommet de la pyramide de Remus et, plus loin, le bastion de la citadelle ceinte par les eaux telle une gigantesque galère. Il entendit des cris et un ferraillement d'armes. S'agrippant à la végétation, il réussit à passer à travers les restes d'un moulin balayé par la crue. Enfin il sauta sur la terre ferme. Des soldats se protégeaient derrière la pyramide contre les flèches et les pierres qu'on leur lançait depuis le chemin de ronde du château. Avec un frémissement, Dante reconnut parmi eux le sénateur, enveloppé dans sa robe rouge, et, à son bras, Fiamma dans son étrange costume. Ils contemplaient tous deux la bataille, aussi dignes que des statues romaines, comme si sa fureur ne les concernait pas.

Dante se jeta en avant sans se soucier des projectiles qui sifflaient au-dessus de sa tête. Il atteignit la pyramide et reprit haleine. Puis il rejoignit le sénateur et lui toucha l'épaule. Spada pivota lentement. Une lueur traversa son regard, comme si ce contact l'avait ramené à la réalité.

« Messire Alighieri, enfin ! J'ai craint que vous ne nous ayez abandonnés lorsque vous avez quitté la citadelle…, dit-il d'un ton de reproche. Mais je savais que vous viendriez. Que vous assisteriez à l'entreprise à mes côtés. J'ai besoin de votre chant ! »

Le poète tourna un instant la tête vers le chemin de ronde, d'où les pierres ne cessaient de tomber. Au même moment, un bloc s'abattit sur la pyramide, arrachant une grosse dalle de travertin qui s'écrasa non loin d'eux. Malgré sa peur, il déclara : « Votre entreprise est celle d'un assassin. Comment voulez-vous qu'elle puisse alimenter la poésie, qui est avant tout la voix de l'amour ? »

Il s'était exprimé avec rage. Mais l'émotion l'envahit soudain à la vue de Fiamma qui se serrait contre son père, le visage serein, illuminé d'une grâce incroyable.

« Un assassin ? interrogea le sénateur, dont la stupeur et le chagrin semblaient sincères.

— J'ai vu dans votre demeure les restes des innocentes que vous avez sacrifiées à votre farce. À votre folie. C'est vous qui avez fabriqué la dépouille de la fausse papesse, afin de confondre l'esprit de la populace et de la pousser à la révolte. Mais que comptiez-vous obtenir en jetant la cité de Pierre dans le désespoir ?

— Le trône de Pierre ! Ma fille y montera. »

Le poète écarquilla les yeux. Ces propos tourbillonnaient dans sa tête en un grondement qui se superposait au fracas de la bataille.

« Vous êtes fou ! Le collège des cardinaux n'acceptera jamais qu'une femme devienne évêque de Rome ! Notre foi même le refuse ! Les peuples du monde, leurs princes ! L'empereur et les rois d'Europe ! Jamais ils ne favoriseront un dessein aussi diabolique ! Jamais ils n'associeront leur nom à un acte hérétique qui les jetterait dans l'infamie pour les siècles à venir ! Votre entreprise s'achèvera dans le sang et la poussière, ainsi qu'elle a commencé !

— Quand Boniface sera renversé et ses cardinaux en fuite, le peuple de Rome l'acclamera comme guide. Les troupes des familles romaines qui me sont fidèles, celles que vous voyez et d'autres encore qui arrivent de la campagne, seront son premier soutien. Le concile qui aura lieu dans la ville, inspiré par le culte de la Grande Mère, scellera la nouvelle vérité de foi. Ma fille régnera, avec la protection de la déesse. Et son règne sera marqué par la justice et l'amour, celui que Virgile a chanté et que votre voix continuera de célébrer avec la puissance du tonnerre. Rome retournera à sa grandeur antique, ses temples seront restaurés, l'infamie des fausses prophéties et des faux enseignements balayée ! »

Atterré, Dante contempla Fiamma. La tenue solennelle qu'elle arborait n'était pas celle d'un évêque chrétien. Elle remontait à une tradition bien plus ancienne, illustrée par le papyrus qui reposait dans la bibliothèque de Saturniano Spada. Il l'imagina avançant, un sistre à la main, parmi ses fidèles qui l'acclamaient et chantaient des hymnes dans une langue incompréhensible. « Vous ne voulez pas seulement que votre fille monte sur le trône de Pierre ! balbutia-t-il. Ce ne serait qu'une folie, le trouble d'une âme aveuglée par les démons. Vous voulez que votre fille devienne Dieu Lui-même ! »

Le sénateur acquiesça. Ses yeux brillants laissaient entendre qu'il lisait clairement dans l'avenir, comme si le voile qui l'en séparait s'était déchiré devant lui. Dante avait vu la même lumière dans les prunelles des condamnés au bûcher. Il sursauta : un nouveau rocher avait heurté la pyramide.

« Mais Boniface ne risque pas de tomber ! s'écria-t-il, le bras levé vers le château qui les dominait de toute sa masse. Sa citadelle est imprenable ! Vous entraînez dans votre perte votre sang et vos complices ! Il n'y a pas d'espoir dans votre dessein !

— Donnez à mon projet le temps de s'accomplir, messire Alighieri. Et observez ce qui se prépare ! » Saturniano Spada indiqua les eaux limoneuses du fleuve qui léchaient la base du mur d'enceinte. « Tandis que nous parlons et que les défenseurs du château s'échinent vainement à nous repousser, les flots ont pénétré dans le chantier de la fausse tombe de la papesse, sous les fondations de la tour d'angle. Ils y exercent une pression démesurée, entraînant la terre qui la soutient et œuvrant à son écroulement.

— Voilà pourquoi vous avez ordonné qu'on jette dans le courant les troncs que vous aviez amassés en amont ! Pour qu'ils s'encastrent dans les arches du pont Saint-Ange, faisant monter le niveau du fleuve !

— Oui, tout cela était prévu. Je vous ai dit que novembre était le mois prédestiné. Les pluies battent le Latium, et le Tibre, qui les recueille, sort de son lit.

— Mais vous avez ainsi décrété la destruction de la ville ! »

Le sénateur ne répondit pas. Dante s'apprêtait à reprendre la parole quand Fiamma poussa un cri. « Regarde, père ! La muraille ! »

Une fissure était apparue sur la surface lisse du mur d'enceinte, contre l'arête de la tour. Les briques se fendaient en soulevant une poussière rougeâtre, et l'ouverture s'élargissait peu à peu. Puis un tronçon s'écroula dans un grand bruit, entraînant dans sa chute les corps d'hommes hurlants ainsi qu'une catapulte qui se brisa en mille morceaux.

Un cri de jubilation monta des rangs des assaillants. Le sénateur y joignit le sien et étreignit sa fille avec enthousiasme. Puis il se dégagea et pointa son épée vers la brèche.

« La route de la victoire est ouverte ! Entrons dans la tanière de Boniface et proclamons notre règne ! »

Profitant de la stupeur des défenseurs, et donc de l'arrêt des jets de pierres, les hommes de Colonna se ruèrent vers la muraille. Après avoir jeté un regard affectueux à sa fille, le sénateur leur emboîta le pas. Au bout d'un moment, Fiamma s'élança à son tour parmi les soldats, sans manifester la moindre peur.

Dante lui saisit la main et essaya de la retenir. Mais elle se libéra de son étreinte et reprit sa course. Elle se glissa au premier rang des attaquants et se plaça aux côtés de son père qui, entre-temps, avait atteint la brèche. Sans réfléchir, le poète les suivit.

Le passage qui s'était ouvert dans le mur ne mesurait que quelques empans, la largeur de deux hommes de front. Pris dans la masse, pressé par les cuirasses et les lances, Dante craignit d'être écrasé. Il s'abandonna à la poussée du groupe, qui l'emporta à travers la brèche. Son front percuta le mur et il se retrouva, étourdi, sur la rampe d'accès à la cour intérieure. La masse du cylindre en tuf s'élevait jusqu'au ciel, titan insensible aux coups que les attaquants imprimaient à la grande porte en arc de la forteresse.

Devant, Saturniano Spada encourageait ses hommes et abattait son épée sur les grandes planches en bois. Celles-ci gémissaient et s'ébréchaient sous les coups, mais continuaient de résister.

« Vite ! vite ! criait-il. Ne craignez rien ! Dans un instant, les eaux attaqueront aussi les fondations du tambour ! Il s'ouvrira devant nous comme les portes du Paradis ! »

Au même moment, un bloc de pierre chut à quelques pas et écrasa un certain nombre d'assiégeants. Le poète songea que la prophétie du sénateur s'avérait et que la masse centrale du château, rongée par l'eau, cédait peu à peu.

Mais il lui suffit de lever les yeux pour constater que c'était l'œuvre des défenseurs, qui recommençaient à bombarder depuis le chemin de ronde. Les trappes des mâchicoulis s'ouvrirent et un deuxième bloc fut propulsé au sol, suivi d'une grêle de flèches.

L'ardeur de Spada ne fléchissait pas. Ses troupes avaient arraché une planche, elles concentraient maintenant leurs coups sur la serrure.

C'est alors qu'un individu jaillit de la brèche et s'unit au groupe, hors d'haleine. Il chercha un visage parmi les combattants et se précipita vers Sciarra Colonna. « Je viens de l'île. Les troncs sont en train de céder, les eaux ont trouvé un passage ! »

Furibond, Colonna lança au sénateur : « Vous aviez dit que le château s'écroulerait ! » Mais celui-ci répondit, imperturbable :

« Continuez de frapper la porte et ayez confiance en moi ! Regardez donc le Tibre ! Il se comporte selon mes prévisions ! »

Un torrent fangeux s'était introduit dans la brèche et inondait peu à peu la cour en contrebas. Un nouveau rocher s'écrasa au sol, soulevant cette fois une vague de boue.

Pressés par les tirs et par le fleuve qui montait à leurs pieds, les attaquants redoublaient d'efforts. Enfin, un gond céda et, poussé par des dizaines de mains, le battant s'inclina avant de retomber à l'intérieur dans un grand bruit.

Dante aperçut de l'autre côté des individus qui battaient en retraite.

Puis il entendit Saturniano Spada s'écrier « En avant ! » et le vit s'engouffrer dans le passage, accompagné de Colonna et de ses hommes. Il rejoignit Fiamma, qui courait à leurs côtés dans sa robe immaculée, les yeux brillant d'excitation.

Il se rappela leur première rencontre dans la demeure du sénateur : elle revenait d'une partie de chasse qui l'avait exaltée. Elle semblait à présent engagée dans une nouvelle battue, dont l'enjeu était cette fois sa propre vie. Elle avait les lèvres entrouvertes et le front en sueur, sous sa riche tiare. Le poète se plaça devant elle pour lui faire un écran de son corps alors qu'une pluie de flèches tombait du haut de la galerie. Il ramassa un bouclier abandonné et le brandit. Il se sentait en devoir de la protéger contre cette folie. Refusant de croire qu'elle était complice des actes de son père, il préférait imaginer qu'elle y avait été entraînée, dans l'aveuglement de sa jeunesse.

Il la prit par la main et suivit les guerriers qui avançaient comme des forcenés. L'un d'eux avait allumé une torche, et cette lumière tremblante éclairait la muraille du passage aveugle, tandis que les défenseurs, dans l'ombre, reculaient sans cesser de bander leurs arcs.

Dante avait déjà participé à des batailles, mais il n'avait jamais vu autant d'improvisation mêlée à autant d'ardeur. Autour de lui, les guerriers semblaient possédés par une haine aveugle, un désir de destruction qui balayait en eux toute notion de danger.

Il montait lui aussi à l'aveuglette, entraîné par le cours des événements. Soudain il buta contre le dos d'un soldat qui s'était, comme ses compagnons, brusquement arrêté.

Des hurlements de fureur s'élevaient. Il tendit le cou et constata qu'un gouffre insurmontable s'ouvrait au milieu de la galerie. Il s'agissait peut-être d'un puits datant de la première construction, ou d'un dispositif de défense créé à l'époque où l'on avait transformé le mausolée en forteresse. Emporté par son élan, un des membres de l'avant-garde était tombé dans l'abîme et son cri désespéré s'était brisé, au terme d'une chute interminable.

« Ils ont ouvert la trappe ! lança le sénateur. Apportez les échelles, vite ! »

Dante fut violemment poussé contre la paroi de pierre par les hommes qui survenaient en traînant de longues perches.

En quelques instants, une passerelle improvisée fut jetée au-dessus du vide et les premiers assaillants s'y engagèrent. Barricadés derrière le pont qu'ils avaient relevé, les défenseurs rechargeaient leurs arbalètes. Ils attendirent que leurs adversaires se fussent approchés et les criblèrent de dards.

Une flèche traversa le bouclier de Dante, s'arrêtant à quelques pouces de sa tête. Il se jeta à genoux et obligea Fiamma à s'abriter avec lui derrière l'écu. Mais la jeune fille résistait, désireuse de suivre le déroulement de la bataille. Elle semblait de plus en plus enivrée par la lutte et indifférente au danger, comme si elle était certaine que ses dieux l'accompagnaient.

Une nouvelle vague de soldats se préparaient à remplacer les premiers assaillants, tombés dans le vide. Profitant de la stupeur qu'avait causée leur réaction imprévue, les défenseurs sortirent alors de leurs abris et se précipitèrent en haut de l'escalier.

Ils s'employèrent à repousser leurs adversaires et à détruire la passerelle, arrachant les planches en utilisant leurs lances comme autant de leviers. La grappe humaine qui y était accrochée se mit alors à osciller, dans des cris de peur et de fureur.

Des ordres contradictoires se succédèrent. Perdus, les individus les plus proches du gouffre commencèrent à reculer, craignant de tomber, mais leurs compagnons les poussaient, bien décidés à avancer. Pris de panique, ils s'affrontèrent entre eux, comme si l'ennemi s'était insinué dans leurs rangs, ne reconnaissant plus en leurs voisins les camarades auprès desquels ils se battaient un peu plus tôt.

Flairant le désastre, Dante se releva, au mépris de sa sécurité, et s'élança vers l'escalier en criant : « Arrêtez ! De l'ordre ! Sinon vous êtes perdus ! »

Le spectre de la bataille de Montaperti lui était soudain apparu. Il en avait entendu mille fois le récit de la bouche des vieux Florentins : au signal du traître Bocca degli Abati, les gibelins dissimulés derrière les Florentins avaient jailli de leurs cachettes. Aveuglés par le soleil et la poussière, les hommes du même camp s'étaient bêtement entretués, et seul le sillon sanglant que laissaient les pas des blessés avait imprimé une direction à cette mêlée. Voilà que cette scène tant décrite se présentait à sa vue, lui offrant l'occasion de mesurer la terrible impuissance qui balaie l'intelligence dans la fureur de la bataille.

Ce souvenir lointain l'avait distrait un instant. Pendant ce temps, la tragédie s'était consommée. Quand il atteignit le bord du gouffre, la passerelle se détachait avec son chargement d'hommes. Il bondit en avant et se pencha vers un de ces soldats, qui s'efforçait désespérément de s'agripper à un appui. Au prix d'un violent effort, il lui saisit le poignet. Ainsi assuré, l'homme put se retourner et refermer l'autre main sur le bord de pierre.

Le visage qui se hissa vers lui, comme celui d'un mort qui se lève du tombeau, appartenait – il s'en aperçut alors – à Sciarra Colonna. On n'y lisait plus la moindre trace de morgue.

Dante l'aida à regagner la galerie et lui dit, alors qu'il se redressait, cramoisi : « Ma dette du marais est remboursée. » Un silence irréel régnait maintenant autour d'eux. Sciarra lui adressa un rictus glacial et se tourna ensuite vers ses soldats rescapés, dont il évalua le nombre. Aussitôt après il se rua vers le sénateur, qui se tenait lui aussi près du gouffre. « Vous aviez promis que le bastion s'écroulerait ! Vous nous avez entraînés dans un piège ! »

Colonna grinçait des dents, telle une bête féroce enfermée dans une cage, sous le regard interdit de ses hommes, adossés aux parois de pierre. Il cracha par terre alors qu'un nouvel essaim de projectiles s'abattait autour d'eux, manquant toutefois leur cible. Les défenseurs du château semblaient avoir relâché leur attention, après leur premier succès.

« Fuyez ! hurla Sciarra au bout d'un instant. L'entreprise a échoué. Nous n'aurions jamais dû prêter l'oreille à ce traître ! » Il abattit son gantelet de fer sur le visage de Spada. Dante lui bloqua alors le poignet et l'empêcha de réitérer son geste. Reconnaissant dans cet étau la force qui l'avait soustrait à la mort, le jeune homme baissa les yeux, comme honteux. Puis il se dégagea et recula, ouvrant la voie de la fuite à ses soldats, qui se pressèrent derrière lui le long de la pente.

« Où t'enfuis-tu, lâche ! » s'écria le poète. Il esquissa un pas dans sa direction. Mais la masse des fugitifs s'était interposée entre eux. Il ne parvint qu'à lancer au guerrier une dernière invective avant de le voir disparaître derrière le coude de pierre.

Il prit Fiamma par la main et l'attira à lui. D'un signe, il montra au sénateur l'issue qu'avait choisie Colonna. Mais l'homme semblait ne pas la voir.

Le sang jaillissait copieusement de son arcade sourcilière fendue par le coup de Sciarra et ruisselait sur son visage. Il porta une main à sa joue et l'écarta, tachée d'écarlate. De grosses gouttes tombaient à ses pieds.

« Saturniano Spada, dit Dante. Voilà à quoi vous a conduit votre volonté d'enfreindre les lois de Dieu. C'est la preuve qu'il y a une justice. Il faut maintenant que vous l'affrontiez. »

Le sénateur observait d'un air fasciné le sang qui souillait la pierre de la galerie. « Voici comment se présente l'avenir », murmura-t-il, l'index pointé vers le bas.

Perplexe, le poète tourna les yeux dans cette direction. Le dessin vermillon était le signe visible de son échec : quel avenir pouvait-il y avoir pour Saturniano Spada ?

Prendre le chemin de l'exil, poursuivi par la honte et par la vengeance de Boniface, ou se livrer à son bourreau ?

Puis il comprit. Ces taches étaient une reproduction des figures magiques dans lesquelles le sénateur décryptait son destin.

Il l'attrapa par l'épaule et lui dit : « Il n'y a pas d'avenir dans ce que vous lisez. Votre projet a échoué. Et j'ai compris trop tard pourquoi vous avez ouvert les portes de l'enfer.

— Vous le savez donc, répliqua Spada d'un ton désespéré. Mon rêve ! Le salut de la nouvelle Rome !

— Déposer Boniface ! Vous auriez obtenu l'appui et l'aide de tous les hommes bons d'Italie, si tel avait été votre dessein ! Mais effacer la Révélation et restaurer les dieux faux et menteurs ! Imposer votre fille comme la prêtresse de cette religion ! Faire croire qu'elle était digne de monter sur le trône de Pierre, ou plutôt balayer ce trône et remplacer par celle d'Isis la croix imprégnée du sang du Christ !

— Oui, murmura le sénateur, le regard fou. Et vous chanterez tout cela…

— Assassiner toutes ces innocentes afin de créer au moyen de leurs corps la fausse relique de la papesse ! Éveiller parmi la plèbe l'attente d'une Salvatrice, guide du peuple chrétien comme la précédente !

— Oui… Vous le direz avec votre parole fleurie…

— Non ! »

Les bras du sénateur retombèrent le long de son corps, comme privés de toute once d'énergie. Mais aussitôt après Spada leva la main droite. Un poignard, qui semblait avoir surgi du néant, brillait entre ses doigts. D'un coup sec, il se l'enfonça dans la gorge sans laisser à son interlocuteur le temps de réagir. Un flot de sang jaillit de la blessure, éclaboussant le visage du poète et se répandant au sol.

Il s'effondra avec un râle dans les bras de Dante. Maintenant, il n'y avait vraiment plus d'avenir pour Saturniano Spada.

Le poète allongea le corps sur la pierre puis se tourna vers Fiamma, qui avait assisté à la scène les yeux écarquillés, immobile telle une statue. Il fallait agir vite : les défenseurs enjambaient déjà leur barricade et actionnaient le pont-levis. Ils ne tarderaient pas à fondre sur eux. Mais la jeune fille continuait de scruter le cadavre, hébétée. Sa tiare avait glissé et gisait elle aussi dans le sang. Brusquement, elle tira de sous sa robe un sistre en bronze et se mit à l'agiter.

Un tintement se répandit dans l'air, tel un parfum subtil.

Fiamma abandonna un instant son instrument et s'employa à se coiffer. D'un geste machinal, elle releva ses cheveux et noua un ruban écarlate autour de son front, comme une déesse antique. Les mèches imprégnées d'onguent brillaient de mille reflets. Puis elle se contempla sur le bronze du sistre. En réalité, elle n'observait pas son image : son regard errait au-delà de cette surface luisante. On aurait dit qu'il cherchait un objet dissimulé à une distance secrète qu'elle était la seule à connaître.

« Écoutez-moi, je vous en prie ! s'exclama encore le poète.

— Mon temple. C'est là que je dois retourner. C'est là que je rencontrerai la déesse, et nous nous retrouverons entre ses bras, dit-elle en lançant un coup d'œil au corps de son père. Elle cherchera son âme, qui erre dans la dimension obscure, et l'unira à son corps, comme elle le fit avec son bien-aimé Osiris. » Elle ramassa la tiare et s'en coiffa, bien qu'elle fût maculée de sang.

Fiamma agita encore une fois le sistre. On aurait dit qu'elle tentait d'attirer l'attention d'Isis. Puis elle s'interrompit, tendant l'oreille. Le poète en profita pour lui dire :

« Après la mort, vous connaîtrez le jugement du vrai Dieu, incarné dans le Christ. Et sa voix de tonnerre récitera le dernier sermon, décidant du Bien et du Mal. Lui et Ses anges, non les larves de dieux africains qui gisent dans les sables du désert ! Nous devons fuir, ou il sera trop tard. »

Il entendait résonner sa propre voix comme si c'était celle d'un autre. Une terrible angoisse s'empara de lui. De quel Dieu parlait-il ? Dieu surveillait-Il le destin des hommes, tel un père bienveillant ? Avait-Il jamais existé ? La Création était-elle un abîme muet et aveugle où gravitait une Terre misérable, poussière parmi d'autre poussière, un cosmos fait de noms d'anciens dieux, mort comme les défunts ?

Fiamma abandonna sa main à Dante, qui se dirigea vers le bas de la galerie et avança avec elle, de l'eau jusqu'aux genoux, espérant qu'il serait encore possible de rebrousser chemin.

Mais il s'aperçut bientôt que le niveau avait considérablement monté. L'eau devait avoir submergé l'entrée. Il n'y avait pas d'issue : ils étaient prisonniers du château, retourné à sa fonction originelle de tombeau.

Dans son désespoir, le poète avait lâché la main de sa compagne. Sans cesser de faire tinter son sistre, celle-ci poursuivit son chemin, s'enfonçant dans les flots jusqu'aux hanches. Perdue dans son rêve, elle semblait insensible au froid.

« Revenez ! La crue n'est pas terminée ! »

Au même moment, les eaux se retirèrent brusquement. Les mots du soldat de Colonna revinrent à la mémoire du poète : le barrage avait dû céder, et le fleuve reprenait son cours.

Pour éviter d'être entraîné par le courant, Dante s'agrippa à un surplomb en tuf, dans le mur, tout en essayant de retenir la jeune fille. Mais la peau humide glissait sous ses doigts. Il serra de toutes ses forces et lui cria de résister. En vain : sa main se referma bientôt dans le vide : le vacarme des eaux emporta les mots que Fiamma, crut-il, lui adressait.

Il vit la tache blanche de son corps disparaître dans un tourbillon, tandis que la vague lui arrachait sa tiare. Celle-ci flotta un moment à la surface puis tournoya sur elle-même avant de couler à son tour.

Dante tomba à genoux. Tel Orphée à la porte de l'Hadès, il pleura en vain dans la galerie où une déesse s'était montrée à lui et venait de s'évanouir sous ses voiles mystérieux.

Il descendit en suivant l'eau qui se retirait. Devant lui, la masse liquide bouillonnait avec le rugissement d'un énorme animal blessé. C'est ainsi que devait avoir crié la baleine qui avait englouti le poète Jonas, songea-t-il tandis qu'il cherchait du regard le corps de la jeune fille. Et si les flots l'avaient épargnée ? Si sa terrible confiance en l'au-delà lui avait valu la protection d'une déesse bienveillante ?

Hélas ! il n'y avait aucune trace d'elle. Dante arriva à l'entrée. Un passage d'environ deux pieds séparait l'eau du haut de la porte, un espace juste assez large pour s'y glisser. Il hésita. Il n'avait jamais été bon nageur : dans sa jeunesse, il évitait de se mesurer à ses camarades qui organisaient des courses dans l'Arno. Mais les voix des soldats du château qui se rapprochaient le persuadèrent : il respira profondément et se jeta dans le liquide fétide en agitant les bras.

Une fois parvenu au passage, il s'accrocha aux restes de la porte afin de reprendre haleine puis se coula sous l'arc.

La lumière extérieure l'aveugla. Quand il recouvra la vue, il se crut en proie à un rêve. Il lui semblait flotter au milieu d'une immense mer ponctuée d'îlots surmontés de bâtiments.

Alentour, tout n'était plus qu'eau, amoncellements de troncs, buissons déracinés, déchets de toutes sortes. La masse du château le dominait. Un instant, il songea à le rallier, en quête de salut, mais le courant impétueux l'emporta vers le large. Il essaya de résister. Sa tête s'enfonça sous les flots et il but une gorgée de cette boue répugnante. Alors qu'il ressurgissait, un monstre aquatique apparut à ses côtés, comme tiré des abîmes par ses mouvements. Il frissonna de terreur, puis comprit qu'il s'agissait d'une vache noyée. Ses forces l'abandonnaient, ses habits trempés l'entraînaient inéluctablement vers le fond.

Il sentit un coup contre son dos et plongea une nouvelle fois puis parvint à grand-peine à remonter à la surface et recracha l'eau qu'il avait avalée. Il vit une barque venant vers lui. S'agrippant désespérément à un tolet, il rassembla ses dernières forces et réussit à se hisser à bord. Il s'abandonna, tandis que l'embarcation filait dans le courant.

La barque traversait les tourbillons, menaçant à chaque instant de se renverser. Le courant était extrêmement rapide. Il pensa qu'une digue avait dû céder en aval du château, ménageant ainsi un débouché à l'eau. Il entendait rugir les flots au loin, comme si une cascade s'était créée dans le lit du fleuve.

Puis un choc violent mit fin à sa course et le projeta contre la proue. L'embarcation s'était immobilisée à la hauteur du pont Cestio, s'encastrant entre les racines d'un gros tronc, coincé quant à lui contre la base de la tour de garde. Il se redressa et scruta les environs à la recherche d'un moyen qui lui permettrait de regagner la rive.

C'est alors qu'il entendit son nom crié du haut du pont.

Il leva la tête. Le fils de la veuve lui tendait le bras. Il s'y accrocha.

Totalement ébahi, il se laissa mener par le garçon. L'eau refluait peu à peu et ses pieds s'enfonçaient dans la boue comme dans un marécage. Une fois à destination, il eut juste la force de se jeter sur un banc de bois avant de perdre connaissance.

Quand il reprit ses sens, il fut agréablement surpris par la chaleur d'un feu brûlant non loin de lui.

« Qu'allez-vous faire maintenant, messire ? » Le jeune homme lui offrit un gobelet de vin chaud et, pendant qu'il le saisissait de ses mains tremblantes, posa une couverture sur ses épaules. La tiédeur environnante, associée à celle du liquide, le ragaillardit peu à peu. Ses muscles cessèrent bientôt de trembler.

Son esprit s'éclaircit, mais la lucidité qu'il recouvrait le replongea dans le désespoir. Il ouvrit plusieurs fois la bouche. En vain. Les mots se figeaient sur ses lèvres, comme si un démon caché au fond de lui s'amusait à les retenir. Enfin, il parvint à bredouiller : « J'irai à Sienne. J'essaierai de rejoindre les membres de mon camp. Si la situation s'est précipitée, ils s'y sont sans doute refugiés. Je compte parmi eux des amis. Peut-être », ajouta-t-il avec une grimace amère.

Il tourna la tête. Le garçon avait disparu. Il l'abandonnait, lui aussi. Au reste, qu'avait-il fait pour lui, pour sa vieille mère ? À quoi bon leur révéler le nom de l'assassin de leur sœur et fille ? Un assassin qui avait échappé à la justice et qu'il aurait peut-être aidé à se sauver.

Mais le jeune homme revint dans la pièce, muni de l'étui de bois sculpté qu'il lui tendit avec empressement. « J'ai pensé que c'était un objet précieux. Je l'ai caché quand le quartier a été assailli. Pendant que vous cherchiez l'assassin de ma sœur. L'avez-vous trouvé ?

— Oui. Mais il ne sera pas châtié. Et son nom demeurera inconnu. »

Le garçon branla du chef avec tristesse avant de déclarer : « Peu importe. Dieu le connaît. Maintenant, ma mère peut mourir. Elle la reverra au Paradis, car c'est là que vont les innocents, n'est-ce pas ?

— Oui, c'est là qu'ils vont », répondit machinalement le poète. Il n'osait pas s'emparer du cylindre. Était-il encore digne de toucher l'œuvre de ce génie ? Si seulement Dieu lui avait parlé... Si seulement il existait un moyen de rebrousser chemin, si seulement il était capable de le trouver...

Il tira de sa robe les vers qu'il avait écrits dans la citadelle d'Ostie. L'eau avait collé les pages entre elles et délavé l'encre, transformant les lignes en une théorie de fantômes. Il déchira les feuilles de papier chiffon en menus morceaux et les jeta au sol. Il devait y avoir un moyen. Pour les humbles, pour tous. Il le trouverait.

Il saisit enfin le cylindre, qui grinça sous la violence de son étreinte.

« C'est là que vont les innocents », répéta-t-il, les yeux levés vers les étoiles.

Impression réalisée par

BRODARD & TAUPIN

La Flèche (Sarthe), 59964

N° d'édition : 4330
Dépôt légal : décembre 2010
X05175/01

Imprimé en France